ENRUAH
N
W
O
S
RANGOSCH
ZIFON
BANKADA
MOLKAS
WÜSTE
KARDOLONBETT
LAKSANDA
STAUDAMM
KATTAMAN
GROSSER WALD
WASGONAU
KARDOLON
TEUMELWALD
DORANN
KURTIS
GAIKAS
WESSELSAL
FALBENSEE
LUMNA
WONNTAU
THORMULA
SEENTREPPE
WASSERFALL

Timo Braun
Die Wächter von Enruah

Timo Braun

Die Wächter von Enruah

SCM Hänssler

SCM

Stiftung Christliche Medien

MIX
Papier aus verantwortungsvollen Quellen
FSC® C006701
FSC www.fsc.org

SCM Hänssler im SCM-Verlag GmbH & Co. KG · 71088 Holzgerlingen
Internet: www.scm-haenssler.de; E-Mail: info@scm-haenssler.de

Umschlaggestaltung: Jan Henkel, www.janhenkel.com
Titelbild: Collage aus Bildern von shutterstock.com
Satz: Satz & Medien Wieser, Stolberg
Illustrationen und Karte: Jan Henkel, www.janhenkel.com
Druck und Bindung: CPI – Ebner & Spiegel, Ulm
Gedruckt in Deutschland
ISBN 978-3-7751-5405-5
Bestell-Nr. 395.405

Inhalt

Teil 1
Wirklichkeit

1

Das Schnarchen aus dem Nachbarzimmer fiel ihm erst jetzt auf. Die Wände waren nicht gerade dick, und bis auf das Zirpen der Grillen war es in Kamra still geworden.

Alles ruhte, nur Darian war hellwach und schaute aus dem Fenster. Er bewunderte den Anblick des vollen Mondes, der die Inselberge beschien und drei seltsame Fratzen auf die Felsen warf.

Gleich würde er samt seiner Rüstung und dem Schwert auf dem Rücken zwischen diesen Felsen hinaufsteigen und dem Drachen gegenübertreten. Forwin würde ihm alles abverlangen und noch mehr. Doch Darian war bereit.

Die Holzdielen der Hütte knarzten, als er sich vom Fenster abwandte und zur anderen Seite des Raumes schritt. Auf dem Tisch brannte eine Kerze, daneben lagen ein Apfel und ein Stapel Münzen. Beides steckte er ein. Vermutlich würde er nicht mehr zurückkommen. Er hatte das Bett nur gebraucht, um sich für fünf Stunden schlafen zu legen, seine Kräfte wiederherzustellen.

Eine kleine Treppe führte ihn hinaus auf den Schotterweg, der sich zwischen den Hütten hindurchschlängelte. Darian folgte dem Weg, überquerte den menschenleeren Dorfplatz, auf dem noch immer die Überreste des Spanferkels am Spieß hingen, und ließ kurz darauf das letzte Häuschen hinter sich. Vor ihm lag der höchste Berg der Insel, und der Pfad, der ihn zwischen Sträuchern hinaufführte, wurde immer schmaler.

Binnen kürzester Zeit hatte er diesen so unschuldigen Ort liebgewonnen. Dabei war seine Reise anstrengend gewesen. Das Schiff hatte ihn an der Westküste der Insel abgesetzt, und von dort hatte er sich zu Fuß durch einen Wald den Hang hinauf kämpfen müssen. Ein Rudel Wölfe hatte ihm zugesetzt. Mit dem kreisenden Zweihänder hatte er sich die Bestien vom Leib gehalten und sie dann einen nach dem anderen erledigt. Im Dorf hatte man ihn mit Freuden empfangen, fast wie einen Messias. Der Älteste versprach ihm seine Tochter, sobald er die Gefahr beseitigt habe.

Darian dachte nicht ernsthaft daran, die Belohnung anzunehmen. Eine Liebschaft mit einer Inseltochter würde die Sache nur unnötig kompliziert machen. Er war schließlich wegen Rouan hier, Fürstin in der Region Kubesch. Sie hatte von ihm eine Heldentat gefordert, wenn er sich ernsthafte Hoffnungen machen wollte, den leeren Platz an ihrer Seite einzunehmen und Herrscher über Städte und Dörfer zu werden. Einer ihrer Hofmarschälle hatte ihm dann von der Insel erzählt, die von dem Drachen Forwin tyrannisiert werde. Regelmäßig verschwänden Dorfbewohner, deren Überreste später in der Nähe der Drachenhöhle ganz oben im Gebirge entdeckt würden. Darian hatte sich sofort auf den Weg gemacht. Rouan, die überaus edle Frau mit der diamantklaren Stimme, war es allemal wert, das Wagnis auf sich zu nehmen.

Mittlerweile hatte sich der Pfad verloren, der Anstieg war steiler geworden. Meter um Meter stapfte er weiter nach oben. Er konnte nun fast alle Ränder der Insel überblicken, an denen sich die funkelnden Wellen brachen. Wie ein Vogelnest lag das Dorf Kamra unter ihm in der Senke. Wenn er wiederkam, würden die Bewohner wach sein und er würde das glitschige Herz des Drachen vor ihnen auf den Dorfplatz werfen. Was für ein Spektakel würde das sein, was für einen Ekel und was für eine Freude würde das hervorrufen!

Je höher er kam, umso längere Schatten warfen die Felsen und umso weniger Sträucher säumten den Weg. Der wurde immer steiniger und bald kämpfte er sich nur noch über Geröll vorwärts. Als wäre das nicht genug, kreisten jetzt auch Greifvögel über ihm. Er war in Forwins Reich; weit weg das Dorf und noch weiter weg der Ort, aus dem er gekommen war.

Er hätte das merkwürdige Holzbrett schon von Weitem bemerken müssen. Hier gab es keine Bäume, weshalb also lag es mitten auf seinem Weg? Diese Frage stellte er sich erst, als es zu spät war. Sein Fuß trat auf das Brett, irgendein Mechanismus wurde ausgelöst und ein Grollen ertönte. Kurz ereilte ihn die Panik, denn er sah etwas sehr Großes auf sich zukommen. Dann besann er sich: Wo eine Falle war, gab es immer auch eine Nische. Im selben Moment entdeckte er sie zwischen zwei Felsen. Hektisch zwängte er sich hinein, ehe ein Koloss von Felsbrocken an ihm vorbeirollte. Mit gnadenloser Zielstrebigkeit schoss er jenen Weg hinab, den Darian eben heraufgeklettert war, und verschwand schließlich polternd hinter einer Klippe.

Doch das nächste Geräusch, so leise es auch war, war nicht weniger bedrohlich: ein müdes Brummen. Forwin war erwacht.

Ich bin ein Kämpfer, nicht ein Schleicher, sagte er sich. Noch ein Fläschchen von seinem selbst gemischten Gamandersaft gönnte er sich, dann zog er das Schwert hinter dem Rücken hervor, trat aus seiner Nische und marschierte ohne Umschweife den restlichen Anstieg hinauf.

Er erreichte das Plateau mit einem See, ein paar Bäumen, einer schwarzen Felsöffnung. Am Boden verteilt lagen Rippen, Totenschädel und Beinknochen. Geschichten waren hier versammelt, Schicksale von Müttern, die gerade Wäsche aufgehängt hatten; Bauern, die sich mit störrischem Vieh abgemüht hatten; Helden aus fernen Ländern, die vergeblich angereist waren, um Kamra zu erlösen. Zwischen all diesen Geschichten stapfte Darian nun heran, sie würden ihn in seinem Kampf begleiten.

Forwin hatte sich vor der Höhle aufgebaut. Die Vorderklauen waren angriffslustig ausgestreckt, zwei Glutaugen stachen Löcher in die Welt der Schatten. Bei Tag hätte der Panzer wohl grün ausgesehen, doch jetzt schimmerten die Brust und der tänzelnde Schwanz so dunkel wie durch Pech gezogen. Als Forwin seinen Angreifer erblickte, stieß er ein Heulen aus und spannte demonstrativ seine Flügel, die vom Mond schwach durchleuchtet wurden.

Der Onyxdrache auf der Zeichnung des Hofmarschalls hatte weniger eindrucksvoll ausgesehen, erinnerte sich Darian. Die Federstriche hatten zwar jedes Detail fein abgebildet, aber ein solches Monstrum hatten sie nicht zu zeigen vermocht. Darian war schon mit allem Möglichen fertiggeworden: mit Bären, Ogern, einer Bullenherde, einem Zyklopen, einem wild gewordenen schwarzen Ritter. Aber für diesen Gegner hier brauchte es mehr als ein paar geübte Hiebe.

Er blieb in gebührendem Abstand, hielt den Zweihänder vor sich ausgestreckt und tänzelte im Halbkreis um seinen Widersacher herum, ohne auch nur einen Moment den Blick von ihm abzuwenden. Forwin setzte sein Imponiergehabe fort. Er brüllte aus Leibeskräften und ließ die Schwanzspitze gegen den Höhleneingang donnern, sodass Steine herausbrachen. Dann zog er den Kopf zurück, um ihn kurz darauf kraftvoll nach vorn zu stoßen und eine meterlange Feuerzunge über den Boden flackern zu lassen.

Darian ließ sich zur Seite rollen und hechtete hinter einen Stein. Forwin schickte eine noch breitere Flamme in seine Richtung. Links und rechts von Darian rauschte das Feuer am Stein vorbei und ließ für einige Augenblicke die Umgebung gleißend hell erscheinen. Einige der Knochen am Boden waren zu schwarzen Häufchen verbrannt – ausgelöschte Geschichten. Darian würde sie nicht mehr zurückholen können, egal, welche Kostbarkeiten er später in der Höhle finden würde.

Die Höhle, natürlich! Er nutzte den Augenblick, in dem Forwin sich sammelte, schnellte aus seiner Deckung hervor und sprintete zu der Felsöffnung. Der Drache konnte nicht rasch genug reagieren; als er sich umdrehte, war Darian bereits in seiner Behausung. In der Dunkelheit konnte er zwar nichts erkennen, aber er wusste, dass Forwin seine stärkste Waffe, das Feuer, hier nicht anwenden würde. Doch Forwin hatte noch eine andere Waffe, die hier umso stärker wirkte: Er senkte den Kopf und stieß ein so gellendes Heulen aus, dass Darian glaubte, ihm würde gleich das Trommelfell platzen. Mit größter Anstrengung hielt er dem durchdringenden Ton stand und näherte sich dem schreiverzerrten Drachenkopf am Eingang. Als er nahe genug war, führte er einen Stoß mit seinem Langschwert aus, punktgenau zwischen die weit auseinandergerissenen Zahnreihen des Ungetüms. Der Schrei wurde lauter, Forwin riss augenblicklich den Kopf zurück und begann ihn wild in der Luft zu schütteln.

Darian zögerte nicht. Er schoss aus der Höhle, umrundete den Drachen und stieß das Schwert in Forwins am Boden liegenden Schwanz. Doch als wäre es ein eigenständiges Wesen, richtete sich der Schwanz auf, schwang durch die Luft und schleuderte Darian mehrere Meter zurück.

Unkoordiniert drehte Forwin sich wieder in seine Richtung und stieß eine neue Feuerzunge aus. Sie verfehlte Darian, traf einen Baum und verwandelte diesen in eine Fackel. Darian raffte sich auf und rannte los. Hinter sich hörte er den wilden Flügelschlag und das wütende Fauchen. Er lief schneller. Dann ertönte von schräg oben wieder ein Zischen aus Forwins Rachen, der Boden wurde heller und schließlich erreichte ihn das Feuer. Wie eine Armee von Ungeziefer umschlang es seine Beine und ließ sie nicht mehr los. Er brauchte nicht nach unten zu schauen, um zu wissen: Er stand in Flammen. Ein paar Sekunden und es war aus.

Seine Rettung war das Spiegelbild, das er rechts von sich erblickte: Da rannte ein zweiter brennender Darian. Ja, direkt neben ihm war der See! Ein Sprung und er war im Wasser. Wieder ein Zischen, diesmal vom erlöschenden Feuer. Darian tauchte unter und wieder auf. Geistesgegenwärtig zückte er ein weiteres Fläschchen Gamandersaft und trank es aus.

Forwin begann, um den See zu kreisen und Feuer auf seinen Gegner zu spucken. Darian gelang es, sich immer rechtzeitig zu ducken. Ein paarmal ließ er den Drachen gewähren, dann beschloss er, dass es Zeit für einen Angriff war.

Er stellte sich im seichten Wasser auf, reckte das Schwert empor. Forwin hatte eben wieder beigedreht, um abermals auf ihn zuzufliegen. Als er sich auf etwa zwanzig Meter genähert hatte, schickte er eine Feuerflamme in Darians Richtung. Darian duckte sich, bis das Feuer vorübergezogen war. Augenblicklich stand er wieder auf und erwischte mit dem Schwert den Bauch des Drachen, der knapp über ihm hinwegflog. Eine tiefrote Linie schnitt sich in Forwins Rumpf. Das Tier schlug immer langsamer mit den Flügeln, trudelte hilflos dem Plateau entgegen, prallte krachend mit dem Bauch auf und schlidderte bis kurz vor den Abgrund.

Mit triumphierendem Grinsen eilte Darian zu seinem Gegner. Forwin bewegte sich nur noch schwach. Verächtlich blickte der Krieger auf den gekrümmt daliegenden Schwanz. Er hob sein Schwert zum letzten Stoß.

Da schnellte die Schwanzspitze nach oben, traf Darians ungeschützten Körper und schleuderte ihn dorthin, wo der Drache beinahe gelandet wäre: in den Abgrund.

Darian wurde nach unten gezogen, die Felsen rasten an ihm vorbei, Sekunden vergingen, ein dumpfer Schlag und es war dunkel.

»So eine elende Kacke!«, schimpfte Jakob vor sich hin, hämmerte einmal auf die Escape-Taste, dann noch zweimal, bis er auf dem sanft flimmernden Desktop angekommen war. Wie Gift wirkte das grelle Blau jetzt in seinen Augen. Ein paar Sekunden blieb er regungslos sitzen.

Jetzt hörte er das Schnarchen von nebenan wieder, ein rhythmisches, ungehemmtes Schnarchen. Es erinnerte ihn daran, dass er sich in einer Studenten-WG befand. Ein paar orangefarbene Achtzigerjahre-Digitalzahlen neben seinem Bett zeigten 2:35 an. Das Schlimme war, dass er seit der Hütte nicht mehr gespeichert hatte.

Die Augen taten ihm weh. Er öffnete rasch den Browser, schaute sich die Nachrichten an, checkte *Facebook*, nix Besonderes dabei. Er schloss den Browser, spielte noch eine Runde *Minesweeper,* verlor. Er schloss das Fenster und starrte eine Weile in den Bildschirm. Warum hatte er sich so unvorsichtig vor die Klippen stellen müssen! Er hätte warten sollen, schauen, was passiert. Die Digitalzahlen zeigten jetzt 2:48 an.

Jakob fuhr den Rechner herunter und stand auf. Im Dunkeln zog er sich um. Genug *Realms of Evertale* für heute. Es konnte ihn wahnsinnig machen, dass er nicht kurz vor dem Drachen gespeichert hatte!

Heute kein Zähneputzen. Er legte sich ins Bett und blieb eine Viertelstunde lang auf dem Rücken liegen. Alles war dunkel und still, doch in Jakobs Kopf tobte es. Vorhin noch hatte er beschlossen, dass er *Evertale* hasste, und nun war er in Gedanken schon wieder dort und bekam Sehnsucht. Da warteten ein paar Freunde in der Schenke, da wartete Rouan und natürlich wartete der Drache. Er malte sich aus, was er anders hätte machen können. Der Trick mit der Höhle war gut, nur danach musste er schneller in den See gelangen. Dann würde es reichen.

Ihm fiel ein, dass morgen eine Vorlesung ausfiel: »Grundlagen des Investitionsmanagements«. Dabei hatte er den Text vorbereitet. Alles in Ordnung in der richtigen Welt, dachte er sich. Sofern dort überhaupt etwas in Ordnung sein konnte. Er suchte nach einer günstigen Schlafposition, wälzte sich hin und her, streifte die Decke ab. Ohne Decke schlief er jedoch auch nicht ein.

Er stand wieder auf. Der Wecker zeigte 3:28. Jakob schaltete den Computer an. Er musste diese Sache zu Ende bringen. Sie warteten auf ihn.

Gleich würde er sich wieder in der Holzhütte befinden, aus dem Fenster blicken und den Mond bewundern, der einfach wahnsinnig gut gemacht war.

Dass der nächste Tag das Ende seines wirklichen Lebens einleiten könnte, daran dachte er nicht.

2

Seine erste Reise in eine virtuelle Welt machte Jakob mit viereinhalb Jahren. Er setzte sich in den Wäschekorb, den seine Mutter vor die laufende Waschmaschine gestellt hatte, und fühlte sich darin so geschützt wie ein Astronaut in seiner Raumkapsel. Den Startvorgang hatte er verpasst, was ihn zunächst störte, weil in seinem Astronauten-Bilderbuch der Start eine große Rolle spielte. Doch schnell hatte sein Blick sich auf die lautstark rotierende Trommel konzentriert, die ihn sogleich in die unendlichen Weiten des Alls mitnahm. Alles, was um die Rundscheibe von dreißig Zentimetern Durchmesser herum existierte, war wie ausgelöscht. Das Raumschiff drehte sich wie eine Schraube, mal in die eine, mal in die andere Richtung. Die Triebwerke heulten.

Jakob fand an diesem Tag heraus, dass das All bunt war, nicht so schwarz, wie es in dem Buch gemalt war. Es sah auch nicht immer gleich aus, sondern veränderte sich unentwegt; mal war es blau mit weißen Pünktchen, mal wickelte sich eine rote Galaxie um die orangenfarbene Sonne, mal zog ein rosa Nebel vorüber. Diese ständige Veränderung musste die Unendlichkeit sein.

In der Schule war Jakob nicht schlecht, aber Konstantin, der bald nur noch Kon hieß, war besser. Es hätte nahegelegen, dass sie zusammen zur Schule spazierten, denn die Villa von Kons Eltern lag in derselben Straße wie das Haus der Holdmanns. Aber Jakob war mit zwei Jungs befreundet, die Kon für einen angeberischen Kotzbrocken hielten. Als sie ins Gymnasium kamen, verbrachten sie ihre Zeit am liebsten mit Computerspielen. Bis dahin hatte Jakob meistens gelesen, weil seine Mutter ihm oft Bücher aus der Bücherei mitgebracht hatte. Nun lernte er *Resident Evil* und *Halo* kennen. Meist schaute er nur zu, wie seine Kumpels mit ausgefeilten Techniken Horden von Zombies und Aliens abschlachteten.

Er hätte Spiele wohl bald langweilig gefunden, wäre da nicht Sonja gewesen, die ihm *Die Sims* schmackhaft machte.

Sonja kam mit Mädchen und Jungen gleichermaßen gut aus, sie redete und lachte gern. Doch sie hatte gerade nicht die leichteste Zeit – ihre Eltern stritten sich oft. Außerdem zog sie viele Blicke auf sich, weil sie die Erste in der Klasse war, unter deren Pullover sich ein Busen zu wölben begann. Sie erzählte Jakob von dem Spiel, und weil er sich interessiert zeigte, lud sie ihn zu sich nach Hause ein. Er schaute ihr einen Nachmittag lang beim Spielen zu, dann brannte er sich eine Kopie und installierte sie auf dem PC seines Vaters in einem abgelegenen Verzeichnis.

Kurze Zeit später zog Sonja in eine andere Stadt, aber *Die Sims* blieben. Die nächsten Wochen lebte er nur noch für Jack, dem er ein Haus gebaut hatte und zu dem sich bald Linda gesellte. Jakobs virtuelle Kleinfamilie gedieh prächtig und er, der elfjährige Jakob, war dafür verantwortlich.

Eines Tages kam sein Bruder Sven herein, als Jakob gerade Linda den Hund ausführen ließ. »Was zockst du denn da? Ich dachte, das sei eher ein Mädchenspiel.«

Sven war drei Jahre vor Jakob auf die Welt gekommen und hatte sich in diesen drei Jahren sämtliches Vermögen an handwerklichem Geschick unter den Nagel gerissen, das der Vater zu vererben gehabt hatte. Schon mit zehn hatte es Sven in die Schreinerei des Vaters gezogen und mittlerweile machte er in anderen Betrieben Ferienjobs.

Offenbar hatte Sven an diesem Tag die fixe Idee, aus seinem Bruder einen echten Mann zu machen. Und so schlug er Jakob vor, dass sie zusammen in die Werkstatt gehen könnten. Er würde ihm beibringen, ein »richtiges Häuschen« zu bauen.

Er gab Jakob Brettchen und Nägel, erklärte ihm alles und machte sich an seine eigene Arbeit. Jakob fing mit ein paar halbherzigen Schlägen an. Dann fand er heraus, dass man in der Maserung eine Menge bizarrer Figuren entdecken konnte. Er wendete das Brettchen, fand immer mehr Figuren und stellte sich vor, was für eine Geschichte sie wohl zusammen erlebten. Als Sven auftauchte, um zu sehen, wie weit das Haus war, hatte Jakob nicht einmal ein einziges Brettchen angehämmert.

Er nahm ihn nie wieder in die Werkstatt mit.

Mit dreizehn wurde Jakob Gott. *Black & White 2* war das erste Spiel, das er sich mit der Genehmigung seiner Eltern kaufte. Von weit oben konnte er sich die Inseln anschauen und dann rasend schnell hinabzoomen und mitten unter dem Volk sein, das ihm unterworfen war. Sie beteten zum ihm und hatten Ehrfurcht vor jeder seiner Launen. Wenn es ihm gefiel, ließ er einen Felsbrocken über ihr Dorf rollen oder schaute zu, wie sein Riesenlöwe Bewohner verspeiste. Da die Gesichter der Figürchen nicht erkennbar waren, konnte er bei Bedarf so tun, als seien sie nervende Lehrer oder Klassenkameraden. Er zählte nicht mit, wie viele Tode er den Besserwisser Kon auf diese Weise sterben ließ.

Als er nach ein paar Monaten mehrmals alle Inseln erobert und alle anderen Götter bezwungen hatte – mal auf der guten, mal auf der bösen Seite –, wurde es ihm langweilig in seinem Olymp. Freilich genoss er es, wenn die Leute taten, was er wollte. Doch je besser er sie im Griff hatte, umso einsamer fühlte er sich. Er stellte sich die für sein Alter ungewöhnliche philosophische Frage, ob es denn noch etwas Höheres gab, als Gott zu sein. Wenn nicht, so dachte er, dann müsste er eigentlich sein Leben beenden. Denn alles, was nun kam, war ein Rückschritt. Andererseits: Wenn er jetzt starb und womöglich in den Himmel kam, war er ja wieder am selben Ausgangspunkt.

So stieg Jakob ernüchtert von seinem Olymp herab, schaltete den PC aus und begann zu zeichnen. Er zeichnete, was ihm in den Sinn kam, und das waren zunächst einmal die Kreaturen aus *Black & White*. Während er sie aufs Papier brachte, fühlte er sich ihnen ganz nah. Es waren nur Bleistiftstriche und sie waren längst nicht so ausgereift wie die Computergrafik. Aber sie waren durch seine Hand entstanden, und diese Hand wurde mit jedem Bild besser.

Zwei Jahre später gewann er den Zeichenwettbewerb aller neunten Klassen im Landkreis. Eine Zeremonie gab es nicht, aber immerhin gratulierte ihm der Schulleiter persönlich – auch wenn er noch einmal nach seinem Namen fragen musste. Abends ließ die Mutter zu Hause anstoßen. Der Vater hatte momentan Stress im Betrieb und sagte: »Schön, dass sich dein Hobby auch mal auszahlt.« Er sagte das mit übersteigerter Ironie. Jakob empfand sie als so übersteigert, dass ihn der blanke Ernst hinter den Worten geradezu anwiderte.

Mit siebzehn Jahren verliebte sich Jakob. Valerie war nicht das erste Mädchen, das er toll fand, aber sie war seine erste ernsthafte Liebe. Zuerst waren es nur ihre süßen Ohrläppchen, die ihn an die Hefeteigtäschchen erinnerten, die seine Mutter ihm früher aus der Bäckerei mitgebracht hatte. Jakob musste im Unterricht in der zehnten Klasse ständig auf ihr Ohr schauen, einmal zeichnete er es sogar ab. In der elften Klasse merkte er, dass Valerie auch sonst eine Menge Vorzüge hatte und von ziemlich vielen Jungen gemocht wurde.

Jakobs Chance kam unerwartet auf der Party seines Freundes. Seit einigen Monaten hatte er angefangen, häufiger auf Partys zu gehen und sich modisch zu kleiden. Valerie hing an dem Abend die ganze Zeit mit zwei Typen herum, die sie unmöglich toll finden konnte. Jakob hielt Abstand, beobachtete sie und trank ein *Desperados* nach dem anderen.

Später ging die große *Singstar*-Gaudi los. Die wenigsten Kandidaten brachten noch einen geraden Ton heraus. Jakob hatte glasige Augen, nahm nur noch wenig wahr, nur, dass ihm einer ein Mikrofon in die Hand drückte. Dann ertönten die Klänge von »Careless Whisper«, und weil sie ihn alle drängten, endlich loszulegen, sang er.

Als das Lied zu Ende war, war es still geworden und sie schauten ihn an, als hätte George Michael persönlich den Raum betreten. »Wow, ich hatte fast Tränen in den Augen«, sagte Valerie zu ihm.

Sie meinte es offenbar ehrlich, denn zwei Tage später hatten sie eine Verabredung. Jakob nahm sie mit ins Kino. Dann lud er sie zu sich nach Hause ein. Er zeigte ihr seine Bildersammlung, die sonst keiner zu sehen bekam. Sie sagte fasziniert: »Du überraschst einen immer wieder.« Das machte ihn stolz. Er lud sie wieder ein, sie schauten die Extended Edition von *Herr der Ringe*, die Jakob schon fünfmal gesehen hatte. Doch da sagte Valerie irgendwann: »Mir wirds ein bisschen langweilig. Können wir nicht etwas anderes machen?«

Jakob setzte alles auf eine Karte. Er bereitete ein paar Tage später im Keller ein Candle-Light-Dinner vor. George Michael erklang im Hintergrund und der Rotwein glühte in den Gläsern. Als Valerie den Raum betrat, fragte sie nur: »Was ist *das* denn?«

»Überraschung. Setz dich.«

»Du meinst das nicht ernst, oder?«

Jakob strahlte. »O doch.«

»Spinnst du? Fehlt nur noch, dass du einen Ring aus der Tasche ziehst.«

Jakob druckste herum, sie schüttelte den Kopf und sagte, sie müsse gehen. An der Tür fragte er sie, was los sei.

»Jakob, du bist … verrückt. Ganz ehrlich: Hast du wirklich geglaubt, wir beide …?«

»Wie? Wie meinst du das?«

»Jakob … Du bist ja wirklich ein netter Typ, aber das heißt doch nicht, dass du gleich *mein* Typ bist.«

»Wieso, was fehlt dir an mir?«

»Himmel, du bist ein Träumer. Jemand wie ich will etwas erleben, will Spaß haben, Action.«

»Dann sind wir also nicht zusammen?« Später wollte er die Frage am liebsten aus dem Protokoll streichen.

Valerie lachte nur, so wie jemand lacht, der glaubt, dass er auf einen Streich hereingefallen ist.

Von da an tat sie in der Schule so, als würde sie ihn nicht kennen, und Jakob schämte sich jedes Mal, wenn er sie sah. Später, als Valerie ungefähr jeden zweiten Monat einen neuen Freund hatte, verwandelte sich bei Jakob der Schmerz in Verachtung. Wenn er sie anschaute, sah er in ihr ein aufgetakeltes Flittchen. Und wenn er über sie sprach, machte er keinen Hehl aus seiner Geringschätzung.

In dieser Zeit entdeckte er *GTA IV*. Jakob wurde zum Gangster, der sich ungefragt Autos borgte, Frauen aufriss und andere Gangster vermöbelte. Eine ganze dreidimensionale Metropole, Liberty City, stand ihm zur Verfügung, und er konnte darin tun und lassen, was er wollte. Schon bald liefen die Bandenkriege am Rande ab und es faszinierte ihn viel mehr, als unauffälliger Fußgänger durch die Straßen zu schlendern oder mit einem Helikopter die schönsten Panoramablicke zu erhaschen. Später wurde ihm Liberty City zu alltäglich und er stieg auf Fantasy-Rollenspiele um.

Manchmal kam seine Mutter zu ihm ins Zimmer und bat ihn, doch auch an die Schule zu denken. Aber weil seine Noten einigermaßen konstant blieben, hatte sie kein gutes Argument in der Hand. »Mein Junge«, sagte sie, »du bist den ganzen Tag daheim, aber ich habe das Gefühl, du bist gar nicht mehr da.« Dabei nahm ihre Stimme einen so leidenden Ton an, dass Jakob häufig die Pausetaste drückte und fragte: »Brauchst du Hilfe in der Küche?«

Das Abitur forderte Jakob weniger heraus als die Entscheidung, was er danach tun sollte. Genauer gesagt, was er seinem Vater sagen sollte, der ihn in zunehmend drohendem Ton aufforderte, bald einen Vorschlag zu machen. Dabei hatte Jakob seit Langem eine Idee; es war sogar mehr als eine Idee, es war ein Traum. Doch wenn er sich vorstellte, wie die Gesichtszüge seines Vaters entgleisen würden, wenn er am Esstisch bekannt gab, er wolle Grafikdesigner werden, verwies er seine Idee sofort ins Reich der Träume zurück.

Stattdessen begab er sich in die Welt von *Minecraft*, eine Welt, die so sehr seine eigene wurde wie noch keine zuvor. Sie bestand eigentlich nur aus immer gleichen Würfeln, die eine primitive Landschaft formten. Es gab keine Personen, keine Geschichte, keine Vorgaben. Man fing einfach an, seine Umgebung zu formen. Zuerst baute Jakob eine billige Holzhütte, dann grub er einen Keller darunter, dann zog er eine Mauer, baute einen Turm und hatte schon bald eine mächtige Burg. Er legte eine mehrstufige Seenlandschaft an, erfand Höhlensysteme und beleuchtete sie mit Fackeln, schuf gigantische Grotten und baute ein glasüberdachtes Dorf auf dem Meeresgrund. Gleich neben den Wolken ließ er jene Himmelsstadt entstehen, die er einst aus seiner Fantasie gezeichnet hatte. Sein größtes Projekt wurde ein Riesenturm mit japanischer Fassade. Berge und Bäume mussten weichen, als Jakob die Grundmauern zog. Vier Wochen schichtete er Klötzchen auf Klötzchen, kletterte an seinen selbst geschaffenen Mauern entlang und ließ den Turm immer noch ein Stückchen höher wachsen. Er hätte lange weiterbauen können, doch irgendwann musste er sich zu einem Ende entschließen. So verpasste er seinem Turm ein Dach und reichte ihn bei einem Internet-Contest ein. Dort musste er sich knapp gegen eine Kathedrale geschlagen geben, die ein sechsköpfiges Team gebaut hatte. Doch immerhin hatten 95 000 Menschen seinen Turm auf *YouTube* gesehen.

»Jakob«, sagte sein Vater eines Abends im dämmrigen Zimmer, »du hast jetzt lange genug nachgedacht. Dein Bruder hat schon mit vierzehn gewusst, was er werden will, und hat etwas Handfestes gelernt. Und du scheinst dir mit neunzehn noch nicht mal Gedanken gemacht zu haben.«

Jakob schluckte, als er das hörte, denn er wusste, dass der Vater das Zimmer ohne eine Entscheidung nicht verlassen würde. Sven war mit seinen zweiundzwanzig Jahren bereits kurz davor, seinen Meister zu machen. Er hatte Leute unter sich, die doppelt so alt waren wie er, und leitete sie so selbstbewusst an wie ein gütiger Feldherr. Aber es stimmte nicht, was der Vater sagte. Jakob hatte sich sehr wohl Gedanken gemacht. Und so schwer es ihm fiel, er musste sie jetzt aussprechen: »Was hältst du von BWL?«

Der Vater dachte nicht lange nach. »Ist sehr gefragt heutzutage. Für einen Kopfmenschen wie dich wahrscheinlich ganz sinnvoll. Weißt du auch schon, wo?«

»Ich dachte, hier an der Uni.«

»Hab ich mir gedacht, dass du das willst. Aber das hat gar keinen Zweck. Du musst mal rauskommen.«

»Was?«, fragte Jakob ungläubig.

»Du bist volljährig und ich sehe nicht ein, weshalb du deinen Eltern noch auf der Tasche liegen solltest. Wir schießen gerne was bei. Aber du musst dir endlich mal was Eigenes suchen.«

Jakob war zu perplex, um antworten zu können. Sein Vater schien dies als Einsicht aufzufassen. »Ich denke, das nächste Jahr wird dir sehr guttun.« Damit ging er nach draußen.

Es war entschieden. Und es gab nichts, was daran etwas hätte ändern können. Von nun an schwieg Jakob seinen Vater an. Wer seinen Sohn loshaben wollte, der sollte ihn wirklich los haben. Selbst als der Vater nach ein paar Monaten Briefe zu schreiben begann, antwortete Jakob nicht.

Nach dem schicksalhaften Gespräch wollte er die Dinge selbst in die Hand nehmen. Er schrieb sich in der nächsten Stadt für sein Studium ein, was ihm noch recht leichtfiel. Der Gedanke an die Wohnungssuche ließ ihn jedoch verzweifeln. Da kam ihm ausgerechnet Kon zur Hilfe. Kon fing an der gleichen Uni mit seinem Philosophiestudium an. Binnen kürzester Zeit hatte er eine Wohnung aufgetrieben und prompt fragte er Jakob, ob er mit einziehen wolle. Der brauchte nicht lange zu überlegen, obwohl ihm der Gedanke unangenehm war, unter Kons Führung in einer WG zu leben.

Ein gutes Jahr war das nun her. Und seine Befürchtungen hatten sich Tag für Tag bestätigt.

3

Mit kleinen Augen stand Jakob, vom Wecker aus dem Bett gekrächzt, vor dem Spiegel und fuhr sich durchs Haar. Die braunen Locken hatten heute wenig Ordnung, aber meist fanden sie im Lauf des Tages von alleine ihren Platz. Für seine Schultern galt das nicht – sie hingen weitaus schlaffer herab, als er sich das wünschte, und das würde sich auch nicht ändern. Ebenso wenig, wie das tropfenförmige Muttermal an seinem Ohr verschwinden würde.

Das Einzige, was sich ändern konnte, war die Wahrnehmung. Sechzehn seiner zwanzig Lebensjahre hatte er gebraucht, um einzusehen, dass seine Nase und die braunen Knopfaugen durchaus als attraktiv durchgehen konnten und dass nicht alle Mädchen etwas gegen helle Haut hatten – sonst würden ja nicht sämtliche Teenies auf diesen dubiosen *Twilight*-Star abfahren.

Jakob zog sich die Jeans und den ausgeleierten *Herr-der-Ringe*-Pulli von gestern über, öffnete das Fenster zum Lüften und verließ das Zimmer.

»Morgen«, grummelte er, als er in die Wohnküche kam, wo Kon und Pierre bereits eine lebhafte Diskussion führten. Pierre saß meist schon vor acht beim Frühstück, kurz darauf kam Kon mit einem *Starbucks*-Becher aus Pappe und der *Financial Times* in die Küche.

Auch heute war es nicht anders. Pierre saß vor seinem Müsli, Kon lehnte an der Arbeitsplatte und schlürfte seinen doppelten Mokka ohne Zucker.

Jakob erntete ein flüchtiges »Morgen«, steckte zwei Scheiben Weißbrot in den versifften Toaster und durchforstete die Schränke auf der täglichen Suche nach seinem *Nutella*.

»Du willst mir also ernsthaft das Schnarchen verbieten?«, sagte Kon mit einem süffisanten Lächeln zu Pierre.

»Ich habe nichts von verbieten gesagt«, antwortete der ihm und schob seine Hornbrille hoch – was er immer tat, wenn er um das bessere Argument bemüht war. »Es geht nur darum, dass du mein Problem siehst.«

»Dein Problem ist, dass du hypersensibel bist, wenn es ums Schlafen geht. Kann ich was dafür?«

»Du schnarchst.«

»Hab ich nichts von gehört.«

»Aber Jakob hat es sicher gehört, hab ich recht?«

Zum ersten Mal schauten sie beide zu ihm herüber. Jakob suchte noch immer sein *Nutella*. Wahrscheinlich hatte es Kon wieder mit in sein Zimmer genommen. Jakob hatte genau zugehört und sagte: »Kann sein, ja.«

»Siehst du, er hats gehört und trotzdem geschlafen«, griff Kon die Antwort auf.

»Eine WG lebt davon, dass wir aufeinander Rücksicht nehmen«, konterte Pierre.

»Und jedem seine Freiheit lassen, oder?«

»Freiheit ist nicht möglich, wenn meine Freiheit von der Freiheit eines anderen beeinträchtigt wird.«

»Womit wir wieder beim alten Paradoxon wären«, sagte Kon und nahm einen langen Schluck.

Jakob gab die Suche auf und schnappte sich die Erdnussbutter. Schweigend bestrich er den Toast. Die beiden würden vermutlich gleich wieder bei ihren Philosophen landen; Pierre würde mit Marx argumentieren und Kon würde seinen Nietzsche auspacken. Jakob hatte sich keine Vorstellung davon gemacht, was es bedeutete, mit Philosophiestudenten in einer WG zu leben. Jede Alltäglichkeit wurde zu einem weltentscheidenden Moment. Er kannte die Argumente längst, aber sie schienen jedes Mal von revolutionärer Bedeutung zu sein.

Der Instantkaffee war leer, Jakob erwischte nur noch einen halben Löffel. Ausgerechnet nach so einer Nacht!, dachte er sich.

»Sorry, Mann«, sagte Kon, der ihn beobachtete. »Hab mir gerade noch einen Löffel reingerührt. Die machen den bei *Starbucks* nicht stark genug.«

»Kein Problem, Mann.« Jakob setzte sich zu Pierre an den Tisch. Auch das »Sorry« konnte nicht verhindern, dass er Kon innerlich ein weiteres Mal verfluchte. So wie gestern, als Kon den Gummischaber auf der heißen Herdplatte hatte liegen lassen. Jetzt klebte das schwarze Zeug daran und vermutlich würde das auch noch zwei Wochen so bleiben, falls Pierre ihn nicht zur Rede stellte.

»Es gibt da Methoden, wie man sein Schnarchen in den Griff bekommen kann. Schau doch mal ins Internet!«

»Danke. Fehlt nur noch, dass du mir einen Termin beim Psychologen machst.«

»Ein bisschen guten Willen könntest du wenigstens zeigen.«

»Soll ich die Wände dicker machen lassen? Schließlich bin ich Hauptmieter. Das geht dann natürlich auf meine Kosten«, witzelte Kon mit seinem ironischen Unterton, der einen zum Würgen brachte.

Pierre schüttelte den braunen Lockenkopf und schlürfte sein Müsli. Auch er wirkte nicht gerade ausgeschlafen. Vermutlich hatte er sich die ganze Nacht aufgeregt und überlegt, wie er sich heute Morgen bei Kon beschweren könnte. Vielleicht hatte er auch gegen die Wände getrommelt. Jedenfalls hatte er dieses Glühen in den Augen, das sich jedes Mal zeigte, wenn er eine große Ungerechtigkeit witterte. Pierre schrieb für die Uni-Zeitung und wenn er wieder auf einen Skandal gestoßen war, hatte er genau diese Glut in den Augen. Manchmal empfand Jakob das als ziemlich stressig, aber heute Morgen fühlte er sich wohl neben dem zornigen Pierre am Frühstückstisch. Der Anlass mochte lächerlich sein, aber wie immer hatte Kon diese Anfeindung durchaus verdient.

Mit jedem Tag fand Jakob es unerträglicher, wie elegant Kon andere Menschen von seiner Meinung überzeugen konnte und mit welcher Sicherheit er bereits über seine Zukunft redete. Konstantin wusste, dass er eines Tages die Firma seines Vaters übernehmen würde und dass er auch das Zeug dazu hatte. Er ließ keine Gelegenheit aus, die anderen spüren zu lassen, wie lächerlich ihr eigenes Dasein im Vergleich dazu war. Und als ob das nicht genug wäre, schien er sein Studium auch noch mit links zu machen und dabei ausreichend Zeit zu haben, regelmäßig Mädchen abzuschleppen.

»Ich sag euch was«, sagte Kon mit Blick auf seine Zeitung, »diese Politiker sind eine einzige Peinlichkeit. Die werden uns noch alle zu Bettlern machen.« Mit diesen Worten verließ er den Raum in Richtung Zimmer.

»Schon gemerkt? Wir leben mit einem Großkotz zusammen«, sagte Pierre, ohne seinen Blick zu erheben.

»Ich kenne ihn schon lange. Man gewöhnt sich dran.«

»Du vielleicht. Aber da hast du die Rechnung ohne mein halb französisches Temperament gemacht.« Er stand auf und stellte die Schüssel in die Spüle. »Der Kerl kann sich nicht alles erlauben, nur weil er der Hauptmieter ist.«

»Ich bin froh, eine Wohnung zu haben.«

»Du wärst wahrscheinlich auch mit einem Hasenstall zufrieden.« Pierre schüttelte den Kopf und verschwand in seinem Zimmer.

Später war Jakob allein in der Wohnung, Kon und Pierre waren zur Uni gegangen. Jakob spülte sein Geschirr und dachte an seinen Sieg über den Drachen Forwin, der ihm beim zweiten Anlauf gelungen war. Diesmal war er früher zum See gerannt, und dort hatte der Drache mit seinen Feuerattacken keine Chance mehr gehabt. Ein paar gezielte Hiebe hatten Forwin aus der Luft geholt. Dann hatte Jakob ihm die Schwanzspitze abgeschlagen, sie in seinem Inventar verstaut und anschließend den Schatz in der Höhle geborgen. Im Dorf Kamra hatten sie ihn wie erwartet gefeiert. Danach, es war schon kurz vor fünf, hatte er das Spiel beendet. Er konnte es kaum erwarten, wenn er nachher von der Uni heimkam, im Triumph vor Rouan zu treten und um ihre Hand anzuhalten. Zwei Seminare heute, dann war es soweit.

Jakob stellte den Teller in den Schrank und hängte das Trockentuch an den Haken. Die Erdnussbutter räumte er zu den Vorräten. Da fiel ihm ein, dass er noch sein *Nutella* vermisste. Jede Wette, dass es bei Kon im Zimmer war!

Obwohl er wusste, dass Kon nicht zu Hause war, öffnete er die

Zimmertür ganz vorsichtig und blickte sich dabei ständig um. Als er sich sicher fühlte, betrat er das Zimmer. Es wunderte ihn, wie sorgfältig Kon Ordnung hielt. Nur das Nötigste schien herumzuliegen. In der Ecke waren ein paar Hanteln zu sehen, auf dem Sofa ein Satz Kleider, und der Schreibtisch hatte noch viel freie Fläche. Und dort neben dem Monitor stand sein *Nutella*-Glas. Es war fast leer. Verärgert schnappte Jakob sich das Glas und wollte wieder gehen.

Da fiel sein Blick auf einen Zettel auf dem Schreibtisch. Es war ein Brief vom Vermieter, offenbar die Quartalsabrechnung der Wohnung. Zunächst war es nur die Neugier, die ihn die Zahlen studieren ließ. Die Abrechnung besagte, dass der Hauptmieter Konstantin Ludnow für 79 Quadratmeter eine Monatsmiete von 780 Euro zu bezahlen hatte. Nach wenigen Sekunden Nachdenken traf ihn der Schlag, als ihm klar wurde, dass die monatlichen 280 Euro, die er und Pierre bezahlten, Kons Beitrag bei Weitem überstiegen.

Er rechnete noch einmal und kam wieder zu demselben Ergebnis: Kon zahlte 60 Euro weniger.

Dieser Mistkerl betrog sie!

Schnell ging er in sein Zimmer, machte eine Kopie und legte den Brief auf Kons Schreibtisch zurück. Dann nahm er ein Maßband, prüfte alle drei Zimmer und stellte fest, dass Kons Zimmer sogar einen Quadratmeter mehr hatte als die anderen beiden.

Er setzte sich an den Küchentisch. Vor ihm lag die Kopie der Abrechnung. Pervers war das, nichts als pervers. Einerseits war es ihm eine Genugtuung, endlich schwarz auf weiß zu sehen, was für ein mieser Charakter der nach außen hin so perfekte Kon in Wirklichkeit war. Andererseits keimte in ihm die bittere Erkenntnis auf, dass Kon ihn nicht aus Gutmütigkeit in die WG aufgenommen hatte, sondern weil er wusste, dass er mit Jakob so etwas machen konnte. Schon früher hatte Jakob zu den Losern gezählt und jetzt gehörte er wieder dazu. Man konnte ihn jeden Monat um sechzig Euro bescheißen und dabei, wie es aussah, noch nicht einmal ein schlechtes Gewissen haben.

Er hatte Angst. Sein Fund machte ihn zur alles entscheidenden Person. Wenn er Pierre davon erzählte, würde die WG in die Luft fliegen, das war sicher. Pierre würde Kon richtig zur Sau machen und dann ausziehen. Kon würde sich wutentbrannt Jakob vorknöpfen, ihm etwas von »Undankbarkeit« erzählen und ihn dann rausschmeißen. Jakob würde auf der Straße landen. Er würde als kleine Gestalt zwischen Koffern, Möbeln und Computersachen auf dem Gehweg stehen und keine Ahnung haben, wo er hin sollte. Allein die Vorstellung jagte ihm einen Schauder über den Rücken.

Er musste nachdenken, gut überlegen, wie er vorgehen wollte. Immerhin hatte er die Kopie. Er konnte sie aufbewahren und zum richtigen Zeitpunkt einsetzen.

Mit zittrigen Händen nahm er das Blatt, ging in sein Zimmer und legte es in die Schublade.

4

Evertale war Jakobs Zuhause geworden. Im Gegensatz zu *Minecraft* gab es dort Menschen, die ihn bewundern konnten. Die schier unendlich große Welt von *Evertale* war bewohnt von verschiedenen Völkern und Rassen, und es war unmöglich, auch nur annähernd allen von ihnen einmal zu begegnen. Es gab keine echten Menschen wie in den bekannten Onlinerollenspielen, nur künstliche. 80 000 NPCs[1] lebten in den siebzig Regionen, alle mit einem eigenen Gesicht, Namen, Beruf und Charakter.

Das Beste aber war: *Evertale* ließ seinen Helden nicht eine geskriptete Geschichte erleben, eine Auswahl aus einem Netz von vorgefertigten Handlungsoptionen. Nein, das Spiel erzählte selbst. Mit der Erschaffung der »Story-Engine« hatte der Entwickler Dante Entertainment das Erzählen in Computerspielen revolutioniert. Ein aufwendiger Programmcode war von zwölf Schriftstellern mit allen nur vorstellbaren Plotelementen gefüttert worden, dazu mit Handlungsregeln für unterschiedliche Gemütszustände, Charaktermerkmale und soziale Beziehungen.

Das Ergebnis war, dass *Evertale* mit den vorhandenen Figuren und Schauplätzen ohne menschliches Zutun unbegrenzt viele Geschichten selbst generieren konnte – und zwar solche, die sich aus dem Handeln des Spielers ergaben.

So erlebte jeder, der *Evertale* spielte, eine gänzlich andere Geschichte, *seine* Geschichte. Sie war – wie im wahren Leben – nie abgeschlossen, denn das Programm fügte unentwegt neue Plotwendungen hinzu.

Jakob war als Schwertkämpfer Darian in *Evertale* unterwegs. Er war stämmig, muskulös, seine schulterlangen schwarzen Haare und sein Bart gaben ihm Autorität. Inzwischen hatte er fünf Regionen von vorne bis hinten bereist und doch nur einen Bruchteil der Welt gesehen.

Seine Geschichte handelte von Mut. Er hatte ihn vor den größten Machthabern der Gegend bewiesen und sich einen Ruf als loyaler Ritter erkämpft. Im Krieg zwischen den edlen Kubekern und den wikingerartigen Revanoken hatte Darian der Seite Kubeschs zu manchem Sieg verholfen. Das Königshaus der Kubeker schätzte ihn und hatte ihm für seine Dienste eine Diamantrüstung geschenkt.

Sein Triumph letzte Nacht war der vorläufige Höhepunkt seiner Erfolgsgeschichte in *Evertale*. Wo auch immer er in der Region Kubesch hinkam, man würde ihn auf seinen Sieg über den Drachen Forwin ansprechen.

Und so stieg Darian mutigen Herzens die Marmortreppen im Schloss der Fürstin Rouan hinauf. In der Empfangshalle blickten ihn die Diener freundlich an. Er hoffte, dass sie bald auch *seine* Diener waren.

»Wen wünscht Ihr zu sehen?«, fragte der Hofmarschall von der Galerie über ihm.

»Die Fürstin.«

»Habt Ihr Euren Auftrag erledigt?«

»Selbstverständlich«, antwortete Darian und er zeigte Forwins Schwanzspitze vor.

»Ich gratuliere Euch, edler Ritter. Folgt mir, ich bringe Euch zur Fürstin.«

Der Hofmarschall marschierte los, Darian folgte ihm durch die prunkvollen Gänge mit dem lila-roten Fliesenmuster.

Sie erreichten das Gemach im oberen Stockwerk. Der Marschall öffnete die Flügeltür und kündigte in feierlichem Ton Ritter Darians Rückkehr an.

Die Halle war durchflutet von Sonnenlicht, Rouan war am Fenster kaum zu erkennen. Erst als sie sich umdrehte und sich ihm in ihrem weißen Kleid näherte, konnte er sich an ihren feinen Gesichtszügen erfreuen. Wie oft war er schon hier gewesen! All die hohen Fürsten und Könige waren leichter zu überzeugen gewesen als sie. Doch heute würde sie sich ihm nicht mehr verweigern können.

»Ritter Darian, Ihr seid schon zurück?«

»Jawohl, meine Herrin. Und ich habe Euch Geschenke mitgebracht.«

»Ich bin gespannt.«

Er kannte diesen Gesichtsausdruck nur zu gut, dieses Spiel zwischen förmlichem Desinteresse und höchster Erregung. Selbstsicher holte Darian die exotische Brosche hervor und reichte sie der Fürstin. »Aus der Höhle des Drachen Forwin.«

Sie nahm das matte Schmuckstück entgegen, musterte es und trat zum Spiegel. Dort hielt sie es sich ans Dekolleté und sagte: »Ganz hübsch. Von wem der Drache das wohl geraubt hat?«

»Ich bin sicher, keiner Frau steht sie so gut wie Euch.«

»Ich danke Euch, Ritter Darian.« Sie drehte sich um. »Und woher weiß ich, dass Ihr die Brosche nicht irgendwo auf dem Markt gekauft habt?«

Darian griff erneut in die Tasche. Ein grün-geschupptes Etwas, eine halbe Elle lang, kam zum Vorschein. Rouan zuckte angewidert zurück und sagte: »Schon gut, Ihr könnt es wieder einstecken. Ich glaube Euch.«

»Das freut mich, Herrin.«

»War es ein schwerer Kampf?«

Jakob versuchte, ihren detailliert animierten Augen abzulesen, welche Art von Antwort sie erwartete. Er entschied sich für die souveräne Variante und klickte sie an.

»Gewiss nicht der einfachste in meinem Leben. Aber mit Eurem Bild vor Augen führte sich mein Schwert wie von allein.«

»Dem entnehme ich, dass Ihr Euch nicht sonderlich verausgabt habt. Würdet Ihr sagen, dass ich Eurer ganzen Mühe wert bin?«

»Gewiss doch.«

»Dann will ich ein echtes Abenteuer von Euch.«

»Ich würde nicht sagen, dass es kein Abenteuer war.«

»Was Ihr mir erzählt, klingt aber wenig aufregend. Und einem wenig aufregenden Mann kann ich unmöglich meine Gunst schenken – geschweige denn mein halbes Fürstentum. Die Revanoken sind an der Nordostküste in mein Gebiet eingedrungen. Sie planen einen großen

Angriff. Überfallt ihr Lager und vertreibt sie, dann will ich die Eure sein.«

Die Fürstin wandte sich ab und machte es ihm unmöglich, noch etwas zu erwidern.

Jakob ließ das Spiel pausieren. Mit einem Grummeln lehnte er sich zurück. Was fiel dieser Frau eigentlich ein! Sie hatte nicht die geringste Ahnung, was er im Gebirge über Kamra erlebt hatte. Sie hatte die Feuerzungen nicht gespürt und das Heulen des Drachen nicht gehört, sonst würde sie anders reden.

Dieses bescheuerte Spiel! Sollte er rausgehen und sich etwas zum Abendessen machen? Nein, Kon und Pierre waren vermutlich wieder zu Hause und er hatte keine Lust, jemandem zu begegnen. Noch weniger Lust hatte er auf Kons Sprüche. Und überhaupt hatte er auf diese ganze Welt schon lange keine Lust mehr.

Die Sache mit der Miete stresste ihn. Und als er merkte, dass der Stress ihn zu beherrschen drohte, beschloss er, dass Rouan ihre Schlacht haben sollte. Eine Schlacht, die sich gewaschen hatte. Und dann konnte sie ihn nicht mehr ablehnen.

Jakob beugte sich wieder nach vorn. Er griff nach der Maus, platzierte seine Finger über den WASD[2]-Tasten und verließ das Pausenmenü. Entschlossen steuerte er seinen Ritter aus der Halle, am Hofmarschall vorbei und hinaus ins Freie.

Er öffnete die Übersichtskarte und schaute nach der Stelle, von der Rouan gesprochen hatte. Es musste dieses Hafendorf sein, wo die Revanoken gelandet waren. Er setzte eine Markierung und verließ die Karte wieder. Sein Pferd stand noch vor dem Schloss und wartete auf Darian.

»Bringen wirs hinter uns«, nuschelte Jakob dem Monitor zu und gab dem Pferd die Sporen. Er musste über eine Hügelkette reiten, vorbei an einem nebelverhangenen Wäldchen, wo ihm Räuber auflauerten. Kurzerhand zückte er das Schwert und säbelte sie vom Pferd aus nieder, was ihn einige Minuten kostete. In Momenten wie diesen wünschte er sich, dass er Darian mit Zauberfähigkeiten ausgestattet hätte. Dann hätte er nun einen Eisblitz schicken können und die lästigen Kerle wären schneller erledigt gewesen. Vom Pferd aus waren seine bestens ausgebildeten Nahkampfskills nur die Hälfte wert.

Bald hatte er die Ostküste erreicht. Das Wasser schlug eindrucksvoll gegen die Felsen. Jakob vermutete, dass für die Spritzer echte Grafikpartikel verwendet wurden. Wahnsinn, wie viele Texturen[3] die Designer allein für die Steine hier gezeichnet haben mussten.

Je länger er ritt, umso kleiner wurden die Felsen und bald wurden sie von einem weiten Sandstrand abgelöst. Dort, wo das Wasser sich schäumend zurückzog, hinterließ es eine glänzende Sandfläche und offenbarte hier und da eine Muschelschale. Feinarbeit. Und das, obwohl kaum ein Spieler diese Gegend je besuchen würde. Laut der Übersichtskarte zog sich dieser Strand noch eine ganze Weile.

Doch dann geschah etwas Merkwürdiges: Zuerst erblickte er weit weg nur einen schmalen, senkrechten Streifen am Ufer. Bald erkannte er, dass der Streifen vom Boden aus bis in die Wolken zu reichen schien und dass es eigentlich kein Streifen war, sondern eine Säule. Und als er die Säule erreicht hatte, erstarrte sein Finger über der Maus. Jakob redete sich gut zu, dass er sich in einem glaubwürdigen Fantasyspiel bewegte und dass ein solcher Schwachsinn höchstens in alten 3-D-Shootern vorkam, um zwei Levels anständig zu verbinden. Doch was hatte *das* hier in *Evertale* verloren?

Vor seinem schnaubenden Pferd, mitten im Sand, wartete ein metallener, grellweiß beleuchteter Fahrstuhl.

5

Darian hoffte, das Pferd würde ihn nicht im Stich lassen, bis er zurück war. Er hatte ein mulmiges Gefühl in diesem engen Raum, der ihn in eine ungewisse Höhe trug. In den Metallwänden konnte er sich selbst unscharf sehen und feststellen, dass seine Rüstung ironischerweise ganz gut zu den Wänden passte. Ansonsten aber war das Ganze ziemlich verwirrend. Das leise Summen und die gelegentlichen Pieptöne erschienen ihm – wie alles andere in diesem Innenraum – wie aus einer anderen Welt. An der Tür gab es zwei Leuchtknöpfe, einen mit Pfeil nach oben und einen mit Pfeil nach unten. Wenn es Letzteren nicht gegeben hätte, wäre Darian sicher nicht eingestiegen.

Ohnehin hatte er lange nachgedacht, war ein paarmal um die Kabine herumgeschlichen und hatte alles abgeklopft. Er hatte sich gefragt, ob diese Konstruktion überhaupt Sinn ergab. An den vier Ecken ragte jeweils ein Stahlpfeiler aus dem Boden, dessen Ende irgendwo ganz weit oben im Himmel sein musste. Mithilfe von Schienen war dic Kabine zwischen die Pfeiler eingespannt. Am Dach war ein starkes schwarzes Band befestigt, das ebenfalls bis in die Wolke ragte und leicht im Wind schwankte.

Natürlich war Jakob auf die Idee gekommen, dass das ein Easteregg[4] der Programmierer sein könnte, vielleicht eine kleine Hommage auf *Unreal* oder *Jedi Knight*. Das hatte ihn auch dazu bewogen, Darian schließlich den Aufzug betreten zu lassen. Eigentlich hatte er an dieser Stelle abspeichern wollen, doch komischerweise war das innerhalb der Kabine nicht möglich. Kurzerhand hatte er sich entschlossen, das Geheimnis zu ergründen und den Knopf mit dem Pfeil nach oben zu drücken.

Nun stand Darian da und wartete. Es konnte sein, dass er sich noch unterhalb der Wolken befand, genausogut hätte er auch schon im Weltall sein können. Das Licht aus den Neonröhren blieb immer dasselbe.

Nach einer Weile ebbte das Summen ab und über der Tür blinkte eine grüne Leuchte auf. Darian positionierte sich so, dass er einen möglichen Angreifer hinter der Tür sofort erwischen würde. Doch als die Tür zur Seite geschoben wurde, blickte er nur in einen leeren, weißen Korridor.

Vorsichtig, das Schwert noch immer griffbereit, wanderte er den Gang entlang. Jeder seiner Schritte hallte nach. Auch hier gab es nur das Neonlicht. Wenn er nur wüsste, in welcher Höhe er sich eigentlich befand! Der Gang machte einen Knick und wieder ging es ein langes Stück geradeaus. Sein Fußmarsch führte ihn zu einem Durchgang, wo der Korridor in einen noch breiteren Bogengang mündete. An der Wand gegenüber sah Darian aufgedruckte Wegweiser. Links ging es zu den »Aufzügen 17–48«, rechts zur »Empfangshalle«. Darian war versucht, sich links zu halten und zu schauen, wohin wohl die anderen Aufzüge führten. Doch es schien ihm klüger, erst einmal einen Menschen zu treffen und etwas über diesen Ort zu erfahren.

So marschierte er rechts weiter, vorbei an vielen weiteren Einmündungen, über denen je eine Aufzugnummer stand. Der Bogengang führte ihn schließlich zu einer Rolltreppe.

Jetzt ist es aber wirklich genug, dachte sich Jakob. Ein mittelalterlicher Ritter auf einer futuristischen Rolltreppe! Ausgerechnet die Macher von *Evertale* erlaubten sich solch einen atmosphärischen Bruch. Warum hatte er noch in keinem Forum etwas darüber gelesen?

Die Rolltreppe war nicht besonders lang und schon bald fand er sich in einem gigantischen Raum wieder, der von Tageslicht durchflutet wurde – dabei war nirgendwo ein Fenster zu sehen. Die Halle war oval, fast alle Kanten waren abgerundet und in weißem Hochglanzlack gehalten. Nur der Boden war mit schwarzem Teppich bedeckt. In der Mitte der Halle sah Jakob einen geschwungenen Tresen mit viel Milchglas, daneben eine Sitzgruppe mit roten Designerpolstern und ein paar Gummibäume.

»Guten Tag. Wen darf ich melden?«

Erst jetzt bemerkte Jakob die Frau hinter der Theke. Ihr geflochtener Zopf lag nach vorn über ihrer Schulter. Jakob lenkte den Ritter langsam zum Tresen. Er wollte antworten, doch da waren keine Sätze, die er anklicken konnte.

»Stellen Sie sicher, dass ein Mikrofon an den PC angeschlossen ist«, sagte die Frau mit einem Lächeln.

»Wie bitte?«, raunte Jakob. Er wusste, dass ein Mikrofon in seinem Bildschirm eingebaut war. Aber wozu sollte das gut sein?

»Danke. Ihr Mikrofon funktioniert.«

»Soll das ein Witz sein?«

»Keineswegs.«

Wie abgefahren war das denn?! Er sagte etwas und der NPC antwortete ihm.

Jakob fiel nur eine Erklärung ein: Seine Spracheingabe wurde über das Internet an die Betreiber weitergeleitet und dort saß irgendeine viel beschäftigte Mitarbeiterin, die mit ihm ein Netzwerkgespräch führte. An die vielen Ungereimtheiten, die sich daraus ergaben, wollte er lieber nicht denken.

»Also: Wen darf ich melden?«

»Äh … Darian … Ritter Darian.«

»Einen Moment.« Die Dame drückte einen Knopf und kündigte Darian bei jemandem an, der offenbar seinen Besuch erwartete. »Mister Quentin freut sich auf Sie. Folgen Sie einfach dem Navigator.«

Ein leuchtendes Dreieck erschien auf dem Bildschirm und wies Jakob in eine Richtung. Jakob ignorierte es und versuchte ins Pausenmenü zu gelangen – doch die Escape-Taste reagierte nicht. Nicht zu fassen, gehörte das alles zu diesem Easteregg? Er war versucht, Strg+Alt+Entf[5] zu drücken, merkte aber, dass er viel zu neugierig war und wissen wollte, was die Programmierer sich noch ausgedacht hatten.

Er folgte dem Dreieck und ließ sich von ihm durch ein Gewirr von Treppen und Gängen führen. Er landete zwei Stockwerke weiter oben in einem Büro, dessen Teppich grau war und dessen Wände Gemälde von bunten Landschaften zierten. Statt eines Fensters gab es ein Display, das die gesamte hintere Wand einnahm. Ein älterer Herr betrachtete darauf jenen Strand, von dem Jakob gekommen war.

Jakob räusperte sich. »Ist das hier das Mausoleum von Steve Jobs oder so was?«

Der Mann drehte sich langsam um und lächelte Darian an. Er wusste nicht, wieso, aber dieses Lächeln gab all den Korridoren und Hallen etwas Sympathisches.

»Guten Tag. Mein Name ist Quentin.« Jetzt musste eigentlich das Angebot kommen, Platz zu nehmen, aber da waren keine Stühle. »Ich nehme an, du bist etwas verwirrt.«

»Sehe ich so aus?«

Wieder dieses Lächeln. »Das Schöne ist: Du bist in einem Computerspiel. Und da ist alles möglich.«

»Aber nicht alles ist logisch.«

»Nein. Ich möchte mit dir auch nicht über Logik diskutieren.«

»Sondern?«

»Nichts Dramatisches: Ich habe einen Auftrag für dich.«

»Eine Quest[6]?«

»Sozusagen. Bist du interessiert?«

»Das kommt darauf an … ich meine, du hast mich den ganzen Weg hier raufgelockt …«

Zum ersten Mal schaute sich Jakob den Mann genauer an. Er trug ein buntes Gewand, fast wie ein Kaufmann im Orient. Ein grauer Bart bedeckte den Großteil seines Gesichts und hinten am Kopf schien sich eine Glatze ausbreiten zu wollen.

»Ich verstehe deine Unsicherheit. Aber auch ich handle nur im Auftrag meines Herrn. Das hier ist ein Außenposten und ich bin der Verwalter.«

»Wo sind wir?«

»Irgendwo über den Wolken von *Evertale*. Aber da es hier keine Fenster gibt, ist es ja eigentlich irrelevant, wo genau wir sind.«

»Was für ein Herr ist das?«

»Sagen wir: jemand, der vom Spiel nicht vorgesehen ist, der sich aber gerne in das Spiel einmischt.«

»Ich verstehe.« Das war gelogen, aber Jakob hatte keine Lust, weiterzubohren. Überhaupt kam ihm das Ganze immer alberner vor.

Fehlte nur noch, dass man ihm eine Mission anbot, von der »nichts Geringeres als das Schicksal der Menschheit« abhing.

»Also: Hast du Interesse an einem Auftrag? Das Schicksal eines ganzen Landes hängt davon ab.«

»Kann ich mir denken«, sagte Jakob trocken.

Er sah Darian mit seiner Rüstung in einer spiegelnden Fläche an der Wand und musste wieder lachen. »Um was für ein Land geht es?«

»Es geht um Enruah.« Den Namen sprach Quentin mit Feierlichkeit aus, fast mit einem Brennen in der Stimme. »Das Land der wahren Seele. Es ist das Land, über das mein Herr regiert.«

»Davon habe ich nie gehört.«

»Dein Auftrag ist einfach: Geh zum Regenten von Enruah und bringe ihm eine Schriftrolle.«

»Moment: Ich dachte, dein Herr wäre der Regent.«

»Enruah ist ein Reich, das aus unzähligen Ländern besteht, die alle gleich heißen. Das Enruah, in das ich dich schicke, wird von Bokai regiert. Er wird dich erwarten. Im Austausch wird er dir drei Schriftrollen geben, die du anschließend sofort vernichten musst.«

»Ich bringe ihm eine Rolle, bekomme von ihm drei und die muss ich zerstören?«

»Ganz genau.«

»Und das ist alles?«

»Du darfst die Rolle nicht öffnen oder beschädigen, sonst ist der Auftrag gescheitert. Außerdem darfst du die Rolle zu keinem Zeitpunkt aus den Händen geben. Das sind die Regeln.«

»Ich darf nicht wissen, was in der Rolle steht?«

»Sobald du das Siegel aufbrichst, stirbst du.«

Darian lachte. »Ich kann den Spielstand neu laden, schon vergessen?«

»Wie du weißt, kann ich derartige Möglichkeiten ausschalten. Wenn du diesen Auftrag annimmst, dann hast du genau eine Chance. Unterschätze nicht, was es bedeutet, nicht speichern zu können.«

»Warum sollte ich eine so langweilige Quest annehmen? Was kriege ich als Lohn?«

Quentin schien auf die Frage vorbereitet zu sein, er spielte genüsslich mit seinem Bart. »Immersives Gaming.«

»Wie bitte?«

»Hast du dich schon einmal an einen Ort gewünscht, an dem alles genau so ist, wie du es für perfekt halten würdest?«

»Sicher.«

»Ich habe dich beobachtet und gesehen, dass du dein Leben in *Evertale* sehr genießt. Man behauptet, diese virtuelle Welt würde einen in sich aufsaugen und nicht mehr loslassen. Das Problem ist, die meisten Spieler kratzen sehr an der Oberfläche. Sie bewegen sich nur in Bereichen, die irgendwann uninteressant werden. Weißt du, warum?«

»Du wirst es mir sagen.«

»Weil sie nichts mit ihnen selbst zu tun haben. Letztendlich ist das alles belanglos, was man so erlebt. Das gilt auch für dich. Du hast keine Ahnung, wie wenig du bisher entdeckt hast.«

»Woher willst du das wissen?«

»Ich verspreche dir, Enruah wird so intensiv und real sein, dass du alles andere geradezu vergisst.«

»Das ist ein ziemlich großes Versprechen.«

»Das hängt von dir selbst ab – davon, wie groß die Sehnsüchte in deinem Herzen sind.«

»So, so, ein Land, das all meine Wünsche erfüllt, richtig? Wie lange darf ich dort bleiben?«

»Bis du deinen Auftrag ausgeführt hast. Das kann ziemlich lange dauern, je nachdem, wie klug du dich anstellst … Schau mal, gefällt dir das?« Auf dem Display hinter Quentin erschien das Bild von einem Bergsee mit einem Pinienwald. Ein Wasserfall aus dem Gebirge ergoss sich in den See und zwei Enten ließen sich von den Wellen treiben.

Jakob starrte wie gebannt auf das Bild. Er kannte es. Es war gerade erst zwei Monate her, dass er es selbst gezeichnet hatte – aus dem Kopf heraus. Es war eine Fantasiezeichnung und er war sich nicht einmal sicher, ob Pinien überhaupt an Bergseen wuchsen. Ihm hatte die Idee einfach nur gefallen und er hatte sich an diesen Ort gewünscht.

»Woher hast du dieses Bild?«

»Es ist eine Aufnahme aus Enruah. Sicher gibt es noch weit eindrucksvollere Plätze dort.«

Jakob fiel ein, dass er die Zeichnung eingescannt und in seiner Cloud gespeichert hatte. Waren diese Gauner an seine Daten gegangen? Was wussten sie noch?

In diesem Moment klopfte es an der Tür.

Jakob erschrak. Er hatte vergessen, dass er die ganze Zeit nur in einen viereckigen Monitor geschaut hatte. Als er mit dem Spielen angefangen hatte, war es draußen hell gewesen. Jetzt war es dämmrig.

»Ja?«

Die Tür öffnete sich. »Hallo? Bist du da?« Es war Pierres Stimme.

Jakob blieb reglos sitzen. Was wollte Pierre von ihm? Er ahnte doch etwa nichts von der Abrechnung?

Pierre machte ein paar Schritte, dann schaltete er das Licht an. »Ah, du bist ja da. Hast du mich nicht klopfen hören?«

»Äh … doch. Hab ich nicht ›herein‹ gesagt?«

»Nein. Du warst wohl in dein Spiel vertieft.«

»Sorry … Was, äh … was ist los?«

»Nichts Dramatisches: Ich gehe heute auf eine Sitzung des Studentenrats. Es geht um mehr Mitbeteiligung. Sehr wichtig. Kommst du mit?«

Jakob atmete auf. Jetzt drehte er sich zu Pierre um. Da stand er, völlig ahnungslos. Während in Jakobs Schublade das Papier lag, das sie zu gemeinsamen Betrugsopfern machte, fragte ihn Pierre, ob er auf eine Sitzung wollte! Warum sagte er ihm nicht einfach die Wahrheit? Dann wäre er die Sache ein für alle Mal los. Sie würden gemeinsam gegen Kon in den Krieg ziehen und … Nein! Es wäre völliger Irrsinn. Ein Himmelfahrtskommando. »Klingt gut«, sagte er verhalten. Er blickte auf den Bildschirm, wo Quentin schweigend wartete. »Aber … weiß nicht, heute Abend passt es bei mir nicht so gut.«

»Hast du was anderes vor?«

»Nicht direkt.«

Pierre schaute ihn skeptisch an, auch wenn Jakob sein Gesicht im Dämmerlicht kaum erkannte. »Du willst hierbleiben?«

»Ich denke, ja.«

»Du willst spielen, oder?«

Jakob begann es warm zu werden. Pierre schien misstrauisch zu sein. Oder täuschte das nur? Der arme Kerl. Wenn Jakob jetzt nichts sagte, dann verbündete er sich quasi mit Kon, oder nicht? »Mal sehen, vielleicht spiele ich noch eine Runde«, antwortete er.

»Du kannst ruhig spielen, wenn dir das wichtiger ist. Das macht mir nichts. Auch wenn ich es nicht wirklich verstehen kann.« Pierre trat näher und schaute auf den Bildschirm, wo Quentin noch immer freundlich dreinschaute. »Diese Spiele sind ganz schön realistisch geworden. Aber irgendwie sind sie mir unheimlich. Wir füttern diese Kisten mit immer mehr Realität und irgendwann werden sie uns auffressen.«

Jakob lachte gespielt. »Hast du etwa wieder einmal Hegel gelesen?«

»Nein, ich habe zum ersten Mal seit Langem *Pacman* gespielt. Krank ist das.«

Nervös blickte Jakob zum Bildschirm, dann wieder zu Pierre, der zu kapieren schien, dass Jakob nicht nach einer geistreichen Diskussion zumute war.

»Du bist also nachher nicht dabei?«

»Nee, sieht nicht so aus.«

»Alles klar.« Damit ging er zur Tür. »Schade.«

Jakob schaute ihm nach, dann stand er auf, um hinter Pierre die Tür zuzumachen. Er ließ den Rollladen herab und setzte sich zurück an den Bildschirm.

»Sieht aus, als hättest du dich entschieden«, begann Quentin.

»Wieso?«

»Wenn du den Auftrag nicht annehmen wolltest, wärst du heute Abend mitgegangen.«

Es war zum Kotzen. Der Alte hörte sogar seine Privatgespräche mit. Langsam reichte es.

»Was willst du eigentlich von mir?«

»Ich denke, ich habe den Auftrag klar genug formuliert.«

»Aber du hast mir nicht gesagt, was diese ganze *Matrix*-Nummer soll.«

»Das wirst du selbst herausfinden. Aber nur, wenn du den Auftrag annimmst.«

»Na schön«, sagte er, ohne lange nachzudenken. »Ich machs.«

»Du bist dir nicht wirklich über die Konsequenzen im Klaren, oder?«

Was sollte das jetzt wieder? Die Sache wurde immer verwirrender. War das wirklich noch ein Easteregg? Was hatten sich diese Programmier-Nerds nur gedacht? Allmählich hörte der Spaß auf. »Was meinst du damit?«, fragte er vorsichtig.

»Es ist so: Wenn du in die Welt von Enruah eintauchst, wirst du gleichzeitig aus deiner eigenen Welt verschwinden. Das sollte dir klar sein.«

»Was soll das? Es ist ein Computerspiel.«

»Dieser Satz beweist, dass du noch nicht einmal im Ansatz begriffen hast, was in einer Welt wie Enruah möglich ist.«

Jetzt schwieg Jakob, denn Quentin schaute ihn todernst an. Dieser Mann machte keinen Spaß. Er hatte einen Auftrag für ihn und er wollte, dass Jakob – oder Darian – ihn ernst nahm. Es gab tausend Gründe, jetzt Nein zu sagen. Die ganze Sache war viel zu undurchsichtig. Hinter Quentin könnte eine Betrügerbande stecken. Quentin passte gar nicht in diese Welt. Und überhaupt hatte er noch einen Auftrag von Rouan. Doch das Bild, das Quentin ihm gezeigt hatte – es ging ihm nicht aus dem Sinn. Er spürte eine Sehnsucht in sich aufsteigen – die Sehnsucht, dass vielleicht doch etwas an der Sache dran sein könnte, so unsinnig es auch war. So drang die Frage über seine Lippen: »Und wie komme ich in dieses Enruah?«

Quentin lächelte. »Folge deinem Gefühl, dann wirst du es finden.«

Na wunderbar. Diese Antwort klang fast noch bescheuerter als bei Obi-Wan in *Krieg der Sterne*. Quentin schien sich große Mühe zu geben, kein Klischee auszulassen.

»Hast du noch einen konkreteren Hinweis?«

»Ein schmaler Turm steht im Zentrum von Enruah, mitten in einem See. Man kann ihn schon aus weiter Entfernung sehen. Dort wirst du Bokai finden.«

Ein schmaler Turm. Das haben sie von *Oblivion* geklaut, dachte Jakob sofort. Die runde Kaiserstadt in *Oblivion* mit dem Weißgoldturm war seit Jahren einer seiner Lieblingsschauplätze in einem Computerspiel.

»Na schön. Ich werde nach dem Turm Ausschau halten.«

»Du solltest nicht zu früh aufgeben. Es dauert ein wenig, um ganz in Enruah anzukommen. Aber wenn du dort bist, dann weißt du es.« Jetzt trat Quentin an seinen Schreibtisch und zog eine Schublade auf. Ehrfurchtsvoll entnahm er ihr eine längliche Blechschatulle in moderndem Design. »Hierin befindet sich die Schriftrolle, damit sie geschützt ist. Vergiss nicht: Wenn sie beschädigt wird, ist das dein Ende.«

Ein bisschen Respekt überfiel Jakob nun, als er die Schatulle entgegennahm. Dabei war es ja nur ein Bitmap, das in seinem Inventar verschwand.

Quentin begleitete ihn nach draußen und sagte zum Abschied: »Wenn du es geschafft hast, werden wir uns wiedersehen.«

6

Es war ein Tag zum Abwinken. Der hagere Dozent mit dem weinroten Pullover hatte seine Vorlesung mit den Worten begonnen: »Wenn Sie auch nur die Hälfte dessen kapieren, was ich Ihnen heute erzähle, werden Sie eine Revolution auf dem Finanzmarkt lostreten.« Es war so ziemlich das Letzte, was Jakob mitbekam. Seine Augen ruhten auf der Powerpoint, bei jeder Folie kamen ihm Einfälle, wie man das Design ansprechender hätte gestalten können. Ohne den ständigen Blick auf die Folien und ohne das sture Mitschreiben wäre er wohl eingeschlafen.

Diese Nacht hatte er keine Minute geschlafen. Nach seinem Treffen mit Quentin war er mit dem Aufzug nach unten gefahren und hatte wie wild begonnen, dieses Enruah zu suchen. Er ritt sämtliche ihm bekannte Grenzen entlang. Bei dubiosen Händlern besorgte er sich neue Karten mit Gebieten in *Evertale*, die ihm bislang unbekannt waren. Doch nirgendwo fand er ein Enruah.

Dann verließ er das Spiel, googelte das Wort und stellte fest, dass es nicht existierte. Den Weg in die *Evertale*-Foren sparte er sich gleich.

Ungefähr um ein Uhr warf er sich eine Aspirinbrause ins Wasserglas und begann die zweite Runde. Sein Ritt führte ihn in verlassene Sumpfgebiete, Wüsten und Schneegebirge. Aber von einem Turm im See war nichts zu sehen. Verärgert ritt er zu dem Strand zurück, an dem dieses unselige Abenteuer begonnen hatte – natürlich war auch der Aufzug verschwunden. Er fühlte sich so ausgelaugt und enttäuscht wie lange nicht mehr. Es war offensichtlich: Diese Typen – wer immer sie waren – hatten ihn schlicht veräppelt.

Jakob beendete das Spiel und schwor sich, nie mehr nach Enruah zu suchen. Außerdem würde er alle seine Daten aus der Cloud holen.

Eine Dusche und ein paar frische Kleider konnten ihn nur wenig aufpäppeln. Mit einer Matschbirne und einer Stinkwut auf diesen Quentin und seinen Erfinder zog er nach dem Frühstück los. Ja, es war durch und durch ein Tag zum Abwinken, und während Jakob in seiner Vorlesung saß und auf den Mittag wartete, ahnte er nicht, dass der Tag noch mieser werden würde.

Der Dozent beendete seinen Vortrag mit den Worten: »Wenn Sie das verstanden haben, werden Sie's weit bringen. Glauben Sie mir. Einen schönen Tag noch.« Massen von Studenten erhoben sich und strömten durch den Ausgang. Jakob war einer von ihnen. Er schlenderte neben zwei Kommilitonen her. Sie redeten über die Vorlesung und die Pleite einer Internetfirma, danach über Fußball. Jakob sagte nichts, während sie die Treppen hinuntergingen. Bemerkten sie ihn überhaupt? Sie näherten sich der Mensa.

»Was isst du heute?«

»Fleischlos. Meine Freundin hat mir Diät verschrieben.«

Die beiden lachten und bewegten sich zur Theke. Jakob blieb stehen, was ihnen offenbar nichts ausmachte. Tatsächlich, sie hatten ihn gar nicht wahrgenommen!

An der Theke holte er sich das Wochenmenü, sah sich nach einem leeren Tisch um und setzte sich. Lustlos begann er die Gabel in den Spaghetti zu drehen. Dann erschrak er: Am Nebentisch, direkt in seinem Blickfeld, saß Kon. Komisch, der hätte ihn längst sehen müssen, denn sie saßen sich genau gegenüber.

Kon allein an einem Tisch. Das passte zu ihm. Er konnte zwar die Leute um sich herum beherrschen, doch eigentlich war er ein Einzelgänger, genau wie Jakob. Im Unterschied zu Jakob war Kon jedoch um vieles asozialer. Schlimmerweise schaffte Kon es immer, dass Jakob sich als der Schlechte fühlte.

»Hast du auch Pause?«, begann Jakob.

Keine Reaktion.

»Hallo?«

Jetzt schaute Kon sogar in seine Richtung, aber er sah ihn nicht an.

»Du verarschst mich, oder?« Gerne hätte Jakob das geglaubt, aber so gut konnte niemand schauspielern.

Ihm wurde schwindlig. Mann, er hätte wenigstens eine Stunde schlafen sollen!

Kon wandte sich um, und Jakob bemerkte eine Brünette, die mit Stöckelschuhen und hochgeschobener Sonnenbrille näher kam. Valerie. Er hatte sie eine Weile nicht gesehen, obwohl sie an der gleichen Uni studierte. Ihre Ohren fand er überhaupt nicht mehr interessant.

»Hey!«, grüßte sie lässig und stellte sich wie ein Model vor Kon auf.

»Alte Schulfreunde trifft man selten«, sagte Kon.

»Gehts dir gut?«

Kon wiegte den Kopf, sagte: »Ganz okay« und bot ihr einen Platz an.

»Nee danke, hab gleich ein Tutorium. Ich wollte dir schnell sagen, dass ich nächste Woche meine neue Wohnung einweihe. Du weißt schon, Frank und ich haben jetzt dieses coole Penthouse bekommen. Wir machen 'ne nette Feier. Wäre schön, wenn du vorbeischauen würdest.« Sie machte eine kurze Pause. »Dein supercooler Mitbewohner kann natürlich auch kommen.«

»Welchen meinst du?«

»Na welchen wohl? Der mir damals immer nachgelaufen ist.«

»Er fand nur deinen Hintern toll. So wie die Hälfte der Klasse.«

»... und er hat mir seine Bildchen gezeigt.«

»Hast du mir schon erzählt. Der wird eh nicht kommen.«

»Okay, ich muss los. Machs gut.« Mit wiegenden Hüften stöckelte sie davon.

Jakob merkte, wie ihm die Stimme versagte. Er schaute auf sein Tablett, schob das Besteck und das Glas zurecht. Hatten die beiden da eben wirklich vor seinen Augen und Ohren über ihn gelästert?! In seinem Kopf erschienen Szenen, wie Kon und Valerie nebeneinander spazierten, wie sie von seinen Bildern erzählte und dem Candle-Light-Dinner, wie sie darüber lachten, wie sie Witze machten. Er stellte sich sogar vor, wie sie halb betrunken knutschten, hörte Valerie sagen, was für ein aufregender Typ Kon war. Jakob versuchte die Szenen zu unterdrücken, redete sich ein, dass er froh war, sie nicht gekriegt zu haben.

Bescheuerte Welt! Sollten sie doch alle machen, was sie wollten!

Kon erhob sich und brachte sein Tablett weg. Noch immer hatte er Jakob nicht bemerkt.

In einer Viertelstunde würde sein Seminar beginnen, doch Jakob schleppte sich mit hämmerndem Kopfweh in Richtung U-Bahn. Er hatte keine Lust mehr auf Uni, keine Lust mehr auf Menschen. Er wollte nur noch weg. Er fühlte sich krank.

In der U-Bahn fand er einen Platz im letzten Wagen. Sein Rucksack blockierte den Sitz neben ihm. Alles begann Jakob auf einmal anzuwidern, ohne dass er genau wusste, weshalb. Er hatte das Gefühl, diese ganzen Leute in der U-Bahn verachteten ihn. Deshalb sahen sie ihn auch nicht an.

Wenn er nach *Evertale* kam, dann hatten sie auf ihn gewartet. Sie hatten nicht weitergemacht, ehe er zurück war aus der Realität und sich wieder zu ihnen gesellte. Und wenn er sein Schwert zwischen Reihen von Kriegern fliegen ließ, mochte das unrealistisch sein, doch in diesem Moment war es sprühende Wirklichkeit. Er fühlte sich echter als irgendwo sonst. Da regte sich etwas in ihm, etwas, das ihn ausmachte.

Wer in der sogenannten wirklichen Welt konnte schon behaupten, den echten Jakob zu kennen? Sie hatten keine Ahnung. Diese Welt gab sich keine Mühe mit ihm. Und deshalb würde er jetzt wieder dorthin gehen, wo er erwünscht war, wo man ihn wahrnahm, wo er sich zu Hause fühlte.

Die U-Bahn hielt an. Seine Station. In seinem Kopf hämmerte es und die Spaghetti mit Tomatensoße fuhren ihm im Magen herum. Jetzt bloß nicht auf den Bahnsteig spucken. Alle würden ihn anstarren. Aber nein, keiner von ihnen bemerkte ihn.

Er war durchsichtig.

Meine Güte, was war das nur für ein Fieber!

Die Rolltreppe trug ihn nach oben, wo ihn die Herbstkühle empfing. Er hörte bremsende und anfahrende Autos, wummernde Musik aus irgendeinem Lokal und einen Presslufthammer neben sich. Die rote Leuchtschrift an einer Kneipe ließ seinen Blick verschwimmen. Am Ende der Straße sah er das Segel eines Wikingerschiffes, das gerade hochgezogen wurde. Was? Er stutzte und blinzelte zweimal. Sein Blick war wieder klar und er erkannte das Coca-Cola-Werbebanner. Was für ein Tag!, dachte er sich.

In der Wohnung roch es nach Rührei mit Speck. Wieder merkte er, wie die Spaghetti in seinem Magen rumorten. Rasch holte er ein Glas Wasser und warf eine Aspirinbrause ein.

In seinem Zimmer schloss Jakob die Tür und fuhr den Rechner hoch. Die orangefarbenen Stoffvorhänge hatte er zugezogen. Stöhnend massierte er sich die Schläfen. Dann klickte er auf seinem Desktop das *Evertale*-Symbol an.

Beim Spielen war das Fieber wie verflogen.

Mit einem Söldnertrupp, bestehend aus Kriegern, Schützen und Magiern, überfiel Darian die Revanoken, die das Hafendorf Mamron besetzt hatten. Vier rot-weiße Segel der anliegenden Drachenkopfschiffe hingen schlaff vor der Abendsonne. Zwischen Steinhütten und Lagerfeuern stürzten sich Dutzende von bulligen Kriegern mit gehörnten Helmen und Lederwamsen auf ihn. Darian, der Befreier von Kubesch, walzte durch das Lager, ließ sein Schwert sausen und übersäte den Boden des Hafendorfs mit Leichen. Einige seiner Gefährten fielen, doch Darian, beseelt von seinen fließenden Bewegungen, zeigte keinerlei Erschöpfung – wie ein unverwundbarer Tänzer in einer um ihn tobenden, niedergehenden Welt. Es hätte ewig weitergehen können, nichts hätte ihn aufhalten können. Jakob war ganz er selbst.

Dennoch: Je länger es dauerte, umso dumpfer schien sein Schwert zu tönen. Mit jedem Hieb schien seine rote Sinfonie ein kleines Stück leiser zu werden, abzuklingen. Sein Durst stillte sich und allmählich hörte er auf, etwas zu fühlen.

Und wer weiß, ob er nicht zum allerersten Mal in seinem Abenteuerleben vom schrecklichsten aller Feinde, der Langeweile, heimgesucht worden wäre, wenn er nicht im richtigen Augenblick zu den Schiffen hinübergeschaut hätte: Er sah, wie einer seiner Begleiter von einem Lichtschimmer getroffen wurde. Hilflos blieb der Kämpfer stehen, konnte sich nicht mehr rühren und ging kurz darauf, von einem Pfeil getroffen, zu Boden.

Erstaunt, dass die Revanoken einen so fähigen Magier in ihren Reihen hatten, suchten Darians Augen die Umgebung ab. Da sah er am Mast eine dunkle Gestalt stehen; über der Brust hielt eine silberne Brosche das Gewand zusammen. Das musste er sein! Für einen Augenblick konnte er das Gesicht des Mannes erkennen und einen weiteren Augenblick später wurde ihm bewusst, was er da gesehen hatte: Der Magier trug Jakobs Gesicht.

Unsinn!, sagte er sich und schaute noch einmal hin. Doch als der Mann ihn bemerkte, zog er blitzartig seine Kapuze über und rannte über den Steg in Richtung des Lagers. Im nächsten Moment war er im Kampfgetümmel verschwunden.

Wie benommen blieb Darian stehen und rief sich das Gesicht ins Gedächtnis.

Es konnte nicht wahr sein und doch hatte er es gesehen.

Jakob schüttelte sich und schlug auf die Escape-Taste. Sofort war er im Pausenmenü, die Schlacht im Hafendorf erstarrte.

Was war das?! Er nahm einen Schluck aus dem Glas und merkte jetzt erst wieder, dass er Kopfweh hatte. Durch die Vorhänge kam kaum mehr Licht, es musste schon früher Abend sein. Kons Stimme drang von der Küche zu ihm herein.

Jakob erhob sich, es kribbelte in seinem ganzen Körper. Es fühlte sich an, als hätte man ihm ein Gift verabreicht, das systematisch alle seine Sinne lahmlegte. Er musste blinzeln, um etwas im Raum zu erkennen. Noch immer klirrten die Schwerter in seinem Kopf. Und dort in der Ecke stand einer der gehörnten Revanoken! Alles in ihm schlug Alarm, doch dann merkte er: Der Kerl bewegte sich nicht, in Wirklichkeit war es nur sein Deckenfluter.

Was war mit ihm los?! Eigentlich gehörte er ins Bett. Er schwitzte aus allen Poren. Aber er wollte nicht ins Bett. Er musste nur ein paar Runden im Zimmer umhergehen, dann würde er sich erholen, dann wäre der Spuk zu Ende.

Kurze Zeit später fühlte er sich frischer. Jetzt verstand er die Stimmen draußen klarer. Kon und Pierre stritten über Küchengeräte.

»Wieso sollen wir mitbezahlen, wenn *du* etwas kaputt machst!«, beschwerte sich Pierre.

»Mein Gott, wenn ich gewusst hätte, was für ein Spießer du bist, dann ...«

Ungefähr alle zwei Wochen hatten sie so einen Streit. Aber es wurde jedes Mal extremer. Oder empfand er es gerade nur so an diesem so ekelhaft fiebrigen Tag? Nein, der Ton war tatsächlich schärfer geworden. Und er, Jakob, trug die Entscheidung, wie es mit dieser WG weitergehen würde.

Er zog die Schublade auf, in der die Abrechnung lag. War er verrückt geworden?! Er schloss sie wieder. Er ging zur Tür und öffnete sie vorsichtig. Die wütenden Stimmen wurden lauter.

»Du bist so ein Egoist! Warum diskutiere ich überhaupt mit dir!«

»Weil du süchtig nach Diskutieren bist, deshalb!«, sagte Kon.

Jakob trat langsam aus dem Schatten in die Küche. Kon saß auf einem Stuhl, Pierre stand vor dem Herd und gestikulierte wild. Sie bemerkten Jakob nicht.

Er kam näher. Jetzt *mussten* sie ihn sehen.

Sie diskutierten einfach weiter, ohne ihn zu beachten. Kon nannte Pierre einen »Idiot«.

Jakob wurde es schwindlig. Verzweifelt versuchte er auf sich aufmerksam zu machen, als er laut sagte: »Hallo? Was ist los?«

Doch sie schauten nicht zu ihm.

»Hallo! Könnt ihr mich nicht hören?«

Offenbar nicht, denn sie stritten weiter. Was für ein verrückter Tag! Er befühlte seinen Körper. Alles war noch da.

»Hey! Das ist nicht witzig, Jungs!«

Kon und Pierre schrien sich weiter an.

»Ich habe die Quartalsabrechnung. Kon betrügt uns um sechzig Euro!«, versuchte er es erneut.

Pierres Miene blieb unverändert. Noch immer war er ganz auf Kon fokussiert.

Schließlich ging Jakob zu Pierre, packte ihn an den Schultern und schüttelte ihn – doch nichts bewegte sich.

Er war Luft.

Zum Glück ist das nicht echt, sagte er sich, als er sich umwandte und zurück in sein Zimmer eilte. Zum Glück ist es nur das Fieber. Er musste ins Bett – dort lag er ja in Wirklichkeit ohnehin schon und fantasierte das alles.

Meine Güte, hatte er da eben auf dem Schiff wirklich sein eigenes Gesicht gesehen? Man hatte wenig erkannt bei dem Licht, aber waren das nicht eindeutig seine Augen gewesen? Das würde jedoch bedeuten, dass er sich in dem Spiel befand und nicht mehr in der Realität.

Dieses bescheuerte Fieber!, sagte ihm sein Verstand. Man sah Dinge, die nicht da waren. Hör auf und leg dich endlich ins Bett!

Der Magier war anders gekleidet gewesen als die übrigen Revanoken. Irgendetwas war auffällig an ihm gewesen. Und war es nicht so, dass Spieleentwickler manchmal die Gesichter von echten Menschen verwendeten? Das war eine Erklärung.

Aber sie hatten sein Foto nicht! Er hatte es nie eingeschickt. Oder hatten sie es etwa auch aus der Cloud geholt, diese Verbrecher?!

Jakob setzte sich, weil er merkte, dass ihm wieder schwindelig wurde. Vor ihm befand sich der eingefrorene Bildschirm. Er schaute hinein, das half. Das Bild war scharf.

Es ist der einzige Ausweg, sagte er sich. Seine feuchten Hände legten sich auf Maus und Tastatur, und Jakob ließ das Spiel weitergehen.

7

Die feindlichen Reihen lichteten sich. In einem der Häuser musste sich der Anführer versteckt halten. Um als Sieger zur Fürstin heimkehren zu können, brauchte Darian dessen Kopf.

Doch er dachte nicht an den Anführer und auch nicht an die Fürstin. Während er sich halbherzig die Angreifer vom Hals hielt, marschierte er durch das Dorf und blickte sich immerzu nach dem dunklen Magier um. Er hatte sich auffallend flink bewegt und war geschickt in der Menge untergetaucht. Durch die fortgeschrittene Dämmerung und die blendenden Lagerfeuer fiel es Darian schwer, zwischen den Häusern irgendetwas zu erkennen.

Zwei seiner Mitstreiter lebten noch und prügelten sich mit den gehörnten Soldaten. Jetzt wünschte er sich, er hätte mit ihnen kommunizieren und sie auf den Magier hetzen können. Doch sie waren nun mal typische Söldner, die nichts als ein paar Sprüche auf Lager hatten.

Da! War er nicht eben dort hinten neben der Hafenschenke aufgetaucht? Die Gestalt war sofort um die Ecke verschwunden. Mit zwei gezielten Hieben ließ Darian seinen Angreifer zu Boden gehen und rannte auf die Schenke zu. Das Schwert vor sich haltend schlich er zügig um das grob gemauerte Gebäude herum – doch da war niemand.

Das Klirren der Gefechte am Lagerfeuer drang zu ihm herüber. Aber da war noch ein anderes Geräusch – das Klirren eines Gefäßes. Es kam aus dem Inneren des Gebäudes.

Er eilte zum Eingang der Schenke, stieß die Tür auf und betrat den dunklen Raum. Zwischen Bänken, Tischen und Holzpfeilern konnte er nur Umrisse erkennen. Noch immer hielt er sein Schwert angriffsbereit. Wenn der Magier ihm aus einer Ecke heraus unverhofft einen Feuerball entgegenschoss, war es aus mit ihm. Aber würde er es wirklich wagen? Würde der Mann, der Jakobs Gesicht trug, Darian angreifen?

Eigentlich sprach wenig dagegen, dachte Jakob, sofern er das Gesicht überhaupt richtig gesehen hatte. Aber genau deshalb war er hier, um das herauszufinden.

Noch ein Geräusch! Es waren Schritte auf Holzdielen. Sie kamen von oben. Darian spähte in den hinteren Teil des Raums. Neben der Theke führte eine Treppe ins erste Stockwerk. Dort bemerkte er ein Flackern an den Wänden.

Er versuchte sich leise zu bewegen, um seinen Vorteil zu nutzen. Langsam stieg er die Stufen hinauf und gelangte in einen Flur. Einige Türen waren geschlossen, doch eine stand offen und aus ihr drang das Flackern.

Beherzt stürmte er mit gezücktem Schwert in den Raum. Er blieb abrupt stehen, als er merkte, dass direkt vor ihm zwei Männer standen, die ebenfalls ihr Schwert gezogen hatten. Sie waren kräftig gebaut und hatten offenbar die Aufgabe, den Kerl zu beschützen, der hinter ihnen mit einem Bierkrug am Tisch saß. Sein Helm hatte geschwungene Hörner und im Gegensatz zu den anderen Kriegern trug er einen roten Umhang. Der Anführer. Als er Darian erblickte, stand er auf und hetzte seine Männer auf den Eindringling.

Sie stürzten sich auf ihn. Darian hielt das Schwert mit beiden Händen fest und wehrte die Angriffe ab. Der Raum war eng und er musste darauf achten, dass sie ihm nicht zu nah kamen. Von der Treppe aus polterten weitere Männer die Stufen herauf und kurz darauf sah sich Darian von fünf Revanoken umgeben.

Das hatte gerade noch gefehlt. Er war auf der Jagd nach dem Magier und wollte sich jetzt nicht mit Kriegern prügeln!

Es war Zeit für den »Wutausbruch« – eine Sonderfähigkeit, die Darian bis zur höchsten Stufe ausgebildet hatte. Einen kurzen Augenblick sammelte er sich, dann streckte er das Schwert aus und ließ all seinen angestauten Unmut in die Klinge fließen.

Es dauerte nur Sekundenbruchteile: Die Klinge senkte sich, stieß zwei Schwerter wie Späne von sich, machte kehrt, fuhr nach links, fuhr nach rechts, schlitzte zwei Revanoken auf, stürzte sich schräg herab und bohrte sich zwischen die Rippen eines bulligen Kriegers. Sofort glitt sie wieder heraus, rot tropfend, und folgte ihrem Führer, der sie elegant um sich herumschweben ließ, ehe sie auf der anderen Seite eine liegende Acht in die Luft malte und dabei zwei weitere Krieger zu Boden streckte.

Um Darian herum lagen fünf Körper. Tot. Verlassen lagen ihre Waffen auf dem Holzboden.

Der Anführer hatte das Schauspiel beeindruckt mit angesehen. Jetzt hielt er seinen Morgenstern hoch und deutete mit kreisenden Bewegungen an, dass Darian der härteste Gegner noch bevorstand.

Darian blickte auf die Hörner an seinem Helm, den er Rouan bringen würde, wenn er diesen Kampf bestand. Doch dann entdeckte er durch das Fenster hinter dem Anführer etwas anderes: Ein rot-weißes Segel wurde gehisst – eines der Schiffe war im Begriff abzulegen.

Der Morgenstern wirbelte durch die Luft und schien sich auf die Begegnung mit Darians Schwert zu freuen.

Es war nur ein Gefühl, aber Darian war überzeugt, dass er den Magier nie mehr sehen würde, wenn er das Schiff ziehen ließ. Entschlossen trat er auf den Anführer zu und täuschte einen Angriff vor. Sofort ließ der Revanoke die Stachelkugel in seine Richtung sausen. Darian duckte sich, die Kugel durchbrach das Fenster und ließ es klirrend zusammenfallen. Einen Schritt war das zerstörte Fenster von Darian entfernt. Er warf sein Schwert hinaus, und mit einem großen Satz sprang er hinterher. Am Boden rollte er sich ab und schnappte sich die Waffe wieder.

Er hörte noch, wie eine raue Stimme »Komm zurück!« rief. Doch Darian konnte nichts mehr aufhalten. Auf dem schnellsten Weg sprintete er zu den Schiffen. Das Langschiff, das er vorhin gesehen hatte, trieb bereits mit geblähtem Segel ein ganzes Stück auf dem Meer draußen – und am Ruder stand die schwarze Gestalt.

Darian rannte instinktiv auf den ersten Steg hinaus, an dem eines der Schiffe lag. Er durchtrennte das Tau und sprang an Bord. Mit ein paar Handgriffen löste er die Leinen, das Stoffsegel entrollte sich und das Schiff setzte sich in Bewegung. Erst jetzt fiel ihm auf, dass außer diesem noch drei Schiffe im Hafen lagen. Welches Schiff hatte also der Magier genommen? Hatte noch irgendwo ein fünftes gelegen?

Es war keine Zeit zum Nachdenken. Darian packte das Steuer und sah an dem hölzernen Drachenkopf am Bug vorbei in die Ferne. Der Magier hatte ordentlich Vorsprung. Ohne Umwege steuerte er dem Horizont entgegen. Fast schien es, als wolle er der untergehenden Sonne zuvorkommen; doch es dauerte nicht lange, bis sie gänzlich hinter dem Meer verschwunden war. Und je weiter sie das Hafendorf zurückließen, umso stärker wurde der Wind.

Ein guter Zeitpunkt zum Abspeichern, dachte Jakob. Er drückte die Schnellspeichertaste, doch nichts geschah. Was war das schon wieder? Er probierte es noch einmal, nichts. Also schön, wenn er den Magier erwischen wollte, durfte er jetzt nicht sterben. Wo fuhren sie überhaupt hin? Er öffnete die Karte und schaute nach. Als hätte er es geahnt, stellte er fest, dass sie soeben den Rand der Karte hinter sich gelassen hatten. Sie fuhren auf ein Meer hinaus, von dem er eigentlich immer geglaubt hatte, dass man nach einer kurzen Strecke an eine durchsichtige Wand stoßen würde. Jedes Spiel hatte eine Levelgrenze. Aber sie tauchte einfach nicht auf. Dabei gab es hier absolut nichts zu sehen. Es war Nacht und dicke Wolken erstickten das Mondlicht.

Darian hatte kaum Schwierigkeiten, das Schiff zu lenken, auch wenn die Wellen allmählich größer wurden. Der Magier hatte immer genau so viel Abstand, dass Darian ihn nicht aus den Augen verlor. Auch, als der Regen einsetzte, immer stärker wurde und seinen Blick zu trüben begann. Seine Haare, die ihm eben noch der Wind ins Gesicht geweht hatte, hingen jetzt triefend an ihm herab.

Jakob strich sich eine feuchte Strähne aus dem Gesicht. Der Fieberschweiß hatte sich auf seiner ganzen Stirn ausgebreitet. Das tosende Meer dröhnte unangenehm in seinen Ohren. Seine Hände klammerten sich immer fester an die Steuerung.

Darian musste achtgeben, dass er das Ruder nicht losließ, während der Wind an ihm zerrte und das Schiff immer bedrohlicher schaukelte. Zum Rauschen des Regens und der Wellen gesellte sich ein Donner. Kurz darauf blitzte es am Horizont auf. Die Regenwand wurde dichter und er musste die Augen schärfen, um weit weg noch einen rot-weißen Fleck ausmachen zu können. Sein eigenes Segel hatte angefangen, wild am Mast zu tanzen. Noch eine Weile und es würde erste Risse bekommen. Darian überquerte einen Wellenberg nach dem anderen, sie wurden höher und höher. Der Drache am Bug des Schiffes fletschte unbeirrt seine Zähne, während die Wassermassen sich über ihn ergossen.

Worauf habe ich mich da eingelassen?, schimpfte Jakob sich selbst. Ich muss lebensmüde sein. In Bächen lief der Schweiß an ihm herab. Vorhin bei der Begegnung mit dem Anführer hatte er nicht nachgedacht. Er hatte einfach seinem Instinkt gehorcht und war aus dem Fenster gesprungen. Auf einmal fiel ihm Quentins Rat ein, er solle seinen Gefühlen folgen. War es das, was er gemeint hatte? Er wollte ihn aufs Meer schicken und ihn einen richtigen Sturm erleben lassen?

Die Vorhänge begannen sich zu bewegen. Sie blähten sich auf und senkten sich wieder. Hatte er das Fenster etwa gekippt? Schon seit einer Weile zog es gewaltig.

Jetzt riss das erste Seil, mit dem das Segel gespannt war. Kurz darauf das zweite. Wie eine Fahne im Wind flatterte das Segel ungezügelt um den Mast herum.

Wo war das Schiff des Magiers?!

Darian sah sich in alle Richtungen um. Aber da war nichts als ein endloses Wellengebirge.

Ein Donnerschlag!

Das Schiff ließ sich nicht mehr steuern, hilflos wurde es umhergetrieben.

Der Himmel über ihm öffnete sich. Er leuchtete auf und schickte einen Blitz herab, der für einen Moment alles in weißes Licht tauchte.

Da hinten war das andere Schiff!

Doch der Blitz hatte noch etwas anderes offenbart: Direkt vor ihm drehte sich das Wasser im Kreis, wölbte sich zur Mitte hin und verschwand in einem tiefen Loch. Ein Strudel! Noch ein kleines Stück und er hatte ihn erreicht.

Wieder suchte er nach dem Schiff des Magiers. Es war verschwunden. War es etwa eingesogen worden?

Jetzt merkte Darian, wie sein Schiff in die Nähe des Strudels gezogen wurde und anfing, sich im Kreis zu bewegen.

Was für ein Irrsinn!, dachte Jakob. Ihm wurde schwindelig, alles um ihn herum begann sich zu drehen. Wo war dieser Magier! Das war Betrug! Er hatte ihn in die Falle gelockt! Die Rüstung! Er musste die Rüstung ausziehen, damit er nicht ertrank. Er zog Darian den Panzer und die Beinschoner aus. Nur die Tasche mit den Gegenständen und sein Schwert behielt er eng am Körper. Es wurde dunkel um ihn. Er versank im Innern einer Wassersäule und dabei drehte und drehte er sich.

Darian klammerte sich an den Mast, als die Irrfahrt in die Tiefe immer schneller wurde. Jetzt sah er nichts mehr, er fühlte nur das Wirbeln, den Wind in seinem Haar, das Zerren am ganzen Körper. Seine Beine hatten längst die Bodenhaftung verloren, wie das Segel flatterte er am Mast. Dann versagten ihm die Kräfte. Sein Griff lockerte sich.

Jakob ließ los.

Teil II

Noch mehr Wirklichkeit

1

Nicht weit von ihm entfernt rauschte es gleichmäßig. Sanfte Wellen zogen über das Wasser, auf dem sich zwei Enten treiben ließen. Links und rechts ragten Pinien über das Seeufer. Der Himmel war von einem Blau, wie es blauer nicht hätte sein können.

Darian lag auf dem Rücken am Ufer und wusste nicht, wieso. Er ließ seinen Blick über das Panorama schweifen: um ihn herum das Gebirge mit hohen Gipfeln; dort ein Wasserfall, dessen Anfang so weit oben im Himmel war, dass er ihn nicht sehen konnte; dann das Ufer mit den Wäldern und einer sanft abfallenden Wiese.

Auf dieser Wiese – er schaute genauer hin – lagen verstreute Holzplanken. Ein Segelmast steckte im Boden, so friedlich, als wäre es immer sein Platz gewesen.

Allmählich dämmerte es ihm. Alles war noch da – die Schlacht, die Fahrt übers Meer, der Strudel … und dann? Dann war er eine gefühlte Ewigkeit in die Tiefe gezogen worden, es hatte einen Aufprall gegeben, er war unter Wasser geraten und weg gewesen. Nun lag er hier, an diesem See. Sein Schiff war zertrümmert, aber er, Darian, lebte noch.

Darian? Hieß er nicht Jakob? Und war das alles nicht … er suchte nach den Rändern des Monitors, nach der Tastatur und der Maus. Aber da war nichts.

Ein kaltes Erschrecken durchfuhr seinen Körper. Er war doch nicht etwa …? Nein, nein, nein, Unsinn, das alles war nur Grafik, Polygone[7], die man mit schicken Texturen überzogen hatte.

Ein Falke kreiste über ihm und schlug mit den Flügeln. Eine so feine Animation hatte er noch nie gesehen. Die Pinien bewegten sich geschmeidig im Wind, und jedes einzelne Blättchen war zu erkennen. So eine Grafik packte kein Rechner heutzutage! Und es roch, nein, es duftete an diesem Ort! Baumharzgerüche stiegen ihm in die Nase, die Luft schmeckte nach der Gebirgsfrische aus dem Wasserfall. Und dann war da noch der Geruch von Feuer.

Was um Himmels willen war hier los? Wieso konnte er riechen?

Er richtete sich auf. Bis zum Wasser waren es drei Schritte. Drei Schritte zur Wahrheit. Er trat heran und streckte vorsichtig die Finger hinein.

Nicht zu fassen, er fühlte, wie das Wasser zwischen seinen Fingern hindurchglitt!

Er streckte die ganze Hand hinein und bewegte sie. Das Wasser massierte seine Haut.

Schließlich watete er in den See. Er spürte, wie die Kühle seine Beine umfasste.

Sofort blieb er stehen. Ein panisches Kribbeln lief über seinen Körper. Jetzt konnte er es nicht mehr leugnen: Das waren keine Polygone, es war pure Realität; da war kein Pausenmenü, durch das er ins normale Leben zurückkehren konnte; er war hier, leibhaftig.

Trotz der Sonne begann er zu frieren.

Der nächste Schock ereilte ihn, als seine Augen nach unten wanderten und an seinem Körper hinabsahen … Es war gar nicht sein Körper! All die Muskeln, die straffe Brust, die dunkle Behaarung auf dem freien Oberkörper; sie gehörten nicht ihm, sondern Darian! Er befühlte sein Gesicht – da war ein Bart; er zog eine Haarsträhne in die Länge – sie war dunkel; und an seinem Ohr fühlte er nicht mehr das vertraute Muttermal. Eindeutig, es war Darians Körper.

Aber wo war dann *er*, Jakob? Eben hatte er noch Computer gespielt. Er konnte nicht einfach verschwunden sein! Und überhaupt: Seine Erinnerungen waren alle noch da. Also war er in seinem Bewusstsein immer noch Jakob, oder nicht?

Er begann zu zittern. Darians Beine ließen Wellenkreise entstehen. Er beobachtete sie. Nein, es waren nicht Darians Beine, die zitterten, es waren seine eigenen. Sie reagierten auf *seine* Angst. Darians Körper war nun *sein* Körper.

Er musste jetzt ganz ruhig werden und seine wild durcheinander jagenden Gedanken zur Disziplin rufen. Schön, er war hier, daran gab es keinen Zweifel mehr. Er hatte einen neuen Körper – einen verboten gut aussehenden! Hätte er bei seiner wirklichen Geburt einen

Charakter erstellen können wie bei einem Rollenspiel, dann hätte Jakob schon immer so ausgesehen. Hatte er etwa auch Darians Fähigkeiten bekommen? Das wäre ja …

Plötzlich knackte es am Ufer. Sofort drehte Jakob sich um und starrte zum Gebüsch. Sein Herz schlug schneller. Jemand lauerte ihm auf. Was jetzt?!

Moment, er hatte doch eine Waffe bei sich! Seine Hand fasste nach hinten zum Rücken, wo er den Knauf seines Schwerts vermutete. Doch er griff ins Leere – sein Schwert war weg.

Das Knistern wurde lauter und schließlich bewegten sich einige Ästchen. Er fühlte sich auf einmal nackt und verloren. Wer auch immer sich auf ihn stürzen würde, er würde ihn gnadenlos überwältigen. Einem wirklichen Zweikampf hatte er sich noch nie stellen müssen.

Schließlich schob sich aus dem Gebüsch eine feuchte Nasenspitze und schnüffelte umher. Zwei Glubschaugen sahen sich um. Als sie Darian erblickten, verschwanden sie sofort und Darian sah nur noch einen buschigen Schwanz davonhuschen.

Er seufzte. »Blödes Vieh! Du hast mich vielleicht erschreckt.« Mit noch immer pochendem Herzen watete er zurück zum Ufer.

Er musste sich setzen. Ein paar Minuten ließ er das alles erst einmal sacken. Immersives Gaming! – Wunderbar!, dachte er. Quentin hatte nichts davon gesagt, dass er in einer anderen Realität aufwachen würde, die er womöglich nie mehr verlassen konnte. Und dass er hier an jeder Ecke mit dem Tod rechnen musste, hatte ihm der Alte auch verschwiegen.

Schrilles Vogelgezwitscher drang aus einer Baumkrone zu ihm herab.

»Du meinst mich, oder?«, rief er zurück. »Ist das jetzt nett oder böse gemeint?« Er rupfte ein Grasbüschel aus und warf es ins Wasser. Eigentlich war es ein wunderschöner Ort. Quentin hatte nicht gelogen: Es sah alles so aus, wie seine Fantasie es sich erträumt hatte. Ja, es hatte sogar etwas Vertrautes, fast, als sei er schon oft hier gewesen. Nur eine Sache wunderte ihn: Am Ufer war nur *ein* Mast zu sehen. Hatte er nicht ein anderes Schiff verfolgt? Wo war es geblieben? War er nur einem Phantom nachgejagt? Gehörte das zu Quentins Inszenierung, um ihn hierher zu locken?

Welches Interesse hatte Quentin überhaupt daran, Jakob in diese Welt zu bringen? Ach ja, da war dieser merkwürdige Auftrag mit der Schriftrolle. Er musste sie für Quentin beim Herrscher von Enruah abgeben. Eigentlich klang das gar nicht kompliziert. Und wenn er den Auftrag erfüllt hatte, würde er das Land wieder verlassen können. So hatte es Quentin gesagt. Also musste er nur …

Die Schriftrolle! Moment, wo war sie? Er hatte die Schatulle in der Tasche gehabt und die hatte er sich über die Schulter gehängt. Jetzt war die Tasche weg! Fetzen der Erinnerung tauchten auf. Er hatte seine Rüstung auf dem Schiff abgelegt – aber nicht die Tasche. Er musste sie später verloren haben. Womöglich lag sie irgendwo am Grund des Sees. Was geschah mit ihm, wenn die Rolle beschädigt wurde? Quentin hatte gesagt, er würde sterben. Mein Gott, wenn er hier starb, dann …

Alarmiert stand er auf und marschierte am Ufer entlang. Dabei wanderte sein Blick hin und her. Bald merkte er, dass der Geruch des Feuers stärker wurde. Er hatte es ganz vergessen. Jetzt wurde ihm klar, dass er womöglich nicht allein war. Und tatsächlich, einige Schritte weiter traf er auf eine Feuerstelle, neben der eine Wolldecke ausgerollt war. Schälchen, Krüge, ein Messer und allerlei Proviant lagen herum. Das Feuer konnte noch nicht lange brennen, denn einige Holzscheite waren noch zur Hälfte unversehrt.

Kurz darauf blickte Jakob wieder in ein Auge – ein sehr großes Auge. Doch er beruhigte sich schnell, als er erkannte, dass es nur aus Holz war: Der Drachenkopf, der sein Schiff geziert hatte, lag abgehackt im Gras. Jemand hatte sich einzelne Stücke aus dem Holz herausgeschnitten.

Und dann entdeckte er neben dem Feuer auf dem Boden eine lederne Tasche. Das war *seine* Tasche! Sofort eilte er hin, öffnete sie und kramte zwischen den feuchten Gegenständen herum. Heiltränke, Goldmünzen, Kartenmaterial, alles war noch da. Er wühlte weiter, bis er die Blechschatulle entdeckte. Schnell zog er sie heraus und betrachtete sie. Der Deckel ließ sich abziehen, nachdem man einen Riegel zur Seite geschoben hatte. Darian kippte die Schatulle und zu seiner Erleichterung glitt ein zusammengerolltes Stück Papier heraus. Das rote Siegel mit dem seltsamen Bienensymbol war unversehrt.

Er umklammerte das Papier wie ein Schiffbrüchiger das rettende Seil, schloss die Augen und atmete durch. Von nun an würde er die Schatulle nicht mehr aus der Hand geben.

»Du hast deine Sachen gefunden, das ist gut.«

Darian zuckte zusammen, als die feste Männerstimme hinter ihm ertönte. Blitzartig schob er die Rolle in die Schatulle, setzte den Deckel darauf und ließ sie in einer Seitentasche seiner Hose verschwinden.

»Ich hoffe, nichts Wichtiges ist nass geworden.«

Darian sah auf, als ein schlanker, ausgesprochen hochgewachsener Mann in heller Lederkluft herantrat und ihn anlächelte. Seine Gesichtszüge waren fein, seine hellblauen Augen verrieten Willensstärke. Zweifelsohne war er kein Dummkopf. Ebenso wenig schien er ein Feigling zu sein, was der hölzerne Speer über seiner Schulter verriet. Darian zuckte zusammen, als sein Blick das Ende des Speers erreichte. Daran baumelte jene seltsame Kreatur, die er vorhin noch in lebendiger Form im Gebüsch gesehen hatte. Die Gestalt erinnerte an einen Hasen, wären da nicht die kleinen spitzen Ohren und der buschige Schwanz gewesen.

»Ich bin Lex. Ich habe uns mal schnell ein Mittagessen geholt.«

»Hallo. Ich bin …« Als er sagen wollte, sein Name sei Jakob, stockte er. Der Name schien ihm an diesem Ort so unpassend wie damals der Aufzug am Strand. »Mein Name ist Darian. Ich bin …«

»Ich weiß. Du bist mit dem Schiff gekommen. Auf ziemlich spektakuläre Weise, muss ich sagen.«

»Hast du das etwa gesehen?«

»Ich hab den Rums gehört und bin aufgewacht. Wurde Zeit, dass du endlich zu Bewusstsein kommst.«

»Wie lange war ich weg?«

»Ungefähr einen halben Tag.«

»Und du hast mich ans Ufer geschleppt?«

»So ist es. Hast du Hunger?« Lex wandte sich von ihm ab und legte den Speer mit dem erlegten Tier beim Feuer ab. »Von denen wimmelts hier nur so. Ein Grund, warum ich diese Gegend liebe.«

Darian schaute das Tier misstrauisch an. »Noch eine Frage: Was machst du hier an diesem See?«

»Warten.«

»Worauf?«

»Auf dich.«

Darian musste zugeben, dass der Frehmel – so nannte Lex das Tier – vorzüglich schmeckte. Nach den ersten Bissen hatte er seine Hemmungen überwunden und die Erinnerung an das erschrockene Gesicht des Frehmels vergessen. Es war so aromatisch und saftig, dass jede Beilage den Geschmack zerstört hätte.

»Eines verstehe ich nicht«, sagte Darian, als sie sich am ausglühenden Feuer gegenübersaßen. »Du hast eben beim Kochen erklärt, Bokai habe dich geschickt, um mich zu ihm zu geleiten.«

Lex nickte, ließ sich aber nicht davon ablenken, die letzten Sehnen seines Knochens mit ungenierten Schmatzgeräuschen abzukauen.

»Woher wusste Bokai, wann ich ankomme?«

»Ein Bote«, sagte er schmatzend. »Der ist damals auf dem gleichen Weg gekommen wie du. Er hat meinem Herrn eine Nachricht überbracht und ist dann mit der Antwort zu Quentin zurückgekehrt.«

»Und über diesen Boten wurde vereinbart, dass ein weiterer Bote kommen würde, nämlich ich?«

»Kompliziert, aber so ist es.«

»Und wie lange wartest du hier schon?«

»Eine Woche. Wir wussten, dass du bald an dieser Stelle eintreffen musst.«

»Warum hat Bokai dich geschickt? Traut er mir nicht zu, dass ich den Weg zu ihm allein finde?«

Lex warf den Knochen hinter sich und wischte sich die fettigen Hände ab. »Glaube mir, in Enruah geht es rauer zu, als du dir vorstellen kannst. Hier ist es ganz hübsch; der See, die Wiesen, alles ist ruhig. Aber du machst dir kein Bild, was dir in den Bergen alles begegnen kann. Vor allem die Wegelagerer sind eine echte Plage. Ich denke, Bokai wollte nicht riskieren, dass die Schriftrolle verloren geht.«

»Was weißt du über die Rolle?«, fragte Darian ernst.

»Nicht viel mehr als du, nehme ich an.«

»Du hast nicht mitbekommen, was drinsteht?«

»Sehe ich so aus? Ein streunender Jäger wie ich?«

Darian musterte Lex und fand diese Selbstbeschreibung ein wenig unpassend. Er mochte ein Einzelgänger sein, der sich gerne allein durchschlug. Aber die Tatsache, dass Bokai auf seine Dienste zurückgriff, zeigte, dass Lex nicht ganz unwichtig sein konnte. Außerdem waren da die edlen Nieten an seinem Lederkostüm, die sicher kein Herumtreiber trug.

»Du weißt wirklich nichts darüber?«

»Nein.«

»Gut. Und Quentin? Kennst du ihn?«

»Nein. Ich habe nur von ihm gehört.«

»Hör zu, mir ist es wichtig, dass die Rolle bei mir bleibt.«

»Natürlich. Hätte ich dir sonst deine Tasche aufgelesen und sie zum Trocknen hingelegt?«

»Ich wollte das nur klarstellen. Ich darf diese Rolle nicht verlieren.«

»Ich werde schon auf dich aufpassen.«

»Wann brechen wir auf?«

»Morgen früh.« Er erhob sich und trat zu dem Drachenkopf. Mit einem Beil hackte er einige Holzscheite heraus. »Zum Abendessen holen wir uns ein paar Fische.«

Später, als die Sonne gerade noch zwischen zwei Bergspitzen hervorlugte, schlenderten sie zu den Wrackteilen des Schiffs und stöberten umher. Aber außer Holzsplittern entdeckten sie nichts.

»Hast du mich hier gefunden?«

»Ja. Dort drüben hast du gelegen. Die Wellen des Wasserfalls haben dich wohl gleich an Land gespült.«

»Hast du hier auch ein Schwert gefunden?«

Lex grinste und zeigte auf den See. »Kannst du tauchen? Wahrscheinlich wirst du es dort finden.«

Darian runzelte die Stirn. Es schien ihm merkwürdig, dass er, kurz nachdem er ins Wasser gestürzt war, noch daran gedacht haben sollte, sein Schwert vom Rücken zu schnallen.

Als sie wieder am Lager waren, fand er des Rätsels Lösung. Sie hatten sich ein paar Fische mitgebracht und Lex hatte die Scheite ins Feuer geworfen. Das Feuer sprühte Funken und Darian wich instinktiv zurück. Dabei schob sein Fuß die Decke zurück, die Lex zum Schlafen auf den Boden gelegt hatte. Zum Vorschein kam der glänzende Knauf eines Zweihänders. Darian beugte sich hinunter und schob die Decke weiter zurück. Das war ohne Zweifel sein Schwert.

Er drehte sich langsam um und fragte: »Und was ist das?«

Im selben Moment sprang ihm der lange Mann entgegen, stieß Darian zu Boden, drückte ihm die Arme nach unten und hielt ihm ein Messer an die Kehle. »Was glaubst du wohl, was das ist?«, fauchte er mit wildem Blick. »Hör zu: Du wirst mir jetzt sofort die Schatulle mit der Schriftrolle geben. Und wenn ich von hier verschwunden bin, wirst du mich nicht verfolgen, verstanden?«

Darian zitterte am ganzen Körper. Mit eingedrückter Kehle röchelte er: »Ich kann sie dir nicht ge…«

»Auf der Stelle oder ich schneide dir die Kehle durch!«

»Ist gut. Ich gebe sie dir.«

Lex blickte ihn scharf an, dann verkrampften sich seine Gesichtszüge und er wirkte auf einmal wie jemand, der Höllenqualen litt. Er zitterte. Augenblicklich ließ er locker, stand mit einem Seufzer auf, senkte das Messer – und begann schallend loszulachen. »Mann, du hättest dein Gesicht sehen sollen!«

Darian richtete sich auf und blickte ihn finster an. Noch immer schlug sein Herz wie eine Buschtrommel.

»Wenn du so leicht einzuschüchtern bist, dann bist du deine Fracht schnell los. Sei froh, dass du mich dabeihast.«

»Sehr witzig!«

»Ach komm, das war nur ein Spaß!« Er half Darian auf und reichte ihm das Messer. »Hier, damit kannst du die Fische auseinandernehmen. Das kriegst du doch hin, oder?«

Darian nahm das Messer entgegen und empfand einen Groll, wie er ihn sonst nur bei Kon hatte.

2

Der See mit dem Wasserfall war nur ein bescheidener Anfang gewesen. Sie folgten dem Fluss Kardolon, der den See verließ und sie langsam bergab führte. Mit jedem Kilometer, den sie Richtung Norden marschierten, wurde die Vegetation bunter und die Aussicht eindrucksvoller.

Auf einer grünen Anhöhe lockte Lex zwei Wildpferde an. Dabei gestikulierte er kaum, er schien sie allein mit seinem eindringlichen Blick einzufangen.

Als die Tiere gefügig herbeitrabten, wirkte es, als könne er mit seinem Blick jede ihrer Bewegungen lenken. Darian nahm das schwarze und Lex das braune Pferd.

Es war ungewohnt, das Tier an seinen Schenkeln und Waden zu spüren. Doch zugleich war Darian ein erfahrener Reiter und zu keinem Zeitpunkt hatte er das Gefühl, die Kontrolle über das Pferd zu verlieren.

»Höchste Zeit, dass wir ein bisschen schneller vorankommen. Bis zum Abend möchte ich die Seentreppe erreicht haben«, sagte Lex, der neben ihm hertrabte.

»Wie weit ist es von dort zum Dornenturm?«

Lex lachte verächtlich. »Wir sind im tiefsten Süden von Enruah. Die Seentreppe liegt am Eingang dieses Gebirges, also immer noch im Süden des Landes. Immerhin kannst du von dort aus den Dornenturm in der Ferne sehen. Bis dahin sind es aber noch weitere drei Tagesritte.«

»Drei Tage! … Dieser Turm muss ordentlich hoch sein, wenn wir ihn so früh schon sehen können.«

»O ja, das ist er. Du kannst ihn vom südlichen Gebirge wie auch von der Wüste im Norden aus sehen. Und beides liegt mehrere Hundert Kilometer auseinander. Kattaman ist ungefähr in der Mitte.«

»Die Hauptstadt? Ich dachte, der Turm stünde in einem See.«

»So ist es auch. Kattaman liegt an diesem See und eine Brücke führt zum Dornenturm hinüber.«

»Und du bist sicher, dass ich dort erwartet werde?«

»Warum bin ich wohl den ganzen Weg hierhergekommen und habe eine Woche lang gewartet?«

Darian fühlte sich klein neben dem Jäger. Dabei war Lex doch eigentlich nur der Begleitschutz und er, Darian, war der Bote, den der Regent empfangen würde. Er musste sich immer wieder vergegenwärtigen, dass seine Quest darin bestand, die Schriftrolle bei Bokai gegen drei andere einzutauschen. Dass Lex zu ihm gestoßen war, gehörte nicht zu dieser Hauptquest. Lex war also optional. Und wie es eben so war mit NPCs, die unerwartet in einer Quest auftauchten: Sie konnten durchaus alles durcheinanderbringen. Manchmal konnten sie bei der Erfüllung der Hauptziele eine Hilfe sein, manchmal durfte man ihnen aber auch nicht trauen. Bislang sah es danach aus, dass Lex zur ersten Gruppe gehörte. Immerhin hatte er die Rolle nicht an sich genommen, während Darian ohnmächtig war. Er hätte ja einfach damit verschwinden können. Offensichtlich nahm er seinen Auftrag ernst.

Trotzdem blieb Darian auf der Hut. Irgendetwas an Lex beunruhigte ihn. Es war nicht so sehr der böse Scherz mit dem Dolch. Es war überhaupt diese souveräne Art, mit der Lex ihn behandelte.

Darian war froh, dass er sich wenigstens wieder komplett fühlte: In seiner Tasche lag sicher verstaut die Schriftrolle, an seinem Oberkörper trug er eine Lederkluft von Lex, und sein Schwert hatte er auf den Rücken geschnallt. Sie hatten gestern Abend nicht mehr viel über das Schwert geredet, nachdem Lex ihn so erschreckt hatte. Lex hatte nur gesagt, es sei eine Vorsichtsmaßnahme gewesen, das Schwert unter der Decke zu verstecken. Immerhin habe er Darian noch nicht gekannt. »An meiner Stelle hättest du das auch getan«, hatte er gesagt, und darauf war Darian keine Erwiderung eingefallen.

Die Landschaft veränderte sich. Immer mehr gerieten die Gipfel in den Hintergrund, das Gebirge wurde weitläufiger und pflanzenreicher. Der Kardolon schien es nicht eilig zu haben, nach unten ins Flachland zu gelangen. Er umkurvte Steine und Bäume und nach so mancher Stromschnelle sammelte er sich in einem ruhigen Becken.

Nachdem sie eine Weile geschwiegen hatten, traute sich Darian wieder zu fragen: »Was wirst du tun, wenn ich bei Bokai bin?«

»Keine Ahnung. Vielleicht bleibe ich eine Weile in Kattaman.«

»Du wirst mich also nicht wieder nach Hause begleiten?«

»Das musst du Bokai fragen.«

Darian war sich sicher, dass Lex weniger verriet, als er wusste. Die Frage, wie er aus Enruah wieder nach Hause kam, beschäftigte ihn sehr. Sicher, es war ausgemacht, dass man ihm den Heimweg zeigen würde, nachdem er die Schriftrolle überbracht hatte. Doch was, wenn etwas schiefging? Ständig begleitete ihn dieser unheimliche Gedanke, dass er tatsächlich in diesem Land war und nicht mit einem Tastendruck in seinen Alltag zurückkehren konnte. Vermutlich hätte ihn diese Überlegung in Panik versetzt, wenn ihn die Schönheit von Enruah nicht regelmäßig getröstet hätte. Ständig entdeckten seine Augen etwas Neues, das ihn in Ehrfurcht versetzte. Alles hier war echt und nicht ein Konstrukt der Programmierer oder seiner Fantasie, und so gewannen selbst Kleinigkeiten für ihn eine neue Faszination. Weder sein kindlicher Ausflug ins Weltall noch seine Karriere als Gott hatten sich damals so intensiv angefühlt. Diese Welt *lebte*, und vielleicht begann er zum allerersten Mal zu ahnen, was Leben überhaupt bedeutete. Freilich musste er einen unschönen Gedanken immer wieder verdrängen: Es fühlte sich deshalb so lebendig an, weil es die Möglichkeit gab, tatsächlich zu sterben. Immer wenn ihm das in den Sinn kam, wurde er wieder ungeduldig und hoffte, dass sie den Dornenturm bald erreichten und er schnell wieder ins normale Leben zurückkäme.

Den restlichen Tag ritten sie, ohne viel zu reden. Darian berauschte sich an der Landschaft und Lex ließ unentwegt seinen Blick schweifen, als könnte hinter jedem Baum ein Schurke hervorstürzen.

Als es dunkel war, führte Lex sie vom Fluss weg zu einer Plattform hinauf, die wie ein Balkon aus dem Berg ragte und von Baumwurzeln durchdrungen war. Sie stiegen von den Pferden und banden sie an einen Baum.

»Hier kann uns keiner überraschen«, sagte Lex. »Es gibt nur einen Zugang und den werde ich im Auge behalten.«

Darian schritt zum Rand der Fläche und stützte sich gegen einen Baum. Er blickte hinab auf ein Meer von Hügeln und Plateaus, durch das sich der im Mondlicht glitzernde Fluss schlängelte wie eine Perlenkette. An einigen Stellen hatte er Verdickungen, Wasserflecken, die auch sonst überall in der Landschaft auftauchten. So ging es über viele Kilometer hinweg, immer eine Stufe tiefer, bis zu den hintersten Hügeln, die sich in einer Tiefebene verloren. An mehreren Stellen zwischen den Hügeln glommen gelbe Lichter, die aus dieser Entfernung fast an Glühwürmchen erinnerten.

Er merkte nicht, dass Lex neben ihn getreten war. »Die Seentreppe. Hübsch, nicht? Da geht es morgen durch. Siehst du all die Dörfchen? Die sollten wir meiden, wenn wir kein Aufsehen erregen wollen. Wahrscheinlich werden wir einen Umweg reiten müssen, um nicht in Bichtal gesehen zu werden.«

»Meinst du, wir können nicht mal eines der Dörfer anschauen? Ich meine, es weiß doch keiner, weshalb wir hier sind.«

»Das sollten wir lassen. Wir sind nicht zur Besichtigung hier. Komm, lass uns was essen.«

Um nicht auf sich aufmerksam zu machen, entzündeten sie kein Feuer. Aber der Mond war so hell, dass man fast jede Einzelheit erkennen konnte. Zum Essen holte Lex ihnen aus dem Gebüsch eine Frucht, deren Schale man mit den Zähnen aufknacken konnte. Heraus kam eine seimige Masse, die an Süßkartoffeln erinnerte und schnell sättigte. Bald legten sie sich schlafen, Decken brauchten sie keine. Darian war es gewohnt, hin und wieder unter freiem Himmel zu kampieren – er hatte auch schon in Wüsten und auf Berggipfeln genächtigt. Doch zum ersten Mal nahm er wahr, wie unangenehm sich der Untergrund anfühlte und wie angenehm die frische Nachtluft beim Einschlafen seine Nase umspielte.

»Sag mal, sieht es in dem Land, aus dem du kommst, sehr anders aus?«, fragte Lex auf einmal in so feierlichem Ton, dass Darian sich überlegte, ob er es ernst meinte.

»Ja, es ist ziemlich anders.«

»Erzähl mal.«

Jetzt war sich Darian sicher, dass Lex ihn nicht veräppelte. »Na ja, dort, wo ich wohne, gibt es viele Häuser und Straßen. Alles ist schnell und bunt. Aber die vielen Farben sind nicht echt. Überhaupt: In meiner Welt ist wenig echt. Die Leute reden und reden, aber sie hören nicht zu. Und bei kaum einem Menschen kannst du dir sicher sein, dass er es ehrlich mit dir meint. Kaum einer interessiert sich für dich, aber wenn du dein eigenes Ding machst, dann meinen auf einmal alle, es dir madig machen zu müssen. Immer geht es nur darum, ›realistisch‹ zu sein. So sieht es in meiner Welt aus.«

»Klingt verlockend«, schmunzelte Lex. Darian merkte, dass er unentwegt zu den Sternen hinaufblickte. Der Kerl schien tatsächlich etwas für Lagerfeuerromantik übrigzuhaben – und das ohne Lagerfeuer.

»Nein, ehrlich«, fuhr Darian fort, »hier in Enruah fühlt sich das Wasser nach Wasser an und die Wiesen sind grün. Man isst etwas und wird satt. Es ist wundervoll.«

»Sind in deinem Land die Wiesen nicht grün?«

»Ich weiß nicht recht.«

»Du weißt nicht, wie bei euch die Wiesen aussehen?«

»Ich weiß, wie sie *hier* aussehen. Und zwar definitiv grün. Du kannst froh sein, dass du hier lebst.«

»Es wäre schön, wenn ich das so sehen könnte wie du.«

Im Gebüsch knisterte es. Lex machte »Psst!« und hatte im selben Moment seinen Adlerblick auf die Geräuschquelle gerichtet. Es knisterte noch einmal, dann wurde es ruhig. Lex stand vorsichtig auf und schlich zum Gebüsch. Er bedeutete Darian, sich nicht zu rühren. Darian hörte, wie er durch die Büsche streifte. Nach wenigen Minuten kehrte er zurück.

»Ich denke, es war nichts. Aber wir sollten wachsam sein.« Er legte sich an seinen Platz. Dann richtete er sich wieder ein Stück auf und schaute Darian fest in die Augen. »Wenn du möchtest, können wir die Schatulle hier in meinem Rucksack verstecken.«

»Nein«, hauchte Darian.

»Gut. Ich wollte auch nur … Du solltest jedenfalls wissen, dass wir hier nicht sicher sind.«

Darian tat, als würde er die Augen schließen, doch er beobachtete Lex unentwegt. Nach etwa einer Stunde schlief Lex tief und fest, sein Schnarchen ließ keinen Zweifel. Darian blieb auf der Seite liegen, sodass er die Tasche neben sich im Blick hatte. Nach einer weiteren schlaflosen Stunde richtete er sich auf und holte die Schatulle aus der Tasche. Er öffnete sie, nahm die Rolle heraus und befühlte das Siegel. Alles war in Ordnung. Er verschloss sie wieder. Anschließend zog er seine Stiefel an und steckte die Schatulle in den rechten Schaft.

Begleitet von einem regelmäßigen Schnarchen schlief er ein.

3

Der Angriff geschah gegen Mittag.

Darian und Lex hatten sich nach dem Aufbruch wieder zum Fluss begeben. Der Dornenturm war nun am Horizont zu sehen und gab ihnen Orientierung, wenngleich er nicht mehr war als eine Nadel vor hellblauem Hintergrund. Von der Seentreppe bekam Darian wenig zu sehen. Lex führte sie durch Täler und Wäldchen und vermied so, dass sie jemandem begegneten. Freilich hatten diese Gefilde ihren ganz eigenen Zauber. Immer wieder überquerten sie Nebenbäche des Kardolon über bogenförmige Holzbrückchen. In den Wäldern passierten sie Bäume, die faltig waren wie alte Männer und deren Wurzelwerk gierig um sich griff. Durch das Blätterdach stachen Speere aus Sonnenlicht, umtanzt von Mückenschwärmen. Gelbe Vogelwesen mit durchsichtigen Flügeln schwebten über ihre Köpfen hinweg und warfen dort, wo sie vorbeikamen, farbige Lichttupfer auf den Boden.

Darian begann die Zeit zu vergessen und den Grund, weshalb sie durch diese Gegend ritten. Er schaute, roch und hörte. Nur Lex machte ihn bisweilen nervös. Einmal hielt sein Gefährte an, schaute misstrauisch umher und flüsterte: »Mir gefällt das nicht. Ich habe das Gefühl, da ist etwas.«

»Ja?« Natürlich war da etwas! Sie waren inmitten einer knisternden, singenden und zirpenden Umgebung. Dass Lex irritiert war, leuchtete ihm nicht ein. Auch nicht, dass Lex trotz seiner Vorsicht nur ein Messer bei sich trug.

Wenig später machten sie Rast, tranken aus einem Bach und erleichterten sich in den Büschen. Sie waren noch keinen halben Tag unterwegs, trotzdem machte der Ritt müde.

»Was ist?«, fragte Darian, als sie von den Büschen zu den Pferden zurückkehrten.

»Keine Ahnung. Ich habe so im Gefühl, dass wir heute noch auf irgendwelche Gauner treffen.«

»Aber hier ist doch kein Mensch.«

»Ich weiß. Ist auch nur so ein Gefühl.«

»Und was machen wir, wenn welche aufkreuzen?«

»Fliehen, so schnell wir können. Gib deinem Pferd die Hacken und reite einfach mir nach.«

»Gut. Dann machen wirs so.« Darian wollte aufsteigen, doch Lex legte ihm die Hand auf die Schulter.

»Noch was: Mir ist aufgefallen, dass dein Pferd langsamer ist als meines. Man sieht es an den Bewegungen der Beine. Falls es ernst wird, müssen wir alles aus den Tieren herausholen.«

»Keine Sorge, das schaffe ich.«

»Du hast die Schriftrolle, Darian. Wenn du hinten dranhängst, werden sie dich als Erstes erwischen.«

Darian warf ihm einen scharfen Blick zu.

»Ich habe keine Lust, ohne diese Rolle zu Bokai zurückzukehren«, fuhr Lex fort. »Auch ich habe einen Auftrag.«

»Du willst, dass ich dir die Rolle gebe?«

Lex versuchte ein abgeklärtes Gesicht zu machen. »Ich weiß, dass du sie mir nicht geben willst.«

»Ganz richtig.«

»Dann lass uns die Pferde tauschen.«

»Du willst mir das bessere Pferd überlassen?«

»Hab ich eine andere Wahl?«

Darian runzelte die Stirn. Im Grunde war es logisch, wie Lex argumentierte. Und doch beschlich ihn dieses unterschwellige Gefühl, dass Lex etwas wusste, was er nicht sagte. Umso sicherer war sich Darian, dass er ihm die Schriftrolle nicht anvertrauen würde.

»Von mir aus können wir es so machen«, sagte Darian und bewegte sich zu dem braunen Pferd.

Beim Reiten merkte er den Unterschied kaum. Ein wenig geschmeidiger waren die Bewegungen des Tieres und vermutlich hatte Lex recht, wenn er meinte, im Ernstfall würde man damit schneller vorankommen.

Es ging leicht bergab in eine Klamm hinein. Links und rechts verliefen zwei bewachsene Erdwände, die früher einmal exakt aneinandergepasst haben mussten. Keine zehn Meter war die Schlucht breit, sie ritten hintereinander. Irgendwann, stellte Darian sich vor, hatte jemand den Waldboden aufgerissen und diese klaffende Wunde hinterlassen, damit sie nun bequem hindurchreiten konnten. So machten es zumindest die Leveldesigner, um den Spieler in die gewünschte Richtung zu lenken – dorthin, wo sie ein besonderes Ereignis vorbereitet hatten, eine »Scripted Sequence«. Aber er war in Enruah, und hier gab es keine Scripted Sequences. Denn die Figuren waren echt und handelten nicht nach einem vorgegebenen Konzept. Darian fand das bewundernswert und beängstigend zugleich.

Hinter ihm erklärte Lex, dass es nun nicht mehr weit sein könne, ehe sie einen Waldsee erreichen würden. Darian hielt vorfreudig Ausschau nach dem See und so achtete er nicht auf die Büsche, die über ihnen die Wände säumten.

Es ging so schnell, dass er gar nicht gleich bemerkte, was los war. Über ihnen raschelte es, Darian drehte sich fragend zu Lex um, ein Schnalzen ertönte und mit einem dumpfen Zischen fuhr etwas Hartes in seinen Körper. Den Schmerz spürte er erst einen Augenblick später – er entlud sich in seiner Schulter und rauschte im Nu durch seine Nervenbahnen. Darian brachte nur ein halbes Stöhnen hervor, er verlor die Kontrolle über seine Glieder und kippte vom Pferd.

Erst als er auf dem unebenen Boden lag, sah er den Pfeil aus seiner Schulter ragen.

Sein Blick verschwamm, die Welt um ihn herum zog sich in unendliche Höhen. Er blickte an monströsen Pferdebeinen empor, die Erdwände wuchsen in den Himmel. Er hörte Stimmen, Rufe, Schritte.

Lex. Wo war sein Begleiter? Er drehte den Kopf nach hinten, aber dort, wo Lex hätte sein müssen, war keiner. Nur ein schnelles Pferdetrappeln war zu hören.

Feigling! Er hatte immer so getan, als könne ihn nichts erschüttern, und nun machte er sich davon wie ein Kind.

Schritte näherten sich. Er drehte wieder den Kopf und sah Männer herankommen, bewaffnet mit Bogen und Schwertern.

»Das ist er nicht, das ist der andere!«

»Dreck, elendiger. Bist du dir sicher?«

»Natürlich, ich kenne ihn. Er sieht anders aus.«

»Ihr Vollidioten!«

Darian musste sich Mühe geben, einen klaren Gedanken zu fassen. Seine Schulter schmerzte und ihm war schwindlig. Aber es war eindeutig, dass sie jemand Bestimmten wollten und dass das nur Lex sein konnte. Sie hatten es auf Lex abgesehen, jedoch auf *ihn* geschossen! Weshalb? Weil sie ähnliche Kleider trugen?

»Was machen wir mit dem?«, fragte einer der Männer.

»Kümmere dich um ihn.«

»Achtung!«, brüllte ein anderer panisch.

Darian riss die Augen auf; ein Steinbrocken löste sich aus der Wand und schlug knapp neben einem der Männer ein.

»Er ist noch da! Los!«

Ein Tumult brach aus. Niemand kümmerte sich mehr um Darian. Er stützte sich mit den Armen ab und schaffte es, seinen Oberkörper aufzurichten. Ohne viel nachzudenken, packte er den Pfeil und begann ihn langsam in der blutenden Wunde zu drehen. Ein Höllenfeuer entbrannte in seiner Schulter. Jetzt war es vollends egal. Mit einem Ruck zog er an dem Pfeil und brüllte auf. Kalte Luft drang an die offene Stelle, doch sie kühlte nicht, sondern schickte einen brennenden Schmerz durch seinen Körper. Kraftlos sank er zu Boden.

»Da oben ist er!«, brüllte einer. Darian sah mit verschwommenem Blick hinauf und tatsächlich stand am Abgrund ein schwarzes Pferd mit einem ruhig dasitzenden Reiter. Zwei Bogenschützen schossen Pfeile auf ihn ab. Doch der Reiter streckte nur die Hand aus und die Pfeile prallten wie an einer unsichtbaren Wand ab. Dann machte er eine ausholende Bewegung in Richtung eines Baumes – dieser beugte sich langsam, sprengte den Boden auf und stürzte schließlich in die Klamm hinunter. Trockene Erde regnete auf die Männer herab, die wild auseinanderstoben. Einer schaffte es nicht – der Baum erwischte ihn mit einem Ast im Nacken und begrub ihn unter sich.

Darian war überzeugt, dass er nicht halluzinierte. Was er sah, geschah wirklich. Dieser Mann, Lex, der vermeintliche Jäger, hatte Pfeile in der Luft angehalten und einen Baum ausgerissen!

Ohne Zweifel, Lex hatte das getan. Und das konnte nur heißen, dass er Kräfte hatte, die ein normaler Mensch nicht hat.

Eine Flut wirrer Gedanken schoss durch seinen Kopf. Lex hatte am See auf ihn gewartet. Lex hatte ihn gerettet. Er hatte sein Schwert versteckt. Er hatte immerzu nach der Rolle gefragt. Er hatte ihn aber nie getötet, obwohl er es hätte tun können. Er hatte ihn sogar gewarnt. Ja, er hatte ihn gewarnt, weil er offenbar wusste, dass man sie angreifen würde und dass er das Ziel sein würde. Lex hatte sein Pferd mit ihm getauscht. Er hatte … jetzt war es Darian klar: Lex hatte ihn als Köder benutzt, als menschlichen Schutzschild. Und er, Darian, hatte sich von ihm benutzen lassen.

Der Schmerz tobte immer noch in seiner Schulter. Aber sein Kopf war klar und das gab ihm die Kraft, sich wieder aufzurichten. Nicht weit von ihm entfernt lag der ausgerissene Baum auf dem Weg. Die Männer hatten sich ein Stück zurückgezogen und schienen zu warten. Worauf?

Darian drehte sich um. Da erschien er wieder, im Galopp ritt Lex durch die Schlucht, direkt auf ihn zu. Konnte er sich selbst etwa auch nach oben oder unten zaubern? Was hatte er vor? Würde er ihn niedertrampeln? Er musste aufstehen! Mit seinen letzten Kräften drückte er sich vom Boden ab und kam schwankend auf die Beine. Er wollte nach seinem Schwert greifen, doch er konnte seinen rechten Arm nicht heben.

Lex ritt weiter auf ihn zu und fixierte ihn mit den Augen. Es war jedoch kein feindseliger Blick, eher ein einladender.

Kurz vor Darian hielt er das Pferd abrupt an und klatschte hinter sich auf das Fell.

»Los, steig auf!«

Darian rührte sich nicht.

»Beeil dich! Sie werden gleich wieder angreifen!«

Wieder reagierte Darian nicht. Er wusste nur eines: Wenn er bei Lex aufstieg und sie in Sicherheit waren, würde er nicht mehr lange leben. Lex hatte ihn gebraucht, nun war er für ihn nutzlos; das Einzige, was er noch benötigte, war die Rolle.

Langsam bewegte sich Darian auf Lex zu. Er nahm die Tasche von seiner Schulter und reichte sie ihm. »Hier, nimm sie und verschwinde. Ich gebe auf.«

Lex griff nach der Tasche, sein Blick verriet Fassungslosigkeit. Als er den Ledergurt fest umschlossen hatte, lachte er völlig überrascht. »Du spinnst … du bist absolut … Danke! … Ich wünsche dir viel Glück!« Damit wandte er sich ab, trieb sein Pferd an und galoppierte davon, noch ehe erneut Pfeile auf ihn zuflogen. Hilflos sahen die Kämpfer ihm nach.

Darian spürte wieder das Brennen in seiner Schulter; genauer gesagt, unterhalb seiner rechten Schulter. Deutlicher als je zuvor war ihm klar, dass er sich nicht mehr in einem Spiel befand.

4

Er lag auf dem schaukelnden Leinentuch, das zwischen zwei Pferde gespannt war, und starrte in den Himmel.

Zwei Männer, ein blonder und ein dunkelhaariger, saßen über ihm auf den gemächlich trabenden Tieren. Sie sahen ihn mal mitleidig, mal misstrauisch an. Sicher, sie hatten ihm die Wunde verbunden. Aber das konnte auch dem Zweck dienen, ihn für eine Hinrichtung fit zu machen.

Was für eine abscheuliche Vorstellung: Eingezogen von einem Computerspiel und dort elendig krepiert! Das war nicht fair! Davon hatte ihm Quentin nichts gesagt. Er hatte ihn mit den schönen Seiten von Enruah gelockt und ihm verschwiegen, dass ein Pfeiltreffer wirklich wehtat, anstatt ihm nur ein paar Lebenspunkte abzuziehen. Von wegen, nur eine Schriftrolle abliefern! – Diese Quest war eine einzige Zumutung.

»Hältst du es noch eine Weile aus?«, fragte der eine Reiter, dessen Bart und vor allem dessen Stimme ihn an den Zwerg Gimli aus der Tolkien-Verfilmung erinnerten. »Wenn wir da sind, kriegst du eine ordentliche Versorgung.«

»Wenn wir da sind?«

»Das wird bis morgen früh dauern. Ist ein weiter Weg ins Gebirge.«

»Wo bringt ihr mich hin?« Sein Ton schwankte zwischen Hoffen und Bangen.

Der Kerl lachte keckernd. »He, he, das würdest du gerne wissen. Vorher sollten aber *wir* ein paar Dinge wissen.«

»Ach ja?«

»Zum Beispiel, wie es dazu kommt, dass du mit einem Wächter von Enruah in dieser Gegend umherziehst.«

»Mit *was* für einem Wächter?«

»Ich sehe schon, du spielst den Ahnungslosen.«

Darian wollte sich aufrichten, um sich umzusehen, doch der andere, ein stämmiger Blondschopf, gab ihm ein unmissverständliches Zeichen, dass er sich besser nicht rührte.

»Schön unten bleiben«, sagte der Gimli. »Ist nicht gut für deine Wunde. Also noch mal: Was hast du mit dem Wächter zu schaffen?«

»Falls du Lex meinst: Ich habe nichts mit ihm zu schaffen. Ich habe nur …« Er zögerte, dachte an die Schatulle in seinem Stiefel. Offenbar schienen sie nichts von der Schriftrolle zu wissen. Es war besser, wenn es erst einmal so blieb. »… ich habe ihn in den Bergen getroffen. Er gab sich als harmloser Jäger aus. Ich kenne mich hier nicht besonders aus und er bot mir an, mich nach Kattaman zu führen.«

»Was willst du in Kattaman?«

»Arbeiten.«

»Und woher kommst du?«

Darian wusste keinen Namen eines Nachbarlandes. Hatte Enruah überhaupt Nachbarländer? »Aus dem Süden. Hinter den Bergen.«

»Du meinst wohl, du bist ein Springbock, oder wie soll ich mir das vorstellen? Hinter den Bergen – das ist ziemlich weit.«

»So ist es. Ich komme von ziemlich weit.«

Die beiden Männer wechselten einen Blick. Darian biss sich auf die Lippe, seine Story schien nicht besonders glaubhaft zu sein.

»Du bist nach Enruah gekommen, um zu arbeiten?«

»Ja.«

»Und du wusstest, was dich hier erwartet?«

»Eigentlich: nein.«

Jetzt lachte der Bärtige schallend los. »Du bist den ganzen Weg über die Berge gekommen, weil du dachtest, hier wäre das Paradies, wie?« Er lachte noch mehr. »Hör zu: Du hättest dir wirklich einen besseren Ort aussuchen können.«

»Glaubst du mir jetzt?«

»Was soll ich denn sonst tun? Jemand, der sich im gefährlichsten Gebiet im ganzen Süden einen Pfeil verpassen lässt, kann nicht von hier sein.«

»*Ihr* habt doch auf mich geschossen!«

»Ja, weil ihr das Pferd getauscht habt. Sonst hätten wir Lex erwischt.

Aber der ist zu gerissen, als dass er ohne Hintergedanken durch diese Klamm reiten würde.«

»Wer ist Lex eigentlich?«

Der Mann holte Luft und begann: »Also gut, es war einmal ein Land, in dem es sehr schön war, sein Name war Enruah. Die Pflanzen auf den Feldern sprossen, die Menschen lachten, na ja, du weißt schon, dieser ganze Kram eben. Seit Bokai die Macht an sich gerissen hat, ist es das Gegenteil. Der Norden ist verkümmert und die meisten Leute von dort sind in die Nachbarländer gezogen. Er tyrannisiert das Volk. Nach und nach holt er sich alle fähigen Männer nach Kattaman, damit sie entweder seine Armee verstärken oder am Turm bauen sollen. Ja, es geht ihm nur um seinen Turm. Er wird höher und höher und bald sieht man ihn schon von den Nachbarländern aus. Mit jedem Meter wächst seine Macht. Dabei hat kaum einer Bokai je zu Gesicht bekommen. Er sitzt in seinem Turm und überlässt die Arbeit seinen drei Wächtern: Sahak, Miredala und Lex. Sie sind mächtig genug, das ganze Land in Schach zu halten. Sahak befehligt die Armee, Miredala und Lex ziehen durch Dörfer und Städte und holen sich die Männer, die sie brauchen, notfalls mit Gewalt. Kattaman wächst und das übrige Land stirbt. So sieht es aus in Enruah. Jetzt weißt dus.«

»Und ihr? Euch hat es nicht erwischt?«

»Noch nicht. Und wir werden den Teufel tun, uns von ihm erwischen zu lassen.« Er zeigte Darian eine Handfläche. »Niemals werden diese Hände am Turm des Tyrannen bauen. Das schwöre ich. Wenn meine Hände noch für etwas gut sind, dann dazu, Bokai und seine Wächter zu vernichten.«

»Wie heißt du?«

»Ich bin Mortan. Und du?«

»Darian.«

»Hör zu, Darian: Du hast mit der Wahl deines Landes wirklich kein gutes Händchen gehabt. Aber jetzt bist du schon mal hier. Wir können jeden Mann gebrauchen.«

»Wir?«

»Wir bringen dich in ein Südlager der Rebellenallianz. Dort kannst du dich erholen. Und wenn du wiederhergestellt bist, bringen wir dir ein paar Sachen bei. Das Schwert auf deinem Rücken scheinst du ja nur zur Zierde zu tragen.«

»Ihr wollt mich zu einem Rebellenkämpfer machen? Gegen Bokai?«

»Besser als in Kattaman in schwindelerregender Höhe Mörtel auf Bausteine zu klatschen, oder?«

»Wieso vertraust du mir? Ich könnte ein Spion sein.«

Mortan lachte schon wieder. »Du bist kein Spion.«

»Was macht dich da so sicher?«

»Du hättest bei Lex aufs Pferd steigen und mit ihm fliehen können. Aber du hast es nicht getan.«

»Vielleicht haben wir das nur inszeniert, damit ihr mich aufnehmt.«

»Ach so ist das. War es auch inszeniert, dass Lex dir oben am See dein Schwert stehlen wollte?«

»Woher …?«

»Einer unserer Späher hat euch beide entdeckt und aus der Ferne beobachtet. Er hat uns nachts informiert und euch dann am nächsten Tag verfolgt. Wir haben mit dem Angriff gewartet, bis ihr an einer günstigen Stelle vorbeikamt.«

»Sehr günstig.« Darian rieb sich an seiner Wunde, über die ein Stoffstück gebunden war. »Und jetzt? Ich will nicht bei eurer Rebellion mitmachen. Ich will nicht in dieses Lager und überhaupt will ich mit diesem ganzen Mist nichts zu tun haben. Wenn Bokai sich einen Turm baut, dann soll er ihn bauen. Ich bin nicht hergekommen, um zu kämpfen.«

»Verstehe. Du willst nur zusehen, wie Enruah im Erdboden versinkt.«

»Ich kenne Enruah überhaupt nicht. Ich bin seit zwei Tagen hier und habe nichts als Berge und ein paar Wilde gesehen, die aufeinander losgehen.«

»Und das reicht dir nicht!?«, fragte Mortan mit erhobener Stimme.

»Doch das reicht mir«, antwortete Darian und schloss die Augen. »Es reicht mir.«

Mortan unterdrückte einen Fluch und schnaubte stattdessen. »Wegen Kerlen wie dir geht dieses Land zugrunde. Mach doch, was du willst.«

»Bin ich jetzt euer Gefangener?« Darian öffnete wieder die Augen.

Mortan schien nachzudenken. Er schaute seinen schweigenden Begleiter an. Dann sagte er: »Was wollen wir mit einem wie dir anfangen – der frisst und nur rumliegt? Das Beste ist, wir werden dich so schnell wie möglich los.« Er wandte sich nach vorn, wo sich weitere Reiter befinden mussten, die Darian nicht sehen konnte. »Was ist der nächste Ort?«

»Wonntau«, tönte es zurück.

»Na toll!« Er wandte sich an Darian. »Einer wie du hat so viel Glück nicht verdient: Erst verfehlt der Pfeil dein Herz und jetzt kommst du auch noch nach Wonntau.« Er spuckte auf den Boden. »Die werden sogar für einen wie dich was übrighaben. Himmel, wahrscheinlich wirst du dort sogar dein Paradies finden. Aber glaub ja nicht, dass das ewig so sein wird. Eines Tages wird das Unheil auch in diese Gegend kommen. Und dann wirst du es bereuen, glaub mir, du wirst es bereuen, du elender Schwachkopf!«

5

Es dauerte eine weitere Stunde, bis sie das Dorf erreichten. Ein heftiger Regen überraschte sie. Binnen Minuten hatten sich Wolkentürme über ihnen gebildet und angefangen, sich mit aller Macht zu entleeren.

Darian kniff die Augen zusammen, während er begossen wurde und sein Liegetuch sich mit lauwarmem Wasser vollsog. Die Pferde trabten bald durch einen matschigen Weg und warfen bei jedem Schritt braune Spritzer über Darians Gesicht.

Als er endlich die ersten hölzernen Dachgiebel um sich herum sah, war er so erschöpft, dass es ihm egal war, wo er unterkommen würde. Die Pferde hielten an, Mortan und der Blonde stiegen ab und trotteten weg. Darian wartete. Der Regen besprengte ihn, ohne Rücksicht darauf, dass die Kleider keinen Tropfen mehr aufnehmen konnten.

Nach einer Weile kehrten die Männer zurück und mehrere Gesichter blickten zu ihm herab.

»Das ist er. Seine Schulter hats arg erwischt«, sagte Mortan mit triefendem Bart.

»Nichts, was nicht heilen könnte«, erwiderte eine ältere Frau. Darian konnte sie nicht erkennen, weil sie eine Kapuze trug.

»Und du bist dir sicher, dass du das auf dich nehmen willst?« Wieder eine andere Stimme war das, eine feste, männliche.

Das Gesicht unter der Kapuze blickte eindringlich zu Darian herab. »Aber ja doch, Lohan. Das arme Kerlchen.«

»Immer Mitleid mit den Schwachen, wie?«

»So etwas kennst du nicht, Mortan, ich weiß. Für dich zählt ein Mann nur, wenn er wenigstens einen Schurken am Tag erschlägt.«

»Mir solls recht sein«, gab Mortan gekränkt zurück. »Ohne ihn kommen wir deutlich schneller voran.«

Darian hörte ihnen angespannt zu. Am liebsten wäre er aufgesprungen, hätte Protest erhoben und ihnen gezeigt, wie gern er Schurken erschlug! Doch er konnte nicht einmal seinen Mund aufmachen, so schwach war er. Und er wünschte sich in diesem Moment nichts mehr, als dass endlich jemand ein Dach zwischen ihn und den Regen brachte.

»Ihr wollt gleich weiterziehen? Bei diesem Regen?«, fragte Lohan, ein stabiler Mann mit ringförmigem Haarkranz.

»Wir wollen vor Einbruch der Dunkelheit zu Hause sein.«

»Dann haltet euch vom Kardolon fern; er dürfte gerade eine reißende Bestie sein.«

»Keine Sorge. Mit Bestien kennen wir uns aus.« Damit warf Mortan einen letzten Blick auf Darians Tuch hinab und schwang sich auf sein Pferd.

Zwei Männer lösten das Tuch von den Pferden, packten es vorne und hinten und schleppten Darian mit sich. Im Hintergrund sah er, wie die Rebellen davonritten.

Er wurde durch eine Tür getragen. Augenblicklich hörte das allgegenwärtige Prasseln auf, als hätte jemand den Ton abgedreht. Erst kurz danach nahm er das Prasseln wieder über ihnen wahr, gedämpft und wohltuend.

»Bringt ihn zum Ofen«, sagte die alte Frau, »ich werde nur schnell etwas zum Liegen holen.«

Sie verschwand und Darian starrte in ein Feuer, das von dunklen, rundlichen Steinen eingefasst war. Der ganze Raum war offenbar aus diesem dunklen Stein gemauert. Er war niedrig, denn nicht weit über ihnen befand sich ein hölzerner Boden, der von vier Stützen getragen wurde. An den Wänden hingen überall Felle und Teppiche, Krautbüschel schmückten die Pfeiler, und Küchengeschirr lag über dem Kamin. All das ließ das Häuschen wie eine enge Höhle wirken, wenn auch eine ausgesprochen gemütliche.

»So, das sollte erst einmal reichen.« Sie kam mit zwei Strohballen auf dem Rücken zurück und breitete sie neben dem Kamin aus. Darian wunderte sich, was die kleine Frau zu schleppen vermochte; offenbar erstaunte es auch die beiden Männer, die ihr nur wortlos zuschauten.

»Was ist los, ihr Nichtsnutze! Legt ihn endlich auf sein Bett!«

Sie beeilten sich, ihn anzuheben.

»Natürlich nicht auf dem nassen Tuch, ihr Trottel! Ich habe ein frisches Fell ausgelegt.«

Unbeholfen hoben die beiden Darians Körper und legten ihn auf dem Strohbett ab. Das Ziehen an seiner Wunde vergaß er sofort, als er den trockenen, weichen Untergrund spürte.

»Na endlich. Ihr könnt verschwinden. Den Rest schaff ich allein. Und vergesst nicht, Mara Bescheid zu sagen. Ich brauche am besten einen ganzen Korb Weinblätter.«

Gehorsam nickend gingen sie davon und Darian war mit der Alten allein. Sie beugte sich über ihn und im Kaminschimmer sah er ihr Gesicht. Nicht die Falten, nicht die knollige Nase fielen ihm auf, sondern ihr feiner Mund. Die Worte, die aus ihm herauskamen, mochten grob sein, doch für Darian drückten sie die pure Güte aus.

»Ich würde dir eine Suppe kochen. Aber warm wirds dir auch vom Ofen und etwas Brot sollte dich satt machen. Was du eigentlich brauchst, ist Schlaf. Nichts als Schlaf. Ich gebe dir etwas, was dich gleich ins Reich der Träume schickt.«

Endlich schaffte er es, einen Laut auszuhauchen: »Danke.«

Sie holte ein tönernes Fläschchen und schüttete ihm den ganzen Inhalt in den Mund. Es war eine bittere Mixtur. Sofort legte sich bleierne Müdigkeit wie ein Schleier über ihn und schwächte seine Muskeln und Augenlider. Er bekam nur noch am Rande mit, wie die Alte seine nassen Kleider auszog, mit jemandem redete, an seiner Wunde hantierte und später die Leiter zum Boden hinaufstieg. Sein letzter Gedanke an diesem Tag war, dass die Wärme doch ziemlich zugenommen hatte.

Er erwachte von den Sonnenstrahlen, die durchs Fenster drangen. Im Kamin war es dunkel. Eine ganze Weile genoss er es, nur dazuliegen und sich bescheinen zu lassen. Später schaffte er es, sich am Fensterrahmen hochzuziehen und nach draußen zu blicken.

Die Häuser in Wonntau waren alle aus den gleichen dunklen rundlichen Steinen gebaut, von außen hatte man sie jedoch mit Stroh versehen. Das erkannte Darian, als er das wuchtige Haus auf der anderen Straßenseite betrachtete, das erst zur Hälfte verkleidet war. Ein Trupp von Männern machte sich gerade daran zu schaffen. Sie rollten Strohmatten aus und banden sie an den Außenwänden fest. Jemand hämmerte an einem Schild über der Tür und wieder ein anderer zimmerte vor dem Eingang eine Bank.

Am Haus vorbei führte eine erdige Straße, auf der zwei Jungs sich gegenseitig jagten. Sie hielten inne, sobald ein Mann mit einer Sackkarre herbeikam und sie anschnauzte. Etwa alle zwei Minuten tauchte er auf und jedes Mal lud er ein Holzfass auf und fuhr es davon. Die Holzfässer holte er bei dem riesigen Rundbottich, wo zwei Frauen sie auffüllten. Und in dem Bottich wateten mindestens ein halbes Dutzend Leute unermüdlich im Kreis. Ein junger Kerl hob eine Handvoll blauen Schlamm auf und ließ ihn auf den Kopf des Mädchens vor sich regnen. Sie antwortete mit einem Kreischen und revanchierte sich bei dem Übeltäter mit einer Salve des blauen Schlamms. Als der Mann mit der Sackkarre zurückkam, schimpfte er noch mehr.

Darian atmete tief durch. Wie gerne würde er jetzt selbst in diesem Bottich waten, immer im Kreis, und niemand würde etwas anderes von ihm fordern.

Einer von ihnen zu sein, das würde ihm gefallen.

Dann spürte er das Ziehen in seiner Schulter und schätzte, dass er wohl noch eine Weile neben dem Kamin verbringen würde.

Die Tür öffnete sich, Darian drehte sich um. Eine Frau mit einem Korb trat ein. Es war nicht die Alte von gestern Abend, sondern eine zierliche junge Dame mit langen roten Haaren und ein paar Sommersprossen. Als sie den Korb auf dem Tisch abstellte, konnte er sehen, dass sie ein schlichtes Kleid trug.

»Oh, du bist aufgewacht.« Sie lächelte schwach, aber aufrichtig. »Tut mir leid, dass ich nicht geklopft habe. Ich dachte, Gowanna wäre zu Hause. Ich habe ihr nur ein paar frische Blätter gebracht.«

»Guten Tag.« Jetzt merkte Darian, wie schwach er noch war. Mit Mühe hielt er sich aufrecht.

Die Frau trat näher heran, blieb aber mit gebührendem Abstand vor seinem Lager stehen. »Ich bin Mara. Gowanna hat mich gebeten, noch einige Weinblätter zu bringen. Ich hoffe, dir geht es besser.«

»Ja, danke«, sagte er und musterte sie neugierig. In ihrem Gesicht wohnte eine Milde, wie sie auch die alte Frau besaß. »Wie lange habe ich geschlafen?«

»Du bist gegen Abend gekommen, jetzt ist es Mittag. Es ist gut, dass du lange geschlafen hast.«

»Warst du gestern auch … ich meine … warst du auch hier?«

»Ich habe nur einen Korb mit Blättern gebracht, die Gowanna für ihre Salbe braucht. Die Wunde sah ziemlich böse aus.«

»Du hast meine Wunde gesehen?«

»Ich habe Gowanna geholfen. Du hast schon fast geschlafen.«

»Danke.« Mehr fiel ihm nicht ein.

Mara schaute sich im Raum um, als sei es ihr eigenes Haus.

»Brauchst du etwas? Ich denke, du solltest bald etwas essen. Gowanna ist noch nicht zurück, aber ich kann schon mal das Wasser aufsetzen.« Während sie redete, setzte sie ihre Worte gleich in die Tat um. Sie zündete ein Feuer an, füllte Wasser aus dem Fass in einen Topf und wickelte Brot aus einem Tuch. Darian verfolgte jede ihrer Bewegungen. Mara wirkte, als sei sie völlig im Einklang mit ihrer Umgebung und als gäbe es nichts anderes, was sie je tun wollte.

Wenig später trat Gowanna zur Tür herein. Sie hatte einen Korb mit Gemüse dabei. Auch ein feiner Fischgeruch stieg Darian aus dem Korb entgegen.

»Da bist du ja, Gowanna. Ich habe schon angefangen zu kochen, damit unser Freund nicht zu lange warten muss.«

»Bist ein gutes Kind«, sagte Gowanna und ging gleich zu Darian hinüber. »Und dir scheint es wieder besser zu gehen.«

»Ich denke, ja.«

»Na dann leg dich gefälligst wieder hin, du Narr, sonst wird das nichts mit der Heilung!« Sie ließ keine Widerrede zu und griff nach dem Gemüse. Mara sagte, dass sie noch eine Menge zu tun habe und los müsse. Sie winkte Darian zu und ging zur Tür.

»Du bist so ein braves Mädchen«, schickte ihr Gowanna hinterher, gab ihr aber in der Tür einen Klaps auf den Hintern. »Ein bisschen unverschämter darfst du manchmal noch werden. Die Männer mögen das, glaub mir.«

Sie ging zurück zum Korb und holte das Gemüse heraus. Während sie es putzte und klein schnitt, erklärte sie Darian: »Du brauchst ihr gar nicht so nachzuschauen. In drei Wochen wird sie heiraten. Einen wirklich tüchtigen, feinen Mann.«

»Ich …«

»Nein, ist schon gut. Mara ist ein wundervolles Mädchen. Der gute Angus hat ganze vier Jahre um sie geworben. Ihr Vater ist der größte Winzer in Wonntau. Er gab sein Einverständnis erst, als Angus genug Geld zusammenhatte, damit er das Wirtshaus da drüben bauen konnte. Ja, er hat eine Frau wie Mara verdient. Aber falls es dich interessiert: Hier gibt es noch einige wirklich nette, fürsorgliche Mädchen.«

»Nein, ich … Schon gut.« Darian nahm den Becher entgegen, den Gowanna ihm brachte, und schluckte mit dem Wasser seine Verlegenheit herunter.

»Maras jüngere Schwester ist so ganz anders. Die hat das Land von vorne bis hinten bereist, kennt keine Ruhe. Macht ihrem Vater wirklich Sorgen. Dabei könnte sie's hier so gut haben. Bei der Hochzeit wird sich der Wildfang hoffentlich blicken lassen. Ich mache übrigens Fischsuppe. Und danach schaue ich mir die Wunde noch einmal an.«

»Danke … Lebst du hier allein?«

»Zur Zeit nicht.« Sie ging zum Kamin. »Ich habe einen jungen, charmanten Mitbewohner bekommen. Und der darf so lange bleiben, wie er es für nötig hält.«

Er lächelte und rieb seine Füße aneinander.

Dabei fiel ihm auf, dass er seine Stiefel gar nicht mehr trug. Erschrocken blickte er sich um. »Wo sind meine Anziehsachen?«

»Ich hab sie vor den Kamin gelegt. Hier. Die meisten sind schon trocken.«

Darian sah ein Häuflein Kleider, daneben die Stiefel.

»Und meine Blechschatulle, wo ist sie?«

»Du meinst dieses merkwürdige Döschen?«

»Ja.«

»Das liegt da hinten auf dem Tisch. Ich habe die Schriftrolle herausgenommen, weil ich Angst hatte, sie wäre nass geworden.«

»Was?!«

»Keine Sorge. Sie ist trocken.«

»Gib sie mir bitte! Schnell!«

Gowanna hob die Schatulle auf, sah die Rolle noch einmal an, schob sie in den Behälter und reichte ihn Darian. Sofort ließ er ihn unter der Decke verschwinden. Sie warf ihm einen fragenden Blick zu, als wolle sie ihm die Entscheidung überlassen, ob er darüber reden wollte oder nicht.

Es war ein Blick, der ihn an seine Mutter erinnerte. Und auch wenn er nicht über die Rolle reden wollte, hatte er doch das Gefühl, an einem Ort gelandet zu sein, an dem er sich zu Hause fühlte. Das Schönste dabei war: Hier gab es keinen herrischen Vater, der die Mutter niedermachte und dem Sohn sagte, er müsse rausgehen und den Ernst des Lebens kennenlernen.

»Ich denke, ich werde noch eine Weile schlafen, bis das Essen fertig ist.«

»Tu das, mein Junge. Das ist jetzt das Beste für dich.«

6

Wer Wonntau suchte, fand zunächst nur Seen. Wer weitersuchte, fand Weinberge. Und wer den Reihen in den Weinbergen folgte, der fand Wonntau.

Bescheiden ruhte das Dorf auf einer der unzähligen Stufen der Seentreppe. Eng standen die Häuser beieinander und wirkten, als seien sie auf fast natürliche Weise aus dem Boden gewachsen.

Morgens brauchte der Ort eine ganze Weile, um aufzuwachen. Verschlafene Gesichter grüßten einander vor den Haustüren, und mit Besen in der Hand erzählten sich die Leute, was sie an diesem Tag vorhatten. Man protzte, man schimpfte, man scherzte und ließ es ruhig angehen. Nur beim Bäcker rauchte es schon eifrig aus dem Schornstein. Wenn dann der erste Bauer mit seinem Karren über den Dorfplatz fuhr, wussten alle, dass es Zeit für die eigentliche Arbeit wurde.

Dann aber wurde es umso hektischer, besonders zu dieser Jahreszeit. Mit Ochsen und Wagen zogen sie über die Hänge und luden die Bottiche so voll, dass abends blaue Berge durch die Gegend fuhren. Auf den Straßen lagen plattgetretene Trauben, frisch geputzte und geschwefelte Fässer warteten vor den Höfen und dunsteten aus.

Wenn ein Winzer seine Ernte eingebracht hatte, gab er abends ein Essen, zu dem auch Leute eingeladen waren, die ihm nicht geholfen hatten. Mit jedem Tag, an dem sich die Keller und Speicher im Dorf füllten, wurde das Lächeln auf ihren Gesichtern breiter. Jeder redete von der Ernte und davon, was für ein gutes Jahr sie hatten.

Aber es gab noch ein anderes Gesprächsthema: den jungen Mann, der seit kurzer Zeit unter dem Dach der alten Heilerin wohnte. Man erzählte sich allerlei Dinge, von denen kaum welche zueinanderpassten: dass er ein Bewacher sei, den Bokai geschickt habe; dass er ein Rebell sei, der Unterschlupf suche; dass er aus einem fernen Land komme, um Enruah zu befreien. Doch nur wenige hatten ihn bislang zu Gesicht bekommen. Der Dorfvorsteher Lohan gehörte zu diesen wenigen, und schon etwas angetrunken sprach er mit zuckendem Schnauzbart zu den versammelten Erntehelfern: »Ich war dabei, als der Mann hier bei strömendem Regen angekommen ist. Er war ein Häuflein Elend. Doch ich habe sein geschundenes Schwert gesehen und gleich gewusst: Dieser Mann ist ein tapferer Held. Und ich habe mir gesagt: Wir müssen diesen Mann gut behandeln, denn er hat es verdient. Zu gerne würde ich von seinen Abenteuern hören. Aber er ist zu bescheiden und darum nicht sehr gesprächig. Ein wahrhafter Held ist er! Und so hoffe ich, dass ihr alle ihn gut behandelt, solange er unter uns ist. Möge er eines Tages gestärkt von hier weiterziehen.« Er hob sein Glas. »Trinken wir auf Darian, den Krieger!«

»Auf Darian!«, scholl es ihm entgegen. Er setzte sich, das Plaudern ging weiter und bald legte Wonntau sich schlafen.

Fünf Tage lang kannte Darian in diesem Ort nichts als das fellbedeckte Stroh unter ihm und die knorrigen Holzdielen über ihm. Jeden Abend nahm Gowanna seinen Verband ab und rieb die Wunde mit der grünen Salbe ein, die sie gemischt hatte. Die Verletzung heilte. Eines Morgens richtete er sich auf und fand, dass er nun bereit war, sein Lager zu verlassen.

An seinem ersten Tag auf den Beinen bummelte er durch die Straßen des Dorfes, beobachtet von neugierigen und doch wissenden Gesichtern. Manche Leute grüßten ihn freundlich, waren ihm behilflich und baten ihn, sie einmal zu besuchen. Am Abend stand er kühn auf einem Mäuerchen im Norden des Dorfes, sog die Luft ein und schaute zu der grünen Seentreppe hinab.

An seinem zweiten Tag legte er sich ins Ufergras eines Sees und seine größte Anstrengung bestand darin, Steine über das Wasser springen zu lassen.

Am dritten Tag wanderte er hinaus in die Felder, setzte sich auf einen Heuhaufen und zeichnete die Landschaft mit einem Kohlestift. Nicht weit von ihm klaubten Bauern Kartoffeln auf. Es war merkwürdig. Alles hier sah er zum ersten Mal und er hatte es sich bislang auch nie vorgestellt. Aber diese Felder, der Fluss, die Dächer des Dorfes im

Hintergrund – sie mussten schon lange tief in seinem Innern einen Platz gehabt haben.

Danach hörte er auf, die Tage zu zählen.

Seine Streifzüge führten ihn immer weiter weg vom Dorf und von den Weinbergen. Er zog durch mannshohe Gräser, beobachtete Vogelschwärme, die über der üppigen Gegend kreisten, und entdeckte eine Sumpflandschaft mit Riesenstörchen, deren Beine so lang wie Birkenstämme waren. Wenn er dann zurückkehrte und aus der Ferne das Dorf in der Abendsonne sah, konnte er sich keinen Ort vorstellen, an dem er lieber gewesen wäre. Man würde ihn auf der Straße anlächeln und keiner würde fragen, was er den ganzen Tag getrieben hatte.

Einmal drückte ihm Gowanna eine Angel in die Hand und sagte, er solle zum Abendessen zwei Forellen mitbringen; das würde ihr eine Menge Geld sparen. Darian hatte noch nie geangelt. Ein Junge aus der Nachbarschaft gesellte sich zu ihm. Sie setzten sich an eine seichte Stelle des Kardolon, hängten einen Wurm an den Haken und warfen die Angel aus. Sie plauderten wenig, aber der Junge schien ihn zu mögen. Als Darian zurückkam, hatte er vier Fische im Korb und Gowanna lud die Nachbarn ein, die den halben Abend lang von ihren riesigen Kartoffeln erzählten.

Als er sich später hinlegte, stellte er fest, dass seine Wunde beinahe ausgeheilt war. Zum ersten Mal fragte er sich, wie lange er eigentlich gedachte, in Wonntau zu bleiben. Würden die Leute auch noch so freundlich zu ihm sein, wenn bekannt wurde, dass er bald gesund war?

Gowanna beruhigte ihn, als sie sich den verkrusteten braunen Fleck ansah: »Das dauert noch. Die eigentliche Wunde sitzt unter der Oberfläche.«

Mehr und mehr wuchsen ihm die Menschen des Dorfes ans Herz. Manchmal half er auf dem Feld oder im Weinberg mit, gerne saß er mit den Männern in der Schenke. Wo immer er hinkam, wurde er mit Ehrfurcht oder wenigstens Respekt empfangen. Er achtete darauf, dass sein Bart gepflegt war und die Haare nicht zu weit über den Nacken wuchsen. Gowanna hatte ihm eine dunkelblaue Kluft angefertigt, mit der er nicht mehr wie ein Fremder aussah und dennoch edel wirkte.

Inzwischen besuchte Mara ihn nicht mehr. Wenn er sie sehen wollte, ging er einfach über die Straße und half beim Einrichten des Wirtshauses. Es war noch eine Menge zu tun in der letzten Woche vor der Hochzeit: Bänke mussten gehobelt, Bettdecken gestopft und die Speisekammer musste gefüllt werden. Wenn jemand in Wonntau heiratete, dann heiratete das ganze Dorf. Die Leute aus der Nachbarschaft gingen ein und aus, werkelten am Haus oder brachten etwas zu essen mit.

Darian war gerne bei Angus und Mara. Sie behandelten ihn wie einen Freund, und als solcher fühlte er sich immer mehr.

Manchmal ertappte er sich dabei, wie er Mara beobachtete und sich vorstellte, dass er derjenige wäre, für den sie das Haus einrichteten und den Mara sein Leben lang umsorgen würde. Doch wenn Angus durch die Tür trat und seine Verlobte ihn anblickte, als käme er von einer langen Seereise nach Hause, dann schämte sich Darian für seine Gedanken.

»Ist dir klar, dass es einige Frauen auf dich abgesehen haben, Darian?«, fragte ihn Mara, als sie das nach frischem Holz duftende Regal hinterm Tresen mit Krügen füllte.

»Ich weiß nicht, wovon du redest.«

»Du müsstest nur mal in die Augen von Silja oder Nadele schauen. Sie vergöttern dich.«

»Ich habe noch kein einziges Mal mit ihnen gesprochen.«

»Glaubst du etwa, sie würden dich ansprechen? Einen starken Krieger, der so viel von der Welt gesehen hat?«

Einen starken Krieger – Darian mochte die Rolle, die man ihm zudachte. Es stimmte ja, er war ein Krieger und er kam aus fernen Ländern; es war nichts Falsches an dem, wofür man ihn hielt. »Was willst du mir eigentlich sagen, Mara?«

Sie lächelte hinterlistig. »Nichts. Nur, dass man dich hier sehr gerne mag. Und es hätte keiner etwas dagegen, wenn du länger bleiben würdest.«

»Ich weiß. Aber das kann ich Gowanna nicht zumuten.«

»Täusch dich nicht. Gowanna würde dich ewig behalten. Aber vielleicht willst du gar nicht bei Gowanna bleiben … Silja ist übrigens eine wunderbare Köchin.«

»Und du kannst eine sehr freche Zunge haben, auch wenn man es dir nicht zutraut.«

Jetzt wurde sie verlegen. Sie schwieg und räumte weiter das Regal ein. Darian hatte ihr Manöver ins Leere laufen lassen.

Doch als er abends im Bett saß, grübelte er. Was hielt ihn davon ab, eines der hübschen Mädchen im Dorf zu wählen und einfach hierzubleiben? Wer würde ihn vermissen? Hier interessierte man sich für ihn, er musste nicht so werden, wie andere ihn haben wollten. Er konnte die Dinge tun, die er gerne tat. Endlich war er dort angekommen, wo er hingewollt hatte, oder etwa nicht?

Als er die Schatulle aus seinem Stiefel zog, wusste er, warum er noch Zweifel hatte. Solange er das Siegel beschützte, lebte er. Doch es fühlte sich wie eine ständige Bedrohung an. Lex hatte nach ihrer letzten Begegnung vermutlich vor Wut geschäumt, als er die Schriftrolle nicht in der Tasche gefunden hatte. Er wollte die Rolle um jeden Preis und war wahrscheinlich auf der Suche nach Darian. Manchmal rätselte Darian über Lex' merkwürdiges Verhalten. Er hätte die Rolle von Anfang an nehmen und Darian zurücklassen können. Auch wäre es ihm ein Leichtes gewesen, Darian zu töten. Doch er machte es so kompliziert wie nur möglich. Weshalb?

Und Bokai? Nach allem, was Darian über ihn gehört hatte, war er kein anständiger Herrscher. Wenn Darian ihm die Rolle brachte, war es keineswegs ausgemacht, dass Bokai ihm im Gegenzug die anderen Rollen gab. Womöglich würde er Darian töten oder einsperren lassen.

Nein, solange er das Geheimnis der Rolle nicht kannte, konnte er seinen Auftrag nicht weiterverfolgen. Er musste sie bei sich tragen und beschützen.

Erst jetzt merkte er, dass Gowanna ihn seit geraumer Zeit anstarrte. Er hob den Kopf – sie wandte sich schnell den Kräutern zu, die sie zum Trocknen auslegte.

»Darf ich dich etwas fragen?«, begann er.

Sie schaute ihn nicht an, sondern nickte nur. »Natürlich.«

»Weshalb hast du mich aufgenommen?«

»Du hättest dich sehen sollen, als du hier ankamst. Halbtot und völlig durchnässt. Ich schätze, da kann ein Mensch wie ich nicht widerstehen.«

»Du meinst, es gibt in Wonntau zu wenig Leid, das du sonst lindern könntest?«

Sie lachte. »Wer so viel Leid gesehen hat wie ich, der hat keine Sehnsucht danach, noch mehr davon zu sehen. Aber dort, wo das Leid sich zeigt, bin ich immer noch zur Stelle.«

»Ich bin dir dankbar für alles, Gowanna.«

»Nichts zu danken.« Sie schwieg und ordnete ihre Kräuter. »Deine Strohballen sind inzwischen ganz durchgelegen. Morgen werde ich dir frische holen.«

»Das ist nicht nötig. Ich kann selbst …«

»Du hast eine verletzte Schulter, schon vergessen?«

»Sie ist fast verheilt. Ich habe schon auf dem Feld geholfen.«

»Verstehe, dann weißt du über diese Dinge also besser Bescheid als ich!«

»Nein, keineswegs.«

»Du kannst natürlich losziehen, wenn es dir Spaß macht. Nimm dein Schwert, geh jagen! Spätestens in zwei Tagen wirst du wiederkommen, weil die Wunde sich geöffnet hat.«

In der Ecke lehnte sein Zweihänder, kaum sichtbar im Schatten. Darian hatte ihn kein einziges Mal angerührt, seit er hier war. In Wonntau war er zum bloßen Symbol seiner ruhmreichen Vergangenheit geworden.

»Keine Angst, ich werde es ruhig angehen lassen«, erwiderte er.

»Warum suchst du dir nicht eine Arbeit hier im Ort? Du könntest im Wirtshaus bei Angus anfangen. Er kann in der nächsten Zeit sicher Hilfe gebrauchen.«

»Aber wohl keinen zusätzlichen Bewohner unter seinem Dach.«

»Dann bleibst du eben noch eine Weile hier. Meine Hütte ist groß genug für zwei. Ich brauche ohnehin einen, der mir Forellen fängt.«

»Du möchtest, dass ich bleibe?«

Sie antwortete nicht.

Er stand auf, ging zu ihr hinüber und betrachtete die ausgebreiteten Kräuter. Dann nahm er eines in die Hand und roch daran. »Was ist das?«

»Verbenenkraut. Es eignet sich für Verliebte.«

»Ich mag den Duft.«

»Ich kann dir einen Tee damit aufbrühen. Den hatte Idom immer am liebsten …«

»Idom?«

Sie stockte. »Das ist schon lange her.«

»Dein Mann?«

»Mein Sohn. Er hat wahrscheinlich inzwischen den Geschmack vergessen.«

»Lebt er nicht hier in Wonntau?«

Sie schüttelte den Kopf.

»Ich wusste nicht, dass du …«

»Wie gesagt, das ist lange her.«

»Was ist mit ihm geschehen?«

»Ich habe ihn … verloren.«

Darian schluckte, als er ihr leeres Gesicht sah.

»Im Kampf?«

»Nein. Aber auf dem Schlachtfeld. Ich habe es nie verstanden. Um jeden Preis wollte er sich diesem scheußlichen Sahak anschließen.«

»Sahak, dem Wächter?«

»Dem Heerführer in Kattaman. Idom hat ihn bewundert, ihm nachgeeifert. Immerzu redete er von der Ehre des Herrschers Bokai. Ich konnte ihn nicht zurückhalten. Er wollte nichts mehr von mir wissen und ging.«

»Aber er lebt noch.«

»Ja. Er kämpft treu an Sahaks Seite für den Ruhm des Herrschers«, sagte sie mit sarkastischem Unterton. »Warum glauben Männer, ihr Leben habe nur Sinn, wenn sie töten?«

»Ich weiß es nicht.« Darians Stimme war ruhig geworden.

»Kämpfen, töten, siegen. Wozu?«

»Ich weiß es nicht.«

»Reicht es ihnen denn nicht, zu leben? Und was ist mit den Menschen, von denen sie geliebt und gebraucht werden?«

Langsam näherte sich Darian ihr von hinten und legte seine Hand auf ihre Schulter. Sie wurde ruhig und unterdrückte ein Schluchzen. Dann legte sie ihre Hand auf seine.

»Darian, du bist ein guter Junge. Ich bin froh, dass du hier bist.«

7

Die Zeremonie begann mit der »Wanderung der Glückseligen«. Die Frauen starteten von der einen, die Männer von der anderen Seite des Dorfes. Angus und Mara gingen jeweils voraus und zogen ein rotes Band hinter sich her. Auf dem Dorfplatz trafen sie sich, begleitet von einer majestätischen Melodie aus dem Kardolon-Horn. Das Brautpaar lächelte sich an und band die Enden der Bänder zusammen. Dann umschlossen sie mit ihren Händen den Knoten und Angus sprach die Worte: »Ich nehme dich als ein Geschenk aus der Höhe.«

Mara antwortete: »Ich gebe mich in deine Obhut.«

Gowanna hatte Darian erklärt, dass Maras Kleid aus dem hellblauen, dünnen Stoff, der sich fein um ihren Körper wand, den Himmel symbolisiere.

»Du hast ja keine Ahnung, wie viele Schichten es bis ganz unten sind«, hatte sie verschwörerisch hinzugefügt. »Ich habe ihr allein zwei Unterkleider genäht. Angus soll es bei seiner ersten Erkundung nicht zu leicht haben.«

Darian hatte nur geschmunzelt und sich an Gowannas vorfreudigem Leuchten im Gesicht ergötzt.

Ein Mädchen und ein Junge begannen sich zur Musik im Kreis zu bewegen, wobei sie das Band um das Brautpaar wickelten. Bald waren Angus und Mara von den Schultern bis zu den Knien von dem roten Stoff umgeben.

Die Zeremonie endete in einer Umarmung des Paares und einem Kuss, woraufhin das Band zu Boden glitt und tosender Jubel losbrach. Zu den Hörnern gesellten sich Geigen und Trommeln, das Fest ging in eine heitere Phase über.

Man trug Tische herbei und füllte sie mit Obst und Gebäck. Währenddessen zogen die Dorfbewohner der Reihe nach am Brautpaar vorbei und übergaben ihre Geschenke.

Darian schaute sich um. Er wollte wissen, wie Silja heute aussah. Zu ihren glatten, schwarzen Haaren würde ein weißes Kleid passen, dachte er. Vielleicht würde er eine Gelegenheit finden, mit ihr zu sprechen.

Er kannte inzwischen fast jeden hier. Nur ein paar wenige Gäste waren aus anderen Teilen des Landes eingetroffen. Ihm fiel eine junge Frau auf, die, so schien es, bei jeder Gelegenheit lachte. Immer, wenn sie in sein Blickfeld kam, scherzte sie mit jemand und offenbarte dabei ihre strahlenden Zähne. Als er dem Brautpaar sein Geschenk übergeben wollte, rauschte die Unbekannte kurz vor ihm herbei, fiel Mara um den Hals und sagte ihr, wie sehr sie sich freue. Sie hatte goldblonde Haare, die in sanften Locken in den Nacken fielen und mit Spangen gebändigt waren. Sehr groß war sie nicht. Ihre Statur empfand er als kraftvoll, wenn sie auch weit davon entfernt war, mollig zu wirken. Weiblich, das schien ihm die richtige Beschreibung für ihren Körper zu sein.

Darian wartete respektvoll, bis die Blonde ihre Umarmungen beendet hatte und mit einem kurzen Seitenblick auf ihn davonging.

Er trat vor und erntete ein Strahlen von Mara. Unsicher öffnete er die Papierrolle und zeigte ihnen sein Bild von den Weinbergen vor der untergehenden Sonne.

»Darian, du bist ja ein Künstler!«

»Die andere Seite des Kämpfers«, fügte Angus hinzu. »Vielen Dank, mein Freund. Wir werden es in Ehren halten.«

Das Fest nahm Fahrt auf.

Darian saß neben Gowanna am Tisch und speiste wie nie zuvor in seinem Leben. Früchte, gegrilltes Lamm, Honigkuchen und Kartoffeln mit Fischsoße wanderten ohne sinnvolle Reihenfolge in seinen Magen. Wein schien es in unbegrenzten Mengen zu geben. Man ging einfach zum Fass, füllte sich einen Krug und wenn er leer war, kam man wieder. Auf dem freien Platz in der Mitte der Versammlung spielten die Musiker, ein Theaterstück wurde aufgeführt, und Lohan, der Dorfvorsteher, hielt eine Rede.

»Was Neues ist dem Schwafler noch nie eingefallen«, raunte Gowanna Darian zu. »Der bräuchte ein paar weitere Becher Wein, um mal was Interessantes zu sagen.«

Als es dämmerte, wurden Fackeln entzündet und der Tanz begann. Darian entdeckte auf der Tanzfläche die Blonde, die fröhlich ihre Kreise hüpfte, während sie sich stets bei einem anderen Mann einhakte.

Gowannas Augen verengten sich. »Ach, dieses Mädchen. Ich sehs kommen, sie macht die Männer verrückt mit ihrem Gehabe. Und nachher ist sie wieder weg, als wäre nie was gewesen.«

»Wer ist sie?«, fragte Darian.

»Tamina. Maras jüngere Schwester. Wenn du mich fragst, ein missratenes Ding. Schau nur, wie ungeniert sie auf alles losgeht, was sich bewegt.«

»Anders als ihre Schwester.« Darian sah kurz zu Mara hinüber, die sanft lächelte und von tiefster Freude beseelt schien.

»Ja, man glaubt es kaum, dass derselbe Vater sie großgezogen hat. Am besten, man schenkt ihr nicht die Beachtung, nach der sie giert.« Jetzt blickte sie eifrig an den Tischen umher. »Dort drüben sitzt Silja. *Das* ist ein Mädchen.«

Darian sah hinüber zum Tisch mit den jungen Frauen. Silja bemerkte seinen Blick sofort und zwang ihren eigenen in eine andere Richtung. Er hatte schon ein paarmal zu ihr hinübergesehen und fand, dass ihr das ockerfarbene Kleid gut stand.

»Willst du nicht endlich tanzen?«, fragte Gowanna ihn.

»Ich? Findest du, ich bin der richtige Partner für dich?«, gab Darian zurück.

Gowanna lachte. »Unsinn! Ich rede nicht davon, dass du mit einer alten Stute wie mir tanzen sollst. Da drüben wartet junges Gemüse.« Sie zeigte zu Siljas Tisch.

»Eigentlich tanze ich nicht.«

»Ach was! Du musst dich überwinden, wenn du nicht nur dumm herumsitzen willst.«

Er nahm den Krug und bewegte sich zum Fass. Gowanna hatte recht. Er saß dumm herum. In der Mitte tanzten sie und er schaute nur zu. Aber so war er es gewohnt. Er konnte nicht tanzen und er wusste, dass er sich blamieren würde, wenn er es versuchte.

Doch dann sah er wieder zu Silja hinüber, die nur auf ihn zu warten schien. Einfacher konnte er es wirklich nicht haben.

Er ging zum Tisch zurück, stellte den Krug ab und entschuldigte sich bei Gowanna, die ihm zuzwinkerte. Dann schlich er um die Tische herum, bis er einige Meter hinter Silja stand. Sie unterhielt sich mit ihren Kameradinnen. Sollte er sie einfach zum Tanzen auffordern? Nein, das war zu direkt, schließlich hatten sie noch nie miteinander geredet. Vielleicht sollte er sie fragen, ob er Platz nehmen könne. Aber er allein, an einem Frauentisch? Sollte er sie zu einem Spaziergang einladen? Sofort zuckte er innerlich zusammen. Bilder von einem Candle-Light-Dinner und Valeries entsetztem Gesicht tauchten auf.

Du kannst das nicht!, sagte er sich. Doch als er zu Gowanna hinüberschaute und sie ein erwartungsvolles Gesicht machte, trat er einen weiteren Schritt vor. Jetzt hörte er Siljas zaghafte Stimme. Sie erzählte und ihre Freundinnen hörten aufmerksam zu.

Nein, er würde sie nicht unterbrechen. Es sollte wohl einfach nicht sein. Er unterließ sein geplantes Räuspern und drehte sich halb erleichtert, halb von sich selbst enttäuscht um.

Ein Schreck durchfuhr ihn, als er beinahe in die Person stieß, die direkt hinter ihm gestanden hatte.

»Da ist ja der Held, von dem alle erzählen«, sagte eine feste Frauenstimme. Die Blonde hielt den Kopf schief, eine Haarsträhne fiel ihr ins Gesicht. »Wird Zeit, dass wir uns kennenlernen. Ich bin Tamina.« Sie gab ihm die Hand und er spürte ihre Wärme.

»Ich bin Darian … äh, freut mich.«

»Ist ein schöner Abend, oder?«

»Ja, finde ich auch.«

»Mara ist meine Schwester. Ich weiß nicht, ob du …«

»Doch, ich habe schon von dir gehört.« Er schaute wieder zu Gowanna hinüber, deren Blick sich verfinsterte. »Nur Gutes natürlich.«

»In diesem Dorf gibt es *nur* Gutes. Du wohnst bei Gowanna, stimmts?«

»Ja. So lange, bis ich vollends gesund bin.«

Sie stieß ein entzückendes Kichern aus. »Du siehst nicht sehr krank aus, muss ich ehrlich sagen. Wo ist denn deine Wunde?«

»An der rechten Schulter.«

»Ein erprobter Kämpfer wird das sicher schnell wegstecken.«

»Eigentlich spüre ich schon gar nichts mehr«, bestätigte Darian so souverän wie möglich.

»Schön, dann kannst du ja tanzen.«

»Nun, … ich weiß nicht so recht …«

»Na komm schon.« Sie nahm seine Hand und bewegte sich in Richtung Tanzfläche.

»Ich kenne eure Tänze gar nicht«, versuchte er sie aufzuhalten.

»Wir kriegen das hin.«

»Ich würde das lieber ein anderes Mal …«

»Willst du etwa eine Dame stehen lassen? Mitten auf der Tanzfläche?«

Seine Erwiderung blieb ihm im Hals stecken. Als er ihr ins Gesicht sah, merkte er, dass sie viel erwachsener war, als sie auf den ersten Blick gewirkt hatte. Was sie sagte und tat, war ihr ernst. Entweder ging er darauf ein oder er musste echten Widerstand leisten.

Er entschied sich für Ersteres. Nervös betrachtete er die anderen Tanzpaare und versuchte sich die grundlegenden Bewegungen einzuprägen. Es war eine fröhliche Musik – man hielt sich an den Händen und tänzelte im Kreis. Zwischendurch lösten sich die Partner voneinander, drehten sich um sich selbst und fanden sich dann wieder. Es sah einfach aus, wenn man sich nur genug konzentrierte. Viel einfacher als das Gezappel auf den Hip-Hop-Partys, bei denen er immer nur zugeschaut hatte.

Tamina ergriff seine Hände und sagte: »Los gehts«, und wie von allein schienen sie sich in Bewegung zu setzen. Sie wirbelten zwischen den anderen Tänzern umher, und immer, wenn Darian Angst hatte, es würde gleich einen Zusammenstoß geben, zog Tamina etwas kräftiger und trieb sie vergnügt in eine andere Richtung.

Je länger der Tanz dauerte, umso mehr fühlte er sich beobachtet. Er war zwar einer unter vielen, doch er war immerhin der Held aus fernen Landen und er tanzte mit der Schwester der Braut. An den Tischen sah er viele lachende Gesichter. Bestimmt bemerkten sie seine ungelenken Bewegungen und amüsierten sich. Sein Ruf als makelloser Held würde Kratzer bekommen.

Er war froh, als das Lied zu Ende ging und sie innehielten. Tamina klopfte ihm auf die Schulter. »Na also, war doch gar nicht so schlimm.«

»Wenn du meinst …«, gab er mit verlegenem Lächeln zurück. Er wollte sich gerade zum Gehen wenden, da begann das nächste Stück.

Tamina nahm ihn am Arm und sagte: »Das ist ein Gruppentanz. Ist ganz einfach.« Und ehe er reagieren konnte, stand er in einer Reihe mit anderen Männern, die klatschten, stampften und sich abwechselnd bei den Frauen einhakten. Erst ahmte er sie unbeholfen nach. Doch als er allmählich den Ablauf verstand, traten die ersten Schweißperlen auf seine Stirn und er hörte auf, das Ende des Stücks zu erwarten. Auch das Fackellicht schien mitzutanzen, an den Tischen klatschten die Zuschauer mit der Musik; mehr und mehr spürte er, wie er Teil dieser hüpfenden, sich drehenden und schwitzenden Gemeinschaft wurde. Die Musik drang in seinen Körper und jede Bewegung schien bald von alleine daraus hervorzugehen.

Der Tanz war kaum zu Ende, da eilte Darian zu Tamina hinüber und nahm ihre Hand für den nächsten Tanz. Ohne ihn lange anzuschauen, legte sie seine Hand um ihre Taille und sagte: »Ja nicht loslassen! Und immer ins Gesicht schauen!«

Die Musik wurde ruhiger, sie drehten sich. Tamina fühlte sich warm an. Wenn sie um ihn herumschwang, musste er sie mit Kraft bei sich halten. Dabei fühlte er ihre weiche Haut an seinen Fingern. Während das Dorf um sie herumflog und die Musik und das Gelächter in unbestimmte Ferne rückten, sah er unentwegt in ihre großen, blauen Augen, die ihn eindringlich musterten. So lange wie jetzt hatte sie den ganzen Abend nicht geschwiegen. Dabei konnte sie schweigen. Sie konnte es besser und anmutiger als die schüchternen Mädchen in diesem Dorf. Darian mochte die kleinen Muttermale, die ihren Mund zierten und ihn keck und natürlich wirken ließen. Er ahnte, dass Tamina bis in ihr Innerstes von einer Lebendigkeit durchdrungen war, die nichts in der Welt auslöschen konnte. Er bewunderte diese Lebendigkeit, doch zugleich machte sie ihn unsicher. Er wusste nicht, was er im nächsten Augenblick von ihr zu erwarten hatte.

Das Stück ging zu Ende, Darian löste seinen Griff und Tamina strich sich über die Stirn. »Jetzt lass uns etwas trinken.« Sie eilte voraus, setzte sich Lohan gegenüber an den Tisch und goss Wein in ihren Becher. »Und, hast du es bereut?«

»Nein«, sagte er, »Nein, das habe ich nicht.«

»Du kannst es, wenn du es willst.«

»Natürlich kann er es«, platzte Lohan in das Gespräch. »Wer ein Schwert schwingen kann, der kann auch eine Frau schwingen.«

»Davon kannst du ein Lied singen, nicht wahr?«, gab Tamina zurück. Sie redete mit Lohan in vertrautem Ton, als seien sie alte Kumpane. Zu Darian gewandt ergänzte sie: »Lohan war früher auch ein Krieger.«

»So ist es«, sagte Lohan. »Und dann bin ich hier gelandet, wie so mancher kriegsmüde Kämpfer. Ein guter Ort, Darian.«

»Das finde ich auch«, gab dieser zurück. »Hier gibt es nette Frauen.«

»Und vor allem guten Wein!« Lohan hob seinen Becher.

»Meinst du, du schaffst mich noch?«, fragte Tamina, die ebenfalls ihren Becher hob.

»Dich? Ein Weibsbild? Allein die Frage ist eine Schande.«

»Mein Vater ist Winzer, schon vergessen? Hör auf zu protzen und zeig, was du kannst!«

»Du provozierst mich, Mädchen.«

»Wie in alten Zeiten, nicht wahr?«

Darian hatte kaum verstanden, was los war, da kippten die beiden die Becher und ließen sich den Wein ohne Unterbrechung in den Rachen fließen. Beeindruckt sah er, wie Taminas Kehle sich hob und senkte. Dann stellte sie den Becher ab, keuchte und wischte sich den Mund ab. »Gewonnen!«

Lohan setzte vorzeitig ab und sagte mit glasigen Augen: »Miststück! So wirst du nie einen Mann kriegen.«

Kurz nach Mitternacht verzogen sich die ersten Gäste mit müden Schritten in ihre Häuser, manche auch torkelnd. Darian hatte die ganze Zeit neben Tamina am Tisch gesessen und einer Unmenge alter und neuer Geschichten gelauscht sowie Gerüchten und Witzen, die sie von ihren Reisen mitgebracht hatte. Zwischendurch hatte er zum Tisch der jungen Frauen hinübergeschaut und bemerkt, dass sie nicht mehr da waren; mit der armen Silja würde er auf dieser Hochzeit kein Wort wechseln.

Schließlich erhob sich das Brautpaar und wünschte allen noch eine vergnügliche Feier. Begleitet von Johlen und Tischklopfen zogen die beiden zum zukünftigen Gasthaus von Wonntau.

Bald darauf waren die Fackeln niedergebrannt, die Musik schwieg und nur die Hartnäckigsten saßen noch an den Tischen. Gowanna kam vorbei und verabschiedete sich von Darian, nicht ohne ihm durch ihren Tonfall zu zeigen, dass sie unzufrieden mit dem Abend war.

Auch Darian war müde. Doch er wollte nicht nach Hause. Taminas Lebendigkeit schien sich auf ihn zu übertragen, und jetzt im Bett zu liegen, hätte ihm das Gefühl gegeben, etwas zu verpassen.

»Ist fast keiner mehr da«, sagte sie. »Aber ich hab noch keine Lust zu schlafen.«

Er schlug vor, eine Runde spazieren zu gehen. Tamina stand kurz entschlossen auf und sagte: »Gute Idee.«

So schlenderten sie zwischen den dunklen Häusern hindurch und atmeten die kühle Luft. Als sie an dem Mäuerchen vorbeikamen, von dem aus man zur Seentreppe hinunterschauen konnte, sagte Tamina: »Jedes Mal, wenn ich in Wonntau bin, habe ich das Gefühl, da draußen gäbe es keine Welt mehr. Aber sobald ich mich nur ein paar Kilometer entfernt habe, ist dieser Ort wie vergessen.«

»Wann hast du Wonntau verlassen?«

»Vor vier Jahren.«

»Weshalb?«

»Es hat mich immer schon getrieben. Als Kinder sind wir über die Weinberge meines Vaters nie hinausgekommen. Aber wenn ich da oben stand, konnte ich genau sehen, dass es noch viel weiter gehen musste. Eines Tages kam ein Bote aus dem Westen ins Dorf. Er erzählte von Wäldern und Städten, von denen ich nie gehört hatte. Seit damals wollte ich unbedingt selbst einmal das Land bereisen. Der Mann kam Jahre später wieder und da schloss ich mich ihm an und wurde Kundschafterin.«

»Sehr zur Freude deiner Eltern, nehme ich an.«

»Nicht nur meiner Eltern. Wer Wonntau verlässt, begeht Verrat am ganzen Dorf. Ich verstehe das, für die Menschen hier ist es das Leben. Aber damit kann ich mich eben nicht zufriedengeben. Nicht, wenn ich weiß, dass dies nur ein kleiner Fleck auf einer riesigen Landkarte ist.«

»Und? Wie ist der Rest des Landes?« Er schaute ihr neugierig in die Augen.

»Enruah ist nicht mehr so idyllisch wie einst. Und von Tag zu Tag wird es schlimmer. Bokais Leute ziehen durch die Städte, verwüsten sie und nehmen die Männer mit. Kattaman wächst, und der Rest des Landes verkümmert. Aber trotzdem … ich liebe es. Ja, ich liebe dieses Land und ich bereue es nicht, aufgebrochen zu sein.«

»Nicht ein bisschen?«

»Für die Leute hier ist die Heimat Wonntau. Für mich ist es Enruah.«

Sie blieben stehen, weil sich auf der Straße vor ihnen etwas bewegte. Auf der linken Seite lag das Gasthaus von Angus und Mara. Alle Fenster waren dunkel bis auf das eine im ersten Stock, aus dem Kerzenlicht schimmerte – das Brautgemach.

»Sind das nicht die Jungs von gegenüber?«, fragte Darian. Die beiden Gestalten waren über die Straße gehuscht und unter dem leuchtenden Fenster stehen geblieben. Einer stellte sich auf einen Tisch und machte eine Räuberleiter, der andere kletterte mit einem Beutel in der Hand hinauf. Er wollte sich eben am Fensterrahmen hochziehen, als ein krächzendes »Na wartet!« erscholl.

Gowanna kam aus ihrem Haus gegenüber gestürmt und jagte auf die beiden Jungs zu. »Ihr Lumpen! Was habt ihr da zu suchen?! Schert euch gefälligst fort!« Aufgeschreckt rannten die beiden davon und ließen Gowanna keine Chance, ihnen zu folgen. »Nicht zu fassen! Stören die junge Liebe!« Kopfschüttelnd ging sie ins Haus zurück.

Darian und Tamina kicherten, während sie das Schauspiel beobachteten.

»Man sollte in Reichweite der alten Gowanna nichts Verbotenes tun«, sagte Tamina.

»Ich wüsste zu gern, was sie in dem Beutel hatten.«

»Mara hasst Ratten und Eidechsen. Ich würde auf eines von beidem wetten.«

Darian schwieg, als er daran dachte, wie sehr er selbst bei einer Ratte erschrecken würde. So, wie er Tamina einschätzte, hätte sie hingegen kein bisschen Angst, sondern würde über den Scherz lachen … Ihr Lachen. Den ganzen Abend schon klang es in seinen Ohren, auch dann, wenn sie gar nicht lachte. Er wollte sich nicht vorstellen, wie es war, wenn sie und ihr Lachen bald wieder verschwinden würden.

»Wie lange wirst du im Dorf bleiben?«, fragte er.

»Mal sehen. Vielleicht gehe ich morgen. Oder in zwei Tagen.« Sie strich eine Haarsträhne zurück und schaute in den Sternenhimmel. »Wenn du mal wieder mit mir tanzen willst, musst du wohl oder übel einen anderen Ort in Enruah aufsuchen.«

»Zum Beispiel Kattaman?«

Sie drehte ihm abrupt den Kopf zu. »Dort solltest du niemals hingehen!«

»Weshalb? Ich dachte, dort wäre am meisten los.«

»Glaub mir, es ist ein furchtbarer Ort.«

»Warst du schon mal dort?«

»Keiner, der einmal dort war, ist je zurückgekommen.«

Er schaute sie ernst an, doch sie sah weg und schien nicht mehr erzählen zu wollen. Stattdessen schlug sie ihm ein paar schöne Städte vor, die er unbedingt einmal besuchen sollte. Und dann fragte sie ihn, wie es in den Ländern sei, aus denen er komme.

Sie drehten bereits die zweite Runde, er hatte keine Ahnung, wie spät es war. Darian erzählte und hörte zu. Dass es ihm kalt wurde, merkte er nicht. Sie hätten ewig weitergehen können.

Plötzlich blieb Tamina stehen und schaute zu einem Gebüsch am Ende des Weges.

»Was ist los?«

Tamina hielt den Finger auf den Mund und horchte. Kurz darauf sagte sie: »Geh weiter. Alles in Ordnung.«

Sie spazierten weiter. Tamina erzählte noch eine Geschichte. Schließlich blieb sie vor einem Haus stehen, gähnte überdeutlich und sagte: »Wird Zeit zum Schlafen. Es war schön mit dir, Darian. Ich wünsch dir eine gute Nacht.«

»Ich dir auch. Gute Nacht.«

Sie winkte ihm zu, wandte sich ab und verschwand um eine Hausecke. Darian sah ihr verdutzt nach. Ein ziemlich abrupter Abschied war das. Aber er wusste nicht, was nach diesem Abend angemessen gewesen wäre. Er beschloss, nach Hause zu gehen und nicht weiter darüber nachzudenken.

Doch das wollte ihm nicht gelingen. Ihr strahlendes Gesicht mit den Schweißperlen auf der Stirn, ihre ausgelassenen und doch so kontrollierten Bewegungen, ihre Worte, die wie gutartige Pfeile trafen – all das kreiste immerzu um ihn herum, als habe der Tanz nie aufgehört. Und die ganze Nacht, auch im Schlaf, hatte er ihr unwiderstehliches Lachen in den Ohren.

8

Auch wenn seine Glieder sich wie Blei anfühlten und sich seine Augen nach dem kurzen Schlaf kaum öffnen ließen, hielt es Darian im Bett nicht mehr aus. Die Leichtigkeit des gestrigen Tages hatte die Nacht überdauert und begrüßte ihn mit der Sonne. Er stand auf und bewegte sich nach draußen zum Wasserfass, in das er wagemutig seinen Kopf steckte. Die Kühle des Wassers durchfuhr seinen Körper, er richtete sich wieder auf und warf den Kopf zurück. Mit den Händen bespritzte er seine Brust und die Oberarme. Nur eine braune Kruste erinnerte noch an die Wunde, die ihn so lange gequält hatte. Sie war besiegt. Er fühlte sich stark wie nie.

Zugleich glaubte er sich dem Jakob in der anderen Welt ferner denn je. Es war ein anderes Leben gewesen. Und dieses andere Leben mochte bleiben, wo es war – in der Vergangenheit, in seiner Erinnerung, in einer anderen Realität; wo auch immer.

Sein Vater hatte ihn gewarnt, man solle sich nicht in Erinnerungen oder fernen Welten verlieren. Man solle dort sein, wo man war, und sich dem Leben stellen. Wie recht er gehabt hatte! Darian musste schmunzeln, als ihm die Ironie bewusst wurde.

Damals hatten ihn die Worte seines Vaters verletzt. Er war ein Teenie gewesen, hatte auch ziemlich viele Pickel gehabt und gerade die *Unendliche Geschichte* gelesen. Das Buch – wohl eines der letzten, das er je zu Ende gelesen hatte – tröstete ihn auf eine kindliche Weise. Und dann kam sein Vater und machte alles kaputt, indem er Jakob beschuldigte, den Tag zu verträumen. Jakob war überzeugt gewesen, dass er das mit Absicht getan hatte. Und nun war er hier und tat nichts lieber, als den Rat seines Vaters zu befolgen: hier sein, sich nicht in fernen Welten verlieren. Wie gut, dass aber sein Vater dieser fernen Welt angehörte.

Er ging ins Haus zurück und zog sich ein helles Oberteil an, das über der Brust geöffnet war.

»Schon auf den Beinen?«, fragte Gowanna, als sie das Haus mit einem Brot in der Hand betrat.

»Guten Morgen! Ich konnte nicht länger schlafen.«

»So, so. Sehr früh bist du ja nicht zu Bett gegangen. Aber ich kann mir schon denken, was dir den Schlaf geraubt hat.«

Darian schlüpfte in die Stiefel und steckte wie immer die Schatulle in den rechten Schaft. »Ich werde gleich aufbrechen. Auf dem Dorfplatz wird sicher Hilfe gebraucht.«

»Willst du nichts frühstücken?«

»Später vielleicht.« Er marschierte zur Tür.

»Geh nur. Die brauchen sicher deine Hilfe.« Gowanna hatte sich dem Kamin zugewandt und warf ein Scheit ins Feuer. In übertrieben beiläufigem Ton fügte sie hinzu: »Tamina wird allerdings nicht da sein.«

Darian blieb in der geöffneten Tür stehen. »Wie kommst du darauf?«

»Ich dachte nur … Selim, bei der sie übernachtet hat, hat es mir eben erzählt. Sie hat sich noch nicht mal verabschiedet. Ist einfach gegangen.«

Darian drehte sich zu ihr um. Er wusste nicht, was ihn mehr aufbrachte: Taminas plötzliches Verschwinden oder Gowannas abschätzige Art. »Sie kann gehen, wann sie will, oder?«

»Richtig. Und das tut sie auch. Sie vergnügt sich einen Tag und dann ist sie schneller weg, als du schauen kannst.«

»Sie musste wohl einfach früh los.«

»Ein undankbares Geschöpf ist sie, das ist alles. Willst du jetzt etwas frühstücken?«

Darian setzte sich wortlos an den Tisch und schnitt sich ein Stück Brot ab.

»Ich habe dich gewarnt. Aber nun weißt du es«, sagte sie.

»Sie wird nicht ohne Grund gegangen sein. Vielleicht hat sie sich hier nicht sehr willkommen gefühlt. Ich könnte es verstehen.«

»Du solltest sie nicht in Schutz nehmen.«

»Weshalb? Weil sie anders ist als die Leute in diesem Ort?«

»Was weißt du schon von diesem Ort! Bist gerade mal ein paar Wochen hier und meinst, uns beurteilen zu können!« Sie hielt inne und schaute ihn gekränkt an.

Darian erschrak bei diesem Blick und nahm beklommen einen Bissen.

Weil er nicht antwortete, wandte sich Gowanna ab und ging zum Kamin. Blechgeschirr klapperte.

»Ich bin wieder gesund«, sagte er plötzlich. Es kostete ihn Mut, weiterzureden: »Ich denke, ich sollte mich umschauen.«

Gowannas Bewegungen froren ein. Eine ganze Weile schwieg sie. Dann klapperte sie wieder mit dem Geschirr und sagte ruhig: »Wenn du denkst, dass es an der Zeit ist …«

»Ja, das denke ich.«

Er frühstückte, ohne dass sie weiterredeten. Durch Darians Kopf schossen allerlei Gedanken. Der Entschluss, Gowannas Haus zu verlassen, war erst an diesem Morgen entstanden, ja, womöglich erst im Laufe des Gesprächs. Er wunderte sich selbst darüber, wie unüberlegt er den Vorsatz geäußert hatte. Es war ihm auch nicht klar, wohin er gehen wollte. Alles schien möglich. Vielleicht baute er sich ein Häuschen und malte Bilder. Oder er ging auf Reisen. Zum ersten Mal, seit er hier war, reizte ihn der Gedanke daran.

Wenn er nur gewusst hätte, weshalb Tamina so plötzlich aufgebrochen war. War gestern alles nur eine Laune gewesen? Hatte er sie gelangweilt? War er nicht aufregend genug für sie gewesen? Finstere Gedankenwolken zogen in ihm auf. Wenn er ehrlich zu sich war, dann stimmte es; er hatte sich gestern eher wortkarg und zurückhaltend gegeben. Wahrscheinlich hatte sie ihn vergessen gehabt, sobald sie heute Morgen aus dem Dorf geritten war.

Aber er konnte ihr nachreiten, konnte sie daran erinnern, dass sie ihm noch einen Tanz versprochen hatte. So etwas konnte Eindruck machen.

»Grundgütiger!«

Darian drehte sich zu Gowanna hinüber, die gebannt aus dem Fenster blickte.

»Was ist los?«

Sie reagierte nicht, sondern begann nervös zu atmen. Darian sprang auf und eilte zu ihr ans Fenster.

Auf der Straße herrschte Panik. Leute rannten in ihre Häuser, einige kreischten. Dann sah Darian den Grund: Vom Dorfrand her näherte sich eine Phalanx von braunen Wesen, die mit beunruhigender Schnelligkeit größer wurden. Sie liefen auf vier Beinen, wobei aus den vorderen beiden je eine Klaue ragte. Binnen Sekunden rauschte die Horde heran, der Boden bebte. Einzelne Wesen scherten aus und bogen in die Seitenwege des Dorfes. Ein Gewühl aus hässlich borstigem Fell überflutete die Straße, knurrend und keifend. Ihren Bewegungen nach glichen sie Wölfen, doch sie waren größer und ihre Gesichter waren breiter.

»Boworks. Der Himmel steh uns bei!«, sagte Gowanna, noch immer wie gelähmt.

Das Ende der Horde näherte sich und sie erblickten einen Bowork, der von einer Frau im Kettenhemd beritten wurde. Da sie keinen Helm trug, flatterte ihr langes Haar hinter ihr her. In einer Hand hielt sie die Zügel, in der anderen einen dünnen Stab, ähnlich einer Reitgerte, mit dem sie ihre fauchenden Befehle bekräftigte.

Jetzt löste sich Gowanna aus ihrer Erstarrung. Sie verließ das Fenster, stieß Darian zur Seite, packte einen der Heuballen und schleppte ihn zur Tür. »Hilf mir! Wir müssen hier alles dicht machen!«

Sie suchten zusammen, was sie an schweren Gegenständen im Raum fanden, und schichteten es vor der Tür auf.

»Wer ist das?«

»Miredala. Eine Wächterin von Bokai. Sie dürfen dich nicht finden!«

Darian trat wieder ans Fenster. Längst hatte sich die Bowork-Horde verteilt. Die Tiere hatten sich aufgerichtet und wirkten nun wie die Bestien, die Darian zuhauf in *Skyrim* beseitigt hatte. Nur waren diese echt – wenn auch nicht ganz so abscheulich. In Zweier- und Dreiergruppen standen die Boworks vor den verbarrikadierten Türen und schlugen ihre Klauen in das Holz. Miredala ritt auf und ab, ihre Augen suchten umher. Aus den ersten Häusern wurden Männer gezerrt. Die Boworks holten Stricke hervor und fesselten die wehrlosen Opfer.

Darian kochte vor Wut.

Am Ende der Straße erblickte er einen einzelnen Mann mit einem Schwert. Er ging auf einen Bowork los, der sich an einer Tür zu schaffen machte. Es war Lohan.

»Weg da!«, brüllte Gowanna und riss ihn zurück. »Los, auf den Dachboden mit dir! Du musst dich verstecken!«

»Ich muss Lohan helfen!«

»Nein!«

Gowanna stellte sich ihm in den Weg.

»Lass mich zu meinem Schwert! Sie brauchen mich!«

»Du wirst nicht rausgehen, verstanden!«

»Ich soll mich wie ein Feigling verstecken, während …?«

»Sie kommen wegen dir!«, brüllte Gowanna.

Darian schluckte. Dann verstand er, was sie meinte. Natürlich, sie waren seinetwegen hier. Er hatte die Rolle. Bokai ließ seine Wächter im ganzen Süden nach ihm suchen. So ein Mist, sie hatten Wonntau gefunden! Seinetwegen.

Wütend schob er Gowanna zurück und drückte sie gegen die Wand. »Du weißt es also?«

»Natürlich weiß ich es. Du hast jeden Morgen deine Schatulle im Stiefel versteckt. Wie sollte ich das nicht gemerkt haben?«

»Was weißt du über die Rolle?«

»Darian, bitte, sie werden dich töten. Du musst dich verstecken!«

»Erst wenn du mir sagst, was du weißt.«

Ein lautes Krachen erscholl. Ihre Blicke schossen zur Tür. Wieder krachte es. Und wieder. Die Boworks machten sich an ihrer Tür zu schaffen.

»Sag es mir!«

»Ich weiß nicht viel. Nur das Siegel …«

»Was ist mit dem Siegel?!«

»Ich kenne das Symbol. Es ist von Pa, der Imkerin. Sie lebt im Großen Wald an der Jaspis-Lichtung.«

»Und weiter?«

»Mehr weiß ich nicht. Pa ist böse, mit ihr hat das ganze Unheil angefangen. Ich wollte nicht, dass du …«

Es polterte, zwei Kisten fielen zu Boden. Die Tür begann zu wackeln.

Darian schaute in Gowannas verängstigte Augen. »Du wusstest etwas und hast mir nichts gesagt.«

»Ich hatte Angst um dich, versteh doch. Und ich wollte dich hier haben. Bei mir.«

Er ließ sie los.

Eine weitere Kiste fiel zu Boden. Die Planken der Holztür begannen aufzusplittern, eine Klaue ragte in den Raum.

Darian marschierte zur Ecke im hinteren Teil des Raumes. »Ich werde sie fertigmachen.« Das Schwert stand unverändert an seinem Platz. Kurz zögerte er. Dann packte er entschlossen den Griff und reckte die Klinge in die Höhe.

»Du wirst sterben«, wimmerte Gowanna, hilflos an der Wand kauernd. »Bitte, geh nach oben.«

Er sah sie nicht an, sondern schritt zur Tür. »Ich werde kämpfen.«

Da zerbrach die Tür, Holzsplitter stoben auseinander, ein Fauchen ertönte. Darian stürmte los, sprang auf das Biest zu, das mit ausgestreckten Klauen den Raum betreten hatte. Er ließ das Schwert nach unten sausen und hackte dem völlig überraschten Bowork eine Klaue ab. Mit aufgerissenem Maul bewegte sich das Tier auf ihn zu und fuchtelte wild umher. Darian wich den Bewegungen aus. Er wartete auf den richtigen Moment.

Dann stieß er zu. Sein Schwert bohrte sich in das Herz des Boworks, der aufschrie, zurückwich und zu Boden ging.

Darian atmete hörbar aus, er spürte, wie sein Kampfgeist erwacht war. Seine Fähigkeiten waren nicht erloschen. Entschlossen stieg er über das tote Tier hinweg und trat auf die Tür zu.

»Bleib hier, Darian!«

Er reagierte nicht, sondern marschierte weiter. Sie brauchten ihn. Wonntau brauchte ihn. Jetzt.

Vor der Tür blieb er stehen und schaute sich in dem Chaos um. Lohan beharkte noch immer wagemutig die Boworks. Zwei Helfer mit Bauernäxten waren zu ihm gestoßen. Doch die Gegner waren weit in der Überzahl und schleppten weitere Männer aus den Häusern.

Es war Zeit, dass Darian ihnen zu Hilfe kam.

Da baute sich vor ihm eine Gestalt auf. Wie aus dem Nichts war der Bowork aufgetaucht – auf seinem Rücken saß Miredala. Kühn blickte sie ihm ins Gesicht. Noch ehe er reagieren konnte, stürzte der Bowork vorwärts und rammte Darian seinen Kopf in den Magen. Darian wurde nach hinten geworfen, er versuchte sich auf den Beinen zu halten, torkelte und fiel rückwärts in Gowannas Haus zurück. Auf dem Rücken liegend sah er hilflos, wie Miredala von dem Tier sprang, durch die Tür trat und ihren glänzenden Stiefel auf seine Brust stellte. An seiner Schulter brachen Höllenschmerzen aus.

»Du bist also der Bote.« Ihre Stimme klang eisern.

Darian hustete. Er konnte sich unter dem Druck des Stiefels nicht bewegen. Sein Schwert war ihm aus der Hand geglitten und lag außer Reichweite.

»Du hast dich wirklich in die letzte Ecke verkrochen. Wolltest du nicht einen Auftrag erledigen?«

»Ist das die Art, wie Bokai seine Boten empfängt?« Er hustete wieder.

»Nur wenn es nötig ist.«

»Du willst die Rolle von mir, richtig?«

»Nein.« Sie nahm ihren Fuß von seiner Brust und lächelte. Darian atmete durch. Miredala sah sich in dem Raum um. Der wimmernden Gowanna widmete sie nur einen kurzen Blick. »Ich will, dass du mitkommst.«

»Weshalb?«

»Weil es zur Abmachung gehört.«

»Ich gehe nicht zu einem Tyrannen, der unschuldige Dörfer verwüstet.«

Blitzartig war Miredala über ihm. Mit ihrem Knie drückte sie auf seine Brust. Darians Arme wurden wie von einer unsichtbaren Kraft am Boden gehalten. Miredala hockte aufrecht über ihm, das Kettenhemd schmiegte sich eng an ihren Oberkörper. Ihre Augen waren dunkel geschminkt, die Tusche ließ sie spitz auslaufen, Wangen und Kinn schienen einen Keil zu formen. Ihre glatten braunen Haare hingen an einer Seite über der Schulter, sodass auf der anderen Seite ein schön geformtes Ohr sichtbar war. Darian fand, dass es das Einzige an ihr war, was nicht hart wirkte. Vielleicht fiel es ihm deshalb auf, weil es ihn so sehr an Valeries Ohr erinnerte, das er vor Jahren ungefähr drei Dutzend Mal gezeichnet hatte.

»Es könnte alles sehr einfach sein«, begann sie mild. »Wirklich.«

»Dann verrate mir, was Bokai mit dieser Rolle vorhat!«

»Das kann ich nicht.«

»Du lügst.«

»Ich meine es gut mit dir, Bote. Niemand will dir etwas tun. Du sollst nur mitkommen.«

»Tu es nicht, Darian!«, meldete sich Gowanna. »Es ist die böse Seite!«

»Schweig, alte Frau!« Sie hielt ihren Blick auf Darian gerichtet. »Also: Können wir gehen?«

»Was ist mit den Männern da draußen?«

»Wir lassen sie am Leben. Sie werden uns begleiten.«

»Und dann?«

»Dann werden sie am Dornenturm arbeiten oder Bokais Armee verstärken.«

»Wozu braucht Bokai diese Armee?«

»Das weißt du ganz genau. Die Rebellen werden sich bald zum letzten Mal aufbäumen. Sie werden Kattaman angreifen und vielen Menschen das Leben nehmen. Aber Bokais Armee wird ihnen standhalten.«

»Dann werden die Rebellen gegen Männer kämpfen, die sie eigentlich schützen wollen …«

Sie lächelte sanft. »Das ist die Ironie der ganzen Sache. Und nun lass uns gehen. Bokai wird dich fürstlich empfangen, das verspreche ich dir.«

Sie erhob sich und Darian merkte, wie die Kraft nachließ, die ihn zu Boden drückte.

»Gut. Ich komme mit. Aber ihr lasst das Dorf in Ruhe.«

Sie lächelte wieder, erwiderte aber nichts. Sie reichte Darian die Hand. Er nahm sie und richtete sich auf.

Plötzlich zückte sie mit der anderen Hand ein Messer, drehte sich halb nach hinten und stieß zu. Mit weit aufgerissenen Augen entdeckte Darian Gowanna hinter Miredala – sie hatte sein Schwert zum Schlag erhoben und erstarrte jetzt durch das Messer, das in ihrer Brust steckte.

»Dummes Weib!«, fauchte Miredala wie eine Echse und stieß Gowanna zurück. Mit traurigen Augen sah Gowanna zu Darian; etwas Flehendes, Reumütiges lag in ihrem Blick. Auch jetzt zeigte ihr Gesicht nichts als Güte. Sie sank nieder, röchelte und fiel seitlich zu Boden.

»Nein!«, brüllte Darian. Er packte zu, riss Miredalas Arm nach unten und schnellte zugleich auf die Beine. Miredala stolperte, fiel aber nicht. Entschlossen brachte sie sich in Kampfstellung. Noch immer hatte sie das Messer in der Hand.

Darian atmete schwer und sah sie finster an. »Du Biest!«

»Sie war nur ein altes Weib«, antwortete sie, wobei ihr Gesicht noch immer keine Regung erkennen ließ. »Und sie wollte mich töten.«

»Du verdienst nichts anderes.«

»Schön. Dann machen wir es auf diese Art.«

Der Kampf begann. Miredala wartete, bis Darian, von seiner Wut angetrieben, auf sie losstürmte. Mit einer Hand blockierte er ihren rechten Arm, mit der anderen versuchte er ihr einen Faustschlag zu verpassen. Sie hielt ihren gepanzerten Ellbogen dagegen, ein beißender Schmerz fuhr in Darians Hand. Er zog sie zurück und Miredala versetzte ihm einen Tritt in den Magen. Dann sprang sie wie eine Katze auf ihn und kurz darauf lagen sie auf dem Boden und rangen miteinander.

Das Kettenhemd klirrte, ihre Haare peitschten in sein Gesicht. Ihre Bewegungen waren schnell und zielsicher. Darian hielt mit seiner bloßen Kraft dagegen. Der Gedanke, dass er gegen eine Frau kämpfte, spielte für ihn keine Rolle. Sie mochte einen schlanken, weiblichen Körper haben, doch sonst erinnerte nichts mehr daran, dass sie eine Frau war.

Ihm gelang es, sie auf den Rücken zu zwingen und dabei ihre Handgelenke festzuhalten. Er starrte in ihr Gesicht, in dem zum ersten Mal so etwas wie Wut zu erkennen war. Gestärkt vom Gefühl der Überlegenheit schmetterte er ihre rechte Hand gegen den Boden, sodass ihr das Messer aus der Hand fiel. Er griff danach, doch sofort wusste Miredala den Moment zu nutzen. Mit der freigewordenen Hand verpasste sie ihm einen Kinnhaken und konnte kurz darauf wieder die Oberhand gewinnen.

»Gib mir die Rolle oder ich mach dich fertig!«, zischte sie über ihn gebeugt.

»Niemals.« Darian sammelte seine Kräfte und stieß Miredala von sich. Sie rollte von ihm herunter und Darian schnellte auf die Beine. Er sah sich im Raum um. Auf der anderen Seite des Tisches lag sein Schwert am Boden. Er durfte nicht zögern. Während Miredala sich aufrappelte, hechtete er um den Tisch herum, griff nach dem Schwert und streckte es demonstrativ in ihre Richtung.

Miredala stand auf der anderen Seite des Tisches, die Lippen zu einem abschätzigen Lächeln verzogen. »Du kommst dir wie ein Held vor, was? Du bist ein lächerlicher, langweiliger Niemand.« Und dann stieß sie aus ihrem Mund einen zischenden Lufthauch in seine Richtung aus, der so stark war, dass er sämtliche Gegenstände vom Tisch fegte. Das Brett, auf dem Darian eben noch gefrühstückt hatte, wirbelte durch den Raum und landete vor seinen Füßen.

Fassungslos sah er in ihr triumphierendes Gesicht.

Doch sie war noch nicht fertig. Entschlossen marschierte sie auf ihn zu. Mit einer Handbewegung ließ sie den Tisch zur Seite stürzen, sodass sie freie Bahn hatte. Ein Bastkorb, voll mit getrockneten Kräutern, kippte um und verteilte seinen Inhalt auf dem Boden. Die trockenen Kräuter bildeten eine Straße, die bis ins Kaminfeuer hineinreichte. Sofort entflammten die Kräuter, das Feuer wanderte weiter und setzte den Korb in Brand. Von dort schlugen die Flammen auf alles Brennbare in der Nähe über: ein Fell am Boden, ein Bündel Zweige, schließlich den umgekippten Holztisch.

Miredala ließ sich von dem ausgebrochenen Feuer nicht irritieren und bewegte sich weiter auf Darian zu. Der erwachte aus seiner Starre und holte mit dem Schwert aus. Sie musste nur in seine Reichweite kommen, dann würde er ohne Gnade zuschlagen.

Doch sie schien keine Angst zu haben. Stattdessen fixierte sie das Schwert mit ihren Augen. Kurz vor ihm blieb sie stehen.

Jetzt war es soweit. Er ließ seine ganze Kraft auf das Schwert übergehen und zog durch – doch die Klinge weigerte sich. Sie kam nicht in Schwung, sondern bewegte sich nur wie in Zeitlupe durch die Luft. Es war, als sei Darian plötzlich von einer zähen Flüssigkeit umgeben, die es unmöglich machte, einen kraftvollen Schlag auszuführen. Verzweifelt kämpfte er gegen den Widerstand an und zwang sein Schwert bis zu ihrem Kettenhemd, wo es wirkungslos in der Luft hängen blieb.

»Du unterschätzt meine Macht. Gib auf!« Sie stand vor ihm und wartete, dass er die Waffe sinken ließ.

Inzwischen war das Feuer auf einen Holzpfeiler des Dachbodens übergegangen. Es begann stickig zu werden im Raum. Rechts war die aufgebrochene Tür. Darian konnte nach draußen sehen, von wo der Lärm von Kämpfen zu ihnen drang.

Noch immer richtete Miredala ihre Augen unverwandt auf das Schwert. Darian wurde es heiß. Ein brennender Strohballen befand sich direkt neben ihm. Es war einer der Strohballen, auf denen er geschlafen hatte. Es war sein Bett gewesen, der Platz, an dem er es schön gehabt hatte. Dort am Boden lag der leblose Körper Gowannas. Jeden Abend hatte sie ihn versorgt. Dort drüben hatte sie ihm Essen gemacht.

Alles lag nun in Trümmern.

Er senkte sein Schwert und warf es zwei Meter von sich zu Boden. Miredala lächelte. »Sehr vernünftig.«

Sie wandte sich um und bückte sich nach der Waffe.

Darian ergriff die Gelegenheit. Rasch zog er aus seinem Stiefel die

Schatulle, öffnete sie und ließ die Schriftrolle zum Vorschein kommen. Miredala, das Schwert in der Hand, starrte ihn fassungslos an.

Deutlich sichtbar hielt Darian die Rolle neben den brennenden Strohballen. »Noch einen Schritt und ich lasse sie los!«

»Tu das nicht!«, drohte Miredala, traute sich aber nicht, näher zu treten.

Ja, er würde sterben, wenn er es tat. Aber das war immer noch besser, als wenn *sie* die Rolle in die Hände bekam. Und ihr Gesicht verriet, wie furchtbar die Vernichtung der Rolle für sie wäre.

Hinter Miredala krachte es und ein Teil des Dachbodens stürzte in sich zusammen.

Miredalas Augen loderten. »Und nun? Was willst du?«

»Verrate mir, was du über die Rolle weißt!«

Sie schwieg. Doch ihr Blick begann sich zu verändern. Aus Entsetzen wurde nackte Entschlossenheit. Es war, als sammelte sie alle bösen Kräfte, die in ihr wohnten, um sie auf ihn zu richten. Wie Speere stachen ihre Augen auf ihn ein und immer mehr bekam er das Gefühl, dass sie ihn gegen die Wand drückten.

Eine lähmende Kraft kroch ihm in die Glieder, sein Körper fing an zu Stein zu werden. Er wollte sich rühren, doch es ging nicht mehr. Die Hand, mit der er die Rolle hielt, verkrampfte sich und über dem Feuer wurde es immer heißer.

Miredalas Miene blieb unverändert, während sie einen Schritt auf ihn zumachte. Langsam hob sie das Schwert.

»Ich habe es dir gesagt«, hauchte sie ihm entgegen. »Du bist zu schwach für mich. Es muss traurig sein, als leblose Statue zu sterben.«

Sie holte aus. Darians Hand schien zu brennen. Seine Finger rührten sich nicht. Er konnte nur noch zusehen, wie Miredala näher kam und auf Höhe seines Halses zum Schlag ansetzte.

Da zuckte sie auf einmal zusammen und schrie auf – ein Pfeil hatte sich in ihre Hand gebohrt. Das Schwert fiel zu Boden. Im selben Moment löste sich der Bann und Darian konnte sich wieder rühren.

Er schaute nach rechts zur Tür. Tamina stand draußen vor dem Eingang und hatte noch ihren Bogen erhoben.

Miredala stöhnte auf und fluchte. Mit dem Pfeil in der Hand rannte sie hinaus und stieß Tamina zur Seite. Diese nahm die Verfolgung auf.

Darian sah ihr ungläubig nach.

Es krachte wieder, ein brennender Holzbalken ging neben ihm nieder. Es blieb ihm keine Zeit, sich zu sammeln. Er steckte die Rolle in den Gürtel, holte Luft, eilte zu Gowannas Körper, warf ihn über seine Schulter und rannte zur Tür hinaus, ehe hinter ihm der Dachboden vollends einstürzte.

9

Der Tag war noch nicht zur Hälfte vorüber, da war er schon zum finstersten Tag geworden, den Wonntau je erlebt hatte. Auf den Straßen wurden die Opfer des Dorfes von den Leichen der Boworks getrennt. Sieben Männer und vier Frauen waren gestorben. Der bestialische Geruch von verbranntem Bowork-Fleisch, der von Gowannas Haus durch den Ort zog, überdeckte alles. Manche hielten sich Tücher vor die Nase.

Der Dorfplatz war verwüstet. Die Tische, an denen sie gestern fröhlich gegessen hatten, bildeten mit den umgestoßenen Schüsseln und Krügen ein Trümmerfeld. Auf der Tanzfläche wurden die Toten in Tücher gewickelt.

Darian sah stumm zu, wie sie Gowanna neben die anderen legten. Er hatte sich noch ein letztes Mal ihr Gesicht angesehen und versucht, es sich für alle Zeit einzuprägen. Mit lautlosen Worten hatte er sich verabschiedet. Es hätte ihm nichts ausgemacht, es für alle hörbar zu tun. Doch es schien ihm nicht angemessen. Denn auch Gowanna hatte sich lautlos verabschiedet – mit einem letzten Akt mütterlicher Aufopferung, der ihn vor dem Bösen bewahren sollte.

Er war traurig, fühlte aber eine innere Klarheit.

Schlimmer war seine Begegnung mit Mara gewesen. Er hatte gesehen, wie sie auf der Treppe ihres Hauses hockte und schluchzte. Tamina hatte bei ihr gesessen und sie getröstet. Angus gehörte zu den zwei Dutzend Männern, die von den Angreifern aus dem Haus gezerrt und gefesselt worden waren. Noch ehe Tamina mit der Verstärkung eingetroffen war, hatte man die Gefangenen auf einen Wagen geladen und zwei Boworks waren losgestürmt, um ihn in Richtung Kattaman zu ziehen.

Der kurze Moment, in dem Darian in Maras Gesicht hatte sehen können, ließ ihn erschauern. In ihren geröteten Augen lag das ganze Elend eines Paradieses, das sich nach nur wenigen Stunden in die

Hölle herabgesenkt hatte. Er schluckte schwer, nickte Tamina zu, die ihn sah, und ging beklommen weiter.

Später standen sie auf dem Dorfplatz beisammen: Darian, Tamina, Lohan und einige der Rebellen, die mit Tamina eingetroffen waren. Auch Mortan war dabei. Sie hatten die Boworks vertreiben können, die meisten von ihnen hatten sie im Kampf getötet. Nur Miredala war entkommen. Sie hatte sich auf einen Bowork geschwungen und war aus dem Dorf geritten. Tamina hatte ihr nur noch einen Pfeil hinterherschicken können.

»Es ist eine Schande«, sagte Mortan, in dessen Bart getrocknete Blutspritzer hingen. »Nun greift Bokai schon die harmlosen Dörfer im Süden an. Wo soll das hinführen?«

»Es war nicht abzusehen«, fügte Tamina hinzu. »Zuletzt ist Miredala mit den Boworks in der Nähe von Krauwil gesichtet worden. Das ist viel weiter nördlich. Sie müssen ihre Strategie geändert haben.«

»Sie müssen wohl ahnen, dass sich im Süden die Rebellion formiert.«

»Jedenfalls sind wir euch dankbar, dass ihr uns zu Hilfe gekommen seid«, sagte Lohan, dem der Schock anzusehen war. Er war nicht nur übersät mit Kratzern und Beulen; seine Mundwinkel hingen fassungslos herab, in seinen Augen zeigte sich eine Leere, die man sonst nicht bei ihm kannte.

»Ihr habt tapfer gekämpft, Lohan. Du und deine Männer«, versuchte Mortan ihn aufzumuntern. »Ich wünschte, wir wären früher gekommen. Dann hätten wir verhindern können, dass sie eure Männer davonschleppen … Und es hätte weniger Tote gegeben.«

»Ja«, sagte Lohan und schaute zu Boden. »Das Unheil macht auch vor Wonntau nicht halt.« Er hob den Kopf und sah zu Darian. »Ich habe dein Schwert vermisst, Krieger. War dir das Schicksal deiner Freunde nicht wichtig genug?«

Darian errötete. Er spürte die vernichtenden Blicke aus der Runde. »Ich …«

»Miredala hat ihn festgehalten«, sprang ihm Tamina bei.

»Ist das wahr? Du hast allein mit der Wächterin gekämpft?«, fragte Lohan.

»Es ist wahr. Aber ich habe sie nicht besiegen können.« Er schaffte es nicht, einem von ihnen in die Augen zu schauen.

Mortan kommentierte in dramatischem Ton: »Den Mann will ich sehen, der einen der drei Wächter im Zweikampf besiegt!« Und mit gerunzelter Stirn fügte er hinzu: »Eines wundert mich: Du bist erst seit kurzer Zeit im Land, und schon zum zweiten Mal hat es ein Wächter auf dich abgesehen. Unsereins wartet Monate, um einen von ihnen zu treffen.«

Zu Darians Röte gesellte sich ein Zittern. Sie ahnten etwas. Heute war ihm endgültig klar geworden, dass er einen Auftrag für das Böse angenommen hatte. Bokai und Quentin betrieben irgendwelche finsteren Machenschaften und sie hatten ihn und seine Gutgläubigkeit missbraucht. Quentin hatte nur jemanden gebraucht, der für ihn die Rolle nach Enruah brachte. Dort wollte er ihn dann sterben lassen. Es war pures Glück, dass er den Wächtern zweimal entgangen war.

Sollte er den Rebellen von der Rolle erzählen? Aber was, wenn sie ihm nicht glaubten, dass er keine Ahnung gehabt hatte? Sie würden ihn für einen Spion Quentins oder Bokais halten. Zu Recht würden sie ihn für den Angriff auf Wonntau verantwortlich machen. Er wollte sich gar nicht überlegen, was sie dann mit ihm anstellen würden.

Nein, wenn er auf ihrer Seite stehen wollte, wenn er überleben und für immer in Enruah bleiben wollte, musste er sein Geheimnis bewahren.

Glücklicherweise entschärfte Tamina die Spannung, indem sie sagte: »Wahrscheinlich stürzen sich die Wächter immer auf den, bei dem sie das größte Schwert sehen. Dort vermuten sie den tapfersten Gegner.«

Mortan schnaubte. »Viel habe ich von diesem Kerl hier noch nicht gesehen … Es wird Zeit, dass wir aufbrechen. Wir müssen einiges mit dem Anführer bereden.«

»Ich werde mit euch kommen«, meldete sich Lohan.

»Unsinn. Dein Dorf braucht dich.«

»Eben deshalb. Zwei Dutzend Männer meines Dorfes sind in Bokais Hand. Wenn ich Wonntau helfen will, dann bringe ich den Frauen ihre Männer zurück.«

Mortan nickte anerkennend. »Es wäre uns eine Ehre. Wir brauchen jeden tapferen Krieger.« Er wandte sich zum Gehen.

»Ich werde auch mitkommen«, warf Darian in entschlossenem Ton ein.

Mortan zögerte, drehte sich aber nicht zu ihm um. Dann antwortete er: »Gut. Wenn du meinst, dass du uns helfen kannst ... Der Anführer wird sicher ein paar Fragen an dich haben.« Mortan setzte seinen Weg ohne ein weiteres Wort fort.

Als sie den Dorfplatz verließen, eilte Darian zu Tamina und sagte: »Danke.«

Sie marschierte weiter, sah ihn nicht an. »Wofür?«

»Du hast mir das Leben gerettet.«

»Gern geschehen.«

»Ich habe Miredala unterschätzt.«

»Das tun viele.«

»Wusstest du von ihren magischen Kräften?«

Sie schüttelte verächtlich den Kopf. »Du bist wirklich noch nicht lange hier, was? Bokai und seine Wächter wären nicht so mächtig, wenn sie nur ihre natürlichen Kräfte hätten. Was glaubst du, weshalb die Rebellen sich im Gebirge verstecken?«

»Woher wusstest du, dass sie kommen würden?«

»Du erinnerst dich an das Geräusch in den Büschen gestern Nacht? Es war einer ihrer Späher. Nachdem wir uns verabschiedet haben, bin ich ihm nachgeschlichen. Er hat mich bis zum Lager von Miredala und den Boworks geführt. Ich bin sofort zum Rebellenquartier geritten ...« Sie seufzte. »Leider waren wir zu spät. Und jetzt haben sie Angus ...«

»Wie geht es Mara?«

»Was denkst du wohl, wie es ihr geht?«

Er schwieg.

»Darian, ich muss dich etwas fragen: Hast du dich bei Gowanna versteckt, ehe Miredala dich angriff?«

»Wie kommst du darauf?«, schoss es aus ihm heraus.

»Es ist nur … Ich will es einfach wissen.«

»Nein. Ich wollte kämpfen, ich wollte helfen, ich konnte nur …«

»Schon gut. Ich glaube dir.« Sie blickte ihn endlich an. »Es ist gut, dass du dich den Rebellen anschließt.« Dann marschierte sie weiter, offenbar nicht gewillt, das Gespräch fortzuführen.

Darian sah ihr nach und seufzte. Sie wollte eine Heldentat von ihm. Und er schwor sich, dass sie eine Heldentat bekommen würde. Sehr bald.

Teil III

Aufruhr

1

Das Rebellendorf Thormula erinnerte ihn ein wenig an ein Indianer-Pueblo, nur dass die Canyons fehlten. Stattdessen blickte man aus schwindelerregender Höhe auf ein Meer von Gipfeln hinab. Sie befanden sich am Thormulahorn. Es gehörte zu den Bergen, die von Wonntau aus als Silhouette im Südosten erkennbar waren. Die Hütten des Dorfes waren aus groben Steinen aus dem Gebirge gemauert und schmiegten sich an das Felsmassiv. An einigen Stellen waren sogar Höhlen in den Berg hineingetrieben worden, samt Türen und Fenstern. Der Sage nach hatte sich die Kriegerin Thormula einst nach einem Streit mit dem König hierher zurückgezogen, eine Höhle eingerichtet und dann mit einem Eremit sechs Kinder gezeugt, die Jahre später den König stürzten.

Das Dorf lag über mehrere Terrassen an der Bergspitze. Am Fuß des Dorfes befand sich ein Platz, der zum Abgrund hin durch Felsen und Büsche abgeschirmt war. Auf diese Weise war die Sicht auf das Lager verdeckt. Wer von unten hinaufschaute, glaubte einen leblosen, nackten Berg vor sich zu haben und nicht das Hauptquartier der südlichen Rebellenallianz von Enruah, in dem zweihundert Leute versammelt waren.

Auch Darian gehörte nun dazu, wenngleich er sich noch nicht heimisch fühlte. Die Robin-Hood-Romantik seiner Kindheit hatte ihn weder auf das knorpelige Springbockfleisch vorbereitet noch auf den meterweit reichenden Körpergestank seiner Kameraden noch auf die Rückenschmerzen vom harten Boden. Er war erst eine Nacht hier und schon vermisste er sein Strohbett bei Gowanna. Wie gut er es bei ihr gehabt hatte! Aber Gowanna lebte nicht mehr und von ihrem gemütlichen Haus waren am Ende nur noch die Mauern übrig geblieben. Immer wieder musste er sich sagen, dass es kein Zurück gab und dass er jetzt dort war, wo er sein musste.

Sie waren gestern noch am Nachmittag in Wonntau aufgebrochen.

Mortan hatte trotz seiner Erschöpfung nach dem Kampf ein straffes Tempo vorgelegt, und die anderen waren ihm nachgeritten. Es war ein steiler Weg gewesen, immer möglichst direkt das Gebirge hinauf. Schon bald waren um sie herum nur noch Klippen und Geröllfelder gewesen. Selbst als es dämmerte, schien Mortan keine Sekunde zu zweifeln, wohin sie zu reiten hatten. Er gönnte ihnen keine einzige Rast, auch an den Stellen mit der schönsten Aussicht nicht. Über einen schmalen Felsweg erreichten sie schließlich Thormula. Sie brachten die Pferde an die Tränke und ließen sich am Feuer ein Abendessen reichen, von dem Darian nicht einmal die Hälfte hinunterbekam. Danach wurden sie ihren Hütten zugeteilt, immer vier Männer zusammen.

Wenigstens hatten sie ihn heute Morgen ausschlafen lassen. Dass er deshalb das Frühstück verpasst hatte, bedauerte er kaum. Er war nur kurz an dem Kessel vorübergegangen, in dem noch die Reste einer hellbraunen Pampe hingen, und hatte dann beschlossen, sich lieber in den Büschen ein paar Beeren zu suchen. Doch er wurde enttäuscht: Hier oben wuchs nichts, was auch nur annähernd saftiger und bunter wirkte als die allgegenwärtigen Wildsträucher.

Mit knurrendem Magen stapfte er über den Platz in der Hoffnung, irgendwo etwas Essbares aufzutreiben. Um ihn herum herrschte reger Betrieb. Ein Holzkarren wurde repariert. Jemand hängte Felle auf. Zwei Frauen schlachteten einen Hammel – vermutlich für das nächste grauenvolle Mahl. Einige halb nackte Männer tauchten ihre Kleider in einen Wassertrog, dessen Boden längst nicht mehr zu sehen war. Und im Hintergrund hörte Darian, wie Klingen geschliffen wurden.

»Er ist erwacht, unser Krieger.« Lohan stand plötzlich vor ihm und klopfte ihm auf die Schulter. »Gute Männer brauchen guten Schlaf.«

»Guten Morgen«, brachte Darian nur hervor. Es erstaunte ihn, wie ausgeschlafen und frisch Lohan nach dem gestrigen Tag wirkte. »Wie ein Krieger fühle ich mich nicht.«

»Aber du bist es«, sagte Lohan bestimmt. Sein Gesicht nahm ernste Züge an. »Hör zu, Darian: Ich habe dich gestern nicht gerade ehrenvoll behandelt.«

Darian runzelte fragend die Stirn.

»Ich meine, als wir auf dem Dorfplatz standen. Ich habe deinen Mut infrage gestellt, deine Tapferkeit. Dieser Angriff war ein unglaublich schwerer Schlag für mich und …«

»… du hättest mich an deiner Seite gebraucht«, ergänzte Darian.

»So dachte ich in dem Moment. Ich hatte ja keine Ahnung, dass du allein mit der Wächterin … Bitte verzeih mir!«

Darian versuchte, eine milde Miene aufzusetzen. »Es war ein schwerer Tag für dich.« Mehr konnte er nicht sagen. Wenn er Lohan Verzeihung gewährt hätte, dann hätte er sich wie ein Heuchler gefühlt. Denn eigentlich war Lohans Gedanke nicht so falsch gewesen. Darian mochte die Fähigkeiten eines Schwertkämpfers haben, doch ob er auch die Tapferkeit besaß, das musste sich erst herausstellen. In einem Computerspiel, in dem man unendlich viele Leben besaß, konnte es keine echte Tapferkeit geben, so oft er sich das auch hatte vorgaukeln lassen. Erst seit ihm der echte Tod drohte, wurde ihm klar, wie leer sein Heldentum, ja, sein ganzes Dasein in *Realms of Evertale* gewesen war.

»Ich habe so manche Schlacht erlebt und viel Leid gesehen«, sagte Lohan. »Aber der gestrige Tag war der grausamste von allen. Ich hatte geglaubt, für den Rest meines Lebens in Wonntau die Ruhe und Freude zu bekommen, für die ich all die Jahre gekämpft hatte. Wonntau war mein Leben. Jetzt hat das Unheil mich gefunden und noch härter zugeschlagen. Unsere Männer, ihre armen Frauen, mein Dorf … Ich könnte weinen. Aber weißt du was: Ich tue es nicht. Ich werde kämpfen. Und wir werden siegen.« Er sah Darian fest in die Augen. »Ich bin froh und stolz, einen Mann wie dich in unseren Reihen zu wissen.«

»Aber …«

»Nein, hör zu: Dich bei uns zu wissen, gibt mir Hoffnung. Eine Hoffnung, die wir dringend brauchen.«

Darian schluckte. Er konnte nicht anders, als Lohan tröstend auf die Schulter zu klopfen. Dabei fühlte er, wie zerbrechlich die Hoffnung war, die Lohan auf ihn setzte. Sie war so fragil, dass sie zerborsten wäre, wenn Darian seine eigene Unsicherheit preisgegeben hätte. So hielt er es für das Bessere, ein halber Hochstapler zu bleiben. »Danke, Lohan. Ich schätze dich ebenso.«

In diesem Moment entdeckte er Tamina. Sie kam von einem der oberen Häuser zum Platz herunterspaziert und schien etwas zu kauen. Darians Gesicht hellte sich auf. Seit dem gestrigen Aufbruch hatte er kein Wort mit ihr gewechselt. Sie war bei den hintersten Reitern gewesen und nach ihrer Ankunft hatte sie sich gleich in ihr Quartier begeben.

Darian lächelte zu ihr hinüber in der Hoffnung, dass sie ihn wahrnahm. Doch auf einmal wechselte sie die Richtung und bewegte sich zur Wassertränke. Unter den Männern, die dort mit freiem Oberkörper standen, erkannte Darian den blonden Hünen, der ihn einst auf dem Weg nach Wonntau angeschwiegen hatte. Tamina machte eine Bemerkung zu ihm, offenbar eine freundliche, denn er lächelte zurück. Sie trat näher zur Tränke. Neidisch betrachtete Darian die nass glänzende gewölbte Brust des Blonden, deren stolzer Anblick Tamina nicht entgangen sein konnte. Der Kerl sagte zwar nichts, aber Tamina schien ihren Spaß mit ihm zu haben. Plötzlich griff sie in den Trog und spritzte dem Blonden eine Ladung Wasser ins Gesicht. Der reagierte sofort, packte Tamina, um sie ins Wasser zu halten, doch sie konnte sich ihm entwinden. Kreischend rannte sie davon, er schickte ihr ein paar Spritzer hinterher. Sie drehte sich zu ihm um, machte eine versöhnliche Geste und lachte mit ihm.

Lohan hatte bemerkt, dass Darian das Schauspiel mit Interesse verfolgte.

»Ein forsches Mädchen«, sagte er unverfänglich.

»Wer ist dieser Mann?«, wollte Darian wissen.

»Das ist Gilmon. Ein sehr wertvoller Kämpfer für die Rebellen. Man kann sich auf ihn verlassen, er ist die Treue in Person. Nur sprechen kann er leider nicht.«

»Er ist stumm?«

»Von Geburt an. Aber er lässt sein Schwert sprechen, und es spricht eine sehr überzeugende Sprache.«

»Verstehe. Dann sind wir ja gar nicht so arm an Helden.«

Darians Magen knurrte hörbar.

»Du hast noch nichts gegessen?«

»Nein. Bin zu spät aufgestanden fürs Frühstück.«

»Du wirst leider noch eine Weile warten müssen«, meldete sich Mortans Stimme hinter Darian. »Mich schickt der Anführer. Er will dich sprechen.«

Kurz darauf stand Darian in einer der Höhlen vor einem Holztisch, auf dem Messer, Pfeilspitzen und Axtköpfe ausgebreitet lagen. Eine raue Hand mit zerkratzten Fingernägeln hielt eine der Pfeilspitzen, die andere befühlte die Kante prüfend. Der Körper, zu dem die Hände gehörten, war stämmig. Das aus Fell und Leder zusammengestückelte Gewand wurde von einem Gürtel zusammengehalten, an dem ein auffälliger Samtbeutel hing. Ein bartloses Gesicht sah nach unten auf den Tisch, sodass Darian die Augen unter den dicken Brauen nicht sehen konnte.

Wie ein Soldat vor seinem Kommandanten hatte Darian die Hände hinterm Rücken übereinandergelegt, stand stramm und wartete, bis der Anführer auf sein Eintreffen reagierte. Ein kurzer Blick durch den Raum verriet ihm, dass der Anführer sich offenbar kaum Privilegien gönnte. Die Wände waren kahl, keine Teppiche, Polster oder ein echtes Bett waren zu sehen. Der einzige Vorteil schien zu sein, dass der Anführer seine Höhle mit niemandem teilen musste. Man sagte, er empfange noch nicht einmal Frauenbesuch. Schließlich gelte es, die Disziplin im Lager aufrechtzuerhalten.

Endlich meldete sich die Stimme des Mannes, der noch immer die Pfeilspitze streichelte: »Von denen hast du eine in deiner Schulter stecken gehabt. Wenn sie ordentlich geschliffen war, dürfte sie ein paar Zentimeter eingedrungen sein.«

Darian sah genauer hin und erschrak. Damals in der Klamm, als er sich den Pfeil herausgezogen hatte, waren ihm die messerscharfen Widerhaken nicht aufgefallen. Jetzt schimmerten sie im Fackellicht vor seinen Augen und ließen den Höllenschmerz in seiner Erinnerung noch einmal auflodern.

Der Anführer blickte auf. »Eigentlich dürftest du nicht mehr leben.«

Endlich konnte Darian seine Augen sehen. Sie funkelten aus tiefen Höhlen mit einer Leidenschaft, von der Darian nicht wusste, ob sie bedrohlich oder freundschaftlich war. Selten hatte er ein Gesicht mit so ausgeprägten Erhebungen und Vertiefungen gesehen. An vielen Stellen beschattete es sich selbst. Die Haare waren braun und wild, und jetzt sah Darian auch, dass er doch einen Bart hatte, ganz unten am Kinn. Der schien neben dem blauen Samtbeutel am Gürtel der einzige Schmuck zu sein, den der Anführer an sich zuließ.

»Ich hatte Glück«, gab Darian vorsichtig Antwort.

»Ja, du hattest Glück. Und wir haben versagt. Es kommt darauf an, von welcher Seite man die Dinge betrachtet. Dass du nun hier stehst und nicht unter der Erde liegst, hätte eigentlich nicht passieren dürfen. Ich habe dem Schützen etwa hundert Mal gesagt, dass man einem Reiter ein Stück vor die Brust zielen muss. Wenn er sich nämlich nach hinten dreht, so wie du das getan hast, gerät die Schulter dazwischen. Ich hasse es, wenn wir wegen Nachlässigkeit unsere Ziele nicht erreichen.«

Darian begann zu frösteln. Dieser Mann schien es zu bedauern, dass er überlebt hatte. Und Fehler machte man in seiner Gegenwart am besten keine.

»Ich bin übrigens Robbas, der Anführer der ganzen Bande.«

»Darian.«

»Ich weiß. Wie geht es deiner Schulter?«

»Gut. Die Wunde ist verheilt.«

»Das freut mich. Die Leute in Wonntau müssen sich rührend um dich gekümmert haben.« Robbas hatte ihm zwar nicht die Hand gereicht, aber immerhin legte er die Pfeilspitze auf den Tisch, und seine Hände wirkten entspannter. »Sie sind freundlich zu Gästen dort, das ist eine Stärke.«

Darian nahm seine Hände hinter dem Rücken hervor. Das Frösteln war vorüber. »Ich habe mich kaum mehr wie ein Gast gefühlt.«

»Ich kann es mir vorstellen. Wenn man es sich einmal gemütlich gemacht hat … Die Gefahren dieses Landes liegen weniger in den Kämpfen als in den idyllischen Plätzen, die uns so umgarnen, dass sie uns vom Kampf abhalten. Oder wie denkst du darüber?«

»Das klingt ein wenig, als würdest du den Angriff auf Wonntau nicht bedauern«, antwortete Darian, den Robbas' entspannter Ton jetzt mutiger machte.

»Nein, da liegst du falsch. Ich bedauere den Angriff außerordentlich und ich wünschte, wir hätten nicht wieder versagt. Jedes Dorf, das die Wächter gewinnen, ist ein schrecklicher Verlust. Zwei Dutzend weitere Männer sind nun in Bokais Hand. Das ist schlimm.« Er hielt inne und musterte Darian von oben bis unten. »Wenigstens sind durch die ganze Sache auch ein paar Leute für uns herausgesprungen. Du willst dich also der Rebellion anschließen?«

»Ja, das will ich.«

»Weshalb?«

»Ich … ich glaube, es ist die richtige Seite.«

Robbas hob den Zeigefinger und grinste verschlagen. »Ah, das ist eine schlaue Antwort. Damit kannst du nichts Verkehrtes sagen.« Er begann hinter dem Tisch auf und ab zu gehen. »Du glaubst also, man muss sich in diesem Land auf eine Seite stellen.«

»Es scheint so«, antwortete Darian.

»Hast du das gewusst, als du nach Enruah kamst?«

»Nein.«

»Dann bist du ein Narr. Es gibt überall zwei Seiten, von denen du eine wählen musst. In keinem Land ist das anders. Die guten Kräfte und die bösen widerstreiten einander. Das ist das Leben … Wofür hast du bisher dein Schwert eingesetzt, Krieger?«

»Ich habe Aufträge erfüllt …«

Robbas lachte. »Sicher für irgendwelche Fürsten, stimmts?«

Darian nickte.

»Du hast dir keine Gedanken gemacht, wofür du eigentlich eintrittst. Kampf war für dich gleich Kampf und Sieg war für dich gleich Sieg. Es ging dir um Ruhm und Ehre und deinen Lohn. Wem du dabei gedient hast, war dir nicht wichtig, ist es nicht so?«

So funktioniert nun einmal *Evertale*, wollte er beinahe sagen. Das Spiel teilte bewusst nicht in Gut und Böse ein. Man nahm die Rolle ein, die einem am besten lag, und verbündete sich mit denen, die einem sympathisch waren. Wer sich geschickt anstellte, konnte die Seiten permanent wechseln. Oder man blieb ganz unabhängig und kämpfte für sich allein. Früher hatte man den Spielen vorgeworfen, sie förderten ein primitives Freund-Feind-Denken, das dem Leben nicht gerecht würde. Nun waren die Spiele offenbar zu differenziert für das echte Leben.

»Darf ich fragen«, begann Darian, »welchem Mann *du* dienst?«

»Keinem. Ich diene keinem Mann. Und ich will auch nicht, dass *mir* jemand dient.« Robbas blieb stehen und sah Darian mit seinen brennenden Augen an. »Ich diene nur der Königin. Für sie würde ich mein Leben lassen … und einem anderen das Leben nehmen. Sie ist die einzig wahre Königin, nur sie ist würdig, über Enruah zu herrschen und über alle anderen Länder. Ich werde nicht eher ruhen, als bis sie hier und jenseits der Grenzen den Thron bestiegen hat.«

»Die Königin?«

»Sie ist unfehlbar und wird für alle Zeiten herrschen. Ihr Name ist Gerechtigkeit. Ihre Waffe ist der Zorn.«

»Verstehe.« Darian wagte sich einen Schritt vor und berührte eine Pfeilspitze. »Unfehlbar. War der Pfeil, den dein Schütze im Namen der Gerechtigkeit abschoss, auch unfehlbar?«

Robbas lächelte mild und doch voll innerer Glut. »Ich sehe, das Vergangene lässt dich nicht los. Es treibt dich. Du hast ein Unrecht erlitten. Doch wer ist für dieses Unrecht verantwortlich? Unser Schütze?«

Darian zögerte. Er gewann langsam Klarheit und begann zu begreifen, welche Gefühle in seinem Inneren wohnten. Als er, dem Tode nahe, neben dem Pferd gelegen und geblutet hatte und sein Verstand ihm eingeflüstert hatte, dass Lex ihn hereingelegt hatte, da hatte er neben seinem Schmerz noch etwas anderes gespürt: Wut. Und die Wochen danach, in denen er sich mit einer Wunde herumplagen musste, die ein anderer verdient hatte, da war diese Wut gewachsen –

und gleichzeitig war sie erstickt worden von der Freundlichkeit der Wonntauer. Ausgerechnet diese Menschen mussten jetzt für etwas leiden, was sie nicht verdient hatten. Darian verstand vielleicht nicht wirklich, was Gerechtigkeit bedeutete. Aber er wusste, zum Donnerwetter noch mal, was Ungerechtigkeit war. Und er *wusste* es nicht nur, er *spürte* es auch.

»Ich denke, ich weiß, weshalb ich auf deiner Seite stehe«, sagte er in ersticktem Ton. »Ich will sie tot sehen.«

»Wen möchtest du tot sehen? Lex?«

Darian nickte.

»Und Miredala?«

Er nickte wieder.

»Wenn das so ist, dann dienen wir der gleichen Königin.«

Darian sah auf und blickte in ein feierlich leuchtendes Gesicht. Um Robbas' Augen flackerten die Schatten.

Robbas nickte. »Die Wut wird dein Antrieb sein. Sie wird dein Schwert besser führen, als du es je getan hast.«

»Ich habe lange nicht mit dem Schwert gekämpft.«

»Dann wird es höchste Zeit, dass du wieder beginnst. In zwei Wochen werden wir losziehen.«

Darian runzelte die Stirn.

»Wir werden der Gerechtigkeit zum Sieg verhelfen. Wenn unser Bote zurück ist, wirst du mehr erfahren. Wir haben große Pläne. Also bereite dich gut vor.«

Wieder nickte Darian, und dabei fiel ihm auf, dass das Funkeln in den Augen seines neuen Anführers jenes Funkeln war, das er von Pierre kannte.

2

Darian trainierte. Er trainierte hart. Am Morgen stand er früh auf und stopfte den ungenießbaren Fraß in sich hinein. Dann rannte er eine Stunde lang den Berg hinauf und wieder zurück. Er wusch sich am Wassertrog und suchte den Kampfplatz auf. Wenn er allein war, übte er Bewegungen mit dem Zweihänder in der Luft. Ein wenig musste er sich an das Paradoxon gewöhnen, dass er ein erfahrener Schwertkämpfer war, der nie tatsächlich mit einem Schwert gekämpft hatte. Es fühlte sich an, als würde man nach vielen Jahren zum ersten Mal wieder Tischtennis spielen oder *Tomb Raider*. Jede einzelne Bewegung war abrufbar und doch fühlte sie sich ungewohnt an und musste mit den anderen Bewegungen in Einklang gebracht werden.

Doch er war nicht immer allein auf dem Kampfplatz. Spätestens gegen Mittag kamen andere Streiter mit ihren Waffen, bearbeiteten den Strohsack, schossen auf Zielscheiben oder machten Ringkämpfe. Anfangs war es Darian peinlich, wenn sie sahen, wie er mit einem imaginären Gegner kämpfte. Doch er gewöhnte sich daran und warf nebenbei immer einen Blick zu den anderen, um ihre Stärke einzuschätzen.

Eines Tages fragte ihn ein anderer Schwertkämpfer, ob er Lust auf ein Duell habe. Darian zögerte, fand aber keine Ausrede. Irgendwann war es Zeit, sich an einem realen Gegner zu messen. Er hatte zwar ein wenig Angst vor der Wahrheit, doch die Angst, als Feigling verschrien zu werden, war größer. Nach nur wenigen Minuten stellte sich heraus, dass seine Befürchtungen unbegründet waren. Von Anfang an zwang Darian seinen Gegner mit geschickten Hieben in die Defensive. Der hilflose Mann konnte nur noch parieren und musste sich bemühen, sein Schwert nicht fallen zu lassen. Als es dann doch geschah und er rief: »Schon gut, du hast gewonnen«, zog ein warmer Schauder durch Darians Körper. Ein ehrfürchtiges Schweigen senkte sich herab. Er spürte, dass man ihn beobachtete. Mit schnell schlagendem Herzen sah er an der Klinge entlang. »Ja, du kannst es«, murmelte er. »Du kannst es. Und sie alle sehen, dass du es kannst. Jetzt bist du angekommen, Darian.«

Schon bald musste Darian seine Gegner selbst herausfordern, denn von sich aus wagte es keiner mehr, ihm ein Duell vorzuschlagen. Er kreuzte die Klingen mit den bulligsten, mit den wendigsten, den wildesten und den gewieftesten Männern, die in Thormula lebten. Gelegentlich nahm er es mit zwei oder drei Gegnern gleichzeitig auf. Stets ging er als Sieger vom Platz. Er konnte einen halben Tag ununterbrochen kämpfen und wirkte danach immer noch so frisch, als habe er gerade erst angefangen. Die Menge der Zuschauer am Rand des Kampfplatzes wuchs. Darian bei seiner Kunst zuzuschauen wurde zu einem Ereignis. Wenn Robbas vorbeikam und eine Weile zusah, konnte Darian aus den Augenwinkeln ein zufriedenes Lächeln auf seinen Lippen erkennen. Und Lohan tat sein Übriges, um Darians Ruhm als baldiger Heilsbringer der Rebellion im Lager zu verbreiten.

»Wie ich höre, hast du dich bestens erholt«, sprach ihn Tamina an, als sie sich beim Wassertrog begegneten. Er hatte sie in den letzten Tagen kaum zu Gesicht bekommen, da sie häufig mit dem Pferd davonritt und dann erst abends oder in den nächsten Tagen zurückkehrte. Darian wusste nicht genau, worin ihre Aufgaben bestanden. Aber sie war eine Kundschafterin und vermutlich ging es darum, Informationen zu beschaffen oder sie an andere weiterzugeben. Zweimal kam sie mit einem Trupp Leuten zurück, die von da an im Lager blieben. Offenbar warb sie in Dörfern Kämpfer an.

Darian hatte sein mittlerweile berühmtes Langschwert an den Wassertrog gelehnt und fuhr sich mit nassen Händen durchs Haar. Fünf Kämpfe hatte er gerade absolviert. Den letzten davon hatte er gegen Gilmon geführt. Viele hatten auf das erste Aufeinandertreffen der beiden Schwertgiganten gewartet. Darian hatte zum ersten Mal seit Längerem wieder Respekt vor einem Gegner gehabt. Und es war ein schwerer Kampf gewesen. Gilmon hatte nicht nur Kraft, seine Bewegungen waren auch außergewöhnlich präzise. Immer, wenn Darian einen raffinierten Schlag ausführte, hatte sich Gilmons Schwert ihm bereits in die Quere gestellt. Gilmon schien sich durch keine Provokation aus der Ruhe bringen zu lassen, er wartete auf seine Gelegenheiten. Als es ihm einmal gelang, Darian mit einem Überraschungshieb zurückstolpern zu lassen, tat dieser etwas, was er bislang nie getan hatte: Er wandte seine »Wutausbruch«-Fähigkeit an. Wie ein Gewitter prasselten nun Darians Schwertstreiche über Gilmon herein und immer verzweifelter ging der Blonde in Deckung. Schließlich fiel er zu Boden – doch Darian hörte nicht auf, ihn mit seiner Klinge zu bedrängen. Einmal streifte er sogar Gilmons Gesicht. Erst als Mortan empört eingriff, hielt Darian inne. Erneut ging er als Sieger vom Platz und an den Blicken der Zuschauer erkannte er, dass sein Respekt ein weiteres Mal gestiegen war.

»Hast dus gesehen?«, fragte er.

»Nein. Ich war zu beschäftigt. Außerdem werden wir in nächster Zeit noch genug Kämpfe sehen – wirkliche Kämpfe.«

»Dann weißt du Näheres über Robbas' Pläne?«

»Zwangsläufig. Robbas muss einiges über längere Distanzen koordinieren. Und dafür setzt er mich ein.«

»Du hast mir nie erzählt, was du hier eigentlich tust.«

»Hätte ich das denn sollen? Wenn ich jedem hier meine Geschichte erzählen müsste ...«

»Ich dachte nur ...« Darian unterbrach sich. Es wäre ihm tölpelhaft erschienen, ihr unter die Nase zu reiben, dass er sich durch den gemeinsamen Tanz auf der Hochzeit und den anschließenden Spaziergang auf eine besondere Weise mit ihr verbunden fühlte. Scheinbar empfand sie das nicht so wie er – oder aber sie spielte mit ihm, um ihn aus der Reserve zu locken. Also schön, sie sollte ihr Spiel haben. »... ich habe mir immerhin von dir das Leben retten lassen. Eines Tages will ich mich dafür revanchieren und da sollte ich doch wissen, für wen ich mein Leben riskiere.«

Tamina lächelte. Sie nahm es also mit Humor. »Ich habe dir damals das Leben gerettet, ohne zu wissen, wer du bist. Vielleicht bist du ein Spion und richtest hier noch großen Schaden an. Viel hast du ja nicht von dir erzählt.«

»Wenn du mich einmal beim Kämpfen siehst, wirst du wissen, auf welcher Seite ich stehe.« Darian sprach die Worte mit größerem Ernst, als er beabsichtigt hatte. Er nahm sein Schwert, legte es sich wie einen Wanderstab lässig über die Schulter und stapfte mit Tamina zur Feuerstelle, wo es Abendessen gab.

»Gute Kämpfer gibt es auf beiden Seiten«, erwiderte Tamina.

»Dann vertraust du mir also nicht?«

»Keine Sorge. Ich komme viel herum. Ich habe Menschenkenntnis und kann mir ein angemessenes Urteil bilden.«

»Und? Wie fällt es aus?«

»Wenn ich dich für einen Spion halten würde, wärst du nicht hier. Dafür hätte ich schon gesorgt.«

»Du scheinst von deinem Gespür sehr überzeugt zu sein.«

»So wie du von deinen kämpferischen Fähigkeiten überzeugt bist.«

Sie trieb das Spiel weit, dachte Darian. Mit Worten schien sie kaum zu bezwingen zu sein.

An der Feuerstelle waren einige Leute versammelt und löffelten Linsensuppe aus Holzschälchen. Tamina blieb stehen und sah zu Gilmon hinüber, der zurückgezogen bei seinem Abendessen saß. Nicht ohne Genugtuung entdeckte Darian einen langen Kratzer in seinem Gesicht.

»Hey, Gilmon! Ich habe Robbas überredet, dass wir heute Abend Musik spielen dürfen. Du wolltest doch tanzen lernen.«

Darians Puls beschleunigte sich. Hatte er sich verhört? Sie wollte im Rebellenlager eine Feier veranstalten und dann nicht *ihm* seinen versprochenen Tanz anbieten, sondern diesem stummen Blondschopf? Sie hatte Darian damals mit ihrem Charme auf die Tanzfläche gezaubert – nun wollte sie das einfach so mit einem anderen Mann wiederholen?

Verärgert registrierte er Gilmons strahlendes Gesicht und sein eifriges Nicken.

»Bist du dir sicher«, warf Darian ein, »dass Robbas das mögen wird? Denk an die Disziplin im Lager.«

Die Leute am Feuer begannen aufzuhorchen.

»Ach was! Nichts ist besser für den Kampfesmut als ein kleines bisschen Freude am Leben.«

»Du meinst also, wir sollen hier feiern und tanzen, während die Frauen von Wonntau ihren Männern nachweinen?«

Das saß. Um sie herum wurde es still. Darian hatte sich im Lager bereits einen solchen Respekt erkämpft, dass ein Wort von ihm doppelt wirkte.

Tamina suchte in den Gesichtern nach Unterstützung, erntete aber nur ablehnende, ernste Blicke. Auf ihre eben noch so ausgelassene Miene senkte sich peinliche Betretenheit. »Was meint ihr?«, wagte sie sich noch einmal aus der Defensive. »Findet ihr nicht …?« Sie hielt inne, als sie zu Lohan sah und dieser langsam den Kopf schüttelte.

Eine alte Frau brachte die Sache vollends zu Ende: »Ich glaube, es ist keine gute Idee, Tamina. Wir können feiern, wenn wir Bokai besiegt haben.«

Tamina wollte etwas erwidern, aber sie biss sich auf die Lippen, als sie die zustimmenden Gesten der anderen bemerkte. »Verstehe. Dann lassen wirs«, sagte sie knapp. Sie warf Darian einen bitteren Blick zu, dabei funkelten ihre Augen. Schnell wandte sie sich ab und marschierte davon.

Darian stand wie angewurzelt da und sah ihr nach. Etwas drängte ihn, ihr nachzugehen, sich zu entschuldigen. Doch er tat es nicht. Was hätte er ihr sagen sollen? Und wie hätte es gewirkt? Sie hätte ihm vermutlich eine Abfuhr erteilt und dann hätten alle gesehen, wie er gedemütigt zurückblieb. Und überhaupt: Hatte er nicht recht gehabt mit seinem Einwand?

Eine allgemeine Unruhe erlöste ihn aus seinem inneren Zwiespalt. Alle Augen richteten sich auf den Dorfeingang, wo ein Reiter empfangen wurde. Viele standen auf und marschierten hinüber. Ein Raunen ging durchs Lager.

»Was ist los?«, fragte Darian einen Mann neben sich.

»Das ist der Bote aus dem Norden. Morgen wird es losgehen.«

Robbas' Höhle war so überfüllt, dass das Fackellicht kaum zum Tisch in der Mitte durchdrang. Eine Landkarte lag ausgebreitet da, festgehalten von einem Stein und einer Öllampe. Der Anführer hatte die neunzehn Truppenführer zusammengerufen, die jeweils knapp ein Dutzend Kämpfer befehligen sollten. Zu seiner eigenen Überraschung war auch Darian ausgewählt worden. Mortan hatte es ihm mit säuerlicher Miene mitgeteilt, als er von einer Besprechung mit Robbas und dem Boten kam. »Denk dran: Als Truppenführer braucht es mehr als ein schnelles Schwert.« Darian hatte diese Spitze als Ansporn genommen. Jetzt erst recht!, sagte er sich. Dabei musste er sich noch an den Gedanken gewöhnen, von nun an für andere Menschen verantwortlich zu sein. Er hatte früher immer die Rollenspiele gemieden, bei denen man eine Party[8] befehligen musste. Viel lieber war er als Einzelkämpfer durch die feindlichen Horden gepflügt. Aber das Vertrauen, das Robbas offenkundig in ihn setzte, machte ihn stolz. Und es schmeichelte ihm, nun mit all den erfahrenen Truppenführern in diesem Raum zu sein.

Tamina stand ihm gegenüber auf der anderen Seite. Sie tat, als sei sie ganz bei der Sache, und würdigte ihn keines Blickes. Darian war überzeugt, dass sie die Angelegenheit von vorhin noch immer beschäftigte. Zwar wäre nun die Feier ohnehin ausgefallen, aber sie schien es nicht gewohnt zu sein, vor anderen zurechtgewiesen zu werden. Darian beschloss, seinerseits souverän und konzentriert in die Mitte der Runde zu blicken, wo Robbas die Lage erläuterte.

»Wie ihr seht, ist unser Freund Eberion einen Tag früher als erwartet bei uns eingetroffen. Mit unseren Verbündeten aus dem Norden wurde vereinbart, dass wir einen Tag nach seiner Ankunft aufbrechen. Deshalb möchte ich euch noch heute Nacht in unsere Pläne einweihen.«

Der weißhaarige Bote ergriff das Wort: »Ich bin seit sehr vielen Jahren Kundschafter in Enruah. Ich kenne jeden Winkel dieses Landes. Und ich habe die Veränderung bemerkt, die das Land seit Bokais Machtergreifung vor elf Jahren erleidet. Für diejenigen, die es nicht wissen: Der ganze Norden Enruahs ist binnen weniger Jahre verkümmert, nachdem Bokai den Kardolon aufgestaut und in den Westen umgeleitet hat.«

Darian warf einen Blick auf die Landkarte. Deutlich war erkennbar, dass der Fluss Kardolon, nachdem er den Kattamansee im Zentrum des Landes durchlaufen hatte, in eine ganz andere Richtung weiterlief. Nur ein trockenes Flussbett im Norden wies darauf hin, wo der Kardolon einst geflossen war.

Kattaman schien sich in einer Talsenke zu befinden, die zu großen Teilen von dem Stausee befüllt war. Die Stadt schmiegte sich südlich an den See. Man konnte sehen, dass sie in kürzester Zeit gewachsen sein musste, denn sie hatte die Form eines Fächers. Auch der Dornenturm war eingezeichnet. Aus der Mitte des Sees ragte er empor wie der Mast eines untergegangenen Schiffes.

»Die Städte im Norden sind zu großen Teilen Geisterstädte geworden«, fuhr Eberion fort. »Die Felder gaben keine Erträge mehr, und die Menschen sind in die Nachbarländer geflohen. Glaubt mir, jedes Mal, wenn ich heute durch Bankada oder Zifon reite und an die früheren Zeiten denke, jagt es mir einen Schauder über den Rücken. Aber es gibt viele Menschen, die ihre Heimat lieben und sich nichts sehnlicher wünschen, als bald wieder zurückzukehren. Von diesen Menschen soll ich euch die herzlichsten Grüße ausrichten.«

»Danke, Eberion«, erwiderte Robbas und versuchte sich möglichst allen im Raum zuzuwenden, indem er um den Tisch zu gehen begann. »Ihr müsst wissen, dass die Nordallianz der Rebellen ihr Hauptquartier an der Nordostgrenze von Enruah hat. Einst gab es nur einige kleine verstreute Rebellenstämme im Norden. Vor einiger Zeit aber haben sie sich zusammengeschlossen mit der Armee, die sich seit Jahren im Nachbarland formiert. Die meisten von ihnen sind ehemalige Enruahner, die ihre Heimat zurückerobern wollen.

Es sind unruhige Zeiten. Lex und Miredala ziehen unermüdlich durch das Land und holen sich Stadt für Stadt. Wir schätzen, dass sie in den letzten drei Monaten achthundert Männer für Bokai rekrutieren konnten.« Robbas machte eine Effektpause.

Darian runzelte die Stirn. Eine Frage brannte ihm auf der Zunge, und jetzt war die Gelegenheit, sie zu stellen. Doch es schien ihm unangebracht. Da schaute ihn Robbas plötzlich an, bemerkte offenbar sein

Stirnrunzeln und fuhr fort: »Weshalb bleiben die entführten Männer in Kattaman – fragen sich jetzt wohl einige –, wo sie im Herzen doch Feinde Bokais sind? Dafür gibt es zwei Gründe. Erstens hat Bokai einen Bannschirm über Kattaman ausgespannt. Ausgehend vom Dornenturm zieht sich ein unsichtbares Energiefeld über das ganze Gebiet. Man kann es betreten, aber nur mithilfe eines bestimmten Zaubers verlassen. Wer einmal in Kattaman ist, kommt nicht wieder heraus.«

Darian musste unmittelbar an *Gothic* denken. Nicht zu fassen, aus wie vielen Ideen anderer Computerspiele Enruah zusammengestückelt war.

»Zweitens werden alle Männer, die in Kattaman eintreffen, von Bokai gefügig gemacht. Sie stehen unter seinem Zauber und sind für jeden Befehl empfänglich. Sahak, der dritte Wächter, hat es nicht schwer, die Männer zum Turmbau zu verpflichten oder sie in seine Armee einzugliedern.«

Eberion schaltete sich wieder ein: »Wir haben durch einen Spion noch etwas herausgefunden. Jeder fragt sich, weshalb Bokai so sehr daran liegt, diesen Turm zu bauen. Er ist beileibe schon hoch genug. Die Wahrheit ist: Je höher der Turm ist, umso größer sind seine magischen Kräfte. Und damit erweitert er seine Macht über Enruah.«

»Und deshalb kann es nur ein Ziel geben«, sagte Robbas bestimmt und sah seinen Zuhörern der Reihe nach in die Augen. »Der Dornenturm muss vernichtet werden – und mit ihm Bokai, der Herrscher von Enruah.«

Ein Raunen wanderte durch den Raum. Nur einzelne Gesichter blieben unverändert, vermutlich gehörten sie den Leuten, die schon vorher von den Plänen gewusst hatten.

Tamina sah mit versteinerter Miene auf die Karte. Als es ruhiger geworden war, fragte sie resigniert: »Ist es wirklich nötig, dass wir mit einer Armee angreifen?«

»Ja, Tamina, leider geht es nicht anders«, sagte Eberion mitfühlend. Seine Worte, aber noch mehr sein Blick verrieten, dass sie sich vertraut waren. Darian vermutete, dass Eberion der Bote war, der einst Tamina aus Wonntau gelockt hatte.

Robbas wollte sich nicht aufhalten lassen. »Ich weiß, das klingt übereilt und unrealistisch. Aber die Zeit drängt. Je länger wir warten, umso größer wird Bokais Macht und umso schwieriger wird es, ihn zu stürzen.

Um unser Ziel zu erreichen, werden wir nach Kattaman eindringen müssen. Ihr wisst, was das bedeutet: Sollte unser Ziel fehlschlagen, sitzen wir in der Falle. Nur wenn wir den Turm zum Einsturz bringen, wird der Bannschirm vernichtet.« Robbas entrollte eine zweite Karte, die eine Nahansicht von Kattaman zeigte. »Von der Stadt aus führt eine dreihundert Meter lange Brücke zum Turm. Das ist sein einziger Zugang. Dort müssen wir durchbrechen. Wir werden Bokai stellen und mit einem Rammbock die Fundamente des Turms zerstören.«

»Wie sollen wir an Sahaks Armee vorbeikommen?«, meldete sich einer der Truppenführer zu Wort.

»Eine berechtigte Frage. Wir vermuten, dass Sahaks Armee derzeit aus viertausend Kämpfern besteht. Dagegen sind wir ein Witz. Und hier kommen die Nordrebellen ins Spiel. Unsere Verbündeten konnten mithilfe der Nachbarländer immerhin ein Heer von zweitausend Mann aufstellen. Dieses Heer wird sich Kattaman von Norden her nähern. Bokai und Sahak werden gezwungen sein, mit einem Großteil ihrer Leute den Staudamm zu verteidigen. Es wird zu einer Schlacht im Norden Kattamans kommen. Das ist die Gelegenheit für uns, vom Süden her in die Stadt einzudringen und die Brücke zu erobern.«

»Es ist schön und gut, dass wir sie auseinanderziehen. Aber werden unsere zweihundert Mann dafür reichen?«, fragte derselbe Mann.

»Ich hoffe, wir werden mehr als zweihundert Mann sein«, fuhr Robbas unbeirrt fort. »Morgen werden wir aufbrechen. Unser Weg nach Kattaman führt über zahlreiche Dörfer und Städte. Falbensee ist eine strategisch wichtige Stadt im Süden. Auch dort wollen wir vorbeikommen, ehe wir durch den Großen Wald Richtung Kattaman ziehen. Überall, wo wir hinkommen, werden wir um Leute werben. Wir bitten sie, sich der Rebellion zu ihrem letzten Schlag anzuschließen. Ich bin sicher, viele werden sich überzeugen lassen. Und so hoffe ich, dass wir unsere Truppenzahl verdoppeln können.«

»Das sind vage Ziele, Robbas.«

Der Anführer blieb stehen und fixierte den Mann mit den Augen. Mit einer tief aus dem Inneren kommenden Stimme fauchte er: »Haben wir eine andere Wahl?!«

»N… nein …«

Robbas nickte und noch immer glühten seine Augen. »Wir müssen alles in die Waagschale werfen, was wir haben. Sonst wird das Böse überhandnehmen. Bis vor zwei Wochen haben sich die Bewohner von Wonntau in einer unzerstörbaren Idylle geglaubt. Nun hat das Böse auch sie erreicht. Bald wird unser schöner Süden dem Norden gleichen. Karge Felder und weinende Frauen sind alles, was übrigbleiben wird. Wir können das nur verhindern, wenn wir jetzt alles riskieren. Und ich glaube, unser Feuer für die Gerechtigkeit ist stark genug, dass wir es schaffen können.«

Darian sah nach unten, um Robbas' flammendem Blick zu entgehen und seine eigene Unsicherheit zu verbergen. In seinem Kopf schwirrte es. Was er die letzten Minuten gehört hatte, übermannte ihn mit einer solchen Wucht, dass er es in kleine Häppchen teilen musste, um allmählich zu begreifen: Er begab sich auf eine Quest, die kaum zu überleben war. Wenn er sie aber überlebte, dann brachte sie seine andere Quest, die noch immer in seinem Stiefel auf ihre Erfüllung wartete, endgültig zum Scheitern. Wenn sie den Turm zerstörten und Bokai töteten, retteten sie Enruah. Doch zugleich war sein Ausgang aus dieser Welt zurück in Jakobs Realität für immer verschüttet.

Wollte er das? Wollte er für immer hierbleiben? Er sah sich im Raum um. In allen Gesichtern las er Ehrfurcht und ein wenig Angst, den Kampf zu verlieren. Doch niemand ahnte, was es für ihn bedeutete, falls sie den Kampf *gewannen*. Er würde Darian bleiben, für immer Darian.

Er sah zu Tamina. So unerreichbar wie nie stand sie zwischen den zähen Männern und schien genau zu wissen, was sie wollte. Ihr Anblick verstärkte Darians Ahnung, was *er* wirklich wollte. Sie jeden Tag sehen zu können, das gehörte zu den wenigen Dingen, die für ihn zählten. Wonntau wiederzusehen, in neuem Glanz, gehörte auch dazu. Er konnte gewinnen, auch wenn er für sein früheres Leben für immer verloren war. Er konnte Enruah zu dem Ort machen, der seinen Träumen entsprach. Und es konnte so schön werden, dass er vergessen würde, aus welcher Welt er einst entstiegen war. Er musste nur, zum Donnerwetter, die Dinge in die Hand nehmen!

Und so stimmte er in das Grölen ein, das im Raum ausbrach, nachdem Robbas seine letzten Worte gesprochen hatte.

3

Der Aufbruch glich einem Exodus. Jedem war klar, dass sie nie mehr nach Thormula zurückkehren würden – ob sie siegten oder starben. Das steinerne Dorf, das über die Jahre gewachsen war, würde verwaist zurückbleiben und einmal mehr zur Gedenkstätte eines historischen Umsturzes in Enruah werden.

Die Pferde waren so bepackt, dass sie gerade noch in der Lage waren, zügig voranzukommen. Alles andere – viel hatten sie ja nicht – blieb zurück in den Hütten oder auf dem Platz: Gerätschaften, Fässer, Geschirr, Vorräte. Die einzigen drei Wagen, die sie mitnahmen, transportierten Waffen und Ausrüstung.

Solange der Zug von zweihundert Reitern das unwegsame Gebirge hinabstieg, bewegte er sich langsam. Darian ritt in einer der vorderen Reihen. Hinter ihm folgten die acht Männer und zwei Frauen, die zu seinem Trupp gehörten. Ja, sie hatten Frauen in ihren Reihen, einige von ihnen hatten ihre Ehemänner an Bokai verloren und waren von einem Zorn beseelt, der den ihrer männlichen Mitstreiter weit überstieg.

Die meisten Mitglieder seines Trupps kannte er kaum. Doch sie schienen sich geehrt zu fühlen, ausgerechnet von Darian angeführt zu werden. So recht wusste er noch nicht mit ihnen umzugehen. Sollte er den Respekt aufrechterhalten, den sie ihm entgegenbrachten, oder sollte er freundschaftliche Nähe zu ihnen suchen? Wie hatte es Frodo gemacht? Vieles erinnerte ihn frappierend an die Konstellation in *Herr der Ringe*. Mit seiner Schriftrolle war er in gewisser Weise der Ringträger und sein Trupp bildete die »Gemeinschaft des Rings«. Sie waren unterwegs zum Turm des bösen Herrschers, während vom Norden her eine Armee für Ablenkung sorgte. Vielleicht war es für etwas gut, die Filme auswendig zu kennen. Er musste sich nur immer wieder daran erinnern, wie sie dort Probleme gelöst hatten. Und dass es ein Happy End gab, war sicher eine Hilfe.

Sie nächtigten am Fuß des Gebirges. An einem grasbewachsenen Hang schlugen sie, geschützt von Tannen, ihr Lager auf. Es sollte vorerst das einzige Gemeinschaftslager des Rebellenheeres bleiben. Denn am nächsten Tag ritten sie gemeinsam nur noch bis zum Kardolonufer. Dort vollzogen sie die strategische Teilung:

Die Gruppe derjenigen, die nicht an den Kämpfen teilnehmen würden – vor allem die Älteren –, zog sich in die umliegenden Dörfer zurück. Der Trupp um die drei Karren reiste in gemächlichem Tempo weiter auf direktem Weg Richtung Kattaman. Die restlichen Trupps überquerten den Kardolon bei Loret und ritten dann jeder in eine andere Richtung. Ziel war es, einen möglichst großen Teil des Südens abzudecken. Die Trupps sollten alle Dörfer und Städte auf ihrem Weg aufsuchen und dort Kämpfer anwerben. Schließlich sollten sich nach acht Tagen alle wieder am Nordrand des Großen Waldes treffen, um ein hoffentlich weit größeres Heer zu formieren. Darians und Mortans Trupps taten sich zusammen. Auch Robbas, Lohan und Tamina schlossen sich ihnen an, da sie keinen eigenen Trupp befehligten. Sie bildeten mit dreißig Personen die einzige größere Einheit, weil sie mit der Stadt Falbensee eine besonders große Aufgabe hatten.

Nach der Teilung kamen sie schneller voran. Bis zum Abend waren die dreißig Reiter durch drei Dörfer gekommen. Ihr Vorgehen war immer das Gleiche. Sie ritten im Galopp in das Dorf ein und hielten in der Dorfmitte an. Robbas legte Wert darauf, dass ihre Waffen gut sichtbar waren, weil das mehr Eindruck machte. Er ließ sich zum Vorsteher bringen, trug diesem sein Anliegen vor und der Vorsteher berief umgehend eine Versammlung auf dem Dorfplatz ein. Dort hielt Robbas eine flammende Rede, in der er die Gräueltaten der Wächter schilderte und die Bedrohung, die über ihnen allen hing. Er vergaß nie, einen konkreten Bezug zu dem Dorf herzustellen. Wenn sein Publikum vorwiegend aus Kornbauern bestand, malte er ihnen vor Augen, wie die Boworks ihre Getreidefelder verwüsteten; wenn sie große Viehherden besaßen, dann beschrieb er, wie Lex die Tiere verzauberte und in den Abgrund rennen ließ. Die Betroffenheit war vielen Zuhörern anzumerken, doch ebenso auch die Angst, ihre Familien zurückzulassen. Bei einigen von ihnen hoffte Darian inständig, sie würden sich nicht überreden lassen mitzukommen – sie schienen kaum ihre Mistgabeln halten zu können. Es beruhigte ihn, dass sich ihnen meist nur Männer anschlossen, die aussahen, als könnten sie in einer Schlacht eine Weile standhalten. Dennoch war ihr Erfolg gering. Mehr als acht neue Mitstreiter konnten sie an diesem Tag nicht gewinnen.

Darian las die Enttäuschung in Robbas' Gesicht, als sie kurz hinter Fangura bei Sonnenuntergang ihre Pferde über einer Hügelkette austraben ließen. Robbas hatte sich gehörig verausgabt, seine Stimme hatte zu kratzen begonnen, seine Reden hatten viele Reaktionen hervorgerufen. Und doch hatten sie nur wenige zum Handeln bewegen können.

»Da drüben ist ein Wirtshaus!«, rief auf einmal einer der Männer. Es war Eli, der zu Mortans Trupp gehörte. Eli war dreißig, hatte feuerrotes Haar und konnte sich schnell mit Leuten anfreunden. Dafür ließ er es manchmal an kämpferischem Ehrgeiz fehlen.

Sie hielten an und sahen zu dem Schindeldach, das hinter einem Hügel aufragte. »Ist gut«, sagte Robbas. »Dort können wir unsere Vorräte auffüllen. Und dann suchen wir uns einen Lagerplatz.«

»Warum schlafen wir nicht im Wirtshaus?«, fragte Tamina. »Ein richtiges Bett würde uns allen guttun.«

»Wenn wir Bokai besiegt haben, *dann* ist es Zeit für ein richtiges Bett. Bis dahin sind wir im Krieg und das sollten wir unseren Körper niemals vergessen lassen.«

»Aber … es geht doch nur ums Übernachten«, versuchte es Eli erneut.

»… und zum Einschlafen noch ein Becher Wein, dann noch einer und noch einer und nachher liegen meine Männer besoffen unterm Tisch. Mit solchen Kämpfern werde ich keine Stadt einnehmen.«

»Dann lass uns wenigstens gemeinsam dort zu Abend essen. So sparen wir uns das Lagerfeuer«, schlug Tamina vor. »In dieser Gegend ist ein Feuer aus großer Entfernung zu sehen. Das wäre gefährlich.«

Dagegen konnte Robbas wenig einwenden. Alles, was Aufmerksamkeit vermied, war ihm recht. Darian wusste, dass Robbas Angst hatte, ein Wächter würde sie entdecken und nachts überfallen. Darum blieb er oft die halbe Nacht auf, obwohl sie feste Nachtwachen eingeteilt hatten.

Robbas äußerte sich nicht groß zu dem Vorschlag, nickte aber zustimmend und gab ein Handzeichen zum Losreiten.

Es war ein uriges Gasthaus, gezimmert aus dicken Buchenstämmen. Als sie den Schankraum betraten, wurde die Gruppe mit großen Augen empfangen. Schon bald saßen sie alle an einem langen Tisch und verspeisten das beste Spanferkel, das Darian seit Wonntau gegessen hatte. Eine wohlgeformte Wirtin füllte ihnen die Becher auf, scherzte mit ihnen und jedes Mal, wenn sie an Eli vorbeikam, streifte sie ihn absichtlich mit der Brust. Darian konnte das gut beobachten, denn er saß Eli gegenüber. Einmal bemerkte er sogar, wie Eli ihr mit der Hand über den Schenkel strich.

Die Anstrengung des Tages und alles Schwere fielen von ihnen ab. Jeder Schluck und jeder Bissen schien sie dem Leben ein Stück näher zu bringen. Und es war gut, den Kameraden ins Gesicht sehen zu können, nachdem sie den ganzen Tag nur ihre Rücken und die Hinterteile ihrer Pferde vor Augen gehabt hatten. Es tat gut, wieder zu reden, über belanglose Dinge, über das Wetter, über Rückenschmerzen und über ihre verkommenen Frisuren.

Auch Robbas kam auf seine Kosten. Ihm gelang es, einen Kerl im Jägerkostüm, der einsam in einer Ecke saß, für sein Heer zu gewinnen.

Schließlich verkündete Robbas den Aufbruch, noch ehe Eli der Wirtin seinen ersten Klaps auf den Hintern geben konnte und ehe die ersten Wirkungen des Weins spürbar wurden. Sie banden die Pferde los und trabten in der Dunkelheit einen Kilometer weiter. An einem Bach breiteten sie sich aus. Die meisten schafften es gerade noch, ihre Decken auszurollen, ehe sie vor Müdigkeit niedersanken. Bald herrschte völlige Ruhe.

Nur Darian konnte nicht schlafen. Er hörte das Rauschen des Baches und versuchte sich darüber klar zu werden, was es hieß, für immer in dieser Welt zu leben. Was bedeutete es, diese Schriftrolle immer bei sich tragen zu müssen? Würde der Tag kommen, an dem er es nicht mehr aushielt und das Siegel aufbrach, was auch immer dann geschah? Seine Gedanken kreisten um diese Frage und wanderten dann weiter zu Tamina. Im Wirtshaus war ihr Lachen wie eine zauberhafte Begleitmelodie für ihn gewesen. Sie mochte wegen irgendwelcher Dinge gelacht haben, doch ständig hatte es sich angefühlt, als würde sie nur für ihn lachen. Wenigstens ein paarmal hatte sie ihn wieder angesehen, sie schien ihren Groll überwunden zu haben. Und Gilmon war weit weg in einem der anderen Trupps, die weiter nördlich unterwegs waren. So schlecht standen die Dinge nicht, dachte er.

Er malte sich gerade aus, welches seine nächsten Schritte bei Tamina sein konnten, da wurden seine Gedanken unterbrochen. Weiter drüben stand jemand auf und stieg über die schlafenden Körper hinweg. Ein anderer kam ihm entgegen und nickte ihm zu. Wachwechsel. Eli war an der Reihe, er setzte sich am Rand des Lagers auf den Boden.

Die Sache beschäftigte Darian nicht weiter, bis er eine halbe Stunde später bemerkte, dass Eli sich erhob und davonschlich. Was sollte das? Darian stand auf und sah ihm nach. Dann blickte er sich im Lager um. Alle schliefen, selbst Robbas.

Kurz entschlossen schnallte er sich das Schwert auf den Rücken und nahm die Verfolgung auf.

Es war nicht schwer, dem Rotschopf zu folgen, denn er ging zu Fuß. Und bald war es auch nicht mehr schwer zu erraten, wohin er unterwegs war. Kurz darauf sah Darian, wie Eli auf das Wirtshaus zumarschierte und hinter der Tür verschwand.

Die dicken Weinfässer hatten ihn wohl gelockt. Oder die Wirtin. Oder beide. Dieser Trottel! Darian schüttelte den Kopf und machte kehrt. Der Kerl war alt genug, um zu wissen, was er tat. Außerdem gehörte er zu Mortans Trupp, nicht zu seinem. Es war nicht seine Verantwortung. Wenn Eli das Risiko auf sich nahm und für sein Vergnügen den Wachposten verließ, dann war das sein Problem.

Darian legte sich schlafen, doch jetzt fiel es ihm noch schwerer. Die Frage, ob er nicht doch besser eingeschritten wäre, quälte ihn lange, ehe ihn schließlich die Müdigkeit überwältigte.

Am nächsten Morgen lernte Darian, in welche Sphären Robbas' Zorn sich erheben konnte. Seine Wangen glühten rot, seine Hände verkrampften sich. Eli stand gebeugt vor ihm, als habe er schon eine Geißelung hinter sich. Dabei stand ihm die Urteilsverkündigung erst noch bevor.

»Du bist eine Schande, eine Verspottung derer, die bereit sind, ihr Leben für die Gerechtigkeit zu geben! Du bist nicht einmal bereit, auf ein albernes Vergnügen zu verzichten. Stattdessen lässt du deine Freunde im Stich und bringst sie in Lebensgefahr!«

Das Wort »Leben« brüllte er ihm ins Gesicht und zeigte dabei seine kantigen Zähne. Eli sackte noch weiter in sich zusammen, auch wenn das kaum mehr möglich schien.

Mortan hatte ihn verpfiffen. Vermutlich war Mortan wach geworden, als Darian bereits schlief. Er musste gemerkt haben, dass der Wachposten fehlte. Und weil er Eli wohl zu Genüge kannte, war er zum Wirtshaus geeilt. Im Gegensatz zu Darian hatte Mortan keine Hemmungen. Er riss die Tür auf und hatte sogleich den Anblick der Wirtin vor sich, die auf Elis Schoß saß und sich quiekend von ihm den Nacken küssen ließ. Der umgekippte Weinbecher auf dem Tisch verriet das Übrige. Selbstverständlich schleppte er Eli zurück zum Lager. Doch ernst wurde es erst, nachdem Robbas aufgewacht war. Nun traf es Eli umso härter.

»Es gibt viele Dinge, die ich hasse. Ich hasse es, wenn man mich beleidigt oder wenn jemand versagt. Aber nichts hasse ich mehr, als wenn man mich hintergeht. Und du hast nicht nur mich hintergangen, sondern alle hier.«

Sein Finger flog an den Gesichtern vorbei, die ihn umringten und regungslos zuschauten. Darian traute sich nicht, seine Miene zu verändern. Niemand, und schon gar nicht Robbas, sollte merken, dass er es gewusst hatte. Er hätte Elis Schicksal in die eine oder andere Richtung stoßen können. Er hätte wie Mortan Meldung machen oder aber Eli rechtzeitig zurückholen und dann schweigen können. Das Schlimme war, dass er nicht wusste, was die richtige Entscheidung gewesen wäre.

Robbas stieß eine Reihe weiterer vernichtender Vorwürfe aus. Eli wollte nichts zu seiner Verteidigung sagen.

Dann zog Robbas sein Schwert. »Wer das Leben der eigenen Leute gefährdet, verdient den Tod.«

Jetzt schritt Lohan ein. »Du … du hast vielleicht recht mit deinem Urteil. Aber haben wir nicht ohnehin zu wenige Männer? Willst du jetzt auch noch die töten, die wir haben?«

»Wenn sie den anderen schaden?«

»Er wird seinen Fehler nicht wiederholen, da bin ich sicher.«

Robbas hatte das Schwert noch immer gezogen, doch er holte nicht aus. »In dieser Armee wird er nicht mehr kämpfen. Mortan ist sein Truppenführer. Ich bin sicher, er sieht das genauso.«

Mortan nickte gehorsam.

Robbas fuhr fort: »Dann spielt es keine Rolle, ob wir ihn gehen lassen oder töten. Wenn wir ihn aber gehen lassen, kann er uns verraten.«

Nun machte Darian einen Schritt nach vorne. Er hatte eben an Frodo und den zwielichtigen Smeagol gedacht, dann hatte er eine Entscheidung gefällt. »Ich … wenn Mortan ihn nicht mehr will, nehme ich ihn in meinen Trupp.«

Alle starrten ihn an. Darian zitterte, doch er war froh, dass die Worte heraus waren – mochten sie nun bewirken, was sie wollten.

»Du willst diesen Versager anführen?«

»Wenn du es gestattest. So lange er in unseren Reihen ist, kann er uns nicht verraten.«

Taminas anerkennender Blick entging ihm nicht. Auch die bewundernde Zustimmung der anderen schien ihm sicher. Robbas blickte sich um und schluckte. Er fühlte sich sichtlich unwohl in dem Kreis, einsam und isoliert. Sein Atmen wurde lauter und seine Augen gaben Einblick in den Kampf, der in ihm tobte.

Schließlich hob er das Schwert. Seine Faust umklammerte den Griff fester. »Ich will nur Gerechtigkeit.«

Darians Gesicht erbleichte.

Robbas holte aus. Kalt blickte er dem Schuldigen in die Augen.

Dann zog er durch. Die Klinge eilte Elis Kopf entgegen – doch sie erreichte ihn nicht. Stattdessen stieß Robbas' eiserner Schwertknauf gegen Elis Schläfe und warf ihn mit einem dumpfen Schlag zu Boden. Robbas stand über dem Bewusstlosen und sah die Umstehenden bedächtig an. »Wir dürfen die Gerechtigkeit nicht verraten.« Noch einmal holte er aus und ließ das Schwert sausen. Diesmal streifte die Schwertspitze Elis Brust und riss die Kleidung auf. Eine dünne Blutspur lief an den Seiten herunter. »Wenn er wieder aufwacht, wird er dieses Mal auf seiner Brust finden. Und er wird es für den Rest seines Lebens tragen und sich daran erinnern, wie er an seinen Freunden schuldig wurde.«

Schroff wandte er sich ab, sagte nebenbei: »Kümmert euch um ihn«, schob zwei Männer beiseite und verließ den Kreis.

Während einige Leute zu dem blutenden Eli eilten, blieb Darian stehen und sah seinem Anführer lange nach. War Königin Gerechtigkeit mit ihm zufrieden?

4

Ihr Weg führte sie am Südgebirge entlang in immer flachere Gefilde. Die fruchtbarsten Gebiete Enruahs lagen nun vor ihnen. Sie ritten über unendliche Getreidefelder, vorbei an Windmühlen und Bauernhöfen, die so groß waren wie Dörfer.

Die Weite des Landes reichte bis zum Horizont, wo sie sich in einem Flimmern verlor. Ein beständiger Wind glich das Sengen der Sonne aus. Störche, die regelmäßig über ihnen hinwegrauschten, wiesen ihnen den Weg, da sie zweifelsohne ebenfalls zum Feuchtgebiet im Südwesten von Enruah unterwegs waren.

Eli ritt, seit er sich erholt hatte, immer dicht hinter Darian her. Das Ereignis gestern Morgen hatte den einst vorlauten Mann in sich gehen lassen. Er zeigte Darian seine Dankbarkeit, indem er sich ihm wie ein Sklave unterwarf. Darian fiel es schwer, damit umzugehen. Er genoss Elis Anerkennung ebenso wie den Respekt der anderen in der Truppe. Doch nun schienen die Erwartungen an ihn noch höher zu sein. Sie verließen sich auf ihn, sie wollten von ihm beschützt werden. Elf Menschen vertrauten darauf, dass er sie führte. Und während sie ritten, spürte er die Last dieser elf ständig auf seinen Schultern.

Zugleich besorgte ihn der Blick nach vorne. Einen ganzen Tag schon ritt Robbas der Gruppe voran, ohne sich nur einmal umgedreht zu haben. Seit dem Vorfall hatte er mit niemandem gesprochen. Nur ein paar sachliche Anweisungen waren über seine Lippen gekommen. Ob kalter Zorn oder Nachdenklichkeit ihn erfüllte, konnte man ihm nicht vom Gesicht ablesen. Falls Robbas wirklich zornig war, auf wen? Immer noch auf Eli? Oder womöglich auf Darian, der seine Autorität untergraben hatte? Vermutlich war Eli nicht die Art Mensch, auf die Robbas lange wütend war. Er hatte den Fehltritt bestraft um des Fehltritts willen, nicht aus einem Gefühl der Kränkung heraus. Also konnte sein Groll sich nur gegen Darian richten. Hatte Darian für immer bei ihm verspielt? Nahm Robbas ihn womöglich als Rivalen wahr? Was auch zutreffen mochte, er fühlte sich unwohl auf seinem Pferd, so dicht hinter dem Anführer.

Eine Stunde später drehte sich Robbas unerwartet zu ihm um. Seine Augen waren noch immer ausdruckslos, jede Bewegung kontrolliert. Er zügelte sein Pferd, damit Darian aufholen konnte. Eine Weile ritten sie nebeneinanderher, und schließlich begann Robbas: »Eine Stunde noch, dann suchen wir uns ein Nachtlager.«

»Jawohl«, antwortete Darian kleinlaut.

»Könnte warm werden heute Nacht. Wir sollten uns wieder einen Bach suchen.«

Darian stimmte zu und Robbas sprach noch mehr belanglose Dinge an. Wollte er ihm zeigen, dass alles wieder normal war, dass sein Grübeln zu Ende war?

Doch dann fragte er: »Hattest du eigentlich Angst?«

Darian wusste, was er meinte, trotzdem runzelte er die Stirn.

»... gestern Morgen, als du dich zu Wort gemeldet hast. Hattest du da Angst?«

»Ich glaube schon.«

»Wars eine Instinkthandlung oder hat dein Verstand deine Angst bezwungen?«

»Ich hab nicht lange überlegt.«

»Dachte ich mir.« Ein zufriedenes Lächeln legte sich seltsamerweise auf seine Lippen. »Du hast das Richtige getan.«

Darians Augen wurden größer. »Tatsächlich?«

»Ohne Zweifel. Dein Instinkt hat eine gerechte Lösung herbeigeführt.«

»Aber ... du wolltest ihn töten ...«

»Ja, das wollte ich. Aber es wäre nicht gerecht gewesen, nicht bei diesem Vergehen. Durch Elis Fehler ist niemand umgekommen. Er hat die Strafe bekommen, die er verdient.«

»Ist dir das erst im Nachhinein aufgegangen?«, fragte Darian und zugleich wunderte er sich, woher er die Kühnheit dazu nahm.

»Du solltest dir eine Sache merken, Darian: Es ist leicht, das Ziel einer gerechten Welt vor Augen zu haben. Aber es ist schwer, auf dem

Weg zu diesem Ziel immer gerecht zu leben. Trotzdem, am Ende deines Lebens sollte die Rechnung ausgeglichen sein.«

»Ist das auch ein bloßes Ziel oder glaubst du daran?«

Robbas schwieg eine Weile und starrte nachdenklich in die Ferne. »Du stellst die richtigen Fragen … Nein, ich werde es nie erreichen.« Seine Worte gingen ihm jetzt schwerer über die Lippen. »Was mir genommen wurde, werde ich nie zurückholen können … Aber einen Teil davon, einen möglichst großen Teil …«

Darian konnte sich denken, was Robbas meinte. In Thormula hatte ihm jemand erzählt, Lex habe Robbas jahrelang die Ernte zerstört. Später habe er ihm dann die Frau weggenommen und schließlich auch sein ganzes Heim. Daraufhin habe Robbas er mit Gleichgesinnten einen Rebellenstamm gegründet, aus dem später die Südallianz hervorging.

»Wenn man dir nichts genommen hätte«, fragte Darian weiter, »würdest du dann trotzdem für die Gerechtigkeit kämpfen?«

»Ich kann die Frage nicht beantworten, denn es ist nun einmal nicht so. Aber ich glaube, entweder du stehst auf der Seite, die Unrecht tut, oder du bist einer von denen, die Unrecht erleiden und sich deshalb für die Gerechtigkeit einsetzen. Ich weiß, auf welcher Seite ich stehe.«

Er machte eine längere Pause. Dann sagte er: »In zwei Tagen erreichen wir Falbensee. Das ist die Stadt der Feingeister – Künstler und Erfinder, Tüftler und Geschäftsmänner. Man nennt sie die ›Perle des Südens‹. Diese Menschen lassen sich nicht so einfach überzeugen durch Schauergeschichten. Man muss sie *wirklich* überzeugen.«

»Weißt du schon, wie du es versuchen wirst?«

»Ja. Ich werde die Aufgabe jemandem übertragen, der die Sprache dieser Leute spricht.« Er sah Darian offen ins Gesicht.

Darian lief rot an. Was Robbas damit sagen wollte, war klar. Aber was um alles in der Welt trieb ihn dazu? Darian war ein Kämpfer und vielleicht auch ein Denker, aber reden? »Ist eine so große Stadt nicht Sache des Anführers?«

»Ich werde dabei sein. Aber ich will, dass *du* redest.«

»Ich?«

»Sie wollen kein abgewetztes Raubein hören. Sie brauchen jemanden, der sie überraschen kann, einen, der keine Phrasen drischt, sondern ehrliche Gedanken formuliert. Du bist dir in vielem noch unsicher, und genau das wird sie überzeugen. Denn sie werden umso mehr die Wut erkennen, die tief in dir liegt.«

»Ich weiß nicht recht … haben wir dafür keine besseren Männer?« Darians Gedanken wurden aufgewirbelt wie die trockene Erde unter den Hufen der Pferde. Schon schossen ihm die ersten Formulierungen durch den Kopf, mit denen er seine Rede beginnen konnte, während gleichzeitig Bilder auftauchten, wie man ihn verspottete oder mit Flüchen überschüttete. Hatte er sich das alles nur eingebrockt, weil er in einem Moment vor Robbas Mut bewiesen hatte?

»Wenn ich dich für diese Aufgabe bestimme, dann weil ich glaube, dass du der Geeignetste bist!«, sagte Robbas streng. Eine Diskussion würde er nicht aufkommen lassen, so viel war sicher.

Darian schwieg und blickte in die flirrende Weite. Mochten die zwei Tage bis Falbensee möglichst lange dauern, dachte er.

Mit einem Trupp von fünfundvierzig Reitern gelangten sie in die Tiefebene um Falbensee. Seichte Seen und Wiesen wechselten sich ab, zwischendurch zogen sie an idyllischen Flecken mit üppigen Bäumen und bunten Pflanzen vorbei. Herden von Wildpferden stürmten über die Ebene und ließen Wasser aufspritzen. Im letzten Dorf vor Falbensee erfuhren sie, dass Lex angeblich von einem Boten in der Nähe gesichtet worden sei. Robbas reagierte alarmiert. »Wenn das so ist, müssen wir noch heute nach Falbensee aufbrechen. Er darf uns nicht zuvorkommen!« Obwohl es schon später Nachmittag war, schwangen sie sich wieder auf die Pferde und galoppierten los.

Sie erreichten Falbensee am Abend. Die Stadt lag inmitten eines sumpfigen Gebiets, das von dünnen Flussadern durchzogen war. Im Umland der Stadt wurden die Sümpfe durch ein Gitternetz von Holzstegen überbrückt; aus den grünen Flächen ragten gelbe Pflänzchen. Daraus würden teure Öle hergestellt und in viele Länder verkauft, erzählte Tamina.

Falbensee war gänzlich auf steinernen Sockeln errichtet. Die Stadt selbst – Straßen, Häuser, Brücken, Geländer – bestand aus Holzplanken und schien einen Meter über dem sumpfigen Boden zu schweben. Die Hufe der Pferde klackten, als die Rebellentruppe einritt. Flackernde Laternen erhellten die Straße in der Dämmerung. Darian staunte über die ungewöhnliche Bauweise der Häuser: Sie standen in Reihen beieinander, auf Höhe des ersten Stocks verliefen Galerien, die wie ein zweites, erhöhtes Wegenetz miteinander verbunden waren, und an manchen Stellen gab es sogar eine dritte Ebene. Wie die hölzerne Variante einer futuristischen Metropole erschien ihm die Stadt – nur die fliegenden Autos fehlten.

Meine Güte, was verlangte Robbas von ihm! Diese Stadt sollte er, Darian, für sie gewinnen. Nur mit Worten! Er versuchte sich auf die Umgebung zu konzentrieren, damit nicht ständig die verschiedenen Sätze um ihn herumschwirrten, die er sich zurechtgelegt hatte.

Sie passierten eine Halle, in der die gelben Pflänzchen lagerten. Daneben befand sich ein Gebäude mit komplizierten Apparaturen, offenbar eine Ölmühle. Es folgte ein kleiner Hafen mit Lagerhäusern voller Fässer. Kähne lagen im stillen Fluss, der die Stadt in zwei Hälften teilte. Eine Bogenbrücke führte sie auf die andere Seite.

Zu ihrer Verwunderung trafen sie keinen Menschen auf den Straßen an. Überall war der Betrieb eingestellt, nur irgendwo aus einer anderen Straße hörten sie ein einsames Schmiedehämmern.

»Wo findet man um diese Zeit die meisten Leute?«, fragte Robbas Tamina.

»Sie sind wohl zu Hause oder sitzen in den Schenken.«

»Wir können doch nicht jedes Haus abklappern.«

»Vielleicht treffen wir ein paar Leute im *Stutenhof* an«, erwiderte Tamina und ritt voran. Bald erreichten sie ein großes Gasthaus, an das sich Pferdeställe anschlossen. Tamina stieg ab und verschwand zusammen mit Robbas im Innern. Darians Blick erfasste die wuchtige Fassade und insgeheim bettelte er das Haus an, dass es heute geschlossen haben möge und alle Leute daheim wären.

Kurz darauf kehrten die beiden zurück und Robbas verkündete:

»Wir haben Glück. Heute findet im Amphitheater eine Aufführung statt. Dort ist immer die halbe Stadt versammelt. Wir lassen die Pferde hier.«

Mist. Wozu hatte eine Stadt, die im Sumpf stand, ein Amphitheater! In ganz Enruah hatte er so etwas nicht gesehen. Als hätten sie es hier nur für den einen Zweck gebaut: ihn in die Verlorenheit eines Massenpublikums zu stellen und seine Worte noch lächerlicher und kleiner zu machen, als sie ohnehin waren. Dafür brauchten sie doch kein Theater! In der Uni hatten zwanzig gleichgültig dreinblickende Zuhörer bei seinen Referaten ausgereicht. Er wollte zu Robbas eilen, ihm erklären, dass die Situation ja nun eine besondere sei und es in diesem Fall besser wäre, der Anführer ergriffe das Wort. Doch Robbas schritt mit einer solchen Entschlossenheit los, dass es nicht angebracht schien, ihn mit Einwänden aufzuhalten.

Es war nicht weit. Schon aus der Ferne drangen hallende Stimmen und dazwischen das Raunen der Zuschauer zu ihnen. Bald erreichten sie das Gebäude, das Darian wie ein Drache vorkam, der ihm den Rücken zugekehrt hatte. Die stufenförmige Zuschauertribüne bildete einen Halbkreis und war mindestens zehn Meter hoch. Eine Holzkonstruktion sorgte dafür, dass sie von unten her abgestützt war. Man betrat das Theater durch einen von drei Eingängen. Sie führten unter der Holzkonstruktion hindurch zu dem Halbkreis, der als Bühne diente. Zusätzlich gab es zwei Außentreppen, über die man direkt auf die oberste Stufe der Tribüne gelangte.

»Wir werden die Waffen einstecken«, bestimmte Robbas. »Sie müssen uns mit Respekt, aber ohne Furcht ansehen. Wir marschieren durch den vorderen Eingang mittendurch. Darian geht voran.«

Es war der Erwartungsdruck der anderen, vor allem der von Robbas, der Darian antrieb. Mit festen Schritten marschierte er unter der Holztribüne hindurch und auf die Feuerschalen zu, von denen die Bühne erhellt wurde. Er sah zwei Gestalten in bunten Gewändern; die eine kniete vor der anderen und machte eine überdeutliche Bettelgeste. Dann warfen die beiden Schauspieler den Kopf herum und sahen mit großen Augen zu den Eindringlingen, die sich entschlossen näherten. Ein Raunen ging durch das Theater und Darian spürte immer mehr Blicke auf sich.

Mit eindeutigen Gesten verscheuchten sie die Schauspieler. Robbas platzierte einige Männer hinter Darian, die anderen verteilte er an den Eingängen. Er selbst stellte sich an den Vordereingang, sodass Darian ihn direkt vor Augen hatte.

Darian bemühte sich etwas zu erkennen. Die Feuerschalen sorgten dafür, dass er im Hellen stand und das Publikum nur zu erahnen war. Doch sein Instinkt sagte ihm, dass es gut zweitausend Menschen sein mochten. Sie waren erregt, tuschelten, empörten sich. Lachten da nicht auch ein paar? Er sah an sich herab. Alles war in Ordnung, die Kleider saßen. Wieder lachte jemand, er hörte es deutlich! Sein Gesicht – vielleicht war er rot angelaufen oder blass geworden. Zwei talentierte Schauspieler hatten die Menge eben noch in ihren Bann gezogen und nun stand da ein Clown. Das Schwert auf seinem Rücken kam ihm wie ein Spielzeugschwert vor. Was hatte er hier zu suchen?

Er blickte zu Robbas hinüber. Der nickte ihm auffordernd zu.

Darians Hände zitterten. »Bitte entschuldigt …«

Robbas machte ein Zeichen, dass er lauter reden musste.

»Bitte entschuldigt, dass wir eure Vorführung stören …« Wider Erwarten kam kein Protest zurück, sondern es wurde ruhig. Also weiter. »Falbensee hat ein schönes Theater, es ist wohl das Einzige in diesem Land. Und ich hoffe, ihr werdet noch viele schöne Abende hier erleben, aber …« Mein Gott, was redete er da? Höchstens die Hälfte davon hatte er so geplant gehabt. »… aber es ist so, dass dies alles hier gefährdet ist. Und darum sind wir hier. Wir sehen nicht gerade wie zivilisierte Leute aus – ganz anders als ihr es gewohnt seid. Wir … mögen rauere Sitten haben. Aber im *Herzen*« – es war das erste Wort, das er mit großer Überzeugung ausdehnte – »haben wir etwas gemeinsam: Wir wollen, dass Enruah ein schöner Ort bleibt.«

Seine Augen suchten Tamina. Aber nein, er wollte sie jetzt nicht sehen. Falls sie ihn kritisch angeschaut hätte, wäre seine restliche Ansprache erledigt gewesen. Also spähte er zu Robbas, der ihn mit feierlichem Blick fixierte.

»Falbensee ist eine Insel der Glückseligen, ein Eldorado, ein Auenland …« – er vergaß, dass man diese Namen hier nicht kannte – »… es ist eine Stadt, in der man sehr gut leben kann. Doch bald wird sich dies ändern. Man wird versuchen, euren Erfindungsreichtum und euer Geschick zu missbrauchen für eine Sache, die kein Mensch in Falbensee wollen kann. Ihr habt es vielleicht schon gehört, aber wir sind hier, um es euch noch einmal zu sagen: Der Herrscher dieses Landes verschleppt Männer aus Städten und Dörfern nach Kattaman, um dort einen Turm zu bauen, der heute schon viel höher ist, als ihm zu Gesicht steht.«

Wieder so eine schräge Formulierung! Gleich würden sie loslegen mit Spottrufen. Aber noch waren sie ruhig. Also musste er weitermachen, damit die Pause nicht zu lang wurde. »Ich habe gesehen, dass ihr schön und auch hoch bauen könnt. Man beneidet euch sicher darum. Auch ich würde gerne in so einer Stadt leben, wenn es mir nur möglich wäre. Aber es ist mir nicht möglich, weil ich das Schwert führen muss.«

Einem spontanen Impuls folgend, zog er das Schwert hinter seinem Rücken hervor und reckte es nach vorne. Der Anflug eines Seufzers ging durchs Publikum. Darian fand in dem Schwertgriff den Halt, der ihm die ganze Zeit gefehlt hatte. Sein Zittern schien in der Waffe zu verschwinden. »Ihr hört es nicht gerne, aber ich sage euch, es gibt nur diese eine Sprache, die von den Wächtern von Enruah verstanden wird. Wo ihr Verständnis zeigt, da haben sie nur Spott übrig; wo ihr mit Worten streitet, da schlagen sie zu. Sie zerreißen Familien und lassen Städte zugrunde gehen. Und wenn wir ihnen das erlauben, dann werden sie es bis zum bitteren Ende tun. Aber es gibt Hoffnung …«

Jetzt wurde es lauter in den Reihen. Darian glaubte ein paar Bewegungen wahrnehmen zu können. Machten sich die Ersten auf den Weg nach Hause?

Seine Stimme drohte wieder zittrig zu werden. »… es gibt Hoffnung. Diejenigen, die bereit sind, ihr angenehmes Leben für eine Weile zurückzulassen, können uns allen Hoffnung machen. Schließt euch der Rebellion an, ehe sie kommen und Besitz von euch ergreifen!«

Die Unruhe wurde immer größer. Er verstand nicht, was geredet wurde. Dass nun sogar Robbas sich umdrehte und die Reihen hinaufblickte, machte ihn nervös.

»Falbensee ist die Perle des Südens. Hört für einen Tag auf, eure Perle zu schleifen und schleift eure Schwerter, denn ihr braucht sie!« Diesen Satz hatte er sich extra für den Schluss ausgedacht.

Doch anstatt zuzustimmen, blickten sich alle zu den obersten Reihen um, von wo eine durchdringende Stimme durch das Theater scholl: »Schön geredet. Aber jetzt ist die Vorstellung zu Ende!«

Darian brauchte ihn nicht zu sehen, um zu wissen, dass diese Stimme Lex gehörte. Und nun entdeckte er die behelmten Soldaten, die überall an den Eingängen und oberhalb der Tribüne auftauchten.

»Dieser Mann will Enruah versklaven!«, rief Darian gegen die durchdringende Stimme von Lex an und zeigte mit dem Schwert in seine Richtung.

»Ihr habt es noch nicht mitbekommen: Falbensee ist jetzt unter meinem Kommando. Die Stadtwache ist mir unterstellt.«

Dieser elende Hund! Er war ihnen zuvorgekommen. Vermutlich hatte er zuerst den Kommandanten der Stadtwache verzaubert. Dann hatte er jedem von ihnen einzeln in die Augen geschaut und sie seinem Willen unterworfen.

»Und noch etwas«, fuhr Lex fort, »ich versklave niemanden! Meine Aufgabe als Wächter dieses Landes ist es, seine Bewohner zu beschützen. Sie zu beschützen vor Unruhestiftern wie euch!« Er ging einige Schritte die Stufen hinab. Darian erkannte, dass er einen Umhang trug, aber offenbar keine Waffen in der Hand hatte. »Und jetzt fordere ich euch auf, sofort die Waffen niederzulegen und euch zu ergeben. Ihr wisst, dass ihr sonst nicht lebend hier herauskommt.«

Verzweifelt suchte Darian Kontakt zu seinem Anführer. Robbas stand immer noch an seinem Platz und schüttelte nur den Kopf. Darian verstand. Er kniff die Augen zu Schlitzen zusammen. »Wir werden uns nicht ergeben!«

Mit diesen Worten schritt er in Lex' Richtung und löste damit einen Tumult aus. Lex gab ein Handzeichen, woraufhin die Soldaten an allen Seiten von der Tribüne stürmten. Die Zuschauer erhoben sich, suchten verzweifelt nach Fluchtwegen und standen sich dabei gegenseitig im Weg. Einige klammerten sich aneinander. Überall hörte man entsetztes Aufstöhnen.

Die Rebellen hatten ihre Waffen gezogen und stürmten auf ihre Gegner zu. Einzelne Pfeile flogen ihnen von den oberen Rängen entgegen.

Darian hatte nur ein Ziel. An diesem Abend war sein Schwert allein dafür bestimmt, diesen Mann zu durchbohren, der noch immer die Stirn hatte, ungerührt auf der Tribüne zu stehen und zuzuschauen. Doch ehe er die ersten Stufen erreicht hatte, wurde ihm der Weg versperrt. Drei Wachen hielten ihm Spieße entgegen und versuchten ihn zurückzudrängen.

Die Gefechte begannen. Von allen Seiten ertönte das Klirren von Schwertern.

Darian ließ sich nicht zurückdrängen. Er ließ das Langschwert kreisen und stieß die Spitzen beiseite, die sein Gesicht bedrohten. Die Soldaten wichen zurück, richteten ihre Waffen aber im selben Moment wieder nach vorne. Doch da hatte Darian sich schon zur Seite gedreht und einen Stich ausgeführt, der den mittleren Soldaten zwischen die Rippen traf. Sofort zog er das Schwert zurück und wehrte den Angriff des rechten Soldaten ab. Während er den Spieß abblockte, versetzte er seinem Gegner einen Tritt in den Magen, drehte sich um die eigene Achse und rammte dem dritten Soldaten das Schwert in die Seite.

Er stieg ein paar Stufen hinauf. Schon eilte der nächste Schub Kämpfer herbei. Für einen kurzen Moment konnte er sich einen Überblick verschaffen.

Die Soldaten der Stadtwache waren in überwältigender Mehrheit. Einige von ihnen lagen tot auf dem Sandboden oder den Holzdielen der Tribüne, doch es kamen immer mehr nach. Die Rebellengruppe wurde zunehmend in der Mitte des Halbrunds zusammengedrängt. Noch immer flogen Pfeile, Rebellen fielen.

Tamina. Wo war Tamina? Er suchte nach ihrem blonden Haar. Sie befand sich nicht in der Gruppe der Eingekesselten. Vermutlich hatte sie sich irgendwo eine gute Schussposition gesucht. Kluges Mädchen.

Mittlerweile hatten einige der Zuschauer fliehen können. Einzelne lagen verletzt am Boden, Opfer der Massenpanik.

Er wandte sich wieder der Tribüne zu und ging Lex ein paar weitere Stufen entgegen. Wieder griff ihn eine Horde von Streitern an, diesmal mit Schwertern und Stachelkeulen bewaffnet. Darian zögerte nicht, er schwang sein Schwert, das wie verwachsen war mit seinen beiden Fäusten. Einen nach dem anderen streckte er nieder, fast lautlos war er dabei.

Er spürte es wieder – dieses Einswerden mit seiner Waffe, die Geschmeidigkeit seiner Bewegungen, die sich von keinem feindlichen Hindernis irritieren ließen. Seine Klinge nahm ihren Weg und ließ dabei Schwerter und Schilde wie Streichhölzer und Pappkartons davonstieben. Brüllend gingen seine Gegner zu Boden. Er versuchte ihnen nicht in die Augen zu sehen. Sein Weg führte nur aufwärts, Stufe um Stufe. Oben wartete Lex, ihm ging er entgegen. Und der schien ihn mit glühenden Augen zu erwarten, fasziniert von dem Schauspiel, das Darian ihm bot – immer noch ungerührt und selbstsicher. Dafür hasste ihn Darian mit jeder Stufe mehr. Und mit seinem Hass wuchs die Kraft, die seinem Feind heute das Ende bereiten würde.

Etwa zehn Meter trennten ihn noch von Lex. Ein Soldat befand sich vor ihm. Dann hörte er ein lautes: »Achtung, Darian!« von unten. Er drehte sich um und warf sich im selben Augenblick zu Boden. Ein Speer schoss über ihm hinweg und traf an seiner statt den Soldaten in den Oberschenkel. Der ließ seine Waffen fallen und stürzte aufheulend zur Seite. Durch den Aufprall löste sich eine Holzplanke aus dem Boden.

Darian wandte sich um und entdeckte Lohan, der ihm kurz zunickte und sich dann wieder auf einen Gegner stürzte.

Darians Herz schlug schneller, als er sich Lex zuwandte. Niemand stand mehr zwischen ihm und seinem Feind. Ganz langsam hob Lex die Schultern, sein Gesichtsausdruck wandelte sich allmählich. Aus dem entspannten, fast belustigten Zuschauen wurde ein besorgtes Beobachten. Es waren keine Soldaten mehr da und Darian kam immer näher.

Darian umklammerte das Schwert noch fester, auch wenn das fast nicht möglich war. Er atmete schwer und ließ seinen Gegner nicht aus den Augen.

Jetzt machte Lex einen ersten Schritt nach hinten. Seine Hand hob sich vorsichtig. Dann streckte er sie aus und machte eine wischende Bewegung.

Ein am Boden liegender Schild hob ab und schoss mit der Spitze voraus seitlich auf Darian zu. Mit einem blitzartigen Schlag wehrte sein Schwert das Geschoss ab. Darian marschierte weiter.

Lex bewegte sich rückwärts die Stufen hinauf. Nun machte er regelmäßige Handbewegungen, die jedes Mal einen Gegenstand auf Darian zuschnellen ließen, den dieser mit dem Schwert abblockte.

Bald war er in Reichweite. Sein Drang, dieses so selbstsichere, arrogante Gesicht zu vernichten, wurde immer stärker. Er setzte zum Ausholen an.

Lex bewegte sich schneller, dann stolperte er. Rücklings lag er auf den Holzstufen und zum ersten Mal mischte sich so etwas wie Schrecken in seinen Blick.

»Du hast es nicht anders verdient«, keuchte Darian, als er sein Schwert hob.

»Du hast keine Ahnung, was du tust.«

»Das ist mir egal. Du hast genug getan, womit du den Tod verdienst.«

»Dummkopf, elender Dummkopf!« Lex schüttelte den Kopf und sah zu der Klinge hinauf, die sich gleich über ihm senken würde. Er streckte die Hand aus, als könne er den Schlag aufhalten. Doch dann zog er die Hand ruckartig zurück und bleckte die Zähne.

Ehe Darian kapierte, was geschah, war es zu spät. Er konnte sich nur noch zur Hälfte umdrehen, um aus dem Augenwinkel wahrzunehmen, wie ein Holzbalken durch die Luft flog und auf ihn zuschnellte.

Er sah Ansätze der Maserung, sie wurde größer und schließlich schlug sie krachend gegen seine Schläfe.

5

Auch als er aufwachte, war die Holzmaserung das Erste, was er bemerkte. Diesmal hatte sie eine andere Form, es waren langgezogene Ringe. Und das Holz war etwas heller. Er lag auf Dielen. Die Sonnenstrahlen warfen ein Muster auf den Boden, das ihn an einen Barcode erinnerte. Doch es war kein fester Boden, er schaukelte. Nun fielen ihm ein Holz- und auch ein schwacher Fäulnisgeruch auf.

Er hatte nichts vergessen, wie ihm schien. Alles bis zu dem K.-o.-Schlag wusste er noch. Um ein Haar hätte er Lex erwischt. Hätte er nur mehr auf die Hände des Magiers geachtet! Warum war es in dieser Welt nur so schwierig, einen Bosskampf[9] zu gewinnen?, fragte er sich. Und warum brachten es umgekehrt diese Bosse nie fertig, ihn vollends zu töten, wenn er schon verloren hatte?

Er rappelte sich auf, um zu sehen, wo er sich befand. Er konnte es sich schon denken, wenn er an das Lichtmuster auf dem Boden dachte. Als er sich umdrehte, sah er sich bestätigt: Eine Gittertür versperrte den Raum. Auf der anderen Seite gab es ein ebenfalls vergittertes Fenster. Er schritt zur Tür, hielt sich an den Gittern fest und schaute nach draußen. Nicht zu fassen, er befand sich auf einem Boot! Einen Meter von seiner Zelle entfernt verlief der Bootsrand und dahinter war der Hafensteg, der ihm bekannt vorkam. Offenbar ankerten sie noch in Falbensee. Der Stand der Sonne deutete darauf hin, dass es Morgen war.

Was bedeutete das? Es hieß, dass die Rebellen das Gefecht im Theater letzte Nacht verloren hatten und dass die Stadtwachen die Überlebenden – zumindest ihn – eingesperrt hatten und irgendwohin transportieren wollten. Es hieß, dass der größte Trupp der Südrebellen samt dem Anführer in eine Falle gegangen war und ihr Angriffsplan auf Kattaman vermutlich scheitern würde.

Darian erschrak, als ihm etwas einfiel: die Schriftrolle. Darauf war Lex doch immer aus gewesen!

Augenblicklich setzte er sich an die Wand neben der Tür und fuhr mit der Hand in seinen Stiefel.

Unglaublich – er fühlte das Metall! Schnell nahm er die Schatulle heraus und entriegelte sie. Mit zwei Fingern zog er die unversehrte Schriftrolle hervor. Das Siegel mit dem Bienensymbol war immer noch da.

Erleichtert steckte er die Rolle ein. Wie war das zu verstehen? Hatte es Lex denn nicht auf die Rolle abgesehen? Oder waren sie zu blöd gewesen, ihn zu durchsuchen?

Er hörte Schritte auf den Planken. Sie stammten von der Vorderseite des Bootes. Er stand auf und stellte sich vor das Gitter.

Im nächsten Moment sah er ihn auf sich zukommen. Er trug noch immer seinen Umhang, einen dunkelblauen. Dadurch wirkte Lex weitaus ehrfurchtgebietender als damals im Gebirge. Seine Größe kam nun zur Geltung und seine feinen Gesichtszüge wirkten beinahe fürstlich.

Darian hielt sich an den Gitterstäben fest und blickte seinen Feind scharf an. Der lächelte nur. Mit ausreichendem Abstand blieb er vor der Zellentür stehen.

»Das ist amüsant. Wir unterhalten uns immer dann, wenn du gerade aus einer Bewusstlosigkeit erwacht bist. Ist es deine Lieblingsübung, gelegentlich für einige Zeit aus der Realität zu verschwinden?«

»Ich tus nicht freiwillig«, antwortete Darian grantig.

»Du solltest mir dankbar sein. Diesmal zumindest.«

Darian schnaubte. »Wofür?«

»Dafür, dass ich dir den Anblick eurer Niederlage erspart habe.«

»Was ist mit den anderen?«, fragte Darian alarmiert.

»Ihr seid ein stures Völkchen, ihr Rebellen. Lieber in einen aussichtslosen Kampf rennen als die Waffen strecken. Und ausgerechnet du warst vorne dran.«

»Was ist mit den anderen?!«

»Wen meinst du?«

»Das weißt du genau. Meine Kameraden, mein Anführer, …«

»Du musst schon genauer werden. Einige deiner Kameraden haben es nicht überlebt. Einige haben wir festgenommen, so wie dich.«

Nein, Tamina war nicht tot, sagte er sich instinktiv. Sie hatte ihm noch nicht die Chance gegeben, sie zu retten. Sicher war sie bei den Überlebenden. »Und wo sind sie jetzt?«

»Sie sind alle gut verwahrt auf den anderen Booten. Du hast das Privileg, als Einziger ein Boot für dich allein zu haben.«

»Wo bringt ihr uns hin?«

Lex hatte ein Lächeln auf den Lippen. Darian erfreute sich an der Vorstellung, wie er es mit einem Fausthieb auslöschte.

»Hast du einmal auf die Landkarte geschaut? Viele Möglichkeiten gibt es nicht.«

»Also den Fluss hinunter nach Kattaman …«

Lex nickte.

»Ihr wollt uns in Sahaks Armee zwingen …«

»Wir zwingen niemanden.«

Darian machte sich klar, wie absurd der Gedanke war. Die Wächter glaubten tatsächlich, ausgerechnet Robbas würde gegen jenes Heer antreten, das er selbst aufgebaut hatte. »Wie wollt ihr uns dazu bringen, für Bokai auch nur ein Schwert in die Hand zu nehmen?«

»Der Zauber von Bokai kann selbst die leidenschaftlichsten Feinde in Freunde verwandeln.« Auf einmal nahm Lex' Gesicht merkwürdig bittere Züge an. Als habe das, was er sagte, zwei Seiten. Seine Mundwinkel verzogen sich. »Ich hätte dich töten sollen, als ich es konnte. Aber ich habe es nicht getan. Ja, warum habe ich es nicht getan? So ein Dreck. Warum nicht? Ich habe dich am Leben gelassen und jetzt begleite ich dich nach Kattaman, aber …«

»Du kannst mich immer noch töten.«

»Du hast überhaupt keine Ahnung! Du hast nur wahnsinniges Glück. Glück, dass ich meine schwachen Momente habe. Dass ich nicht knallhart durchziehe, was ich eigentlich will …« Für eine Weile hatte es wie ein Selbstgespräch gewirkt, jetzt sah er Darian mit erschreckend großen Augen an. »Du hast recht, es ist noch nicht vorbei. Alles kann sich ändern … Du hast wirklich keine Ahnung. Du bist ein Narr.

Warum musstest du dich diesen Leuten anschließen? Alles könnte viel einfacher sein – für dich, für uns alle.«

»Dann erklärs mir!« Darian verstand kein Wort von dem, was Lex sagte.

»Nein, nein, das geht nicht. Vergiss es.«

»Hat es mit der Schriftrolle zu tun?«

»Ich sagte, vergiss es. Es wird das Beste sein, so wie es ist. Und wenn du nichts weißt, ist es auch am besten. Jeder Mensch ist schwach, auch du würdest schwach werden. Also lass es gut sein.«

Wo war Lex?, fragte sich Darian. Er stand vor ihm und doch schien er irgendwo in einem wirren Gedankenlabyrinth verloren zu sein. Wo war seine kühle, überhebliche Miene, wo waren seine forschen Worte, die verrieten, wie sicher er sich seiner Sache war?

Plötzlich kehrte er zurück. Das gewohnte Lächeln umspielte seine Lippen. »Sie ist übrigens noch am Leben«, zischte er.

Darian hielt den Atem an. »Wer?«

»Du weißt schon, wer. Sie ist blond, sehr hübsch, gut gebaut. Gefährlich gut gebaut …«

»Ich weiß nicht, von wem du sprichst.«

»So eine Bootsfahrt kann lang werden, wenn man ständig den Anblick einer appetitlichen Frau vor sich hat. Du weißt, wie das ist als Mann.«

»Du wirst es nicht wagen!«

Lex fuhr sich kühn durchs Haar. Von seiner Verworrenheit war nichts mehr übrig. »Nun, es wird Zeit, dass ich mich den anderen Gefangenen widme.«

Darian unterdrückte das Schimpfwort, das ihm auf der Zunge lag.

Lex wandte sich ab. Dann drehte er sich jedoch noch einmal um und sagte: »Ach ja.« Er zog unter seinem Umhang ein Langschwert hervor und inspizierte es von oben bis unten. »Das ist wohl deines. Eine beeindruckende Waffe. Bei Gelegenheit solltest du sie von den Blutflecken säubern. Du hast sie sicher gern in deiner Nähe.« Er rammte das Schwert in den Boden und während der Knauf noch vibrierte, schritt Lex davon.

Selbstverständlich war das Schwert gerade so weit von der Gittertür entfernt, dass Darian es nicht berühren konnte. Was sollte das? Wollte Lex ihn ärgern?

Eine Weile sah er sich die Waffe an, dann begann er nervös in seiner Zelle auf und ab zu tigern. Er musste die Gedanken verdrängen, was Lex alles mit Tamina anstellen mochte. Bestimmt würde sie sich wehren, ihn beißen und treten – aber kam sie gegen seine Kräfte an? Konnte er sie womöglich mit seinem Zauberblick gefügig machen? Sie dazu bringen, dass sie ihn begehrte?

Es machte Darian wild, dass er hier eingesperrt war und nichts tun konnte! Er trat gegen die Gitterstäbe, die nur höhnisch schepperten. In seinem früheren Leben hätte er so etwas nie getan. Seine Wut hatte stets einen Weg in sein Inneres gefunden und sich dort eingenistet. Ja, Enruah hatte ihn verändert. Früher hatte er die Enge gesucht, wenn es Probleme gab. Jetzt brachte ihn diese Enge schier um. Er wollte sich setzen, ausruhen und nachdenken. Aber er konnte es nicht.

Da hörte er in nicht weiter Ferne Geräusche. Waren das klirrende Schwerter? Polternde Fässer? Er eilte zur Tür. Es war nichts zu sehen. Er rannte zum Fenster. Auf der anderen Seite des Flusses bewegte sich etwas, ein Tumult in den Straßen. Der Kampfeslärm wurde immer deutlicher.

Sein Herz schlug höher. Wenn es Kämpfe gab, dann gab es zwei Seiten, und das hieß, es gab wieder Leute auf ihrer Seite. Wer konnte das sein? Er versuchte etwas zu erkennen, doch der Winkel war ungünstig. Erst nach ein paar Minuten sah er eine Horde bewaffneter Männer über die Brücke stürmen. Sie hatten keine Rüstungen, nur Schwerter, Spieße und Äxte. Auf der anderen Seite trafen sie auf eine Gruppe Wachsoldaten. Wieder klirrte es, Aufschreie erklangen. Tote Leiber stürzten von der Brücke in den Fluss. Es kamen immer mehr Männer nach, es wurde unübersichtlich.

Waren das Einwohner von Falbensee, die einen Aufstand angezettelt hatten? Konnte es wahr sein, dass sie gegen ihre eigenen Stadtwachen kämpften?

Die zahlenmäßige Überlegenheit der Aufständischen war selbst durch die Gitterstäbe offensichtlich. Bald hatten die Kämpfer den Hafen erreicht. Schließlich wackelte Darians Boot und ein schwerer Kerl eilte zu seiner Zelle. Kurzerhand zertrümmerte er die Holzwand mit der Axt, bis er die Gittertür eintreten konnte.

»Zum Glück geht es dir gut«, sagte der Kerl, als er in der Zelle vor ihm stand.

»Wer bist du?«

»Dein Publikum von gestern Abend. Du hast uns doch geraten, unsere Schwerter zu schleifen. Wir dachten, heute wäre ein guter Tag dafür.«

Der Aufstand war bald zu Ende. Nachdem die Stadtwachen die Hälfte ihrer Soldaten verloren hatten und ihr Anführer spurlos verschwunden war, ergaben sie sich. Der Rat von Falbensee trat an der Brücke zusammen, um sich ein Bild von der Lage zu machen. Wie Darian erfuhr, hatten sich die Aufständischen – es waren wohl mehrere Hundert – vor dem Theater gesammelt und gemeinsam das Waffenhaus der Stadtwache gestürmt. Dann waren sie die Straße zum Hafen hinaufgezogen, um die Rebellen aus den Gefängnisbooten zu befreien. Dreißig Aufständische verloren bei den Kämpfen ihr Leben.

Die Ratsmitglieder brauchten nicht lange zu diskutieren, ehe man Robbas mitteilte, dass die Stadt von nun an geschlossen hinter der Rebellion stehe. Der Anführer der Aufständischen trat heran und verkündete zudem, dass vierhundert Männer bereit seien, sich der Rebellengruppe anzuschließen. Robbas blickte drein, als habe ihn jemand unter einen Goldregen gestellt.

Darian hatte nach seiner Befreiung sein Schwert ergriffen und war unverzüglich zu den anderen Schiffen geeilt. Nachdem er sich versichert hatte, dass alle Rebellen befreit worden waren und dass Tamina lebte, sah er sich nach Lex um. Offenbar war der Wächter geflohen, als er merkte, dass ihm eine Niederlage drohte. Mit Eli im Schlepptau war Darian losgezogen. Sie hatten sich auf die Pferde gesetzt und waren bis ans Ende der Stadt geritten. Doch Lex war vermutlich schon über alle Berge.

Jetzt standen sie vor dem *Stutenhof* und sattelten die Pferde. Die zum Heer angewachsene Rebellengruppe füllte den kleinen Platz vor dem Gasthaus und zum Teil die benachbarten Straßen. Es herrschte Aufbruchstimmung.

Mortan drängte sich hinter Darian vorbei und bemerkte: »Ein Jammer, dass wir den Wächter wieder nicht erwischt haben.« Ein paar Leute stimmten ihm zu. Darian schnallte die Satteltasche zu.

»Und ihr seid euch sicher, dass er wirklich auf und davon war, als ihr nach ihm gesucht habt?«

Darian wandte sich um und sah, dass Mortan mit Eli sprach. Der antwortete: »Jedenfalls war er nicht zu finden. Wir haben mehrere Straßen durchkämmt.«

»Er könnte sich versteckt haben.«

»Dann ist er spätestens jetzt geflohen.«

»Diese Möglichkeit hätte er nicht gehabt, wenn man weiter nach ihm gesucht hätte. Vielleicht haben wir zu früh aufgegeben.« Er wandte sich an Darian: »Oder was glaubst du, was in Lex vorgeht? Du kennst ihn doch besser.«

»Nicht besser als jeder andere hier.«

»Das bezweifle ich. Er scheint dich sehr zu mögen. Wo du bist, da taucht er auf.«

»Was soll das heißen?«

»Und du hattest deine eigene Zelle, wo du dich sicher intensiv mit ihm unterhalten hast.«

»War er denn nicht auch bei euch?«, fragte Darian überrascht. Er merkte, dass ihr Gespräch neugierig verfolgt wurde.

»Nur kurz. Er schien wenig Interesse an uns zu haben.«

»Darüber kannst du froh sein.«

Robbas gesellte sich hinzu. Er hatte sich mit einem Aufständischen unterhalten.

»Es ist merkwürdig, dass Lex dein Schwert vor deiner Zelle in den Boden gerammt hat«, fuhr Mortan fort, woher auch immer er das wusste.

»Er wollte mich ärgern.«

»Dann frage ich mich, was ihm daran liegt, gerade dich zu ärgern. Ich frage mich außerdem, weshalb du den Zweikampf mit ihm wie durch ein Wunder überlebt hast …«

Lohan unterbrach ihn: »Darian hat sich durch die feindlichen Reihen gekämpft wie ein Löwe. Sein Schwert hat geglüht vor Leidenschaft für unsere Sache.«

»Und außerdem frage ich mich, wie Lex es so genau wissen konnte, dass wir in dem Theater sein würden.«

»Wenn du eine Anschuldigung hast, dann sprich sie offen aus!«, sagte Robbas streng.

»Ich habe nur ein paar Fragen gestellt.«

»Ein paar Fragen. Gut.« Robbas trat zu ihnen heran. »Darian, hast du Antworten auf diese Fragen?«

»Nein.«

»In Ordnung. Somit ist alles geklärt.«

Mortan senkte den Kopf und versteckte seine grimmige Miene hinter dem Bart.

Robbas legte Darian die Hand auf die Schulter. »Ich möchte dir danken, Darian. Es waren deine Worte, die Falbensee auf unsere Seite gebracht haben. Du hast in ihr Herz gesprochen. Jetzt werden wir mit einem weit stärkeren Heer als erhofft nach Kattaman ziehen. Dein Mut hat unsere drohende Niederlage in einen Sieg verwandelt.« Darian war vermutlich der Einzige, der wirklich verstand, welchen Mut Robbas meinte. Es war nicht der Mut gewesen, seine Waffe einzusetzen, sondern der Mut, seine Stimme zu gebrauchen. Ein wohliges Kribbeln durchzog seinen Körper. Es ging von Robbas' Hand aus und wärmte ihn bis tief im Innern.

»Wir werden bald aufbrechen. Ich möchte, dass wir noch morgen Abend den Großen Wald erreichen. Und du, Darian, hast einen Wunsch frei.«

Darian grinste und sah zu Tamina, die sich eben zu ihnen gesellt hatte. Er wusste schon, was er sich wünschen würde.

6

Die Wildschweine hatte Lohan mit ein paar Leuten herbeigeschafft. Das Bier hatten sie aus Falbensee mitgenommen. Die hohen Laubbäume bildeten ein Zeltdach, unter dem das Rebellenheer an zahlreichen Lagerfeuern schmauste. Nach einem fast pausenlosen Ritt hatten sie den Südzipfel des Großen Waldes an diesem Nachmittag erreicht. Es war schwer gewesen, einen Platz zu finden, an dem über vierhundert Menschen lagern konnten, ohne einem möglichen Überfall wehrlos ausgesetzt zu sein.

Auf Darians Wunsch reagierte Robbas überrascht, hatte er doch eher so etwas erwartet wie eine doppelte Portion beim Abendessen. Dass es nun eine Feier mit Musik und Bier sein sollte, machte Robbas sichtlich zu schaffen. Aber er hatte Darian den Wunsch vor allen anderen zugesagt und ein Versprechen war ihm noch heiliger als die Disziplin. So erklärte er das Ganze zur Siegesfeier, die dazu dienen solle, die neuen Mitglieder des Rebellenheeres zu begrüßen. Vielleicht war es sogar eine günstige Vorbereitung für den nächsten Tag, an dem er die Falbenseer in ihr waghalsiges Vorhaben in Kattaman einzuweihen gedachte. Mit der Ankündigung der Feier löste Robbas einen Sturm der Begeisterung unter den Kämpfern aus, und Darians Ansehen stieg einmal mehr.

Zufrieden sah Darian in die vom flackernden Feuer beleuchteten Gesichter, die um den Mund herum vom Schweinefett glänzten. Gestern hatten sie vor ihrem Aufbruch in Falbensee die Toten begraben und ihrer gedacht. Sie hatten Leute verloren und es schmerzte sie. Doch diese Männer hier lebten und sie hatten jedes Recht, das Leben zu ergreifen. Wer wusste schon, wie viele von ihnen vielleicht das letzte Mal feierten?

Der Einzige, der es an Ausgelassenheit vermissen ließ, war Robbas. Er saß neben ihm, kaute an einem Stück Fleisch und versuchte ein freundliches Gesicht zu machen. Darian verwickelte ihn in ein Gespräch über das Wesen der Enruahner, über die Besonderheit der verschiedenen Städte und über die Geschichte der Rebellion. Robbas begann dann zu erzählen, und hier und da blitzten Funken einer Leidenschaft auf, die gar nichts mit strategischen Zielen und Kämpfen zu tun hatte.

Als im Hintergrund jemand mit einer selbst gebauten Fiedel krumme Töne spielte und ein paar Tanzfreudige sich in Bewegung setzten, entspannten sich Robbas' Züge ein wenig. Darian entdeckte sogar, wie sein Fuß leicht zum Rhythmus wippte. Doch im nächsten Moment hatte die übliche Ernsthaftigkeit wieder Besitz von Robbas ergriffen, und in seiner Miene stand eine Gequältheit, die er offenbar als unverzichtbare Bürde empfand.

Darian zeigte vorsichtig auf den blauen Samtbeutel an Robbas' Gürtel und fragte: »Den hast du immer bei dir. Weshalb?«

Robbas schien zu überlegen, ob er antworten wollte. Dann öffnete er den Beutel, griff hinein und hielt Darian die geöffnete Hand hin. Ein fein gearbeitetes Holzfigürchen kam zum Vorschein, das allerdings nur einen Oberkörper hatte. Die Beine waren noch von einem unbearbeiteten Holzklotz umschlossen. »Das wird der Springer. Die Hälfte der Figuren habe ich fertig.«

»Ein Schachspiel?«

Robbas nickte. »Als ich damals an dieser Figur arbeitete, erfuhr ich, dass Lex eines meiner Felder niedergebrannt hatte. Ich legte das Messer nieder und beschloss, erst weiterzuschnitzen, wenn ich das Unrecht beseitigt habe.« Er schloss die Hand wieder und steckte die Figur in den Beutel, so unauffällig wie möglich.

»Glaubst du, dass du sie je zu Ende bringen wirst?«

»Ich habe es mir vorgenommen. Vielleicht wird es auch nie geschehen. Ich hätte große Freude daran. Aber solange die wichtigen Dinge nicht erledigt sind, gibt es keinen Platz für Kunst ohne Nutzen.« Er schien von seinen eigenen Worten peinlich berührt. Er sah sich nach seinem Becher um. Dann versuchte er das Thema zu wechseln und betonte, dass es schon bald Mitternacht sei und sie morgen eine lange Reise vor sich hätten.

Darian entdeckte Tamina zwei Feuerstellen weiter. Sie saß unter lauter Fremden aus Falbensee und unterhielt sich, als seien es alte Bekannte. Heute war sie offenbar weniger zu Scherzen aufgelegt, sie lachte nur selten. Ihre Gespräche schienen ernsthafterer Natur zu sein.

Er fasste sich ein Herz und trat an sie heran: »Erinnerst du dich? Du hattest mir mal einen Tanz versprochen.«

»Tatsächlich?«, erwiderte sie und sah zu ihm auf.

»Ja, in Wonntau. Ich würde gerne darauf zurückkommen.«

»Heute? Hier?« Ihre Stirn legte sich unerwartet in Falten.

»Wir haben Musik und einen schönen Wald.«

»Na los!«, rief einer der Männer in der Runde und zwinkerte ihr zu.

Tamina sah die erwartungsvollen Blicke und erhob sich schließlich: »Schön, tanzen wir.«

Er nahm sie an der Hand, führte sie dorthin, wo die Musik spielte, und versuchte den Takt zu erfassen. Dann tanzten sie.

Vielleicht hatte ihn die Erinnerung an die Hochzeit in Wonntau zu sehr verklärt. Vielleicht waren seine Erwartungen an ihr Wiedersehen auf der Tanzfläche zu hoch gewesen. Jedenfalls empfand er diesmal nur wenig vom schwirrenden Fieber ihrer ersten Begegnung. Die Schritte stimmten, er führte sie selbstbewusster als damals. Sie lächelten einander an. Aber wo war das Feuer in Taminas Augen, wo waren ihre überraschenden Schwünge? Sie fühlte sich in seinen Armen an wie eine Bekannte, die ihm einen Gefallen tat.

Nach dem ersten Tanz fragte er sie: »Geht es dir nicht gut?«

»Doch, doch«, erwiderte sie und strich sich eine Strähne hinters Ohr. »Es ist nur …«

»Die schiefe Musik?«

Sie lachte verhalten. »Nicht wirklich. Es ist das Ganze hier. Die vielen Leute, der Trubel …«

Darian glaubte sich verhört zu haben. War das Tamina, die das sagte?

»Und ich dachte, du würdest dich über ein Fest freuen.«

»Das ist lieb. Ein anderes Mal sicher.« Sie sah sich um. »Willst du mitkommen?«

»Wohin?«

»Enruah besichtigen.«

Er wusste nicht, was sie meinte, doch er folgte ihr. Sie wanderten über einen Hügel ein Stück tiefer in den Wald. Und dann verstand er, wovon sie sprach: Hier gab es Bäume, dick wie Elefanten, und umrankt von langen Bärten aus Schlingpflanzen. Manche Stämme hatten einen Durchgang und sahen aus, als würden sie auf Beinen stehen. Darian und Tamina wateten durch eine Blätterwildnis und streiften an riesigen Kelchblüten vorbei, die sich im Mondlicht entfaltet hatten.

Bald erklommen sie einen Hügel und blickten auf eine bläulich schimmernde Lichtung hinab, durch die sich ein Bach schlängelte. Darian horchte auf, als Tamina sagte, es handele sich um die »Jaspis-Lichtung«. Aus dunkelster Erinnerung kroch dieser Name hervor. Er wusste, dass er ihn schon einmal gehört hatte – und dass dies in einem äußerst brisanten Moment gewesen war.

»Es ist wunderschön hier«, sagte er.

»Das ist es, wofür ich kämpfe«, hauchte Tamina und schien die Schönheit des Ortes mit ihrem Blick aufzusaugen wie eine lebenswichtige Substanz. »Dafür tun wir das alles.«

Er wusste nicht, was er antworten sollte.

»Komm mit.« Sie führte Darian vor eine im Schatten liegende Anhöhe. Über Wurzelwerk kletterten sie die Erhebung hinauf, und gelangten in eine Erdhöhle, die er von Weitem nie bemerkt hätte. Darians Augen weiteten sich, als er am Boden einen Teppich von bunt glimmenden Edelsteinen erblickte. Die Decke der Höhle schimmerte violett, rot, gelb und grün. Tamina verriet ihm, dass es sich nicht um Steine, sondern um Pilze handelte. Sie pflückte einige Pilze, woraufhin sie langsam ausglühten. »Nachher stecken wir sie auf einen Spieß und halten sie ins Feuer. Sie werden doppelt so groß und nehmen wieder die Farbe an, mit der sie geleuchtet haben. Sieht ziemlich lustig aus.«

Sie lächelte Darian an. Er lächelte zurück.

»Woher kennst du die Höhle?«

»Ich war schon einmal hier. Letztes Jahr. Ich musste eine Botschaft zur Westgrenze bringen. Bin durch Zufall auf die Höhle gestoßen und habe hier übernachtet.« Sie setzte sich wie selbstverständlich auf den Boden, Darian ließ sich ihr gegenüber nieder.

»Macht es dir keine Angst, immer alleine durch das Land zu reiten?«

»Ich habe mir die Angst abgewöhnt. Auf Dauer ist sie ein Hindernis bei dieser Aufgabe.«

»Du kannst dir Angst einfach abgewöhnen? Das habe ich noch nie gehört.«

»Na ja, vielleicht stimmt es auch nicht. Aber wenn ich hier draußen bin, wird die Angst überdeckt von dem Reichtum dieser Welt.«

»Und welche Dinge sind es, vor denen du Angst hast?«

»Krieg, zum Beispiel.« Sie sah nach unten, spielte mit dem Pilz in ihrer Hand. »Und davor, das alles hier zu verlieren.«

»Und dein eigenes Leben? Hast du nicht Angst vor dem Sterben?«

Sie zuckte mit den Schultern. Dann sah sie ihn an. »Ich habe Angst vor dem, was kommt. Heute habe ich so viel Angst wie noch nie. Wir bringen ein Heer von Hunderten Streitern mit und greifen damit die Menschen an, die wir eigentlich befreien wollen. Ich kann diese Vorstellung kaum ertragen.«

»Aber es gibt keinen anderen Weg. Nur so können wir wieder Recht und Ordnung schaffen.«

Sie schnaubte verächtlich. »Hast *du* das jetzt gesagt oder Robbas?«

»Ich dachte, alle, die zur Rebellion gehören, sehen das so.«

»Macht es dir wirklich nichts aus, Leben zu töten?«

Darian erschrak über diese direkte Frage. »Doch, natürlich macht es mir etwas aus. Es ist nur … es ist die einzige Möglichkeit.«

»Bist du dir sicher?«, fragte sie und es klang nicht belehrend, sondern so, als hoffte sie wirklich auf eine erfreulichere Antwort.

»Weißt du eine andere?«

Sie zuckte wieder die Schultern. Dann erzählte sie: »Als ich ein Mädchen war, schlug mich mein Vater. Vielleicht war ich ein bisschen zu ungehorsam. Meine Mutter hat mich verteidigt und da hat er sie auch geschlagen. Bis ich dreizehn war, ließ ich mir das gefallen. Dann wurde ich aufmüpfig. Ich konnte mich zwar nicht wehren, aber ich konnte dafür sorgen, dass unser Dorf davon erfuhr. Also streute ich

Geschichten über meinen Vater aus. Und darin war er viel gemeiner als in Wirklichkeit. Die Schläge wurden in meinen Geschichten härter und häufiger, seine Schimpfworte verächtlicher. Ich übertrieb, weil ich meinte, dass das Recht auf meiner Seite war. Die Leute in Wonntau merkten natürlich, dass da etwas nicht stimmen konnte. Mein Vater ist ein angesehener Mann. Also glaubten sie, ich hätte alles erfunden und wollte einen völlig Unschuldigen in Verruf bringen. Wahrscheinlich wollten sie es nicht glauben, weil es in Wonntau so etwas nicht geben darf. Es war einfacher zu glauben, ich wäre ein garstiges Mädchen, das nicht gerne bei der Arbeit hilft und aus übler Laune handelt. Nach ein paar Jahren hielt ich es nicht mehr aus und verließ das Dorf. Ich wollte einfach nur woanders sein. Aber wohin ich ging, verfolgte mich mein Vater – in meinem Herzen. Was immer ich tat, ich tat es seinetwegen. Und auch der Wonntauer wegen. Nicht um ihnen zu gefallen, sondern um ihnen wehzutun. Auch wenn sie nichts davon mitbekamen. Ich redete schlecht über das Dorf, im Lästern war ich ziemlich gut. Ich verachtete jeden Mann, der mich an meinen Vater erinnerte. Nach Hause ging ich nie zurück, aber es war mir wichtig, dass meine Fähigkeiten als Kundschafterin bis nach Wonntau gerühmt wurden. Zumindest das sollten sie über mich erfahren.«

Darian runzelte die Stirn. »Aber jetzt ist es doch anders.«

»Ja. Als ich merkte, dass ich meine Freude verloren hatte, musste ich handeln. Ich wollte nicht mehr beherrscht werden von der Bitterkeit. Du erinnerst dich an Eberion? Er ist der Bote, dem ich damals gefolgt bin, als ich Wonntau verließ. Er lehrte mich alles und wurde mein Mentor. Auch er sah meine Freudlosigkeit und riet mir, mich den Ursachen zu stellen. Also kehrte ich nach Wonntau zurück. Zum ersten Mal nach vier Jahren. Ich hatte Angst, weil ich nicht wusste, was mich erwartete. Zuerst suchte ich Mara auf. Sie verriet mir, dass mein Vater mir schon seit Längerem nachtrauerte. Ich ging zu ihm. Noch ehe ich ihn um Verzeihung bitten konnte, hatte *er* es bereits getan. Seine Augen waren anders, die Härte war nicht mehr da. Vielleicht lag es daran, dass meine Mutter in der Zwischenzeit gestorben war. Ihm war wohl klar geworden, dass er selbst sein Leben zerstört hatte. Wir lagen uns in den Armen und ich blieb ein paar Wochen bei ihm. Danach zog ich wieder los, aber ich komme seitdem gerne nach Wonntau zu Besuch. Auch wenn die Menschen mich noch immer nicht sehr mögen.« Sie grinste Darian an, weil sie wusste, dass er an Gowanna dachte.

Aber Darian konnte nicht lachen, er konnte sie nur hilflos anschauen. Er überlegte, ob er ihr seine eigene Geschichte erzählen sollte. Doch das war völlig ausgeschlossen. Sein Vater lebte in einer anderen Welt, von der Tamina nichts verstehen würde. Und er war jetzt Darian, ein anderer Mensch.

»Ich denke, wenn wir uns den wahren Herausforderungen stellen, können wir bessere Wege finden als die naheliegenden«, sagte sie. »Dabei liegen sie sogar noch näher.«

»Glaube mir, wir werden sie besiegen und dann wird alles gut«, antwortete Darian, weil ihm nichts anderes einfiel.

Sie sah ihn mit ihren braunen Augen an, ganz fest und zugleich suchend.

Was suchte sie? Eine Annäherung von ihm?

Er machte sich bewusst, in welcher Situation sie waren. Sie hatten sich bei Nacht aus der Gruppe gestohlen, einen Spaziergang durch die Idylle gemacht und nun saßen sie sich gegenüber in einer bunt leuchtenden Höhle, abgeschottet in vollkommener Zweisamkeit. Da hatte er sie endlich für sich allein, und bei dem Licht sah sie schöner aus als je zuvor. Sie hatte ihm ihre tiefsten Geheimnisse mitgeteilt.

Ein Kinofilm, der an dieser Stelle keine Liebesszene gebracht hätte, wäre eine herbe Enttäuschung gewesen. Als Nächstes würden sich ihre Gesichter wortlos einander nähern, und all die Sehnsucht der vergangenen Wochen würde sich in einem langen Kuss entladen, während die Farben hinten an der Wand spielten. Nichts müsste ausgesprochen werden, denn die Gewissheit um ihre Zuneigung hinge greifbar in der Luft wie eine reife Frucht. Darian war jede Einzelheit einer solchen Szene vertraut. Doch nur von außen. Bei einem Computerspiel gab es solche Szenen nicht. Und in der Realität hatte er sie noch nicht erlebt.

Sein Herz hämmerte gegen seine Brust. Er beschloss, einfach den

Impulsen zu folgen. Seine Augen blieben an ihren Lippen hängen, und ganz langsam schob er seinen Oberkörper nach vorn.

Doch Tamina wich zurück. Nur ein winziges Stückchen, aber eindeutig. Sofort brach Darian seinen Versuch ab.

»Ich finde, du hast gestern eine gute Rede gehalten«, sagte Tamina ruhig und ehrlich. »Und ich finde es mutig, dass du Eli in deine Truppe genommen hast.«

»Ja.«

»Ich glaube, du weißt sehr gut, wie man sich die Angst abgewöhnt.« Sie lächelte ihr Lächeln, in das er sich so verliebt hatte. Doch er sah darin auch eine Forderung. Und er traute sich nicht zu fragen, worin diese Forderung bestand.

»Lass uns gehen und die Pilze grillen. Wenn du sie probiert hast, wirst du diesen Wald genauso lieben wie ich, da bin ich mir sicher.«

7

Ein Traum weckte ihn auf. Zunächst hatte er sehr gut angefangen. Er war mit Tamina zusammen gewesen und es war ungefähr so verlaufen wie in einem Kinofilm. Doch dann kam Gowanna wie eine Furie zur Tür herein und scheuchte Tamina davon.

Nun gut, das ließ sich leicht mit Taminas Erzählung erklären. Aber wie kamen nur diese riesigen Bienen in seinen Traum, die Gowanna begleiteten? Sie waren faustgroß und summten bedrohlich. Und weil sie ihn angriffen, zog er sein Schwert und fuchtelte in der Luft herum. Doch sie waren zu schnell für ihn. Er traf keine Einzige. Und dann fielen sie über ihn her …

Er atmete schnell und schaute zu dem Blätterdach hinauf, während er die Ereignisse des Traums rekapitulierte. Von zwei Richtungen schnarchte es. Es war eine warme Nacht. Dank der vielen Körper um ihn herum und der Bäume über ihm hatte er gar nicht das Gefühl, als würde er unter freiem Himmel schlafen.

Wie kam er nur auf diese Bienen? Eigentlich fiel ihm dazu nur das Siegel auf seiner Schriftrolle ein. Aber über die hatte er seit Falbensee nicht mehr nachgedacht. Sie steckte wie eh und je in ihrer Schatulle in seinem Stiefel. Und was hatten die Bienen mit Gowanna zu tun? Oder mit Tamina? Möglicherweise gab es keinen Zusammenhang. Träume waren eine wirre Sache. Vielleicht sollte er einfach weiterschlafen.

Er schloss die Augen. Die Bienen tauchten wieder auf. Sie waren in Gowannas Hütte. Plötzlich traf es ihn wie ein Schlag: Natürlich! Gowanna hatte ihm bei ihrem letzten Gespräch, in der Hektik der Bowork-Angriffe, etwas über das Bienensymbol verraten. Kurz darauf war Miredala aufgetaucht und es war so viel Schreckliches geschehen, dass er es einfach vergessen hatte.

Was hatte sie ihm über das Bienensymbol gesagt? Sie hatte von einer bösen Imkerin gesprochen. Einer Frau, die im Großen Wald lebte. Pa war der Name. Hatte sie nicht auch die Jaspis-Lichtung erwähnt, eben jene Lichtung, die Tamina ihm vorhin gezeigt hatte? War ihm der Name nicht sofort bekannt vorgekommen? Je häufiger er die damalige Szene in seinem Kopf wiederholte, umso klarer wurde sie. Und umso mehr wurde sie für ihn zur Wahrheit.

Wahrheit. In seinem Stiefel trug er seit Wochen eine Wahrheit umher, die er nicht kannte. Die Angst hatte ihn davon abgehalten, dieser Wahrheit auf den Grund zu gehen. Er hatte die Schriftrolle als stetige Bedrohung empfunden. Doch um die Bedrohung zu mildern, hatte er sie einfach versteckt und so getan, als existiere sie gar nicht. In manchen Momenten hatte er sie hervorgeholt, um sicherzugehen, dass es ihr gut ging. Dann aber hatte er sie schnell wieder verschwinden lassen, weil jeder Gedanke an sie nur verwirrend war.

Dabei war er nur ihretwegen in diesem Land. Ohne die Schriftrolle hätte er nichts von all dem kennengelernt, was er hier lieb gewonnen hatte. Ebenso wie ihm all das Abscheuliche nicht begegnet wäre. War es nicht an der Zeit, der Wahrheit ein Stück näher zu kommen – mochte sie nun schön oder schrecklich sein?

Er richtete sich auf. Ein paar Funken glühten noch im Feuer und ein Hauch Restwärme drang zu ihm herüber. Am Boden verteilt lagen abgenagte Knochen. So wohlgenährt mussten alle tief und fest schlafen. Das machte es ihm leichter.

Fast lautlos kleidete er sich vollends an und rüstete sich mit seinem Schwert aus. Dann stieg er in gebückter Haltung über den Körper neben sich und schlich die freien Wege zwischen den Schlafenden entlang. Bald erreichte er den Rand des Lagers. Zwei Wachen saßen beieinander und tuschelten, die Gesichter vom Lager abgewandt. Er nahm einen Stein vom Boden und warf ihn weit nach draußen in ein Gebüsch. Es raschelte. Die beiden Wachen reagierten sofort und blickten in diese Richtung. Darian machte sich in die andere Richtung davon. Zwischen den Bäumen erklomm er den Hügel und schon war er dahinter verschwunden.

Er atmete durch, sein Puls raste, als habe der die letzten Minuten stillgestanden und würde nun alles nachholen. Bald fand er den Weg, den er mit Tamina gegangen war. Einzelne markante Bäume, die er sich gemerkt hatte, dienten ihm als Orientierung. Es war keine weite Strecke, aber beim ersten Mal waren die Eindrücke so stark gewesen, dass es ihm vorgekommen war, als habe er mit Tamina halb Enruah durchwandert. Jetzt, beim zweiten Mal, war der Zauber gewichen und er spürte nur noch die Spannung, was ihn bei der Jaspis-Lichtung erwarten würde. Dabei war er sich nicht einmal sicher, ob er so einfach finden würde, wonach er suchte, zumal in der Dunkelheit.

Er überquerte den Hügel, von dem aus sie über die Lichtung geblickt hatten. Seine Schritte wurden durch das Moos unter seinen Füßen gedämpft. Bald erreichte er den Bach, der sich längs durch die Lichtung zog, als müsse er für eine Weile Luft holen, ehe er wieder zwischen den Bäumen verschwand. An ein paar Stellen im Wasser glitzerte es. Darian bückte sich, um hineinzugreifen. Seine Finger berührten einen glatten Stein. Er hob ihn heraus und sah eine bräunlich-silbern gespickte Fläche, die weit matter wirkte als unter Wasser. War das wirklich Jaspis oder nannte man es nur so?

Nun, deswegen war er nicht hier. Er ließ den Stein wieder ins Wasser fallen und stapfte gegen die Fließrichtung des Wassers am Bach entlang. Seine Augen suchten die Ränder der Lichtung links und rechts ab. Büsche säumten seinen Weg und umgeknickte Baumstämme. Und alles war überdeckt von einem dicken Moosteppich. Das allgegenwärtige Grillenzirpen beruhigte Darian ein wenig, klang es doch vertraut in seinen Ohren. Jedoch irritierte ihn ein Klappern, das sich anhörte, als würde hinten im Wald jemand alle paar Sekunden mit zwei Stöcken aneinanderschlagen.

Einmal drehte Darian sich um und in diesem Moment sah er, wie ein Stück hinter ihm ein Schwarm Vögel aufschreckte. Fast, als wäre da noch jemand. Doch er konnte nichts Verdächtiges erkennen.

Er schlich weiter, sprang über den Bach, um einem Baumstumpf auszuweichen, und trat beinahe in einen Ameisenhügel. Auf dieser Seite des Baches war der Boden erdiger, er musste einigen Stolperfallen in Form von Steinen ausweichen. Das Klappern hallte immer lauter. Es beunruhigte ihn zunehmend. Er drehte sich häufiger um. Seinem Gefühl nach bewegte sich da etwas, aber seine Augen sahen nichts.

Bald wurde das Klappern so laut, dass er sein Schwert zog. Er verlangsamte seine Schritte und ließ den Blick auf und ab wandern. Oder erreichte ihn das Klappern gar nicht von hinten, sondern von vorn? Kam es aus dem Bach? Immer mehr gewann er diesen Eindruck.

Schließlich gelangte Darian, nachdem er zwei Biegungen des Baches abgeschritten hatte, an einen Hang. Das Wasser fiel über mehrere Stufen hinab. Darian musste über Steine hinaufklettern. Das Klappergeräusch verstärkte sich. Oben angekommen, sah er sich um. Da entdeckte er ein ganzes Stück weiter, am Ende der Lichtung, tief in Schatten gehüllt, ein Häuschen. Er konnte zwar nur Umrisse erkennen, doch da waren Fenster, hinter denen es gelb flackerte. Darian bewegte sich darauf zu, auch wenn sein Herz schneller schlug. Immer klarer wurde ihm, dass das Geräusch aus der Richtung des Häuschens kam.

Allmählich konnten seine Augen Einzelheiten wahrnehmen. Das Haus war aus Holz und etwas baufällig. Das überdimensionierte Schindeldach saß krumm darauf wie eine Schlafmütze, die man sich ins Gesicht gezogen hat. Der Kamin zeigte leicht schräg nach oben, und seltsamerweise stieß er dünne Rauchwölkchen aus, obwohl es warm war. Als Nächstes erkannte Darian an einer Seitenwand ein Mühlrad, das sich langsam über dem Bach drehte. Immer wenn es an eine bestimmte Stelle kam, klackte es laut auf. Mochte das Absicht sein oder ein Defekt – Darian hatte nun die Erklärung für das Geräusch.

Auf einmal kam ihm die Lichtung nicht mehr so unheimlich vor, eher gemütlich und überschaubar. Die Ahnung wuchs, dass er seinem Ziel nahe war.

Gowanna hatte ihm gesagt, Pa sei böse. Aber wenn er sich diese harmlose Hütte ansah, konnte er sich nur schwer vorstellen, dass plötzlich eine Horde Wölfe herausgestürmt käme oder eine Hexe mit langen Zähnen. Das passte einfach nicht zu diesem Ort. Und mit Gowannas Urteil musste man ohnehin vorsichtig sein, wenn man bedachte, wie sie über Tamina geredet hatte.

Er war nur noch wenige Schritte von der Hütte entfernt. Sein Schwert hatte er noch in der Hand, doch er hielt es gesenkt. Vor ihm stand auf Holztischen eine Reihe von Geflechten in der Form von überdimensionalen Mohrenköpfen. Aus Dokumentarfilmen wusste er, dass das Bienenstöcke waren. Er hielt Abstand, denn sein Traum mit den Riesenbienen kam ihm wieder in den Sinn.

Aber er war sich nun sicher, dass er am richtigen Ort war. Ein Häuschen am Waldrand mit Bienenstöcken – er war ohne Zweifel bei einer Imkerin. Auch Waben entdeckte er nun. Große goldgelbe Platten lehnten an der Wand, ausgetrocknet.

Vorsichtig näherte sich Darian einem der beiden Fenster. Von der Seite lugte er in die Hütte hinein. Das Flackern ging von den zahlreichen Kerzen aus, die überall im Raum verteilt standen. Sie schufen ein freunliches warmes Licht. Vieles in dem Raum erinnerte ihn an Gowannas Haus, nur war alles noch etwas enger, der Dachboden saß tiefer. Sie musste klein sein, die Bewohnerin der Hütte. Und dann entdeckte er sie, gebeugt vor dem Ofen, in der Hand einen Brotschieber. Ruckartig kratzte sie an der Steinfläche, ehe sie einen dunkel gewordenen Brotlaib auf dem Holz herauszog.

Woran sollte ihn das nun erinnern: an das Märchen von Hänsel und Gretel oder an romantisierte Bauerngemälde? Um das entscheiden zu können, musste er wohl in ihr Gesicht blicken.

Darian wandte sich vom Fenster ab und steckte sein Schwert ein. Dann klopfte er an der Tür.

Sein ganzes Leben hatte er kein so feines Brot gerochen. Alles im Raum wurde verdrängt von diesem alle Sinne vereinnahmenden Gemisch aus warmer Frische und ferner Urigkeit. Der Duft entführte ihn nach Hause – obwohl seine Mutter nie Brot gebacken hatte – und nahm ihn gleichzeitig mit hinauf auf staubige Dachböden mit Opasesseln und verbotenen Tagebüchern. Darian hatte keinen Hunger. Es war die bloße Lust an dem Geruch, die ihn den Laib auf dem Tisch immer wieder anstarren ließ.

Dabei wollte er seinen Blick eigentlich auf Pa konzentrieren, während er am Tisch saß. Sie stand mit offenem Mund vor dem Ofen und starrte auf die Schriftrolle, die Darian auf den Tisch gelegt hatte.

»Ich habe gehört, du könntest mir einiges darüber erzählen«, sagte er ohne Drängen oder Drohen.

»Du bist also doch kein Jäger. Und du bist auch nicht zufällig hier«, stellte sie fest.

Er versuchte sie entschlossen anzusehen, während er den Kopf schüttelte. Ihre Augen sagten ihm nichts. Pa war eine kleine Gestalt, ihr Gesicht wirkte wie aus Leder. Die grauen Borsten auf ihrem Kopf gaben ihrem Äußeren etwas Hartes. Doch ihre Stimme klang beruhigend harmlos. Sie hatte Darian freundlich an der Tür empfangen, ihm einen Platz angeboten und gesagt, er würde einen Tee bekommen. Etwas Geplänkel hatte er zugelassen, um sich vorzutasten. Dann aber hatte er die Rolle hervorgeholt. Pa reagierte sichtlich überrascht, was ihm zumindest verriet, dass sie etwas wissen musste.

»Nun«, druckste sie herum, »du willst mir mit dieser Rolle also etwas sagen.«

»Ich hoffe, *du* wirst mir etwas sagen.«

»Wie kommst du darauf?«

Er hielt die Rolle hoch, sodass sie das Siegel mit dem Bienensymbol erkennen konnte. Sie beugte sich vor und kniff die Augen zusammen, als studiere sie ernsthaft das Siegel. »Eine Biene mit zwei Flügeln. Nichts Besonderes, oder?«

»Ich denke wohl. Es ist ein Siegel, das man nicht brechen darf. Und es scheint für einige Menschen sehr wichtig zu sein.«

»Bitteschön. Und was habe ich damit zu tun?«

»Es ist dein Zeichen, nicht wahr?«

»Mein Zeichen? Wozu brauche *ich* ein Zeichen?« Sie übertrieb es ein bisschen mit der Ahnungslosigkeit, fand Darian. Ihre Gesten und Worte wirkten gespielt.

»Ich weiß es nicht. Jedenfalls ist es dein Zeichen.«

»Wer behauptet das?«

»Jemand, dem ich vertraue. Ich wäre sonst nicht hergekommen.«

»Dann hat sich dieser Jemand vertan.«

Darian erhob sich und ging mit langsamen, bestimmten Schritten auf sie zu, die Schriftrolle in der Hand. Er versuchte, den übermächtigen Duft des Brotes zu verdrängen. »Du weißt etwas, davon bin ich überzeugt. Ich bin nicht hier, um mit mir spielen zu lassen.«

Sein drohender Blick musste Eindruck gemacht haben, denn Pa wich zurück. Vielleicht dachte sie auch an das Schwert auf seinem Rücken.

»Was hast du vor?«, sagte sie zitternd.

»Ich möchte von dir die Wahrheit hören. Sofort!«

»Aber …«

Er kam immer näher und hörte nun, wie sie atmete. Die Hitze des Ofens schlug ihm ins Gesicht. »Was bedeutet das Siegel? Und was steht in der Schriftrolle?«

»Bitte, du wirst mir nichts tun, oder?«

Er gab keine Antwort, sondern drängte sie weiter an die Wand.

»Ich weiß nichts.«

»Lüg mich nicht an!«

»Ich weiß nichts.«

»Rede!«

»Wirklich, ich …«

Seine Hand ging nach hinten zu dem Schwert.

Pas Augen wurden größer. »Warte!«

Er hielt inne. »Ja?«

»Schon gut. Ich erzähls dir. Aber tu mir nichts.« Das Flehen auf ihrem Gesicht war nun so erbärmlich, dass Darian fast Mitleid bekam. Pa war noch kleiner geworden und es schien sie zu erleichtern, dass Darian wieder die Hand nach vorne nahm.

Etwas ruhiger sagte er: »Gut. Dann leg los.«

Pa strich über das Siegel wie über ein geliebtes Schmuckstück, das man vor Jahren verkauft hat. »Ja, dieses Wachs kenne ich. Es ist besonderes Wachs, das es nur einmal gibt.«

»Stammt es von hier?«

»Ja, ich habe das Siegel angefertigt. Das ist richtig.«

»Und was ist daran besonders?«

»Es hat Macht. Es hat sogar sehr viel Macht.«

»Was steht auf dem Papier?«, drängte Darian.

»Das wäre wohl sehr interessant. Ich weiß nicht, um welche Rolle es sich handelt, denn ich habe mehr als eine angefertigt.«

»Aber du weißt, was darin steht, nicht wahr?«

»Wenn du es genau wissen willst: Es geht um Schuld. Das Papier ist nichts als eine Auflistung von Untaten. Und die Liste wird beständig länger, je mehr Taten hinzukommen. Deshalb müsste die Rolle größer geworden sein.«

»Sie verlängert sich von allein?«

»So ist es. Und darauf beruht die Macht des Siegels. Woher ... woher hast du die Rolle?«

Darian war versucht es ihr zu sagen. Doch ihm wurde bewusst, dass er damit womöglich einen Vorteil aus der Hand gab. »Wessen Schuld wird aufgelistet?«

»Die Schuld dessen, dem die Rolle gilt. Nenne es einen Schuldschein.«

Darian zog die Stirn in Falten. Er hatte also die ganze Zeit den Schuldschein eines anderen – vermutlich des Tyrannen Bokai – mit sich herumgeschleppt? Das Geheimnis, das ihm so lange verborgen geblieben war, nahm absurde Züge an.

»Müssen wir hier an der Wand stehen bleiben?«, fragte Pa. »Willst du dich nicht an den Tisch setzen, einen Tee trinken und ich erzähle weiter?«

Darian war einverstanden, denn ihr Widerstand schien gebrochen. Kurz darauf saß er wieder an seinem Platz, das Schwert sowie die Schriftrolle vor sich auf dem Tisch, daneben eine dampfende Tasse. Auf der anderen Seite saß die Imkerin, ebenfalls mit einer Tasse. Er wollte einen Schluck nehmen, zögerte aber.

Pa lächelte. »Immer noch misstrauisch, wie?« Sie nahm einen kräftigen Schluck, was Darian veranlasste, ebenfalls zu trinken. Der Tee schmeckte fad, der Melissegeschmack war kaum zu bemerken. Viel stärker war noch immer der Duft des Brotes in seiner Nase. Pa ertappte ihn dabei, wie er es anschaute. »Möchtest du eine Scheibe?«

Das Ja lag ihm auf der Zunge. Doch er besann sich, weshalb er hier war. Außerdem ging von dem Brot etwas seltsam Verführerisches aus, was ihn vorsichtig machte. So als würde dieser Brotlaib den Grund für Gowannas Warnung in sich tragen. »Ich habe keinen Hunger. Jetzt erzähl weiter.«

»Vielleicht ist es gar nicht mehr so viel, was ich dir weitergeben kann. Wie gesagt, ich habe mehrere von diesen Schuldscheinen versiegelt.«

»Ich verstehe noch nicht, was an einem Schuldschein so Besonderes ist.«

»Überlege einmal: Welches Interesse hat wohl derjenige, dessen Schuld aufgelistet wurde?«

»Er möchte sie tilgen.«

»Ganz recht. Er fühlt sich unwohl in der Rolle des Angeklagten. Also wäre er bereit, weiteres Unrecht zu begehen, um die Anklage abzuschütteln, nicht wahr? Er würde denjenigen erbarmungslos jagen, der den Schuldschein besitzt.«

Darian war verwirrt. Einerseits erklärte es die Vehemenz, mit der Bokais Wächter versuchten, an die Rolle zu kommen. Andererseits wurde er nicht schlau aus der ganzen Konstellation. Quentin wollte, dass Darian den Schuldschein an Bokai aushändigte. Weshalb? Waren Quentin und Bokai nun Freunde oder Feinde? Und woher hatte Quentin die Rolle?

Noch ehe Darian nachbohren konnte, fuhr Pa fort: »Du fragst dich, welche Macht hinter dem Schuldschein steckt. Er scheint für dich nicht mehr als ein Stück Papier zu sein. Die Wahrheit ist: Das Siegel trägt einen Fluch. Und je länger die Liste ist, umso größer ist der Fluch.«

»Wieso hast du dieses Siegel erstellt?«, fragte Darian und begann zu ahnen, welche Macht die Frau hatte.

»Frag nicht so etwas. Ich habe die Rollen nicht geschrieben. Ich habe sie nur versiegelt, und die Macht des Siegels liegt allein in der Schuld dieses Menschen. Ich habe nur einen Dienst erwiesen.«

»Wem?«

»Demjenigen, der die Schuld erlitten hat. Ich weiß ja nicht, wessen Rolle es ist.«

Das konnte stimmen oder nicht. Man sah es ihr nicht an. Aber Darian war entschlossen, nicht aufzugeben.

»Dir schmeckt der Tee wohl nicht. Du hast nur einen Schluck getrunken.«

»Der Tee?« Schnell nahm Darian die Tasse und nippte daran. »Doch, ich mag ihn.«

»Dein Gesicht sagt etwas anderes. Ich bin überhaupt nicht beleidigt, wenn du ihn nicht magst, ich könnte es sogar verstehen. Ich tue immer wenig Melisse rein, weil ich die nicht vertrage. Er ist fad, hab ich recht?«

»Er … ja, vielleicht ein bisschen.« Darian wollte nicht über Tee diskutieren. Vermutlich versuchte sie ihn nur abzulenken.

»Dann brauchst du etwas Honig.« Sie stand auf, er ging bewusst nicht darauf ein.

»Also: Wie kam es dazu, dass du die Rolle versiegelt hast?«

Pa kam mit einem Tonkrug zurück, nahm Darians Tasse und redete weiter: »Nun, es gibt manche Leute in diesem Land, die wissen, dass ich eine besondere … nun ja: Gabe habe.«

»Du hast magische Fähigkeiten, wolltest du sagen.«

»Man kann es so nennen.« Sie goss einige Tropfen Honig in seinen Becher und reichte Darian einen Holzlöffel.

Darian rührte um und fragte: »Worin liegen deine Fähigkeiten?«

»Ich kann Menschen leiden lassen. Und ich kann Menschen von unnötigem Leid fernhalten. Je nachdem.« Sie setzte sich wieder und lächelte ihn an.

»Mir scheint, du machst von deiner ersten Fähigkeit mehr Gebrauch.«

»Nein, da täuschst du dich. Das Schlimme ist, dass in unseren Köpfen ein Magier immer nur Gutes oder immer nur Böses tut. Vielleicht aber dient die Magie einfach dazu, Gerechtigkeit zu bringen.«

»Oh, Gerechtigkeit ist ein gutes Thema«, sagte Darian und nahm den Becher in die Hand. »Darüber kannst du mir mehr erzählen.«

»Gerne«, antwortete Pa, und ihr Gesicht leuchtete, als sie sah, wie Darian einen Schluck nahm.

8

Der Duft des Brotes begann augenblicklich zu verblassen. Überhaupt verblasste alles um ihn herum. Auf seiner Zunge entzündete sich ein Feuerwerk, und Darian wurde daran erinnert, dass rund zehntausend Geschmacksknospen seinen Mund bewohnten. Ein unsäglich süßer Strom glitt seinen Rachen hinab, heiß und kühl zugleich. Es war ihm, als würde die pure Wonne in ihn hineinfließen, und als sie den Magen erreichte, ergoss sie sich in Wellen über seinen ganzen Körper. Darian konnte die Tasse nicht absetzen, sein Gaumen verlangte nach mehr, und erst als sie leer war, gab er Ruhe.

Doch der Honig fing erst an zu wirken. Er legte sich auf seine Zunge, liebkoste sie und ließ sie vor Erregung fast taub werden. Bald war nicht mehr nur seine Zunge betroffen – alles in ihm geriet in Wallung. Und je länger es dauerte, umso gleißender wurde die Welt vor seinen Augen. Die alte Frau vor ihm begann zu verschwinden, übertüncht von der Intensität des Geschmacks. Das Leben schien nur noch in seinem Innern zu existieren.

Dass Pa ihm die Schriftrolle in den Gürtel steckte, sah er zwar, doch es war schon längst nicht mehr real für ihn.

Real war nur noch das Weiß, das sich um ihn ausbreitete, das Gefühl der Schwerelosigkeit, die Süße, die Wärme und das Kribbeln.

Und dann war er dort.

Die andere Welt, beheimatet in den Molekülen des Honigs, hatte ihn in sich aufgenommen. Alles, was er soeben erlebt hatte, trat in unendliche Ferne, es schrumpfte in seiner Erinnerung zu nichts. Was ihn beschäftigt, was ihn angetrieben hatte, war verflogen. Obwohl seine Wahrnehmung noch immer nüchtern war, schien sie in ein anderes Stadium gelangt zu sein.

Allmählich schälten sich aus dem Weiß neue Konturen. Geschwungene Bergketten. Schlangenförmige Flussläufe. Es herrschte vollkommene Stille und diese Stille klang in seinen Ohren wie Musik. Der

Boden unter seinen Füßen gab sachte nach, wenn Darian sich bewegte. So hatte er sich den Himmel vorgestellt.

Er ging über die Wiese und schaute zu den Wolken empor, die nicht weiß, sondern golden waren, als bestünden sie aus Honig. Wie es wohl war, wenn es regnete? – Er musste nicht lange warten, denn schon bald spürte er die ersten Tropfen auf seinem Gesicht. Ein kurzer Schauer ergoss sich über dem Land und hinterließ braunschimmernde Perlen im Gras. Darian spielte mit der Zunge um seinen Mund und genoss die süße Flüssigkeit.

Leichtfüßig schritt er weiter zu einer Anhöhe, die ihm einen Panoramablick bot. Die Flüsse waren weiß, als wären sie aus Milch, und nicht weit von ihm sah er einen Wald mit bläulich gläsernen Bäumen.

Eigentlich ganz schön kitschig, dachte er. Doch es fühlte sich nicht kitschig an, wenn man mittendrin war. Vermutlich weil alles echt war. Und weil er das Gefühl hatte, schon eine sehr lange Zeit hier zu sein.

Er wanderte ein Stück durch den Wald, nahm sich Früchte von den Bäumen und genoss die allgegenwärtige Melodie, die man zwar nicht hörte, die aber unterbewusst aus der Stille zu ihm drang. Allmählich überlegte er sich, ob er alleine in diesem Land war. Noch hatte er niemanden gesehen. Ein bisschen angst wurde ihm bei dem Gedanken.

Schon im nächsten Augenblick, er verließ gerade den Wald, erblickte er ein Dorf. Es erinnerte ihn an Wonntau, nur dass die Häuser noch ordentlicher wirkten. Er ging auf das Haus zu, das ein wenig abseits stand und Gowannas Hütte ähnelte. Ja, diesen Platz hätte er sich ausgesucht, wenn er sich in Wonntau niedergelassen hätte.

Vorsichtig trat er zum Eingang und sah zum Fenster hinein. Eine Frau stand mit dem Rücken zu ihm über den Tisch gebeugt. War das etwa Gowanna?

Er klopfte an. Dann erschien es ihm absurd zu klopfen und er öffnete einfach die Tür. Die Frau hatte sich überrascht zu ihm umgedreht. »Da bist du ja, Liebling«, sagte sie und hatte das schönste Lächeln auf dem Gesicht, das er je bei Tamina gesehen hatte. Tamina?

»Ich … ja, ich bin gerade angekommen.«

»Bist du schon fertig?«, fragte sie.

»Womit?«

»Mit deinem Bild. Du wolltest doch unten im Tal zeichnen. Oder warst du nicht dort?«

»Doch doch. Dauert noch ein bisschen.«

»Wieso bist du schon hier?«

»Ich hatte Hunger.«

»Hunger?« Sie machte ein irritiertes Gesicht. »Was ist das denn? Hast du dir etwa wieder neue Wörter ausgedacht, du Spaßvogel?«

»Du weißt nicht, was Hunger ist?«

»Natürlich nicht«, sagte sie, nahm die Schüssel mit dem Pudding vom Tisch und hielt sie ihm hin. »Probier.«

Darian steckte den Finger hinein und schleckte ihn ab. Wieder berauschte ihn der pralle Geschmack und er konnte nicht anders als strahlen. »Das ist … lecker!«

»Nur für dich.« Sie grinste ihn an, gab ihm einen Kuss auf den Mund und stellte die Schüssel zurück auf den Tisch.

Darian erschrak. Ein Schauer durchfuhr seinen Körper, der seinem Honig-Geschmackserlebnis in nichts nachstand. Waren das eben wirklich Taminas Lippen gewesen? Die Feuchte, die er noch immer auf seinen eigenen Lippen spürte, war der Beweis. Sie hatte ihn geküsst. Von sich aus. Und das nicht in einem Traum.

Enruah existierte nur noch in blassester Erinnerung und dieser Ort – er konnte ihn wohl getrost »Eden« nennen – war sein Platz. Fast schien es ihm, als habe es nie etwas anderes gegeben. »Ich bin froh, dich zu haben«, sagte er noch ganz benommen.

Tamina erwiderte, dass sie auch froh sei und sich kein anderes Leben vorstellen könne. Dann deutete sie auf seinen Gürtel und fragte: »Was hast du da eigentlich bei dir?«

Darian verstand nicht gleich. Dann sah er die Schriftrolle, die in seinem Gürtel steckte. Tatsächlich, da war eine Schriftrolle. So ungefähr konnte er sich an sie erinnern, aber ihm fiel nicht ein, woher sie gekommen war. »Das ist nichts Wichtiges. Für Skizzen.«

»Darf ich sehen?«

»Ach wo. Ich zeige dir nachher ein richtiges Bild.«

Damit gab sie sich zufrieden. Sie sagte ihm, dass sie noch bei Angus und Mara vorbeischauen wolle.

»Ist gut. Dann geh ich mal wieder zeichnen.«

»Ich freu mich auf dich, Liebling«, sagte sie, als sie sich an der Tür verabschiedeten.

Ihren letzten verliebten Blick nahm er als Wegzehrung mit und wanderte einen Hain hinab ins Tal. Sollte er nun wirklich zeichnen? Weshalb nicht? Er schien unendlich viel Zeit zu haben und niemand und nichts verlangte etwas von ihm. An einem Stein fand er Papier und Kohle, offenbar hatte er sie dort liegen lassen. Darian setzte sich auf den Stein. Der Ausblick ins Tal war weit und eindrucksvoll. Ein stimmiges Motiv. Nur etwas fehlte. Von der einen Klippe müsste ein Wasserfall herabstürzen, dann wäre das Bild perfekt. – Er hörte ein Rauschen und im nächsten Moment schoss eine Wasserflut von der Felskante und ergoss sich in das Tal, wo sich bald ein kleiner See bildete.

Wow!, dachte er nur. Eden war wirklich ein guter Name für diesen Ort.

Ein paar Vögel wünschte er sich über dem Wasserfall und Springböcke an den Felsen. Sie ließen nicht lange auf sich warten. Unten am See platzierte er Büsche und Bäume. Das Licht wünschte er sich von einer anderen Seite.

Je mehr sich der Anblick vor seinen Augen dem anpasste, was er sich vorstellte, umso weniger verspürte er Lust zu zeichnen. Weshalb sollte er das noch skizzieren? Sein Gemälde hatte er bereits vor sich.

Es war der verrückteste Tag seines Lebens. Darian streifte durchs Land, ließ Palmen in einer Winterlandschaft entstehen, nur um sie anschließend durch eine Ritterburg zu ersetzen. An einem anderen Platz bestellte er sich einen Cocktail an einer Strandbar und überlegte sich sogar, ob er nicht einen Vergnügungspark erschaffen wollte. Ein bisschen fühlte sich das alles wie *Minecraft* an, aber es war mit weitaus weniger Anstrengung verbunden. Er konnte sogar Schauplätze verschieben. Wenn er wieder nach Wonntau wollte, dann tauchte das

Dorf einfach dort auf, wo er sich gerade befand. Er ging nach Hause, ließ sich von Tamina verwöhnen und machte sich wieder auf den Weg, wenn ihm danach war.

Bei untergehender Abendsonne ließ er sich mit einem Segelboot auf eine einsame Insel bringen, wie er sie in Comics oft gesehen hatte. Halb sitzend, halb liegend lehnte er an einer Palme und streckte die nackten Füße aus. Seine Stiefel hatte er neben sich gelegt, die Schatulle mit der Schriftrolle steckte darin.

Alles war gut, dachte er, alles war gut. Die Welt war so, wie sie sein sollte, und er war mittendrin. Einen Tag war er hier und es schien ihm eine Ewigkeit gewesen zu sein.

Er konnte seine Zeit mit den Menschen verbringen, die er mochte. Alle anderen konnten ihm gestohlen bleiben. Auch wenn es ein bisschen schade war, dass sie nicht sehen konnten, wie gut er es hatte. Ihm kam der witzige Einfall, dass er sich all jene Personen, denen er es gerne einmal gezeigt hätte – Lex, Miredala, ja, seinen Vater, Sven und andere – herbeiwünschen und in einen Käfig sperren konnte. Sie müssten ihm zuschauen, wie er hier das Leben genoss, und dann konnte er sie bei Bedarf wieder verschwinden lassen. Allein die Vorstellung bereitete ihm solches Vergnügen, dass er sie gar nicht erst umsetzen wollte. Sonst wäre der Reiz verloren gewesen.

Überhaupt erging es ihm so: Wenn ihm etwas Schönes einfiel und er es im nächsten Moment vor sich hatte, verlor es in kürzester Zeit seine Faszination. Das war nicht schlimm, denn stets hatte er neue Ideen, die ihn begeisterten. Langweilig würde es ihm bestimmt nicht werden.

Und Tamina? Würde auch sie irgendwann ihren Reiz verlieren? Würde er sie gar durch eine andere Frau ersetzen, sobald ihm eine attraktivere einfiel? Würde er ausprobieren, wie es wäre, einen Tag lang mit Mara verheiratet zu sein?

Noch schien ihm das unwirklich. Zu frisch war das Glück dieses ersten Tages. Aber es stieß ein Misstrauen in ihm an, das vor allem gegen sich selbst gerichtet war.

Als er auf die Schriftrolle blickte, verstärkte sich das ungute Gefühl.

Er hatte alle Freiheiten und doch trug er etwas mit sich, an das er gebunden war. Er hatte die Ahnung, dass er sterben würde, wenn er die Rolle verlor oder zerstörte. Also musste er sie hüten. Er musste sie in seinem Stiefel mit sich führen und immer wieder nach ihr sehen.

Er wollte sich gerade in Gedanken damit abfinden, dass dieses kleine Handicap der Preis seines grenzenlosen Lebens war, da stiegen alte Erinnerungen auf: War es nicht dieser Quentin gewesen, der ihm die Rolle gegeben und dabei Rätsel um Rätsel hinterlassen hatte? Wenn Darian Klarheit über die Rolle haben und sie womöglich loswerden wollte, musste er sich nur Quentin herbeiwünschen. Jetzt, hierher, auf diese Insel. In dieser Welt hatte jeder seinen Wünschen zu gehorchen, also auch der kauzige Typ aus dem Computerspiel.

Kaum hatte er seine Idee in einen Wunsch verwandelt, drang von hinten eine Stimme zu ihm: »Nicht zu fassen! Hat eine ganze Welt für sich allein und dann zieht er sich auf so eine popelige Insel zurück!«

Darian drehte sich um und sah, wie der ältere Mann aus dem Wasser watete und verärgert das nass gewordene Gewand anhob. Quentin trug immer noch das bunte Kaufmannsgewand; es musste inzwischen furchtbar müffeln.

Er trat vor Darian, folgte mit seinem Blick dem Sonnenuntergang und wandte sich dann ihm zu. »Na ja, für eine Weile ist es vielleicht ganz nett hier.«

»Ja«, sagte Darian, »solange man allein ist.«

»Bitteschön, *du* hast mich hierher gewünscht.«

»Woher weißt du das?«

»Schon vergessen: Ich habe dich von *Evertale* nach Enruah geschickt und dieses Land hier hast du von Enruah aus erreicht. Also habe ich doch wohl den Überblick.«

Evertale, Enruah. Langsam fanden die Versatzstücke der Vergangenheit wieder zusammen. »Das ist also nur eine virtuelle Welt in einem Computerspiel?«

»Genau genommen eine virtuelle Welt in einer virtuellen Welt in einem Computerspiel. Aber das ist zu kompliziert. Tatsache ist, dass du hier bist, also ist es echt.«

»Zu wahr«, sagte Darian trocken und klopfte auf den Boden neben sich.

Quentin setzte sich neben ihn und kurz darauf pafften sie beide an einer Zigarre.

»Weißt du, irgendwie genieße ich all diese Klischees. Wenn man sie selbst erlebt, sind sie gar nicht so schwachsinnig.« Darian blies den Rauch aus und reichte Quentin die Zigarre.

»Mein Gott, ist dir nichts Besseres eingefallen als Milchbäche und Honighimmel? Und ausgerechnet Tamina machst du zu einem Heimchen am Herd?«

»Sie scheint sich aber wohlzufühlen. Und damit ist doch alles in Ordnung.«

»Ja. Kaum zu glauben, wie schnell deine Festplatte gelöscht ist, sobald die Umwelt sich ändert.«

»Was meinst du damit?«

»Aus den Augen aus dem Sinn, sagt man doch häufig.«

»Das ist nicht wahr. Ich habe meine Vergangenheit nicht vergessen.«

»Freut mich für dich. Und was willst du nun von mir?«

Darian griff nach der Schatulle und öffnete sie. »Du hast mir nicht gerade viel erzählt, als du mir das hier gegeben hast. Meinst du nicht, ich verdiene ein paar zusätzliche Informationen?«

»Ich habe dir alle Bedingungen genannt: Bring die Rolle zu Bokai, tausch sie gegen drei andere, vernichte sie. Und das Siegel darfst du nicht aufbrechen. An all dem hat sich nichts geändert.«

»Du redest gerne um den heißen Brei herum.« Darian nahm die Zigarre entgegen und warf sie ins Wasser. »Ich will wissen, was ich mit dem Ding jetzt anfangen soll.«

»Wie gesagt, es hat sich nichts verändert.«

»Doch, das hat es. Ich bin hier in Eden. Ich brauche die Rolle nicht mehr.«

»Es war nie davon die Rede, dass du sie brauchst. Im Übrigen weiß ich nicht, ob Eden ein so passender Name ist.«

»Wieso? Ist doch paradiesisch hier.«

Quentin sah verächtlich die Palme hoch. »Tolles Paradies. Alles nur Sachen, die *du* dir vorgestellt hast.«

»Was kann es Besseres geben?«

»Das musst du selbst herausfinden. Jedenfalls erscheint mir eine Ewigkeit, die nicht über deine eigene Vorstellungskraft hinausgeht, recht beschaulich. Letztendlich gibt es keine bessere Beschreibung für Einsamkeit. Ich würde es wohl als Hölle bezeichnen.«

Darian sah ihn entgeistert an. »Na hör mal!«

»Du hast nichts als dich selbst und eine Welt, die ebenfalls nur aus dir selbst kommt. Kein Gegenüber, das dich überraschen oder herausfordern könnte. Mal abgesehen von mir, aber mich kannst du jederzeit wegschicken.«

»Du denkst also, ich wäre hier nicht glücklich?«

»Vielleicht empfindest du jenes Glück, das deine Vorstellung als Glück definiert. Aber auch das kommt nur aus dir selbst heraus. Deshalb wird da immer ein Unfriede sein. Das Problem ist nicht die Welt. Das Problem bist du.«

»Wieso sollte das so sein?«

»Weil du immer alles mitnimmst, was in dir ist. Du kannst weder deine Erinnerung löschen noch deine Gefühle gegenüber anderen Menschen. Sie werden dich begleiten, selbst wenn du noch eine Realität weiter klettern würdest oder noch eine. In irgendeiner Gestalt werden sie wieder auftauchen. Auch hier. Das ist der Unfriede, den du hast.«

Darian schwieg und beobachtete das Wasser, das an den Strand gespült wurde und versickerte. Langsam begann Enruah in seinem Bewusstsein wieder aufzuwachen. Er sah die Menschen vor sich, die ihn begleitet hatten, die Schlachten, die er geschlagen hatte. Er sah die Probleme, die sie noch nicht gelöst hatten. »Es gibt aber doch einen Unterschied«, fuhr er fort. »Hier sind die Dinge wirklich so, wie ich sie mir wünsche. In Enruah herrscht Chaos. Du hattest mir etwas anderes versprochen.«

»Ach ja? Hast du in Enruah nicht einige deiner Wünsche wiedergefunden?«

»Doch. Aber nicht alle.«

»Aber du hast immer wieder neue entdeckt. Vielleicht hättest du einfach länger dort sein müssen, um alle zu finden.«

»Das erklärt nicht das Chaos.«

»Doch, das tut es. Du hast nur das Problem noch nicht gelöst. Deshalb sieht es für dich anders aus.«

»Welches Problem?«

»Die Frage, was Enruah überhaupt ist.«

»Na schön: Was ist Enruah?«

»Schau in dich hinein.«

»Du kannst immer nur in Rätseln sprechen, oder?«

»Es ist ein Hobby von mir, das gebe ich zu.«

»Du willst mir nicht weiterhelfen. Du bist nur hier, um mir Eden madig zu machen!«

»Ich denke, ich habe dir schon sehr geholfen.«

Darian stand auf und kickte Sand ins Meer. »Ach ja? Davon merke ich wenig.«

»Du willst immer noch, dass ich ein Problem für dich löse, das ich *dir* als Aufgabe gestellt habe.«

Darian drehte sich zu Quentin um. »Wenn das so ist, kann ich auf dich verzichten.«

»Wie gesagt: *Du* hast mich geholt, nicht umgekehrt.«

»Ja. Und jetzt wirst du wieder verschwinden und mir meine Ruhe lassen!«

Quentin lächelte nur. Und während er sich in Luft auflöste, wurde sein Lächeln breiter und breiter, sodass es sich in Darians Erinnerung einbrannte und immer noch da war, als Quentin längst nicht mehr zu sehen war.

Elender Mistkerl! Sollte ihm seine Schriftrolle doch gestohlen bleiben!

Darian setzte sich wieder an die Palme und wollte da weitermachen, wo er aufgehört hatte, bevor Quentin aufgetaucht war und die wirren Gedanken angefangen hatten. Doch es war zu spät. Quentins Grinsen stand ihm vor Augen und mit ihm waren alle Bilder aus Enruah ge-

genwärtig, vor allem das der wartenden Kameraden im Rebellenlager. Und die Wächter.

»Schau in dich hinein«, hatte Quentin gesagt. Meinte er damit etwa sein Bewusstsein? Seine Gefühle? »Das Problem liegt bei dir selbst.« – Wollte er damit sagen, Darian selbst war an all dem Leid schuld, das Bokai und die Wächter anrichteten?

Als er an das Wort Schuld dachte, kam ihm seine Begegnung mit Pa in den Sinn. Auf einmal kehrte alles mit Wucht zurück. Sie hatte ihm verraten, dass die Schriftrolle nichts anderes als ein Schuldschein und mit einem Fluch belastet war. Und er hatte sich zusammengereimt, dass es darin um die Schuld von Bokai ging. Das bedeutete womöglich, Bokais Bosheit und Enruahs Leiden hingen mit Pas Fluch zusammen.

War es vielleicht so, dass Bokai nur deshalb so wütete, weil er an den Schuldschein gelangen und den Fluch loswerden wollte? Und wollte Quentin ihm die Rolle deshalb geben, damit Bokai seinen Terror beendete? Das bedeutete, dass Darian die Lösung aller Probleme Enruahs bei sich trug. Er konnte seinen Auftrag erfüllen *und* Enruah befreien – die beiden Quests schlossen sich nicht aus, wie er gedacht hatte.

Zugleich wurde ihm klar, dass er selbst von dem Fluch nicht loskommen würde, solange er die Rolle bei sich hatte. Keinen Tag würde er hier in Eden Ruhe haben. Er würde sich etwas vormachen, so tun, als habe er alles, was ihn glücklich machte. Aber ständig würde das Gefühl an ihm nagen, dass noch etwas gelöst werden musste.

Je mehr ihm das bewusst wurde, umso mehr spürte er, dass er schon viel zu lange hier war. Umso lauter hörte er den Ruf von Enruah.

Doch der nächste Gedanke erschreckte ihn: Auch in Enruah würde er nicht dauerhaft bleiben können. Er würde dem geheimnisvollen Herrscher gegenübertreten und den Austausch der Schriftrollen vollziehen. Dort, so ahnte er, würde er endlich erfahren, was es mit Enruah auf sich hatte. Wenn er Quentin glauben durfte, war der Auftrag damit erledigt und der Schrecken war zu Ende. Es bedeutete aber zugleich den Abschied aus Enruah und seine Rückkehr in die Wirklichkeit.

Jakob. Die enge WG. Pierre. Kon. Das alte graue Leben. – Und Tamina wäre weit weg.

Er schluckte. Sein Blick schweifte in weite Ferne. Also auch *das* musste er aufgeben. Jetzt, wo sie ihn alle liebten, wo er zum Retter ihres Landes werden konnte, musste er sich verabschieden. Sie würden ihm nachtrauern, ihn vielleicht noch als Helden in Erinnerung behalten. Zugleich würden sie sich fragen, wohin er gegangen war und weshalb er nicht bei ihnen geblieben war.

Das alles war nötig, wenn er Frieden wollte. Aber er wollte Frieden. Echten Frieden.

Er stand auf und schritt zum Wasser. Für einige Augenblicke war er versucht, die Rolle einfach hineinzuwerfen und zu hoffen, dass er ewig hier weiterleben konnte – oder starb. Dann aber dachte er an die Menschen, die auf ihn warteten und hofften, dass er ihnen Erlösung brachte.

Nein, hier war nicht sein Platz. Er wurde woanders gebraucht. Und dorthin wünschten sich seine Gedanken nun mit aller Entschlossenheit, die nötig war, damit in Eden ein Wunsch in Erfüllung ging.

9

Er musste sich übergeben. Die säuerliche Masse stieg aus seinem Magen auf und ergoss sich auf den Tisch vor ihm und über das Brot, das immer noch dalag. Er atmete schwer, seine Augen tränten. Der Geruch des Erbrochenen stieg ihm in die Nase.

Als er sich erholt hatte, wurde ihm bewusst, dass er wieder an seinem Platz in Pas Hütte saß, Pa selbst aber verschwunden war. Die Kerzen waren erloschen, trotzdem war es hell. Durch die Fenster kam Tageslicht herein, die Tür stand offen. Er erhob sich, ging zur Tür und sah hinaus. Die Lichtung lag in der Morgensonne und wirkte so harmlos wie jede andere Waldlichtung. Das Klappern des Mühlrads war immer noch zu hören, aber Darian bemerkte es kaum mehr.

Einige Unregelmäßigkeiten im Raum fielen ihm auf. Kerzen waren umgefallen, am Boden hatte jemand die Teppiche weggezogen, Geschirr lag herum. Aber das Schlimmste: Sein Schwert war nicht mehr da. Es hätte eigentlich auf dem Tisch liegen müssen. Hatte Pa es mitgenommen oder versteckt? Oder war jemand eingedrungen und hatte es an sich genommmen?

Vielleicht würde er oben fündig. Er stieg die Leiter hinauf, die zum Dachboden führte, und sah sich um. Niemand war hier, aber es herrschte Chaos. Eine Truhe, ein Schrank waren aufgerissen, Kleider lagen wild am Boden verteilt. Das Bett hatte man umgedreht. Ohne Frage, hier hatte jemand gewühlt. Pa konnte das nicht gewesen sein, nicht in ihrer eigenen Hütte. Jemand anderes musste etwas gesucht haben. Und Pa war auf und davon.

Er kletterte wieder hinunter. Darian hatte doch die ganze Zeit im Trancezustand am Tisch gesessen. Ein Eindringling hätte ihn aufgeweckt oder sonst etwas mit ihm gemacht. Das konnte nur bedeuten … das hieß, dass er nicht hier, sondern leibhaftig in Eden gewesen war. Das alles hatte sich nicht nur in seinem Kopf abgespielt. Einen weiteren Beweis dafür trug er, wie er feststellte, an seinem eigenen Körper:

Die Schriftrolle war nicht mehr an seinem Gürtel, wo sie Pa kurz vor seiner Reise hineingesteckt hatte, sondern in der Schatulle in seinem Stiefel, in den er sie auf der Insel geschoben hatte.

Jetzt wurde ihm einiges klar. Offenbar bestand Pas Lebenserfüllung darin, dass Enruah unter der Macht stand, die sie selbst in Bokai gepflanzt hatte. Pa wollte also um jeden Preis den Fluch, *ihren* Fluch, aufrechterhalten. Dazu musste sie verhindern, dass Darian die Rolle zerstörte oder sie an Bokai auslieferte. Was lag näher, als ihn mitsamt der Rolle aus Enruah verschwinden zu lassen? Ihn in eine Welt zu katapultieren, aus der er freiwillig nicht mehr zurückkehren würde, einen Ort, der ihn berauschen und süchtig machen, aber niemals sättigen würde: Eden. Oder wie Quentin sagte: die Hölle.

Mit Beschämung dachte er an sein Gespräch mit Pa zurück. Er hatte geglaubt, sie im Griff zu haben. In Wirklichkeit war es umgekehrt gewesen. Ihre Angst, als er ihr drohte, ihre anschließende Erzählfreude – all das hatte ihr nur dazu gedient, sein Misstrauen einzuschläfern und ihn dazu zu bringen, sie für harmlos zu halten.

Entschlossenheit erfüllte ihn. Diese Schlange! Sollte sie sein Schwert mitnehmen. *Er* hatte die Rolle und er hatte endlich Klarheit, was zu tun war. Jetzt durfte er keine Zeit mehr verlieren. Seine Kameraden vermissten ihn bestimmt schon.

Er schritt hinaus auf die Lichtung und überlegte sich, wie er vorgehen wollte. Er musste sie davon überzeugen, dass es einen anderen Weg gab als den des Blutvergießens. Er würde Robbas erzählen, er habe bei der Imkerin eine Schriftrolle gefunden, mit der sich Bokai erpressen ließe. Das wäre eine abgewandelte, aber etwas leichter verdauliche Version der Wahrheit. Sie hatten Vertrauen zu ihm, und das musste er nutzen. Tamina würde bestimmt auf seiner Seite stehen. Sie würde froh sein über die Aussicht, dass es keinen großen Kampf geben musste.

Ganz ohne Blutvergießen würde es jedoch trotzdem nicht abgehen. Da waren immer noch die Wächter. Auch wenn sie jedes Mal so getan hatten, als wollten sie Darian sicher nach Kattaman geleiten, hatten sie doch stets irgendwelche mörderischen Pläne gehabt. Sie hatten Gowanna getötet, sie hatten viele Rebellen getötet und sie hatten versucht, ihn zu töten. Es war eindeutig, dass sie selbst in den Besitz der Rolle gelangen wollten. Bei aller Zwiespältigkeit in ihrem Handeln waren die Wächter eindeutig seine Feinde.

Es ließ sich also nicht vermeiden, dass die Rebellen Kattaman angriffen, um die Aufmerksamkeit der Wächter auf sich zu lenken. Aber wenn Darian schnell war, in den Turm eindrang und mit Bokai zu einer Lösung kam, dann konnte er zumindest dafür sorgen, dass die Schlacht abgebrochen wurde und es nicht zu viele Verluste gab.

Seine Gedanken wurden unterbrochen, als er in der Ferne auf einem Hügel zwei Personen erblickte. Sie spähten über das Gebiet, sahen aber noch nicht in seine Richtung. Kurz war er unsicher, dann erkannte er in dem einen Lohan. Sie suchten sicher nach ihm. Sein Gesicht hellte sich auf und er wollte auf sie zugehen.

Da umklammerte ihn plötzlich etwas von hinten und riss ihn zu Boden. Er stürzte halb in den Bach und noch ehe er sich wehren konnte, hatte der Fremde ihn hinter einen umgestürzten Baumstamm gezerrt. Darian wollte um sich schlagen, doch der Fremde umschlang seine Kehle und ließ ihm keinen Spielraum.

»Hey, ich bins!«, sagte eine vertraute Stimme an seinem Ohr.

Darian gab auf, und auch der Arm an seiner Kehle lockerte sich. Keuchend wandte Darian sich um. Mit fragendem Blick sah er Eli in die Augen.

»Tut mir leid, dass ich so grob war«, sagte der Rotschopf. »Aber sie hätten dich beinahe gesehen. Sie suchen nach dir.«

»Ich weiß. Wo ist das Problem?«

»Wenn sie dich finden, bist du tot.«

»Was?!«

»Komm mit!« In gebückter Haltung schlich Eli an dem Baumstamm entlang.

Kurz zögerte Darian, dann folgte er ihm. »Was soll das?«

»Pst, du musst flüstern. Sie sind hier überall.« Eli hielt an, lugte über den Baumstamm, und als ein günstiger Moment gekommen war, huschte er über ein kurzes Wiesenstück und sprang in eine Erdmulde.

Er winkte Darian herbei, und der folgte ihm. Sie kauerten sich unterhalb eines Gebüschs an den Rand der Mulde, wo sie von keiner Seite aus gesehen werden konnten.

Eli atmete schwer, dann begann er: »Du bist aufgeflogen. Sie wissen alles.«

»Was wissen sie?«

»Na was schon? Dass du ein Spion bist. Dass du die Pläne der Rebellion verraten willst. Alles eben. Robbas tobt.«

»Aber das ist doch Unsinn! Wie kommt er darauf?«

»Du wurdest heute Nacht gesehen.«

»Heute Nacht?« Darian zog die Stirn in Falten. Sein Ausflug nach Eden hatte also nur ein paar Stunden gedauert, obwohl es ihm dort wie ein ewig langer Tag vorgekommen war.

»Mortan hat dich bemerkt, als du davongeschlichen bist. Er ist dir nachgegangen. Dann hat er gesehen, wie du in der Hütte verschwunden bist. Durchs Fenster hat er alles beobachtet. Du hast mit Pa diskutiert, dann habt ihr euch an den Tisch gesetzt. Er hat auch diese Schriftrolle gesehen. Dann ist er umgekehrt, um Verstärkung zu holen. Als der Trupp die Hütte erreichte, war Pa allein. Ich war auch dabei. Pa behauptete, sie hätte keinen Besuch gehabt, aber da stand eine zweite Tasse Tee auf dem Tisch. Und dann sagte Tamina, dass Pa bekannt sei für ihre Lügen und dass sie immer auf Bokais Seite gestanden habe. Wir durchsuchten das Haus, und ich entdeckte dein Schwert. Es war in einer Truhe versteckt. Als ich es Robbas zeigte, fiel sein Gesicht in sich zusammen. Jedem war nun klar, dass Mortan die Wahrheit gesprochen hatte. Ich habe Robbas' Stimme noch nie so gebrochen gehört, er kämpfte mit den Tränen, als er sagte, wir sollten augenblicklich die ganze Gegend absuchen und ›den Verräter‹ zu ihm bringen. Er wusste, dass du nicht weit sein konntest, denn ohne dein Schwert wärst du nicht davongezogen.«

»Das darf doch nicht wahr sein! Und Pa? Hat sie was gesagt?«

»Nein. Sie leugnete alles. Robbas ließ sie im Lager festhalten. Doch nach einer Stunde war sie spurlos verschwunden. Weiß der Teufel, wie sie sich befreien konnte, diese Hexe.«

»Und die anderen? Sie glauben doch nicht wirklich, dass ich ein Spion bin.«

Eli sah ihn ernst an. »Es spricht alles dafür. Die Enttäuschung ist … sehr groß.«

»Tamina?«

»Sie hat gar nichts gesagt. Sich nur verkrochen. Aber ihr Gesicht hat Bände gesprochen.«

»Lohan?«

»Ebenso.«

»Und du?«

Eli hielt inne. Er schien mit sich zu kämpfen. »Ich … ich wollte es von dir selbst hören.«

»Dass ich euch alle betrogen habe?«

Eli nickte angestrengt.

»Wieso riskierst du dein Leben für mich, wenn du das glaubst?«

»Du hast damals auch eine Menge für mich riskiert. Obwohl ich schuldig war …«

Darian sah ihm tief in die Augen. »Eli, ich habe die Rebellion niemals verraten und werde das auch nicht tun.«

»Und was war heute Nacht?«

»Ich habe mich nicht mit Pa abgesprochen. Ich musste nur etwas herausfinden.«

»Wieso heimlich?«

»Weil ich genau das befürchtet habe, was jetzt passiert ist.«

»Was hattest du vor uns allen zu verbergen?«

»Etwas sehr Wichtiges für Enruah. Ich kann dir jetzt nicht alles erklären.«

»Wieso nicht?«

»Es ist sehr kompliziert. Du musst mir einfach glauben. Ich schwöre dir, dass ich die Wahrheit sage.«

Eli sah ihn an, als hätte man ihn gebeten, einen rohen Salamander zu essen. In diesem Moment begriff Darian, dass es völlig unmöglich war, den Rebellen eine Erklärung zu liefern, die auch nur halbwegs glaubwürdig war.

Sie hörten das Geräusch von Pferden und Eli hob alarmiert den Kopf. Darian schaute ebenfalls hoch und sah zwei Reiter auf sie zukommen.

»Du hast keine Chance zu entkommen«, hauchte Eli.

Die beiden Reiter stiegen von ihren Pferden, als Eli mit dreckverschmiertem Gesicht auf sie zukam. »Was ist los?«, fragten sie.

»Dieser Mistkerl. Ich hatte ihn fast! Aber er ist mir gerade entwischt.«

»Wo ist er hingelaufen?«

»In dieser Mulde hab ich ihn aufgehalten. Und dann ist er in diese Richtung gerannt.« Er wies auf eine kleine Ansammlung von Büschen. »Er muss sich dort irgendwo verstecken, der feige Verräter!«

»Da kann er uns nicht entgehen.« Der Mann in Soldatenrüstung zog sein Schwert. Er gehörte zu den Stadtwachen, die aus Falbensee zu ihnen gestoßen waren. »Los, wir durchkämmen das Wäldchen von drei Seiten aus! Du gehst von links, ich von rechts, du von der Mitte.«

Darian hatte alles belauscht. Seine Augen verfolgten gebannt jede ihrer Bewegungen. Er sah, wie Eli sein Schwert zog und sich damit den Weg durch die Büsche frei schlug. Von den anderen Seiten hörte er die beiden Männer, wie sie ebenfalls durchs Gebüsch streiften und dabei alle Arten von Drohungen gegen ihn ausstießen. Das Wäldchen war klein, und es würde nicht lange dauern, bis die drei in der Mitte angekommen waren.

Das war sein Moment. Darian erhob sich und sprang aus der Erdmulde, in der er ausgeharrt hatte. Er eilte zu einem der beiden wartenden Pferde und sprang auf. Hektisch stieß er die Hacken in den Bauch des Tieres und stob davon.

So schnell wie möglich wollte er den Rand der Lichtung erreichen und im Wald verschwinden. Doch schon hörte er hinter sich empörte Ausrufe. Warnungen wurden quer durch die Lichtung gebrüllt. Jetzt würden sie ihn jagen.

Ein Stück ritt er am Bach entlang, dann machte er einen Satz über das Gewässer und eilte auf ein kleines Tal zu, das eine Anhöhe am

Rand der Lichtung zerschnitt. Aus den Augenwinkeln sah er, wie von zwei Seiten Reiter herbeistürmten und auf ihn zuhielten.

Er trieb das Tier mit schnalzenden Zügeln an, hoffte, dass es noch nicht alles gegeben hatte. Der Abstand zu dem Tal schmolz, während seine Verfolger näher kamen. Wie sein schneller Blick ihm verriet, kannte er keinen von ihnen persönlich. Fünf Rebellen waren es und sie schienen wild entschlossen, ihm überall hin zu folgen.

Bald begann sich rechts und links von ihm der Boden anzuheben, und er ritt in das Tal hinein. Nach einigen Metern umgaben ihn die ersten Bäume und er wusste sich zurück im Wald. Auch seine Verfolger erreichten das Tal und sprengten hinter ihm her. Da es an den Seiten immer steiler wurde, blieb ihm nur die Möglichkeit, geradeaus zu reiten.

Er musste an Eli denken. Er hatte ein wenig Angst um den Jungen und auch ein schlechtes Gewissen. Wenn die beiden Kerle kapierten, dass er sie absichtlich abgelenkt hatte, ging es ihm an den Kragen. Aber Eli hatte dieses Manöver unbedingt durchführen wollen. Er hatte gesagt: »Ich glaube dir, Darian, auch wenn alles gegen dich spricht. Mein Herz sagt mir, dass es richtig ist, dir zu helfen.« Und dann hatten sie sich rasch abgesprochen. Als Eli aufgestanden war, um zu den beiden Reitern zu gehen, hatten sie sich einen verschwörerischen Blick zugeworfen, den Darian nie vergessen würde.

Und jetzt galoppierte er durch den Wald in der Hoffnung, dass er seine Verfolger abschütteln und sich schleunigst auf den Weg nach Kattaman machen konnte. Dabei wusste er nicht einmal, in welche Richtung ihn dieses Tal führte.

Er drehte sich um. Die fünf Reiter waren etwa fünfzig Meter hinter ihm. Der Boden war von einem dicken Laubteppich bedeckt, der beim Aufklatschen der Hufe raschelte. Er beugte sich weiter nach vorn, als könne er damit noch etwas mehr herausholen. Das Tier unter ihm bebte.

Plötzlich erblickte er nicht weit entfernt einen Baumstamm, der sich auf anderthalb Metern Höhe über seinen Weg legte. Sein Herz begann zu rasen. Noch nie hatte er einen solchen Sprung gewagt.

Doch er blieb entschlossen, hielt das Tempo und galoppierte geradewegs auf das Hindernis zu. Der Stamm wurde immer größer, und erst kurz davor zog er die Zügel an. Zu seiner Erleichterung reagierte das Tier sofort. Es riss die Vorderbeine hoch und sprang weit ausgestreckt über den Baumstamm. Bei der Landung wurde er durchgeschüttelt, doch er konnte sich im Sattel halten. Sofort gab er dem Tier wieder die Hacken, um nicht eine Sekunde zu verlieren. Kurz danach hörte er hinter sich ein Wiehern. Mindestens eines der Pferde seiner Verfolger musste gescheut haben. Stolz klopfte er seinem eigenen Pferd auf den Rücken.

Sein Galopp führte ihn aus dem Tal heraus und in einen Tannenwald hinein. Es ging stetig bergauf. Mittlerweile hatte er nur noch drei Rebellen hinter sich. Doch sie verfolgten ihn beharrlich.

Irgendwann hörte er auf der rechten Seite ein Rauschen und bald stellte er fest, dass der Kardolon ein Stück unterhalb von ihm floss. Das Rauschen ständig in den Ohren, ritt Darian am Flusslauf entlang weiter bergauf. Kurze Zeit später befand er sich oberhalb einer Schlucht, die den Kardolon umschloss. Der Boden wurde immer unwegsamer und Darian merkte, dass sein Tier zunehmend ermüdete.

Da fiel ihm ein umgeknickter Baum ins Auge, eine Fichte. Sie lag quer über der Schlucht, ungefähr dreißig Meter über dem Fluss. Es war nicht der erste umgefallene Baum, der ihm begegnete. Doch erst jetzt kam ihm der Einfall.

Er wandte sich um. Seine Verfolger quälten sich wie er den Weg herauf. Der Abstand war so groß, dass es reichen konnte.

Darian ritt auf die Fichte zu und hielt das Pferd an. Es war nicht allzu weit auf die andere Seite, denn die Schlucht verengte sich über dem Kardolon. Zwanzig Meter mochten es sein. Es blieb ihm keine Zeit nachzudenken.

Er schwang sich vom Pferd und rannte auf die Stelle zu, wo der Stamm gesplittert war und nur noch mit wenigen Fasern am Stumpf hing. Er sprang auf den Stamm und balancierte über das sich bedrohlich biegende Holz. Einmal rutschte sein Fuß ab und er drohte das Gleichgewicht zu verlieren. Doch er fing sich und bestritt die letzten

Meter, bis er schwankend die Wipfel der umgekippten Fichte erreichte und auf den sicheren Boden sprang.

Sofort wandte er sich um und sah zu den Reitern auf der anderen Seite des Flusses, die gerade von ihren Pferden stiegen. Er musste schnell sein. Mit bloßen Händen umfasste er einige Äste und versuchte mit aller Kraft, den Baum zu bewegen. Nur zentimeterweise rutschte das Holz über den Boden.

Auf der anderen Seite war der erste der Männer bereits dabei, auf den Stamm zu klettern.

Der Wutausbruch. Jetzt brauchte er ihn wieder. Darian dachte an alle Grausamkeiten, die er in der letzten Zeit miterlebt hatte, an Lex und Pa. Seine Kräfte sammelten sich und wanderten in seine Arme. Wie ein aufgescheuchter Bär packte er den Baumstamm, riss mit einem lauten Schrei kräftig daran und spürte den Ruck, als sich die Fichte auf der anderen Seite knackend vom Stumpf löste. Darian stieß den Baum von sich. Mit dem abgerissenen Ende voraus stürzte die Fichte, die ihm eben noch als Brücke gedient hatte, in die Schlucht hinunter und klatschte auf dem Wasser auf.

Gerade noch rechtzeitig war der Rebell auf der anderen Seite zurückgewichen und hatte sich zu seinen Kameraden geflüchtet. Benommen standen sie da und sahen zu Darian herüber.

»Ich bin unschuldig!«, rief er über die Schlucht.

Doch die Tatsache, dass er eben wie Lex einen Baum ausgerissen hatte, ließen seine Worte wie Spott wirken. »Wir kriegen dich, Verräter!« Sie nahmen die Zügel von Darians Pferd, stiegen auf ihre eigenen Pferde und ritten zurück.

Darian sah ihnen traurig nach. Ein hoffnungsvoller Tag hatte sich rasch ins Gegenteil verkehrt: Er war ein Krieger ohne Schwert, ein Reiter ohne Pferd und er hatte sich weitere Feinde geschaffen.

Doch er beschloss, sich auf das Positive zu konzentrieren: Im Gegensatz zu ihnen war er bereits auf der richtigen Seite des Kardolon.

10

Dass Darian Kattaman nach zwei Tagen erreichte, hatte er einem Gewitter zu verdanken.

Zunächst füllten endlose Fußmärsche und unzählige Schrecksekunden seinen ersten Tag, den er sich alleine im Großen Wald durchschlagen musste. Er hatte sich zwei Kilometer vom Fluss entfernt, weil die Rebellen ihn sicher in der Nähe des Kardolon vermuteten. Mithilfe der Sonne, die zwischen den Ästen hindurchschien, versuchte er die Richtung zu bestimmen. Dabei achtete er darauf, dass es um ihn herum so steinig und dicht bewachsen war, dass ein Reiterheer sich in dieser Umgebung nicht bewegen konnte.

Dennoch überfiel ihn jedes Mal eine Gänsehaut, sobald er auch nur den Ansatz eines unregelmäßigen Geräusches hörte. Er blieb dann stehen und sah sich um. Und nur wenn sich das Geräusch eine Weile nicht wiederholte, ging er weiter. Zweimal huschte er sogar in ein Versteck, nur um fünf Minuten umsonst auszuharren.

Das Schlimme war, dass er nicht im Geringsten einschätzen konnte, wo sich die Rebellen befanden. Einerseits mussten sie mit ihren Pferden deutlich schneller vorankommen als er, andererseits bedeutete bei der Größe der Gruppe jeder Aufbruch eine lange Zeitverzögerung. Wenn Robbas klug war, schickte er einen oder mehrere kleine Trupps voraus, die nach Darian Ausschau hielten. Er konnte es sich nicht leisten, Darian nach Kattaman entwischen zu lassen, wenn er annahm, er würde ihre Angriffspläne verraten.

Wenn er realistisch dachte, war die Sache aussichtslos. Selbst wenn sie ihn nicht erwischten, würde er zu Fuß bis Kattaman einige Tage brauchen. Bis dahin hatte sich das Rebellenheer längst gesammelt und den Angriff gestartet. Darian würde vermutlich eintreffen, wenn der Turm bereits in Trümmern lag und Bokai tot war.

In der Tat war es eine Dummheit gewesen, sein Pferd an der Schlucht zurückzulassen. Er hatte nur seine augenblickliche Rettung gesehen und nicht an das Weitere gedacht. Einmal mehr musste er erkennen, dass er sein Leben als echter Held, ohne das Speichern von Spielabschnitten, erst noch lernen musste.

Wie man Feuer machte, hatte er bei den Rebellen gelernt. Aber welche Pilze man essen durfte oder welche Tiere man ohne Waffe jagen konnte, wusste er nicht. Einmal lief ihm ein Frehmel über den Weg. Darian folgte ihm, doch nach ein paar Schritten hatte er das flinke Tier aus den Augen verloren. Mit einem Dachs erging es ihm nicht anders, auch wenn er sich diesmal mit einem angespitzten Stecken ausgerüstet hatte. Und an die Wildschweingruppe, die er entdeckte, traute er sich nicht heran.

So blieben ihm als Nahrung einzelne Früchte, die er wiedererkannte, und ein paar Beeren. Wenn er auf einen Bach oder eine Quelle traf, stillte er seinen Durst. Es konnte aber vorkommen, dass er die nächsten vier Stunden nichts mehr zu trinken fand. Dann wurden seine Lippen trocken, jeder Schritt fiel ihm schwer und Enruah kam ihm immer gewaltiger vor. Je weiter er in den Großen Wald vordrang, umso länger schien die Strecke zu werden, die er noch bis zum Nordrand zurückzulegen hatte. Zugleich schmolz seine Hoffnung, dass er den Dornenturm jemals sehen würde.

Hinzu kam ein Wetterumschwung. War er noch bei Sonnenschein aufgebrochen, so hatte sich binnen Stunden der Himmel über dem Wald zugezogen. Wo die Bäume weniger dicht standen, fegte ein kühler Wind hindurch. Solange er sich bewegte, war das auszuhalten. Aber gegen Abend musste er sich immer öfter auf den Boden setzen und durchatmen und da begann er die Kälte zu spüren. Er hatte nichts anderes als das leichte Oberteil, das er trug. So suchte er sich windstille Plätzchen, schlang die Arme um die Beine und schlotterte vor Kälte.

Die Nacht verbrachte er im Geäst eines Baumes, der breiter war als hoch. Er hatte dicke, tellerförmige Blätter und schwankte wenigstens nicht wie die meisten anderen Bäume. Warm und kuschelig war es natürlich nicht. Aber hier oben würden sie ihn nicht aufspüren, falls sie vorbeikamen.

Er schlief nur sechs Stunden, obwohl er todmüde gewesen war. Der

Wind pfiff durch die Äste und seine Nase war eiskalt, als er erwachte. Die ganze Nacht war er die innere Stimme nicht losgeworden, die sagte, er müsste eigentlich schon längst viel weiter sein. So kletterte er mit steifen Gliedern und schmerzenden Augen herab. Wie von allein setzten sich seine Beine in Gang und trugen ihn weiter über das raschelnde Laub. Er befand sich inzwischen in einem seltsam unbeteiligten Zustand, als wäre er nur noch die Figur in einem Computerspiel, die er selbst steuerte. Ihm fehlte die Kraft, etwas zu fühlen oder abzuwägen. Es gab auch nichts abzuwägen. Kattaman war sein Ziel. Er hatte nichts bei sich, er musste auf niemanden Rücksicht nehmen. Also marschierte er, egal wie schnell, Hauptsache er bewegte sich vorwärts.

Die Sonne wollte an diesem Tag scheinbar ewig nicht aufgehen, die Dämmerung zog sich in eine unerträgliche Länge. Als die Sonne schließlich doch erwachte, tat sie es versteckt hinter einem dunkelgrauen Vorhang. Es war gerade hell genug, damit Darian zumindest die Bäume erkennen konnte und ein paar Beeren fand. Sie vertrieben das Magenknurren für eine kurze Weile.

Aber er hatte ein anderes Problem: Er konnte bei der Bewölkung die Richtung nicht mehr bestimmen. Als ihm das klar wurde, war er womöglich schon einige Kilometer in die falsche Richtung gegangen. Doch anstatt stehen zu bleiben und nachzudenken, wie er es normalerweise getan hätte, stapfte er einfach weiter. Er folgte seinem Gefühl und das leitete ihn meist bergab. Vermutlich war es mehr die Bequemlichkeit als ein Gefühl, aber zumindest glaubte er vorwärtszukommen.

Die ersten Regentropfen spürte er, als er eine kleine Lichtung betrat. Einen halben Tag lang hatte der Himmel sich zurückgehalten. Nun schienen die Wolken aus allen Nähten zu platzen. Als er das Ende der Lichtung erreichte, prasselte es bereits flächendeckend herab. Unter den Bäumen war Darian zunächst geschützt. Doch bald wanderten die Regenmassen Blatt für Blatt nach unten und ihm kam es so vor, als hätten sie sich sein Haar als Landeplatz ausgesucht. Bäche liefen an ihm herab und machten aus seinen Kleidern eine zweite, kalte Haut. Seine Schritte erzeugten kein Rascheln mehr, sondern ein Schmatzen.

Als er einen Hang hinabstieg, schoss ein schmutziger Bach zwischen seinen Füßen hindurch und legte Wurzeln am Boden frei. Darian rutschte aus und fing sich mit den Händen ab. Sein Handgelenk bekam einen Stoß und schmerzte von da an. Es war das einzige Gefühl, das er noch wahrnahm. Er merkte nicht, dass er kaum mehr ging, sondern sich nur noch stolpernd durch die Gegend schleppte. Er musste sich an Bäumen festhalten, wenn er zu schwach wurde, und steile Hänge erklomm er teilweise auf allen vieren.

Es wurde düsterer. Die Wolken gingen über in die nächsthöhere Graustufe. Wer saß nur an diesem Leveleditor[10]?, überlegte Darian in all seiner Gedankenleere. Welcher Hund hatte beschlossen, ihm die volle Ladung zu geben? Das war doch Absicht! So baute man ein Level, um die Dramatik hochzudrehen, um es dem Spieler so schwer wie möglich zu machen. Realistisch war das nicht!

Der sadistische Leveldesigner musste Darians Gedanken gehört haben, denn er verwandelte augenblicklich den Regenguss in ein handfestes Gewitter. Blitz und Donner wechselten sich ab.

Seine stolpernde Fortbewegung erlahmte, der Widerwille in Darians Beinen wuchs. Mehrmals drohte ihn die Erschöpfung einzuholen, doch ein Gedanke trieb ihn immer wieder an: Er stellte sich vor, wie es wäre, wenn er hinfiele und nicht mehr aufstünde. Der Regen würde auf seinen Rücken prasseln und er würde die nasse Erde vor seinem Gesicht riechen. Der völlige Stillstand. Nein, das wollte er nicht. Alles durfte sein, nur Stillstand nicht.

Es blitzte und vor ihm leuchtete der Wald hell auf. Darian blinzelte. Hatte er da neben dem Baum etwas gesehen? Etwas, das sich bewegte? Wahrscheinlich nicht. Er kämpfte sich weiter.

Kurz darauf donnerte es. Aber neben dem Grollen meinte er noch etwas anderes gehört zu haben, ein brummendes Geräusch, das aus der Nähe kam. Jetzt blieb er stehen. Seine Beine ruhten, doch seine Augen waren hellwach.

Wieder blitzte es auf und nun war er sich sicher, dass er eine Bewegung gesehen hatte. Sie hatten ihn gefunden! Oder zumindest würden sie gleich auf ihn stoßen.

Er sah sich nach einem möglichen Versteck um. Aber da war keine Höhle, wie sie ein freundlicher Leveldesigner platziert hätte. Um ihn herum gab es nichts als nackte Baumstämme.

Ein Trappeln ertönte. Es klang wie die Hufe von Pferden, nur schneller. Er drehte sich um. Nichts war zu erkennen. Das Trappeln wurde lauter. Ganz langsam begann Darian, sich in die Gegenrichtung zu bewegen.

Ein Knurren begleitete das Trappeln, ein Knurren, das ihm bekannt vorkam. Plötzlich tauchte in seinem regengetrübten Blickfeld eine Gestalt auf. Darian hielt den Atem an, als er die glühenden Augen des Boworks sah. Und als er erkannte, dass dahinter weitere Augenpaare glommen, beschleunigte er seine Schritte.

Sie nahmen die Verfolgung auf. Darian rannte wie ein Verrückter. Plötzlich war er wieder hellwach, neue Kräfte trieben ihn an. Er bahnte sich seinen Weg zwischen den Bäumen hindurch, während ihn das Knurren verfolgte. Die kalte Luft brannte in seinem Rachen. Er keuchte. Doch er musste weiter. Während er rannte, schaute er nach hinten – der Abstand wurde kleiner, immer deutlicher erkannte er die länglichen Gesichter der hyänenähnlichen Wesen. Sie reckten sich angriffslustig nach ihm, auch wenn sie noch einige Meter hinter ihm waren.

Darian spürte, wie seine Schritte schwerer wurden. Es ging leicht aufwärts, einer Lichtung entgegen. Sein Keuchen wurde hektischer und rauer. Er sprang über einen Baumstumpf. Der Anstieg wurde steiler und anstrengender. Dann erreichte er die Lichtung.

Doch es war keine wirkliche Lichtung, sondern direkt vor ihm fiel ein Erdhang steil ab. Darian schaffte es nicht mehr, rechtzeitig abzubremsen. Er trat auf eine unbefestigte Stelle und begann zu rutschen. Wild ruderte er mit den Armen. Er schlidderte weiter, mit ihm eine ganze Erdscholle.

Dann konnte er sich nicht mehr halten, fiel hin und kullerte den Abhang hinunter.

Darian suchte Halt, doch da waren weder Wurzeln noch Büsche. Die schlammige Erde, über die er rollte und rutschte, bewegte sich mit ihm in die Tiefe, Steinchen überholten ihn. Er wurde immer schneller, die Welt drehte sich um ihn, als wäre er in einer Turbine.

Schließlich landete er mit Schlamm im Mund am Boden und spürte die Schürfwunden an der Hüfte. Zwei Sekunden blieb er reglos liegen, dann schaute er nach oben. Immer noch rollten Erdklumpen herab – und mit ihnen kamen die borstigen Wesen, die ihm in den Abgrund gefolgt waren. Sie ließen nicht von ihm ab! Wütend stürmten sie den Hang herab und hatten ihn fest im Blick. Als sie das Ende des Hanges erreicht hatten, versammelten sie sich zu einer Traube und schienen sich auf den Angriff vorzubereiten.

Darian richtete sich mühevoll auf, doch er wusste, dass er verloren hatte. Die Boworks stellten sich auf ihre Hinterbeine und bewegten sich langsam auf ihn zu. Darian fixierte sie, während er nach hinten auswich.

Der Anführer hatte seine krummen Klauen ausgestreckt und knurrte ruhig, aber bestimmt. Sein graues Fell war zerzaust und voller Schlamm. Seine Zähne ließ er nur leicht zwischen den Lefzen zum Vorschein kommen. Aber das wirkte bedrohlicher, als wenn er das Maul aufgerissen hätte.

Wie töteten sie ihre Opfer? Bissen sie ihnen die Kehle durch oder stießen sie ihnen die Klauen in den Bauch? Woran waren wilde Boworks überhaupt interessiert? An Fleisch? Oder nur am Jagen?

Er erinnerte sich, dass sie keine bloßen Tiere waren, sondern intelligente Wesen, zumindest ansatzweise. Sie hatten sich unter Miredalas Befehl klug organisiert. Also folgten sie nicht bloß Instinkten. Sie waren empfänglich für … wofür? Wie war es Miredala gelungen, aus wilden Boworks treue Anhänger zu machen? Magie? Darian hatte keine Magie.

Aus den Augenwinkeln bemerkte er etwas, was ihm plötzlich Hoffnung gab: Der Abhang, den sie heruntergekommen waren, bewegte sich. Er konnte sich täuschen bei all den Wasserbächen und Erdverschiebungen. Doch er meinte einen Ruck wahrgenommen zu haben. Da, wieder!

Der ganze Hang rutschte!

»Halt!«, brüllte Darian, blieb stehen und blickte dem Anführer der Boworks fest in die Augen. Zu seiner Erleichterung hielt auch die Boworkherde an. Er legte alle Kraft in seine Stimme, die er seit Stunden nicht mehr benutzt hatte. »Ich komme im Auftrag Bokais!«

Wieder rutschte der Hang ein Stück. Eindeutig. Die Boworks standen davor.

Wie konnte er sie weiter hinhalten? Irgendwie musste Miredala es ja auch geschafft haben. »Ich habe Macht über euch. Also bleibt besser da, wo ihr seid!« Darian versuchte den grimmigen Blick seines Gegenübers nachzuahmen.

Doch der schien unbeeindruckt. Demonstrativ fletschte er die Zähne und knurrte aus vollem Leib. Dann setzte er zum Sprung an. Darians Herz klopfte panisch.

Verzweifelt streckte er die Hand aus und riss die Augen auf wie ein Geistwandler. Mit den Händen vollführte er Bewegungen, wie er sie bei Lex gesehen hatte. Er fixierte den Erdhang über den Boworks und gab vor, ihn durch die Luft anzuschieben.

Der Anführer drehte sich irritiert um – er konnte nur noch sehen, wie der Erdhang sich immer schneller in Bewegung setzte und wie eine Lawine auf sie zukam. Die Boworks waren zu perplex, um reagieren zu können. Die Erdmassen erfassten sie, spülten sie mit sich und türmten sich über ihnen auf. Nur einer von ihnen, der Graue, der ganz außen gestanden hatte, schaffte es noch rechtzeitig, einen Satz zu machen und der Verschüttung zu entgehen.

Darian beobachtete, wie Pfoten, Klauen und Mäuler aus der Erdmasse ragten und verzweifelt gegen den Sog ankämpften. Bald waren sie gänzlich begraben, und als der Erdrutsch schließlich zur Ruhe kam, war nur noch ein brauner, nasser Hügel zu sehen.

Der Überlebende hatte alles fassungslos mit angesehen. Er starrte zu Darian, der unbewegt an seinem Platz stand. Dann wollte der Bowork die Flucht ergreifen.

»Bleib hier!«, rief Darian. »Bleib hier!«

Der Bowork hielt inne, knurrte und bewegte sich langsam und unterwürfig auf Darian zu.

Darian hielt die drahtigen Haarbüschel wie Zügel. Die Bewegungen des Vierbeiners glichen in ihrer Hast denen einer Raubkatze. Selbst wenn er über Hindernisse hechtete, hielt er den Rücken völlig gerade. Darian fühlte sich, als würde er auf einem Torpedo über den Waldboden rasen. Der Löwenritt von Narnia, der Flug auf dem Glücksdrachen, die Düsenschlitten auf dem Waldmond von Endor – das war alles nichts im Vergleich zu einem Boworkritt, dachte Darian.

Der Regen störte ihn kaum mehr, und der eisige Wind in seinem Gesicht ließ ihn endlich spüren, wie Kattaman heranrückte. Mit jedem Kilometer, den sie zurücklegten, wuchs seine Hoffnung.

Der Bowork gehorchte aufs Wort. Er schien alles zu verstehen, was Darian sagte. Und mit einer Mischung aus groben Gesten und einfachen Lauten versuchte er zu reagieren. Darian hatte sich sogar überlegt, ihm einen Namen zu geben. Aber ihm war keiner eingefallen. Als er sagte, er wünsche so schnell wie möglich nach Kattaman zu gelangen, hatte der Bowork erschrocken die Augen aufgerissen, hatte aber dann bereitwillig seinem neuen Herrn den Rücken dargeboten.

Die erste Berührung war eine Mutprobe gewesen. Darian fürchtete, das fremde Wesen würde eine blitzartige Bewegung machen und ihn kurzerhand zu Boden strecken. Doch als er ihm übers Fell strich und dabei den ruhigen Atem des Boworks spürte, begann er Vertrauen zu fassen.

Zielsicher und ohne Pausen sprintete der Bowork durch den nassen Wald. Tausende von Bäumen sausten an ihnen vorbei, sie überquerten unzählige Hügel, ritten Kämme und Täler entlang und ließen zu Sümpfen gewordene Erdmulden aufspritzen.

Es wurde Abend und Darian spürte das Bedürfnis nach Schlaf. Doch der Bowork schien kein Interesse an einer Ruhepause zu haben. Er lief mit gleichbleibenden Kräften weiter, und Darian hielt ihn nicht auf. So ritt er die Nacht durch und erreichte den Nordrand des Waldes, als es dämmerte.

Darian sah schon von Weitem, wie es hell zwischen den Bäumen hindurchschimmerte. Er lenkte den Bowork eine Anhöhe hinauf, und als sie zwischen den letzten Bäumen hindurchjagten, öffnete sich vor ihnen ein regenverhangener Horizont. Sie blickten auf eine Tiefebene, die sich in endlose Ferne zu erstrecken schien. Der Kardolon zog sich mit wenigen Biegungen durch die Ebene und mündete in der Ferne in eine Stadt, aus der ein schlanker, hochgewachsener Turm ragte. Wie ein Zepter erhob sich das Gebäude über dem weiten Land. Der Mittelpunkt von Enruah.

»Sieht aus, als wären wir nicht zu spät«, sagte Darian mit dem Anflug eines Lächelns. Er stieg von dem Vierbeiner ab und ließ seinen Blick über die Landschaft schweifen. Wenige Kilometer westwärts am Waldrand musste sich jetzt gerade das Rebellenheer aufhalten, sofern sie im Zeitplan waren. Robbas hatte seine Suche nach Darian sicher aufgegeben und war nun damit beschäftigt, die unerwartet stark angewachsene Armee für den Angriff vorzubereiten. Sie würden die Ausrüstungswagen entladen und die weniger erfahrenen Krieger an die Seite der bewährten stellen. Und dann würden sie sich vermutlich im Laufe des Tages auf die Pferde setzen und über die Ebene geradewegs auf Kattaman zureiten.

»Wenigstens zwei Stunden Schlaf sollten wir uns gönnen«, sagte er zu seinem Reittier. »Sonst fall ich um, bis wir in Kattaman sind.«

Er kehrte zurück zu den Bäumen, um sich ein geschütztes Plätzchen zu suchen. Der Bowork trabte neben ihm her, und Darian wusste, dass er ruhig würde schlafen können.

Teil IV

Tiefe Wahrheiten

1

Der Himmel hatte sich beruhigt, er schien von entleerten grauen Säcken behangen. Darian ritt, umgeben vom Dunst des feuchten Bodens, auf dem Rücken des Boworks über die Ebene. Mit jedem Meter, den sie Kattaman näher kamen, wuchs der Turm. Er baute sich vor Darian auf wie ein Riese und erinnerte ihn daran, dass der eigentliche Sturm noch bevorstand. Bald konnte er Einzelheiten erkennen: Das Bauwerk bestand aus lauter gleichartigen Segmenten, die streng übereinandergestapelt waren. Dunkle Steinringe mit aufragenden Dornen grenzten die Segmente voneinander ab. Sie wirkten wie die Sprossen einer Leiter, mit der jemand den Himmel erklimmen wollte. Und dieses Vorhaben zeigte sich an der Spitze, die nichts anderes war als ein unvollendetes weiteres Segment, auf das wohl noch unendlich viele folgen sollten.

Das Bauwerk war zum Wachsen geboren und solange niemand eingriff, würde der Turm nicht damit aufhören, davon war Darian überzeugt. Und ausgerechnet er war es, dem diese Aufgabe zufiel! Er dachte noch nicht an Bokai. Es reichte ihm, an die Hindernisse zu denken, die er bis dahin zu überwinden hatte. Eine Stadt voller Krieger, er ohne Schwert und nur mit der kleinen Hoffnung, sich hindurchstehlen zu können. Was das Innere des Turmes schließlich für ihn bereithielt, wollte er sich noch nicht ausmalen.

Mit seinem Reittier überquerte er einen Hügel und merkte nicht, dass der Bannschirm kurz vor ihnen lag. Erst in dem Moment, als sie die unsichtbare Wand passierten und es für einen Augenblick um sie herum bläulich aufblitzte, wusste Darian, dass es kein Zurück mehr gab. Sie waren nun in der Bannzone Kattamans, und der einzige Weg in die Freiheit bestand darin, den Turm zu erreichen.

Es war noch ein knapper Kilometer bis zur Stadt, da sahen sie, wie sich vom Stadtrand her ein Reiter auf einem dunklen Bowork näherte. Er hielt direkt auf Darian zu.

»Wir sind bemerkt worden. Jetzt bin ich auf dich angewiesen«, flüsterte Darian seinem grauen Bowork nervös zu und verringerte die Geschwindigkeit. Er hatte mit einer Begrüßung gerechnet. Und er wusste, dass der Bowork sein Trumpf war; denn in Enruah war bekannt, dass nur Bokais Anhänger in der Lage waren, die Wesen in Besitz zu nehmen. Nun kam es darauf an, sich ruhig und selbstsicher zu geben.

Der Reiter hatte sie bald erreicht. Sein Blick war keineswegs feindselig, jedoch prüfend. Er schien seinen Vierbeiner perfekt unter Kontrolle zu haben. Mit kaum erkennbaren Bewegungen brachte er ihn wenige Meter vor Darian zum Stehen. Sofort hob der dunkle Bowork seine Schnauze und schnüffelte in die Richtung von Darians Tier. Es senkte vorsichtig den Kopf.

»Bist du einer von Miredalas Jägern?«, fragte der Reiter unter seinem Eisenhelm hervor. Nur seine Mundpartie war zu erkennen. Der Großteil des Gesichts war überdeckt von zwei abgerundeten Platten, die von den Seiten des Helmes ausgingen. Über dem Kopf bog sich der Helm zu einer Spitze, den Nacken bedeckte er mit einer schrägen Krempe. Über dem Kettenhemd trug der Krieger einen Panzer, der aus sechs Eisenplatten bestand. Der Soldat wirkte bestens geschützt, aber zugleich beweglich. Ein Wappen, das eine üppige Weintraube darstellte, zierte den Panzer. Darian musste unwillkürlich an die Weinberge von Wonntau denken.

»Ja, ich bin einer der Jäger«, antwortete Darian gelassen.

»Dann warst du wohl auf einem Beuteritt.«

»So ist es.«

»Nur Beute scheinst du keine bei dir zu haben.« Die Stimme klang misstrauisch. Darian hätte liebend gerne in das Gesicht des Soldaten gesehen. Dessen Anonymität gab ihm das Gefühl, als würde er mit seinen Antworten durch Nebel navigieren.

»Ein wirklicher Jäger bin ich auch nicht.«

»So, so.«

»Eigentlich war ich nur auf einem Erkundungsritt.«

»Allein? Oder hast du deine anderen Boworks verloren?«

Er war versucht, von dem Erdhang zu erzählen. Aber das hätte nicht glaubwürdig geklungen. »Ich war allein unterwegs. Miredala wollte nicht, dass ich auffalle.«

»Und weshalb hat sie dich geschickt, wenn ich fragen darf?«

»Ich denke, ich muss einem einfachen Soldaten so eine Frage nicht beantworten.«

»Da hast du ganz recht.« Der Mann deutete auf sein Wappen. »Aber einem Ritter Sahaks musst du sehr wohl antworten.«

Darian biss sich auf die Lippen. Er hatte es sich einfacher vorgestellt. Auf dem Rücken eines Boworks, so hatte er geglaubt, würde er in Kattaman an jeder Stelle mit Ehrfurcht empfangen. Er streichelte das graue Fell nervös, als er merkte, dass die beiden Boworks einander misstrauisch ansahen. Vor allem der Dunkle ließ die ersten Zähne erkennen.

»Na schön, es ist kein Geheimnis«, fuhr Darian fort. »Es gibt Gerüchte, dass die Rebellen auf dem Weg sind.«

Der Soldat lachte. »Gerüchte ist gut. Du bist schon eine ganze Weile unterwegs, was?«

»Ein paar Tage, ja.«

»Und? Hast du welche gesehen?«

Darian stockte. Wenn er nun von dem bevorstehenden Angriff erzählte, würde er alle Aufmerksamkeit auf sich lenken. Man würde ihn wohl vor einen der Wächter bringen und dann wäre er aufgeflogen. »Nein, weit und breit keinen gesehen.«

»Hm, das wird Miredala interessieren. Sie war sich ganz sicher, dass irgendwann ein Angriff aus dem Süden kommt.«

»Ja, sie meinte, dass sich was zusammenbraut«, bluffte Darian.

»Sie und Lex waren sich ihrer Sache so sicher, dass sie nicht einmal zur Nordfront gegangen sind.«

»Zur Nordfront?«

»Heute Morgen sind Rebellentruppen aus dem Norden angerückt und haben beim Staudamm unsere Truppen angegriffen. Seitdem tobt da oben eine Schlacht.«

Darian tat erschrocken, obwohl die Nachricht keine Überraschung für ihn war. Das Nordheer handelte genau im Zeitplan.

»Es kommen immer mehr Rebellen nach und Bokai lässt massenweise Männer an die Front gehen. Wir haben große Mühe, die Angreifer vom Staudamm abzuwehren. Trotzdem halten die drei Wächter mit einigen Truppen in der Nähe der Brücke Stellung, weil sie aus dem Süden immer noch einen Angriff erwarten.«

»Verstehe. Wie viele Männer haben wir?«

»Ein paar Hundert werdens schon sein. Und natürlich die Boworks.« Der Soldat beobachtete seinen Bowork, der seinen Blick nicht von dem anderen wandte und bedrohlich zu knurren begann. »Scheint, als würden sie sich nicht sehr mögen.«

»Ich ... ich habe ihn noch nicht lange«, sagte Darian und klopfte dem Bowork beruhigend auf den Rücken. Unter seinen Schenkeln spürte er das Grollen und das Drängen, sich aufzurichten. Nicht auszudenken, wenn er sich nicht beherrschte ...

»Hast du ihn schon mit dem Zauber von Bokai gezüchtigt?«

»Würde ich ihn sonst reiten?«

Der Soldat beobachtete den Grauen, der begonnen hatte, die Zähne zu fletschen. »Ein bisschen widerspenstig scheint er noch zu sein.«

»Er ist seiner Horde entrissen worden.« Darian presste die Schenkel zusammen, um dem Bowork zu signalisieren, dass er sich zurückhalten solle. Das Grollen ebbte ab.

»Dann hast du eine schwere Aufgabe«, sagte der Soldat. Er klopfte seinem Dunklen auf den Nacken und sagte: »Ist gut!«, woraufhin er sein Knurren einstellte. »Miredala muss unbedingt erfahren, dass du keine Rebellen gesehen hast.«

»Wo ist sie?«

»In ihrem Quartier bei der Brücke. Ich werde dich begleiten.«

»Das ist nicht nötig, ich weiß schon ...«

»Natürlich weißt du den Weg. Aber ich will dabei sein. Vielleicht werden wir die Pläne ändern, jetzt, wo es so aussieht, als würde vom Süden her keine Gefahr drohen.« Der Soldat ritt zu ihm heran und streckte ihm die Hand entgegen. »Ich bin Idom.«

»Darian.« Darian ergriff die Hand, die in einem eisernen Handschuh steckte. In diesem Moment durchzuckte ihn eine Erkenntnis.

Ihm fiel ein, wo er den Namen Idom schon einmal gehört hatte. Es war im Gespräch mit Gowanna gewesen, als sie ihm von ihrem Sohn erzählt hatte. Sie hatte ihm gesagt, Idom habe sich dem Heer Sahaks angeschlossen. Kein Zweifel, Darian reichte gerade Gowannas Sohn die Hand!

Er versuchte die Augen seines Gegenübers zu erkennen, doch hinter dem Helm schimmerten nur zwei helle Punkte. Das war also der Mann, der seine Mutter verlassen hatte, um sich der falschen Seite anzuschließen. Und nun stand er Darian gegenüber, nichtsahnend, dass sie Feinde waren.

Idom wandte sich um und wies Darian an voranzureiten.

Benommen setzte sich Darian in Bewegung. Was sollte er tun? Er durfte Idom nichts von Gowanna erzählen, wenn er seine Tarnung nicht verlieren wollte. Oder würde sich Idom womöglich auf seine Seite ziehen lassen, wenn er erst einmal die Hintergründe kannte? Aber dazu musste er Sahak verraten, den Mann, dem er all die Jahre gedient hatte. Nein, es war zu riskant. Darian musste schweigen. Und er musste sich auf dem Weg zu Miredalas Quartier etwas einfallen lassen. Denn wenn er ihr begegnete, dann war es aus.

Sie erreichten die Stadt. Schon zwischen den ersten Häusern konnte man erkennen, dass ein Straßenzug dem anderen glich. Die Häuser wandten Darian ihre kalten Fassaden zu, als würden sie den interessanten Teil auf der Rückseite verstecken. Kattaman war aus einem Kern am Seeufer hervorgegangen und hatte sich dann strahlenförmig ausgebreitet. Alle Längsstraßen führten geradewegs auf die Brücke zu, die über den Kattamansee zum Dornenturm führte. Verbunden wurden sie durch Querstraßen und Gassen. Von echten Häusern konnte kaum die Rede sein; ein weißer Block reihte sich an den anderen, klein und schlicht. Kattaman glich eher einer überdimensionalen Kaserne als einer Stadt. Daran änderten auch die gelegentlichen Grünflächen an den Straßenrändern wenig.

Wenn Darian Menschen sah, dann waren es Soldaten. Sie steckten alle in der gleichen Rüstung, die auch Idom trug. Keine Gesichter waren zu sehen. Die meisten gingen in wohlgeordneten Trupps im

Gleichschritt durch die Straßen. Darian musste daran denken, dass sie alle einst an irgendeinem schönen Platz in Enruah gelebt hatten und nur durch Gewalt in diese Stadt und in diese Rüstungen gezwungen worden waren. Womöglich steckte sogar Angus unter einem der Helme.

Sie ritten schnell, doch die Längsstraße zog sich. Schließlich erreichten sie einen Stadtteil, der etwas mehr Abwechslung bot. Es gab Häuser mit Balkons und Säulen. Die Straße wurde abschüssiger, je näher sie zum See führte. Von hier aus konnte man den Kattamansee gut überblicken. Er lag zwischen zwei Erhebungen westlich und östlich. Vom Süden her mündete der Kardolon in den See. Eine wuchtige Brücke überquerte mit zahlreichen Bögen die Entfernung bis zum Turm. Es mochten dreihundert Meter sein. Sie endete in einem schwarzen Portal am Fuß des Turmes. Dort musste er hin, genau dort.

Sie näherten sich dem großen Platz, an dem die Hauptstraßen zusammenliefen. Zwei Steinpfeiler mit kunstvollen Statuen, wie sie auch am Gemäuer des Turmes zu sehen waren, bildeten den Anfang der Brücke. Soldaten und Boworks tummelten sich in der Nähe der Pfeiler. Holzbarrikaden schirmten den Bereich der Brücke ab, und Waffenständer stellten Speere, Schwerter und Schilde bereit.

Darian ritt langsamer und überlegte, welches Miredalas Quartier sein mochte. Es musste sich um eines der Häuser handeln, die an dem Platz lagen. Wenn er nun orientierungslos wirkte, verriet er sich. Bestimmt war es kein Fehler, erst einmal abzusteigen. Hier war so viel los, dass sie ohnehin nicht mehr schnell reiten konnten. Darian hielt an, stieg ab und wartete, bis Idom ihn eingeholt hatte.

»Meinst du, Miredala ist im Quartier?«, fragte er.

»Mit Sicherheit.« Idom glitt ebenfalls von seinem Tier und gesellte sich zu Darian.

Der schritt langsam über den Platz und tat, als würde er die Lage inspizieren. Die beiden Boworks folgten ihnen brav. »Scheint, als wärt ihr wirklich auf eine Schlacht vorbereitet.«

»Das sind wir doch immer.«

»Stimmt.« Darian steuerte wieder an den Rand des Platzes, wo weniger los war. Er musterte die Häuser, an denen sie vorübergingen, und überlegte, welches Miredalas Quartier sein konnte.

»Wo gehen wir hin?«, fragte Idom. »Wollten wir nicht zu Miredala?«

»Doch, sicher.«

»Und was willst du hier draußen?« Idom sah ihn fest an.

Darian blieb verlegen stehen. In Sekundenschnelle strickte er sich einen Fluchtplan im Kopf. Kurz vor ihnen führte eine Straße ab. Wenn er sich in einem günstigen Moment auf den Bowork schwang, hatte er vielleicht genügend Vorsprung.

Idom richtete seinen Blick immer noch erwartungsvoll auf ihn.

»Schön, dann geh voran und zeige mir den Weg«, versuchte es Darian. Er positionierte sich schon, um auf den Bowork zu steigen.

In diesem Moment zog Idom sein Schwert, hielt es Darian unters Kinn und zischte: »Ich habe eine andere Idee: Du verrätst mir jetzt, wer du wirklich bist!«

Darian druckste herum.

»Na los! Die Rebellen haben dich geschickt, nicht wahr?«

Darian schüttelte den Kopf.

»Natürlich kommst du von den Rebellen. Du sollst uns weismachen, dass es keinen Angriff gibt. Lächerlich, glaubst du, auf so was fall ich rein?«

»Das ist nicht wahr«, brachte Darian heraus. Aus den Augenwinkeln sah er, dass Idoms Bowork den Grauen ins Visier nahm.

»Hör auf zu lügen! Du sitzt in der Falle. Also: Wo sind die Rebellen?«

»Ich weiß es nicht.«

»Du hast dich schon längst verraten. Miredala kann dich nicht geschickt haben. Sie ist erst seit gestern wieder in Kattaman. Und ohne Waffen zieht ein Jäger niemals los.«

Darian schluckte. Nun konnte ihn nur noch die Wahrheit retten. »Es stimmt. Miredala hat mich nicht geschickt. Aber ich gehöre nicht zu den Rebellen.«

»Ach ja?«

»Ich bin hier, um … Deine Mutter … ich habe sie gekannt.«

»Was redest du da?«

»Sie ist nicht mehr am Leben.«

»Hör auf mit diesem Unsinn! Weshalb bist du hier?«

»Gowanna.«

Idom schwieg. Darian konnte sehen, dass seine Augen funkelten. »Ich sagte, hör auf mit diesem Unsinn!«

»Gowanna. Hieß deine Mutter nicht so?«

Idoms Hand begann ein wenig zu zittern.

»Ich war bei ihr, als sie starb. Sie hat kurz vor ihrem Tod noch von dir gesprochen.«

»Du lügst.«

»Miredala hat sie getötet. Ich war dabei.«

»Ich glaube dir nicht. Du bist ein feiger Lügner, den die Rebellen geschickt haben.«

Darian überlegte, ob er einen Beweis bei sich hatte. Die Schwertspitze an seinem Kinn fühlte sich kalt an. »Hör zu: Du stehst auf der falschen Seite. Die Wächter richten das Land zugrunde und töten Unschuldige. Du musst mir helfen.«

»Also bist du tatsächlich ein Rebell.«

»Nein. Ich kämpfe nicht gegen Bokai.«

»Das kannst du Miredala erzählen. Los, mitkommen!«

Sie wurden unterbrochen von einem lauten Tumult. Ein Reiter stürmte über den Platz und schrie mehrmals, dass die Rebellen aus dem Süden im Anmarsch seien. Der Platz geriet in Aufregung, Befehle wurden gebrüllt, Waffen wurden ergriffen.

Darian fackelte nicht lange. Während Idom von dem Durcheinander abgelenkt war, trat Darian ihm so fest gegen den Arm, dass ihm das Schwert aus der Hand fiel. Blitzartig hatte er sich nach unten gebeugt und die Waffe ergriffen.

Idom starrte ihn entsetzt an. »Du hast gewusst, dass sie angreifen würden, du dreckiger Spion!«

»Ich gehöre nicht zu denen!« Darian hielt ihm drohend das Schwert entgegen. »Bitte hilf mir, ich muss zu Bokai!«

»Du glaubst nicht ernsthaft, dass du eine Chance hast?«

Darian sah sich um. Noch war niemand auf sie aufmerksam geworden. Aber das würde sich schnell ändern. Er musste verschwinden! Langsam wich Darian zurück.

»Schnapp ihn dir!«, brüllte Idom, als das Schwert außer Reichweite war. Im selben Moment stellte sich der Bowork auf die Hinterbeine und näherte sich Darian. Sofort sprang der Graue hervor und stellte sich ihm in den Weg. Er knurrte entschlossen und richtete sich ebenfalls auf. Darian wich einige Schritte zurück und sah, wie die Boworks die Zähne fletschten, begierig darauf, aufeinander loszugehen.

Idom rief Befehle in Richtung der Soldaten, von denen sofort einige in seine Richtung gerannt kamen. In diesem Moment stürzten sich die beiden Boworks aufeinander und begannen sich wild mit den Klauen zu beharken.

Darian sah zu den Kämpfenden und dann wieder zu den heraneilenden Soldaten. Verzweifelt, dass ihm keine andere Wahl blieb, wandte er sich ab und sprintete los. Hinter sich hörte er das Knurren der ringenden Boworks und Idoms Brüllen, dass man ihn aufhalten solle.

Darian rannte. Er bog um die Ecke und gelangte in die Straße. Von dort ging es in eine Seitengasse und dann in eine weitere Seitengasse. Er hörte die Schritte der Soldaten, die aber weit zurücklagen. Er rannte weiter. Und dabei musste er ständig an seinen grauen Gefährten denken, dem er noch so gerne einen Namen gegeben hätte.

2

Er hatte sie abgeschüttelt. Idom war ihm mit seinen Männern gefolgt. Sie hatten die Gassen durchkämmt und einige Häuser durchsucht. Aber Darian war längst auf einem Dach verschwunden und beobachtete sie auf dem Bauch liegend. Nach einer Weile schienen sie aufzugeben. Sie kehrten um und einige schlossen sich dem Strom der Soldaten an, die sich südwärts Richtung Stadtgrenze begaben.

Nachdem er sich von dem heftigen Sprint einigermaßen erholt hatte, stand Darian auf, sprang von Dach zu Dach und erklomm schließlich ein mehrstöckiges Gebäude, das ihm einen Blick bis zur Stadtgrenze erlaubte.

Nur in Umrissen konnte er das Eintreffen der Rebellen beobachten. Robbas' Heer zog auf Pferden heran und wurde von einem Pfeilhagel der Kattamaner empfangen. Klugerweise hatten sich die Rebellen breit formiert und versuchten an verschiedenen Stellen zur Stadt durchzubrechen. Mindestens fünf Fronten entstanden. Darian sah nur das Gewühl von Menschen, die sich ineinander verkeilten, zusammensackende Pferde, behelmte Soldaten mit aufgerichteten Spießen, wild um sich schlagende Rebellen. Er sah, wie von Seiten der Rebellenreihen Pfeilregen auf die Stadt niedergingen und Behelmte zu Boden fielen. Hinter den Kampfreihen erblickte er den Rammbock auf einem Holzkarren, der geduldig wartete, bis die Kämpfer ihm den Weg freigeschlagen hatten.

All das betrachtete Darian, als fände es auf einer Leinwand statt. Die Schlacht spielte sich vor ihm ab wie ein Film – er konnte zwar alles sehen, aber nicht eingreifen und musste den Ausgang mit Spannung erwarten. Obwohl er sich an einem sicheren Platz befand, zerriss ihn die Anspannung beinahe.

Niemand hatte einen solchen Überblick über die strategischen Vorgänge wie er: Die Kattamaner hatten nur einen kleinen Teil ihrer Leute zum Stadtrand geschickt. Der Großteil harrte in der Nähe der

Brücke aus. Sie rechneten also damit, dass die Rebellen an irgendeiner Stelle in die Stadt durchbrachen. Dann aber würden sie es ihnen schwer machen, sie vielleicht sogar in eine Falle locken. Das würde seine Chance sein: Wenn die Soldaten mit den Rebellen beschäftigt waren, konnte er sich zur unbewachten Brücke schleichen. Er musste es wenigstens versuchen.

Inzwischen waren auf beiden Seiten viele Männer gefallen. Darian nahm einige leblos daliegende Körper wahr. An mehreren Fronten hatten die Soldaten die Oberhand und zwangen die Angreifer zum Rückzug, an anderen fehlte den Rebellen nicht mehr viel zum Durchbruch. Die Kattamaner organisierten sich in den Straßen schnell und zielsicher. Reiter eilten durch die Stadt zum großen Platz, um Meldung zu machen, dann kehrten sie mit neuen Befehlen zurück.

Tatsächlich erfolgte bald der erste Durchbruch: Eine Traube unbeirrt kämpfender Rebellen schlug eine Schneise in die licht gewordenen Reihen der Gepanzerten und drang schließlich in die Stadt ein. Zu Fuß und in fester Einheit zogen sie jene Hauptstraße herab, die sie bald an Darians Beobachtungsposten vorbeiführen würde. Die letzten flüchtenden Soldaten trieben sie vor sich her.

Darian beobachtete den herannahenden Zug der Rebellen. Gut fünfzig Leute mussten es sein. Sie bewegten sich mit großer Disziplin die Straße herab, brachen nicht nach links oder rechts aus. Robbas musste ihnen scharfe Befehle gegeben haben.

Auf der anderen Seite erkannte Darian, wie ein Kattamaner Reiter auf dem Platz eintraf und offenbar die neuen Ereignisse verkündete. Sofort formierten sich drei Soldatentrupps. Der größte zog den Eindringlingen direkt entgegen, die anderen beiden näherten sich über die Seitenstraßen.

Nicht weit von Darians Beobachtungsposten entfernt kam es zum Zusammentreffen. Die Rebellen ließen sich in Gefechte verwickeln und merkten zu spät, dass ihnen von zwei Seiten weitere Trupps zu Leibe rückten. Aus Darians Sicht wirkte ihr Einmarsch unüberlegt und waghalsig. Aber sie hatten nicht den Überblick, den er hatte. Es kribbelte ihn in den Händen. Jetzt hätte er eingreifen, seinen einstigen

Freunden helfen können. Er hätte wieder ein Teil von ihnen werden können.

Doch sein Ziel war ein anderes, und das musste er sich immer wieder vor Augen halten. Sein Blick wanderte zur Brücke. Dort gab es erneut Unruhe. Ein weiterer Bote war eingetroffen und verkündete nichts Gutes von der Front: Die Rebellen waren an einer zweiten Stelle in die Stadt eingedrungen. Wieder fanden sich in kürzester Zeit Trupps zusammen und verließen den Platz, diesmal in eine andere Richtung.

Darians Herz schlug schneller, als ihm bewusst wurde, dass nun seine Gelegenheit gekommen war. Vermutlich das einzige Mal an diesem Tag. Der Platz vor der Brücke war fast leer und die Aufmerksamkeit der Kattamaner richtete sich ganz auf die eindringenden Rebellengruppen. Er musste sich nur geschickt anstellen, unauffällig sein, dann würde er vielleicht ungesehen durchkommen.

Langsam erhob er sich, blieb aber gebückt. Er kletterte hinunter auf das Dach des Nebengebäudes. Von der Straße unten drangen nun immer lauter die Geräusche von klirrenden Schwertern und stöhnenden Kriegern zu ihm herauf. Am besten ließ er sich gar nicht blicken, am besten schlich er über die Dächer davon und ließ die Kämpfe hinter sich.

Dann aber trieb es ihn doch zum Rand des Daches. Wenigstens kurz musste er sehen, was passierte. Vorsichtig machte er einen Schritt nach vorn und sah nach unten. Nichts wirkte mehr so geordnet wie vorhin. Die sauber getrennten Reihen der Behelmten auf der einen und der ledern Gekleideten auf der anderen Seite hatten sich vermischt zu einem Durcheinander aus verzweifelt um sich schlagenden Gliedern und unkoordiniert umherwirbelnden Waffen. Vor allem die Streiter der Rebellen wirkten hilflos. Jeder kämpfte nur für sich, mal in die eine, mal in die andere Richtung, in der Hoffnung, die nächsten Sekunden zu überleben. Auch wenn Darian die meisten von ihnen nicht kannte, tat es ihm weh, sie so zu sehen. Doch er konnte ihnen und allen anderen nur helfen, wenn er das tat, was er zu tun hatte.

Entschlossen wandte er sich ab, um seinen Weg Richtung Brücke einzuschlagen. Doch plötzlich drehte er sich wieder um. Ein mulmiges

Gefühl erfasste ihn, und er versuchte es zu unterdrücken, indem er sich einredete, nicht richtig gesehen zu haben. Aber als er genau hinsah und die blonden, vom Kampf zerzausten Haare eindeutig erkannte, wurde aus dem Gefühl Gewissheit.

Zwei Soldaten hatten Tamina in eine Ecke gedrängt. Sie wehrte sich mit einem lächerlichen kurzen Schwert, mit dem sie vermutlich noch nie gekämpft hatte. All die Selbstsicherheit, die er von ihr kannte, war aus ihrem Gesicht gewichen. Ihr schien bewusst zu sein, dass jeder Hieb, der auf sie niederging, der letzte sein konnte.

Darians Herz raste. Das Feuer, das in diesem Moment in seiner Brust loderte, fuhr in seine Beine, und er sprang vom Dach.

Er vergaß, dass die Männer in den Helmen eigentlich Männer waren, die sie erlösen wollten. Er vergaß, dass Idoms Schwert kein Zweihänder war. Er vergaß, dass er die Sonderfähigkeit des Wutausbruches besaß. Er handelte einfach. Mit nur zwei Hieben streckte Darian die beiden Soldaten nieder. Seine Bewegungen waren so schnell und präzise wie nie. Die beiden hatten sich nur noch von Tamina wegdrehen und einen kurzen Blick auf Darian werfen können, da hatte er sie schon durchbohrt.

Darian eilte zu Tamina, die am Boden kauerte.

Ihr Blick war versteinert, als spielte sich alles um sie herum in einer anderen Welt ab.

»Geht es dir gut?«, fragte er und beugte sich zu ihr herab.

Sie nickte nur und starrte ihn ungläubig an.

»Komm, wir müssen hier weg!«

Er legte ihren Arm um seinen Hals und stützte sie. Tamina murmelte etwas, was er nicht verstand. Er führte sie weg von den Kämpfen.

Hinter ihnen wurden die wenigen übrigen Rebellen von der Übermacht der Soldaten zerstreut. Sie flohen in alle Richtungen.

Darian schleppte sich mit Tamina in eine Seitengasse. Dort fand er ein leeres Haus mit offener Tür. Sie traten hinein und er setzte Tamina an die Wand unter dem Fenster. In gebückter Haltung spähte er zum Fenster hinaus, an dem kurz darauf ein Trupp Soldaten vorbeizog.

»Darian …«, sagte Tamina, während sie ihre Fassung zurückgewann, »… ich müsste jetzt eigentlich gegen dich kämpfen.«

Darian setzte sich neben sie. »Weil ich ein Verräter bin?«

Sie nickte.

»Gut, dann lass uns kämpfen.«

Tamina brachte ein Lächeln hervor. »Danke. Wir sind quitt, denke ich.«

»Glaubst du wirklich, dass ich ein Verräter bin?«

»Was sollte ich sonst glauben?«

»Die Wahrheit.«

»Du meinst die Wahrheit, die du mir die ganze Zeit verschwiegen hast?« Tamina war wieder in der Lage, Emotionen in ihre Stimme zu legen. Das beruhigte Darian, auch wenn es sich dabei um Wut handelte.

»Ich konnte das nicht erklären.«

»Und versuchen konntest du es auch nicht?«

»Ihr hättet genau so reagiert, wie ihr reagiert habt.«

»Ich habe dir vertraut, Darian. Ich habe wirklich geglaubt, du wärst ehrlich mit uns … mit mir«, schob sie leise nach.

Darian seufzte. »Ich will das Beste für Enruah. Genau wie ihr. Das verspreche ich.«

»Pa ist dafür nicht gerade die beste Gesellschaft, findest du nicht?«

»Ich habe keine Ahnung, wo sie jetzt ist.«

»Und Bokai? Du arbeitest für ihn, hab ich recht?«

»Ich kenne Bokai noch nicht. Aber ich glaube, wir machen einen Fehler, wenn wir ihn töten.«

Tamina schnaubte und scharrte mit der Ferse am Boden. »Dann hast du keine Ahnung, wie viele Menschen seinetwegen gestorben sind.«

»Du irrst dich«, sagte Darian und griff an seinen Stiefel. Tamina beobachtete stirnrunzelnd, wie er die Schatulle herauszog, sie öffnete und die Schriftrolle zum Vorschein kommen ließ. »Glaube mir, niemand weiß so gut wie ich, wie groß Bokais Schuld ist.«

»Was ist das?«

»Tamina, es gibt einen Weg. Aber du musst mir noch einmal vertrauen.« Er sah ihr herausfordernd in die Augen. An ihrem Blick erkannte er, wie schwer es ihr fiel, seine Bitte zu erfüllen. Doch er sah auch, wie sehr sie es wollte. Und schließlich trug dieser Wunsch den Sieg davon: Sie nickte, sagte »in Ordnung«, und hörte zu.

Darian versuchte die Geschichte kurz zu machen. Wo er herkam, sparte er aus. Ansonsten ließ er keine Geheimnisse übrig. Tamina hörte schweigend zu, kommentierte nichts, zeigte kaum eine Regung.

Am Ende sagte sie nur mit einem skeptischen Blick, der ihn ängstigte: »Du behauptest also, wir könnten Enruah ohne weiteres Blutvergießen befreien?«

»Ich vermute es.«

»Du vermutest es?«

»Mehr kann ich nicht anbieten.«

Sie sah ihn finster an. »Du bist gut. Na schön. Aber wenn du mich dieses Mal enttäuschst, bist du tot.«

Den Rebellen war es gelungen, mit dem gesamten Heer in die Stadt einzudringen. Trotz großer Verluste konnten sie sich bis zu einem großen Vorratsspeicher, nicht weit von der Brücke entfernt, vorkämpfen. Dort war vorerst das Ende erreicht. Die beiden Heere hatten sich jeweils in ihr Lager zurückgezogen, um sich von den schweren Kämpfen zu erholen.

Auch auf Seiten der Kattamaner gab es viele Tote und Verletzte. Sie lagerten auf dem Platz vor der Brücke. Die Nacht war hereingebrochen und es herrschte eine vorübergehende Waffenruhe.

Darian und Tamina waren über die Dächer herangeschlichen und machten sich ein Bild von der Lage. Allmählich kam sich Darian vor wie der Held aus *Assassin's Creed*, der sich mehr über die Dächer bewegte als über die Straßen. Wie wäre er dort nun vorgegangen? Vermutlich wäre er seitlich an der Brücke entlanggeklettert. Aber dazu waren weder er noch Tamina in der Lage. Er hatte nun einmal keine klebenden Hände.

»So, und jetzt?«, fragte Tamina, während sie auf den Platz hinunterblickten. »Möchtest du da durchspazieren? Es wird denen sicher nichts ausmachen, wenn wir die Brücke benutzen.«

Er hatte Tamina selten zynisch erlebt. Es stand ihr auch wenig. »Uns wird schon etwas einfallen. Die meisten von denen schlafen.«

»Ja. Aber es sind immer noch genug Wachposten.«

Darian wurde unruhig beim Anblick der Brücke, auf der sechs Soldaten mit langen Spießen auf und ab patroullierten. Vorhin wäre der optimale Augenblick gewesen – als er Tamina zu Hilfe eilen musste. Aber er unterstand sich, ihr das unter die Nase zu reiben. Er verlangte von ihr Vertrauen, also musste er nun auch eine Lösung anbieten.

»Siehst du das da drüben?«, fragte er schließlich und zeigte auf eine Stelle am Ufer nicht weit von der Brücke, wo ein Ruderboot einsam im Wasser schaukelte.

»Du willst mit dem Boot zum Turm rüber?«

»Dann sparen wir uns die Brücke.«

»Und dann? Sollen wir die Wände hochklettern?«

»Wir kommen da schon hoch. Die Brücke hat Zinnen, nehmen wir ein Seil mit.« Darian versuchte so locker wie möglich zu klingen. Aber Tamina sah nur skeptisch zu dem Boot hinüber.

»Sehr abenteuerlich. Das muss ich zugeben.«

Darian hatte in einem der Häuser ein Seil aufgetrieben. Um an die Uferstelle zu kommen, an der das Boot lag, mussten sie durch die Gassen den Platz umgehen und sich dann entlang der Uferpromenade von außen nähern. Das Boot lag ungefähr fünfzig Meter von der Brücke entfernt und war über ein Treppchen erreichbar. Sie würden den See im Mondschatten des Turmes überqueren und dann am Ende der Brücke hinaufklettern. Die Wachen vor dem Portal zu überwältigen, würde die größte Herausforderung sein.

Als sie sich auf der Uferpromenade dem Boot näherten, sah Darian zu dem Bauwerk empor, dessen Spitze oben in der Dunkelheit verschwand. Das massive Gemäuer erhob sich mit spöttischer Selbstsicherheit inmitten des Sees, so als würden es die Ereignisse in der Stadt nichts angehen. Darian fühlte sich an die ersten Minuten in *Bioshock* erinnert, in denen man zwischen brennenden Flugzeugteilen schwamm und dann auf einen Leuchtturm mitten im Meer stieß, den es zu betreten galt. Auch dort hauste ein Tyrann – allerdings in einer riesigen Unterwasserstadt unterhalb des Leuchtturms. Wo er Bokai finden würde, war ihm noch nicht klar. Hatte er seine Gemächer im unteren Teil oder sah er von ganz weit oben auf sein Land herab? Überhaupt, was befand sich im Innern dieses prächtigen Turmes? Hatte Bokai sich auf jedem Stockwerk ein Prunkgemach einrichten lassen? Gab es lange, verschnörkelte Treppen? Erst wenn sie das Portal hinter sich gebracht hatten, würde er es wissen.

Das Lager der Soldaten war so weit weg, dass Darian und Tamina sich relativ ungefährdet dem Boot nähern konnten. Trotzdem schlichen sie in gebückter Haltung und sahen sich immer wieder um. Bald erreichten sie das Treppchen, das sie zum Boot führen würde.

»Bist du dir sicher, dass du mitwillst?«, fragte Darian und drehte sich zu ihr um. »Jetzt kannst du noch zurück.«

Sie blieb stehen. »Wir können alle nicht mehr zurück. Schon vergessen?«

Darian schluckte. Dann stieg er die Treppe hinunter. Eine Holzplattform bildete den Steg. Das Boot war an einen Pflock gebunden. Darian machte sich am Knoten zu schaffen. Als er das Seil gelöst hatte, führte er Tamina ins Boot und folgte ihr.

»Ich werde rudern«, sagte er, ehe sie ihn darum bitten konnte.

Eine durchdringende Stimme erscholl aus dem Nichts: »Das würde ich nicht tun!« Erschrocken drehten sich Tamina und Darian zum Steg um. Aus der schattigen Ecke vor der Treppe trat ein Mann in Rüstung. Sofort erkannte Darian die Weintraube auf dem Panzer.

»Wenn ihr losfahrt, wird das euer Tod sein.«

»Ach ja?« Darians Hand ging zum Schwertknauf am Gürtel.

»Du kannst mir glauben«, sagte Idom. »Sahak wartet auf der Brücke nur auf dich.«

Darian und Tamina sahen sich an. »Weshalb sagst du uns das?«

Idom zögerte. Schließlich nahm er den Helm vom Kopf. Eine hellbraune Mähne und ein bärtiges Gesicht kamen zum Vorschein. Wenigstens die knollige Nase erinnerte an Gowanna. Der Ritter sah ihn mit reumütigem Blick an. »Ich möchte von dir etwas wissen: Ist es wahr, dass du meine Mutter getroffen hast?«

»Ja.«

»Und was hat sie über mich gesagt? War es etwas Gutes?«

Darian musste nachdenken. »Sie hat erzählt, dass du ihren Verbenentee mochtest. Sie hat dich vermisst.«

Idom lächelte. »Verbenentee. Ja, ich erinnere mich. Sie hat mich wirklich vermisst?«

Darian nickte.

Idoms Augen leuchteten. »Meine Erinnerung war fast ausgelöscht. Die vielen Jahre in Sahaks Armee – ich kannte nichts anderes mehr. Ich habe gedacht, meine Mutter hätte mich auch längst vergessen. Aber sie hat es nicht.« Er lächelte in sich hinein. »Ich wünschte, ich hätte es früher bereut …«

»Wie kommt es, dass du mir nun glaubst?«

Idom trat auf den Steg und beugte sich zu ihnen herab. Dabei nahm er die Brücke in Blick. »Vorhin habe ich Sahak von dir erzählt. Und dann fragte ich ihn, ob es wahr sei, dass Miredala meine Mutter getötet hat. Er sagte, dass es stimmt und dass sie es nicht anders verdient hätte. Die Kälte in seinen Augen hat mich erschreckt. Ich hatte immer geglaubt, dass er meine Mutter wenigstens noch ein wenig in seinem Herzen geliebt hat.«

»Wieso das?«

»Weil er mein Vater ist.«

Darian riss die Augen weit auf. Eigentlich war dies ein Moment, in dem sich viele lose Fäden verbinden und ein sinnvolles Ganzes ergeben sollten. Doch nun waren es noch mehr Rätsel.

Ehe Darian nachfragen konnte, fuhr Idom fort: »Hört zu, man wird euch bald hier finden. Wir müssen weg von hier.«

»Wir?«

»Ich kann euch sagen, wo ihr hin müsst. Ihr müsst mich nur zu euch ins Boot lassen.«

Darian und Tamina sahen sich verunsichert an.

»Wieso sollten wir das tun?«

»Weil ich euch zu jemandem bringen werde, der einen Weg in den Turm kennt.«

3

Das Haus fiel nicht besonders auf, da es sich zwischen die anderen Häuser in der Nachbarschaft duckte. Der Türrahmen war aus Holz. Darian zögerte kurz, bevor sie das Haus betraten. Wenn das alles eine Falle war, würde sie vermutlich zuschnappen, sobald sie drinnen waren.

Aber Darian glaubte nicht daran. Idom hatte ihnen während der Fahrt am Ufer entlang seine Geschichte erzählt. Und Darian hielt sie für glaubhaft. Taminas Blick war skeptisch geblieben, aber sie hatte offenbar entschieden, Darians Urteil zu trauen. Das machte ihn ein wenig stolz.

Als sie den trübe erleuchteten Vorraum betraten, kam eine alte Frau aus der Wohnstube zu ihnen. Darian erschrak bei ihrem Anblick, denn er meinte, Gowanna sei wieder auferstanden. Ihre Gestalt, ihr Gesicht, ihre Bewegungen – in allem war sie ihr nahezu gleich. Erst als er ihre Gesichtszüge genauer betrachtete, nahm er die feinen Unterschiede wahr. Und als sie zu sprechen anfing, hatte er plötzlich das Gefühl, einen ganz anderen Menschen vor sich zu haben.

»Das sind also die Leute, die du bringen wolltest«, sagte sie zu Idom und musterte Darian und Tamina streng.

»Das sind Darian und Tamina. Sie brauchen deine Hilfe.«

»Meine Hilfe hat lange keiner gebraucht – und heute rennt man mir die Tür ein. Na kommt schon rein!«

Jedes Wort, das sie aussprach, klang, als würde sie ein Messer werfen. Darian wollte nicht wissen, wie sie mit ihnen umgegangen wäre, wenn Idom sie nicht auf den Besuch vorbereitet hätte.

Auf der Fahrt hatte Idom ihnen gesagt, dass er sie zu Bersenka, Gowannas Zwillingsschwester, führen würde. Seit vielen Jahren sei er nicht mehr bei ihr gewesen; erst heute, nach seiner Begegnung mit Sahak, habe er sie aufgesucht und einige schmerzhafte Wahrheiten von ihr erfahren. Zunächst hatte Bersenka verbittert reagiert, als er vor der Tür stand. Als er ihr aber mitteilte, dass ihre Schwester tot war, ließ sie ihn ins Haus. Sie erzählte ihm Dinge, die er nie gehört hatte: dass Gowanna sich damals nur widerwillig auf Sahak eingelassen habe; dass sie nach ihrer Flucht nach Wonntau Idom nie die Wahrheit gesagt habe, um ihn zu schonen; dass sie gelitten habe, als Sahak nach Wonntau kam und sich Idom als gütigen Vater vorstellte. Idom hatte sich Sahak damals angeschlossen, froh, endlich einen Vater zu haben. Auf Gowanna war er wütend gewesen, weil sie ihm den Vater vorenthalten hatte. Jetzt wusste er, dass sie es gut gemeint hatte, und es schmerzte ihn, dass er sich nicht mehr mit seiner Mutter versöhnen konnte. Bersenka hatte alles gewusst, aber Idom hatte sich immer von ihr ferngehalten. Bis zu diesem Tag, an dem Darian ihn an alles erinnert hatte. Dem Tag, an dem ihm klar geworden war, dass Sahak ein furchtbarer Mensch war.

Und nun wolle er, so hatte Idom auf dem Boot erzählt, wenigstens alles tun, was in seiner Macht stand, um der richtigen Seite zu helfen.

»Setzt euch da hin!«, befahl Bersenka, als sie in der nicht minder trüben Wohnstube waren. Sie nahmen an einem kargen Holztisch Platz und Bersenka goss ihnen Tee ein. Darian wurde nervös. Sie waren eigentlich nicht zum Teetrinken gekommen. Aber Idom hatte ihnen auf der Fahrt gesagt, dass Bersenka sehr misstrauisch sei und man eine Weile um ihr Vertrauen werben müsse. Bis zum Morgen hatten sie Zeit, dachte Darian. Dann würde draußen wahrscheinlich die Schlacht weitergehen. Bis zum Morgen mussten sie bei Bokai sein – und eine ganze Nacht würde Bersenka sicher nicht mit ihnen Tee trinken wollen.

»Idom meinte, du könntest uns helfen, zum Turm zu gelangen«, begann Darian vorsichtig.

»So, meint er das? Was wollt ihr in diesem Turm?«

»Bokai erwartet mich.«

»Nehmt die Brücke.«

»Dort lauert uns Sahak auf.«

»Wenn Bokai euch erwartet, wird Sahak sich euch nicht in den Weg stellen. Sahak tut immer, was Bokai will.«

»Diesmal ist es wohl anders.«

»Schwer zu glauben«, beharrte Bersenka.

»Sahak scheint zu wissen, dass Darian etwas sehr Wertvolles bei sich trägt«, sagte Idom. »Er hat befohlen, dass wir ihn finden und lebend zu ihm bringen sollen.«

»Und du hast dafür gesorgt, dass die beiden nicht gefunden werden?«, fragte Bersenka misstrauisch.

»Ja, ich habe die Wachen von dem Bootsanleger weggeschickt, um Darian dorthin zu locken und ihn warnen zu können.«

»Du riskierst einiges für ihn.«

»Aus gutem Grund«, sagte Idom. »Bokai ist schwer krank. Eben auf dem Boot hat mir Darian gesagt, dass er ein Mittel hat, das Bokai von dem Fluch befreien könnte. Ich glaube, dass Sahak und die anderen Wächter das verhindern wollen. Sie hoffen schon lange insgeheim, dass Bokai bald stirbt. Ich habe es nur nicht wahrhaben wollen.«

»Das hätte er durchaus verdient«, gab Bersenka kaltschnäuzig zurück. »Er und seine drei Wächter, die all das Unheil hier angerichtet haben. Sie alle haben es verdient.«

Jetzt schaltete sich Tamina ein: »Aber vielleicht können wir noch größeres Unheil vermeiden.«

»Ihr habt überhaupt keine Ahnung! Nichts wird mehr so werden, wie es einmal war.«

»Wenigstens versuchen können wir es«, sagte Darian.

»Da draußen schlachten sie sich ab. Ich habe es den ganzen Tag gehört. All die Jahre habe ich erwartet, dass es geschehen würde. Es ist ein klärendes Gewitter. Schon einmal davon gehört? Wo alles verloren ist, da muss ein Gewitter kommen und alles vernichten.«

»Dabei werden aber nicht nur die Schuldigen sterben!«, sagte Tamina.

»Ja, vielleicht wird es sogar mich erwischen. Aber so ist das nun einmal bei einem Gewitter.« Bersenkas Stimme war eintönig geworden. Sie starrte müde auf eine leere Stelle auf dem Tisch.

»Tante, du musst uns helfen. Du kennst doch einen Zugang zum Turm. Das hat mir meine Mutter einmal verraten.«

Bersenka lachte spöttisch. »Nicht zu fassen! Da kämpfst du jahrelang für Sahak und hast keine Ahnung vom Dorf der Enttäuschten!«

»Wovon redest du?«

»Hast du dich einmal gefragt, wo all die Soldaten herkommen, die sich eurer Armee anschließen?«

»Sie kommen aus ganz Enruah. Sahak nimmt sie in seine Kaserne und macht Kämpfer aus ihnen.«

»Das glaubst du wirklich? Du hast dich nie gefragt, wo all die Männer sind, bevor sie in die Kaserne kommen? Sie leben eine ganze Weile an einem sehr dunklen Ort, wo ihr Wille durch Bokais Zauber gebrochen wird.« Bersenka lachte zynisch. »Ein Ort, der einmal ein Prunkstück war.«

»Du meinst, es gibt dieses Unterwasserdorf wirklich?« Idoms Gesicht fiel in sich zusammen.

»Natürlich.«

»Ich dachte, das sei nur ein Gerücht, um Bokai in Verruf zu bringen.«

»Da siehst du, wie geschickt Sahak dich belogen hat.«

»Dürfte ich erfahren, wovon hier die Rede ist?«, fragte Darian.

Bersenka schenkte ihm Tee nach. »Wenn du in den Turm willst und die Brücke nicht benutzen kannst, dann musst du ein bisschen tauchen.«

»Da soll wirklich ein Dorf unter Wasser sein?«, fragte Tamina.

Bersenka zuckte die Schultern, ein gleichgültiges Vielleicht.

»Wie soll das gehen?«, fragte Darian.

»Genauso wie man eine ganze Stadt gefangen halten kann.«

»Mit einem Bannschirm?«

Bersenka stellte den Kessel aufs Feuer zurück und nickte beiläufig. »Erstaunlich, nicht? Die Dorfbewohner bleiben gänzlich trocken, soviel ich weiß. Trotzdem muss es ein seltsames Gefühl sein, wenn du statt des blauen Himmels nur Wassermassen um dich herum hast.« Sie kehrte zum Tisch zurück und genoss die erstaunten Gesichter. Offenbar hatte sie eine sehr lange Zeit keinem mehr etwas erzählen können.

Sie ließ sich Zeit, einen Schluck Tee zu nehmen, dann begann sie:

»Das Dorf auf dem Seegrund ist Kattaman, wie es früher einmal war, bevor es den See gab. Es war ein herrliches Dorf in einer Talsenke. Klein, aber schön. Damals war Bokai unser Dorfvorsteher. Die Weinernte war mindestens so gut wie in Wonntau. Nein, besser noch. Jedes Jahr gab es ein großes Fest und Bokai hielt ruhige, aber unglaublich bewegende Ansprachen. Es waren gute Zeiten. Damals gab es keinen Herrscher über Enruah. Die Städte lebten für sich und im Frieden miteinander.

Dann fing der Neid an. Die Städte des Nordens sahen, wie das kleine Kattaman erblühte. Sahak war Vorsteher von Bankada. Er war schon damals ein herrschsüchtiger Mensch. Alles wollte er kontrollieren, er nahm sich, was er wollte. Vor allem Frauen. Als er nach Kattaman zu Besuch kam, begann er Ansprüche zu erheben. Er sagte zu Bokai, dass Kattaman ohne die Lieferungen aus den Nordstädten nicht überleben könnte. Deshalb zwang er ihn zu einer immer höheren Abgabe. Mit der Zeit gewann er Macht über Kattaman. Und auf Gowanna hatte er es abgesehen. Ihr wisst ja, was dabei herauskam. Gowanna litt so sehr darunter, dass sie noch vor Idoms Geburt in den Süden zog. Himmel, und jetzt ist sie tot …« Bersenka hielt inne und atmete durch. Dann fuhr sie fort:

»Es ging ein paar Jahre so. Erst mit der Zeit bemerkte Bokai, dass sie ihn mit vereinten Kräften vernichten wollten. Er hielt Lex immer für einen Freund. Lex war Besitzer mehrerer Gutshöfe im Norden. Er tauschte sich mit Bokai aus, tat, als gäbe er ihm guten Rat. In Wirklichkeit nutzte er sein Wissen, um Bokais Arbeit zu sabotieren. Er pflanzte Schädlinge im Weinberg, und ich glaube auch, dass er am Brand des Kornspeichers Schuld war. Es brachen schlechte Zeiten in Kattaman an, und immer öfter hieß es, Bokai sei dem allen nicht gewachsen. Seine wunderbaren Erfindungen – die Weinpresse, die Wasserleitung vom Fluss – vergaßen die Leute einfach, als es ihnen schlecht ging.

Dann war da noch Miredala. Sie war damals noch sehr jung, eigentlich fast jugendlich. War in ganz Enruah zu Hause. Wo sie hinkam, lag man ihr zu Füßen. Sie hatte immer unglaublich viel zu erzählen, weil sie so viel erlebte. Ihrem Charme konnten nur wenige Männer widerstehen. Sie merkten nicht, dass Miredala sich nur so aufspielte, weil sie durchgefüttert werden wollte und außerdem gierig nach Aufmerksamkeit war. Als sie in der schwierigen Zeit nach Kattaman kam, konnte man ihr nicht mehr das bieten, was sie gewohnt war. Sie machte sich schon am nächsten Tag davon. Und dann begann sie in ganz Enruah davon zu berichten, wie schlimm die Zustände in Kattaman seien und welch ein Versager Bokai sei. In kürzester Zeit war er nur noch als dämlicher Erfinder bekannt, dem ansonsten alles misslang.

Sein eigenes Dorf begann sich für ihn zu schämen. Da verließ er Kattaman, obwohl sein ganzes Herz an dem Ort gehangen hatte. Das weiß ich, weil ich ihn kannte. Bokai zog sich in den Großen Wald zurück. Niemand weiß genau, was dort geschehen ist. Alle dachten, er würde nie mehr zurückkehren.

Doch eines Tages kam er wieder. Sein Gesicht hatte sich verändert. Es war hart geworden. Aber das Merkwürdigste war: Bokai nannte sich von nun an den Auserwählten, und Sahak und Lex unterwarfen sich ihm. Niemand verstand, weshalb sie das taten. Sahak begann jeden Befehl auszuführen, den Bokai ihm erteilte. Sogar Miredala gehorchte ihm. Bokai setzte die drei als seine Wächter ein. Er verlieh ihnen Kräfte, mit denen sie auch andere Menschen unterwerfen konnten. Mitten in Kattaman, dort, wo Bokais Haus gestanden hatte, begann er den Turm zu errichten. Wir Kattamaner wurden damals zu seinen Sklaven; zumindest die, die nicht flohen.

Ich selbst habe an den Grundfesten dieses Turmes mitgebaut. Deshalb weiß ich, wie es dort aussieht.

Dann aber ließ sich Bokai die furchtbarste Gemeinheit einfallen: Wir sollten am Ende des Tals einen Staudamm errichten, um die Nordregionen von Enruah zu bestrafen. Also bauten wir, so lange, bis der Kardolon das Tal ausfüllte und dann in ein Seitental Richtung Westen weiterfloss. Das ursprüngliche Kattaman wurde überflutet. Doch Bokai hatte um die Grundfesten des Turms herum einen Bannschirm errichtet, der sich über das Dorf spannte. Er wollte sein Dorf nicht aufgeben. Aber die Bewohner wollten es: In Scharen zogen sie davon. Da errichtete Bokai den zweiten Bannschirm an der Spitze des Turmes, der sich über das ganze Gebiet erstreckt.

Damals begann es, dass er Menschen aus dem Land nach Kattaman holen ließ, um am Turm zu bauen. Der Turm wuchs und mit ihm das neue Kattaman am Ufer des Sees.«

»Und wieso bist du hiergeblieben?«, fragte Tamina.

»Ich habe es mir überlegt, ob ich auch gehen soll. Vermutlich habe ich mir zu viel Zeit gelassen, denn als der zweite Bannschirm entstand, war es zu spät. Ich habe wohl zu lange an Bokai geglaubt. Ich hatte ihn als Dorfvorsteher … nun ja, irgendwie hatte ich ihn geliebt. Nicht so wie ihr denkt. Oder vielleicht auch ein bisschen. Er war ein so prachtvoller Mann, ganz von Leben durchdrungen. Er hatte so viel Herz und so viel Klugheit. Er hatte Kattaman zu einem außergewöhnlichen Dorf gemacht. Wir alle waren inspiriert von ihm. Ich hatte lange gehofft, dass all dies wieder zurückkehren würde. Ich hatte sogar den Gedanken, der Turm sei ein neues Zeichen seiner Genialität. Erst spät bemerkte ich, dass er ein Zeichen des Größenwahns ist.«

»Weißt du etwas von dem Fluch?«, wollte Darian wissen.

»Nein, darüber ist mir nichts bekannt. Aber ich sage dir: Es kann nur ein Fluch sein, der aus Bokai das gemacht hat, was er heute ist. Im wahrsten Sinne des Wortes ein verdammter Fluch.« Bersenka sah tief in ihre Tasse hinein und trank den Rest aus. Ihr Schlürfen war das einzige Geräusch im Raum.

»Habe ich das richtig verstanden?«, begann Darian. »Das Dorf am Seegrund gibt es noch heute und man kann von dort in den Turm gelangen?«

»So ist es. Alles ist noch so wie damals. Nur leben nicht mehr die Kattamaner dort, sondern die Leute, die von den Wächtern verschleppt werden. Das kann ich von hier aus beobachten. Sie werden über die Brücke in den Turm gebracht und kommen viele Wochen nicht mehr heraus. Das Dorf ist ein Gefängnis geworden, in dem die Männer unter den Zauber Bokais gebracht werden. Danach kommen sie als gefügige, willenlose Soldaten heraus. Sahak kann mit ihnen machen, was er will.«

»Kann man von außen in dieses Dorf gelangen?«

»Sicher.« Bersenka zeigte nach unten. »Durch den Bannschirm kannst du hinein, aber nicht mehr hinaus. Du brauchst nur genügend Luft in den Lungen.«

»Worauf warten wir noch?«, fragte Darian an Tamina und Idom gewandt.

»Bist du dir sicher?«, fragte Idom. »Du weißt nicht, was dich da unten erwartet.«

»Nichts, was schlimmer sein könnte als Sahak auf der Brücke.«

»Wenn du dich da mal nicht täuschst«, sagte Bersenka und erhob sich. »Wenn du dich da mal nicht täuschst.«

4

Sie hatten beschlossen, dass Idom oben bleiben sollte. Er würde zu seinem Heer zurückkehren und so gut es ging für Ablenkung sorgen. Zuvor ruderte er Darian und Tamina von der Hinterseite des Turms aus auf den See hinaus. Das Wasser war ruhig und nur das Plätschern der Ruder war zu hören.

In keinem Augenblick hatte Darian daran gezweifelt, dass sie das Richtige taten. Nicht nur in *Bioshock* war es so: In jedem Computerspiel führte der spektakulärste, der unwahrscheinlichste Weg ins nächste Level. Man musste entschlossen in die vermeintlichen Sackgassen hineinstürmen, um weiterzukommen. Denn weiter ging es zwangsläufig immer. Es war eine der Grundregeln von Spielen, dass man definitiv zum Ende gelangte, wenn man sich jeder Herausforderung stellte. Man hatte zwar das Heft des Handelns in der Hand, und die eigene Fähigkeit wurde permanent gefordert, doch zugleich folgte man einem von einer höheren Macht durchdachten Plan. Ähnlich wie bei den Menschen, die an Gott glaubten.

Es war gut, dass Darian diese Gewissheit hatte, denn Taminas Gesicht bot ihm wenig Ermutigung. Kein Wunder, sie betrachtete das alles nicht als Computerspiel. Sie sah nicht die vordefinierten Lösungswege, die versteckten Geheimgänge, die inszenierte Steigerung ihrer Probleme. Sie sah nur einen Menschen. Einen Menschen, der ihr in der Vergangenheit wenig Grund gegeben hatte, ihm zu vertrauen. Und der sie nun in ein Abenteuer hineinzog, das ihre bisherigen Wagnisse harmlos erscheinen ließ.

Sie blickte fest auf die Wasseroberfläche und atmete durch, als die Nähe des Turms erreicht war und Idom innehielt.

»Unter uns müsste ungefähr der Rand des Dorfes sein«, sagte Idom.

»Was denkst du, wie tief wir tauchen müssen?«, fragte Darian.

»Fünfzehn Meter sind es bestimmt. Ihr müsst in den Ohren den Druck ausgleichen.«

»Dann hoffen wir, dass deine Tante uns keine Legenden erzählt hat.«

Idom nickte zustimmend, während Tamina auf das Wasser starrte, als könnte sie irgendwann auf den Grund sehen.

Darian zog seine Stiefel aus. Mit nackten Füßen würde er weit besser tauchen können. Er nahm die Schatulle in die Hand, Idoms Blick blieb sofort daran hängen.

»Das ist sie also. Schwer zu glauben, dass das die Lösung aller Probleme sein soll.«

»Danke, ein sehr ermutigender Abschied«, sagte Darian. Nachdem er geprüft hatte, dass sie noch dicht war, klemmte er die Schatulle in seinen Hosenbund.

»Wenn ich sehe, wie viel du wegen dieser Rolle bereit bist zu riskieren, dann habe ich Hoffnung.«

»Ich hoffe, dass ich dich nicht enttäusche«, sagte er und drehte den Kopf zu Tamina. Sie blickte zu ihm auf. Dann nickte sie als Zeichen, dass sie bereit sei.

»Falls wir uns nicht wiedersehen«, sagte Idom, »ich bin froh, dich kennengelernt zu haben. Und noch etwas …«

»Ja?«

»Ich glaube, dein Bowork hat überlebt. War ein ziemlich harter Kampf. Meiner hat eine Klaue in den Bauch bekommen und ist gestorben. Deiner ist blutend in den Straßen verschwunden. Kannst auf jeden Fall stolz auf ihn sein.«

Darian hatte den Gedanken an den grauen Bowork verdrängt. Jetzt zog ihm ein warmer Schauder über den Rücken. »Danke. Falls du ihm begegnen solltest, und er dir nicht gleich an die Kehle springt, sag ihm, dass ich ihm den Namen Eliot gebe.«

»Wollen wir los?«, drängte Tamina. Darian nickte. Er bewunderte, wie Tamina mit ihrer Angst umging. Sie trat ihr einfach entgegen, um ihre Zeit zu verkürzen.

Der Abschied von Idom war knapp und schlicht. Doch die Blicke, die die beiden Männer austauschten, wirkten, als wären sie seit Jahren Freunde.

Darian und Tamina stellten sich auf und sahen einander an. Er glaubte für einen kurzen Moment, auf ihrem Gesicht ganz versteckt die Rückkehr ihres Lächelns entdeckt zu haben.

Sie sprangen fast gleichzeitig. Er war ihr ein klein wenig voraus. Sie wollten so dicht beisammenbleiben, dass sie sich bei dem schwachen Mondlicht noch wahrnehmen konnten.

Bei den ersten Zügen spürte Darian, wie Hunderte Bläschen seine Haut massierten. Dann nahm er vor allem die klirrende Kälte wahr, die ihn umfing. Anfangs meinte er, inmitten eines Eisblocks gelandet zu sein, und er fragte sich, ob er überhaupt vorwärtskam. Doch weil es vor seinen Augen immer dunkler wurde, schien er sich tatsächlich nach unten zu bewegen. Und die Kälte zwang ihn zu immer schnelleren Bewegungen.

Er wandte sich um. Nicht weit über ihm schimmerte die Wasseroberfläche. Und direkt hinter ihm erkannte er Taminas Silhouette, die gleichmäßige Bewegungen machte und deren Haare nach hinten strömten.

Sie blieb an ihm dran. Das gab ihm Sicherheit, er konnte sich auf das vor ihm Liegende konzentrieren. Allerdings: Er hatte keine Ahnung, was vor ihm lag. Es war so dunkel …

Er entließ etwas Luft aus seinem Mund. Das machte es leichter. Doch zum ersten Mal wurde ihm bewusst, wie begrenzt seine Reserven waren. Es begann ihn anzustrengen, die Luft anzuhalten. Hinzu kam der Druck in seinen Ohren.

Warum sahen sie nichts? Hatten die in ihrem Dorf keine Fackeln? Wenn es wirklich ein Dorf da unten gab, müsste man es doch von Weitem erkennen.

Er tauchte weiter, immer senkrecht hinab. Jeder Zug wurde anstrengender. Seine Lungen begannen zu protestieren, ließen sein Herz schneller schlagen. Wieder entließ er Luft. Viel war nicht mehr in ihm.

Es war schwer zu schätzen, wie tief sie sich befanden. Zehn Meter? Bestimmt waren es zehn Meter, denn allmählich wurde der Druck auf seinen Ohren unerträglich. Immer, wenn er glaubte, sein Trommelfell würde gleich zerreißen, glich er den Druck aus.

Verzweifelt drehte er wieder den Kopf. Das Schimmern an der Oberfläche war deutlich weiter weg. Ob es zehn oder zwanzig Meter waren, konnte er aber nicht einschätzen. Tamina war noch immer an ihm dran.

Aber es konnten keine zwanzig Meter sein. Sonst müssten sie bald das Dorf vor sich haben! Da war nichts!

Seine Arme begannen nachzulassen. Schon sehr lange hatte er nicht mehr die verletzte Stelle an seiner Schulter gespürt. Jetzt machte sie sich bemerkbar.

Ein Zurück gab es nicht, das wusste er. Der größte Teil des Sees lag nun über ihm. Ihn erneut zu durchqueren, aufwärts, mit dem bisschen Sauerstoff, das er noch hatte, erschien ihm so wenig aussichtsreich, als müsste er kurz vor dem Einschlafen einen Tolstoi-Roman durchlesen.

Es ging nur vorwärts. Seine Beine leisteten jetzt die Hauptarbeit. Die Arme ruderten noch mit der bloßen Kraft der Verzweiflung, ruderten einem Ort entgegen, der womöglich nur in der Gedankenwelt einer alten Frau existierte, die schon lange nicht mehr zwischen echt und unecht unterscheiden konnte.

Und plötzlich stießen seine Hände an die schaurige Gewissheit: den Seegrund. Er fühlte Steine, Sand, ein paar Pflanzen und noch mehr Steine.

Panisch klopften seine Hände den Boden ab, wanderten ein Stück weiter. Überall waren nur Steine. Seine Ohren schlugen Alarm und sein Herz raste noch mehr.

Tamina, wo war Tamina? Er sah sich um und konnte nur halb erkennen, wie sie an seine Seite kam und ebenfalls die schockierende Entdeckung machte. In ihrem Kopf würden sich bestimmt noch ganz andere Dinge abspielen. Sie würde in diesem Moment erkennen, dass sie einem Versager gefolgt war, dass sie alles aufgegeben hatte, um in eine Todesfalle geführt zu werden. Sie beide würden an einer Stelle ihr Grab finden, die wohl nie mehr ein Menschenauge sehen würde. Er konnte noch nicht einmal mit ihr sprechen und ihr sein Bedauern ausdrücken.

Aber wozu machte er sich diese Gedanken! Sie lebten noch und er konnte sich noch bewegen. Seine Augen hatten sich sogar ein bisschen an die Dunkelheit gewöhnt und konnten nun zumindest Umrisse wahrnehmen. Tamina hatte sich ihm zugewandt und machte eine ratlose Geste. Vielleicht hätte er auch Enttäuschung und Zorn bei ihr gesehen, wenn er ihre Augen erkannt hätte. Doch alles, was ihm jetzt übrig blieb, war zu handeln.

Am Schatten auf dem Boden sah er, in welcher Richtung sich der Turm befinden musste. Falls es das Dorf gab, war es dort. Er deutete in die Richtung und setzte sich wieder in Bewegung. Seine Beine paddelten mit letzten Kräften und seine Hände wanderten über den Boden. Gleich würde er ersticken. Doch bis es so weit war, wollte er dem Ziel entgegengehen – ob es nun existierte oder nicht.

Er tastete, Stein reihte sich an Stein. Neben sich sah er Tamina, die sich seiner verzweifelten Suche angeschlossen hatte. Was sollte sie auch sonst tun?

Meter für Meter kämpfte er sich voran. Es kam ihm vor, als wären es Kilometer. Und nichts änderte sich an der Beschaffenheit des Bodens.

Und dann stellten seine Arme und Beine die Bewegung ein. Seine Lungen sendeten die letzten Panikbotschaften, Darians Körper sank langsam zu Boden.

Er meinte noch zu sehen, wie Tamina einfach weitertauchte, als würde sie ihn am Wegrand liegen lassen. Gleich würde sich hoffentlich schnell die Stille über ihn legen. Tamina würde es wohl ein paar Meter weiter ähnlich ergehen. Dann musste sie wenigstens nicht die Schmach ertragen, direkt neben ihm zu sterben.

Er lag auf dem Bauch, unter sich die Steine. Das Wasser drang in ihn hinein und berührte Stellen, an denen er bisher noch nie Wasser gespürt hatte. Kalt durchspülte es sein Inneres. Seine Kehle stieß dumpf auf.

Etwas packte ihn. Jetzt packte ihn der Tod. Er packte ihn an der Hand. Und dann würde er ihn gleich zu sich nehmen.

Tamina, verzeih mir!, dachte er, weil er wusste, dass er nicht mehr viele Gedanken würde denken können.

Der Tod ließ seine Hand nicht los, sondern zog an ihm. Er zerrte ihn über den Boden. Darian spürte, wie die Steine an ihm rieben. So fühlte sich das also an.

Und endlich zog er ihn aus dem Nass heraus. Ein blauer Blitz zuckte auf. Er spürte kühle Luft an seiner Hand, dann an seinem Arm, schließlich glitt sein ganzer Körper ins Trockene, wo er liegen blieb.

Auf einmal war alles anders. Das Rauschen in seinen Ohren wurde durch ein hallendes Geräusch ersetzt. Es wurde ihm warm. Er sah noch nicht viel, sein Blick war verschwommen. Aber jemand drückte ihm kräftig gegen die Brust. Wasser strömte aus ihm heraus. Die Stöße wurden heftiger, bald taten sie richtig weh. Er begann zu husten und die Wasserreste auszustoßen.

Es konnte nicht der Tod sein, der da über ihn gebeugt war, denn der Tod hatte keine nassen blonden Haare und so helle Zähne. Und er machte kein so hoffnungsvolles Gesicht in dem Moment, als Darian wieder zu atmen begann.

Minuten später richtete er den Körper auf. Tamina saß erschöpft neben ihm.

»Woher hast du so viel Puste?«

»Bin viel gerannt in meinem Leben.«

»Du liegst mit zwei zu eins vorn«, sagte Darian und blickte zu der Wasserkuppel empor, die sich über sie und die Senke vor ihnen spannte. Ein paar Hausdächer waren trotz der Dunkelheit zu erkennen. Sie befanden sich auf einer Anhöhe oberhalb des Dorfes. Kein Wunder, dass sie es von Weitem nicht gesehen hatten. Hinter Darian ragte die nasse Wand auf, durch die Tamina ihn ins Innere gezogen hatte. Doch er konnte die Hand nicht hindurchstrecken, denn von dieser Seite war der Bannschirm tatsächlich undurchdringlich.

»Wenn du das mit Bokai hinkriegst«, antwortete Tamina, »dann hab ich dich dieses Mal kostenlos gerettet.«

»Ich werds versuchen.«

Sie sahen auf, als sie Schritte hörten. Eine Gestalt tauchte auf, kurz darauf eine weitere und noch weitere. Sie kamen den Hang hinauf auf sie zu. Offenbar hatten sie den blauen Blitz am Bannschirm bemerkt.

»Und jetzt?«, fragte Darian. Sie hatten keine Waffen mitgenommen, weil es mit dem Tauchen sonst schwierig geworden wäre. Ohnehin hätte er sich zu schwach zum Kämpfen gefühlt.

»Hoffen wir, dass sie nett zu Besuchern sind.«

Kurz vor ihnen blieben die Männer stehen. Man konnte sie nur schwach erkennen. Sie trugen alle das gleiche weiße Gewand, das mit einem dünnen Seil zusammengehalten wurde. Zu Darians Beruhigung waren sie nicht bewaffnet. Merkwürdig waren nur die hellen Masken, die sie über ihre Gesichter gespannt hatten. Nur Mund, Augen und Nase waren frei. Vor allem Taminas Anblick schien sie zu fesseln.

»Wer seid ihr?«, fragte der vorderste der Männer, der sich breitbeinig aufstellte. Durch die Maske klang seine Stimme hohl.

Darian erhob sich und ergriff das Wort. »Auf jeden Fall sind wir Freunde.«

»Wie seid ihr hierhergekommen?«

»Sozusagen durch die Vordertür.« Darians Versuch, die Stimmung aufzulockern, zeigte keine Wirkung.

»Ihr seid durch den See gekommen?«

»Ja, sind wir.«

»Und weshalb?«

»Wir wollen zu Bokai.«

Der Name schien die Männer wie Energie zu durchströmen. Sie nahmen augenblicklich noch mehr Haltung an.

»Wir wollen euch helfen«, versuchte es Tamina. »Ihr seid doch nicht freiwillig hier, oder?«

»Wir stehen freiwillig im Dienst Bokais. Wer etwas anderes behauptet, lügt.«

»Aber … er hält euch gefangen. Wollt ihr nicht zurück in die Freiheit, zu euren Familien?«

»Schweig! Ihr seid also doch Feinde!«

Darian machte einen Schritt nach vorne. »Nein, das verstehst du falsch. Wir wollen einfach nur zu Bokai. Wir sind unbewaffnet. Es gibt etwas Wichtiges mit ihm zu klären.«

Die Maskierten schwiegen lange. Irgendwann sagte einer: »Es ist uns nicht gegeben, den großen Meister aufzusuchen.«

»Verstehe … habt ihr hier so etwas wie einen Anführer?«

»Es gibt den Primus.«

»Gut. Dann wollen wir zu ihm gebracht werden.«

»Das hätten wir ohnehin getan. Bei Neuankömmlingen halten wir immer eine Versammlung ab.«

»Das hört sich gut an.«

Die Männer sahen einander an, nickten. »Wir werden die Versammlung noch heute Nacht einberufen. Bis dahin werden wir euch gemäß den Bestimmungen vorbereiten.«

»Wenn das nötig ist …«, sagte Darian und sah aus den Augenwinkeln, dass Tamina sich eine trotzige Bemerkung verkneifen musste.

Der Vorderste machte ein Handzeichen, dass sie ihm folgen sollten. Darian und Tamina schlossen sich der Gruppe an, die gemächlich den Hang hinunterspazierte.

»Nicht zu fassen«, flüsterte Tamina ihm zu. »Bokai nimmt ihnen ihre Identität, aber er schafft zugleich Hierarchien. Dadurch werden sie sich nie gegen ihn verbünden.«

»Glaubst du, der Zauber hat sie schon völlig eingenommen?«

»Bei einigen ist es sicher noch nicht so weit.« Tamina betrachtete den Gruppenführer, der wie ein Priester voranschritt. »Er hat mich so merkwürdig angesehen. Glaubst du, hier gibt es auch Frauen?«

Die Frage überraschte Darian. Daran hatte er nicht gedacht. Einer der Männer drehte sich ab und zu nach ihnen um. Nicht zur Kontrolle, sondern aus Interesse. Zumindest deutete die Flüchtigkeit seiner Bewegung darauf hin. Hatte er es etwa auch auf Tamina abgesehen?

Männer, die lange keine Frau mehr gesehen hatten, konnten gefährlich werden – aber sie waren auch eine Chance. »Ich hab keine Ahnung, ob es hier noch Frauen gibt«, gab er verlegen zurück.

Schließlich betraten sie das Dorf. Es war kalt an diesem Ort. Darian hatte eine Gänsehaut. Kaum zu glauben, dass man hier dauerhaft leben konnte. Seine Augen hatten sich inzwischen so sehr an die Dunkelheit gewöhnt, dass er das meiste erkennen konnte. Die Unterwasserversion von Kattaman unterschied sich auf den ersten Blick wenig von einem gewöhnlichen Dorf. Sah man die Häuser aber aus der Nähe, dann fiel auf, wie baufällig sie waren. An den Dächern hingen Holzlatten durch, und an manchen Stellen fehlten sie ganz. Es wirkte, als habe seit Jahren niemand etwas daran gemacht. Zwischen den Pflastersteinen der Straße wuchsen dicke Moosbüschel hervor und bildeten an einigen Stellen einen regelrechten Teppich, der auch vor dem Brunnen nicht halt machte. Ein Wassereimer wies darauf hin, dass der Brunnen immer noch benutzt wurde. Das galt wohl nicht für den morschen Wassertrog, an den sich ein kompliziertes Holzkonstrukt anschloss, das sich wie ein Aquädukt durch das Dorf zog. War das Bokais Erfindung, von der Bersenka gesprochen hatte? Darian glaubte sich fast ein weiteres Mal in eine virtuelle Welt versetzt: ein Gefrierschrank, in dem die Welt von gestern aufbewahrt wurde samt ihrer Erinnerungen und gescheiterten Träume.

Sie erreichten eine Kreuzung und blieben stehen. Wenn man die Straße nach rechts blickte, sah man an ihrem Ende ein breites Gemäuer, das bis hinauf zum Ende der Kuppel reichte. Aus dieser Nähe wirkte der Turm noch mächtiger als draußen in seiner ganzen Größe. Dreißig Meter mochten es bis zur Decke sein. Und der Durchmesser war kaum geringer.

»Bruder West P wird euch nun vorbereiten. Wir werden uns darum kümmern, dass die Versammlung einberufen wird.«

»Lasst mich die Vorbereitung machen. Ich habe noch einige Gewänder im Haus«, meldete sich einer der Maskierten. Es war der Mann, der sich immer wieder zu ihnen umgedreht hatte.

»Also schön. Bruder Süd A, kleide sie ein und gibt ihnen die Einweisung. Im Morgengrauen bringst du sie dann zur Versammlung.«

Die behutsame Art, wie man mit ihnen umging, verwirrte Darian. Waren sie nun Gefangene oder Gäste? Oder gehörten sie mehr oder minder schon dazu?

Die Gruppe entfernte sich, während Bruder Süd A Darian und Tamina die Straße hinaufführte. Zuerst schwieg er. Dann, als sie weit genug von den anderen entfernt waren, fragte er: »Sagt mal, was macht ihr beiden hier?«

Sie blieben stehen und er wandte sich zu ihnen um. Er behielt seine Maske auf. Doch es waren keine fünf Wörter nötig, damit Darian die Stimme erkannte. »Angus?«

5

Noch schlief das Unterwasserdorf. Die Straßen waren leer, nirgendwo brannte ein Licht. Beim Atmen stieß man Dunstwölkchen aus. Vielleicht lag es an der nassen Haut, weshalb Darian noch immer so erbärmlich fror.

Wie gerufen kam der Vorschlag von Angus, dass sie ins Haus gehen und erst einmal frische Kleider anziehen sollten.

Drinnen war es düster, trotz der großen Fenster. »Das ist meine Hütte«, sagte Angus. Es war befremdlich, dass er noch immer die Maske trug.

»Willst du das Ding nicht mal abnehmen?«, fragte Tamina.

»Vor Bokai sind wir alle gleich. Deshalb müssen wir die Masken tragen. Auch ihr werdet das tun.«

»Nicht im Ernst, oder?«

Angus ging ins Nebenzimmer und kam mit Kleidern in der Hand zurück. Er reichte Darian ein weißes und Tamina ein grünes Gewand. Etwas widerwillig nahm Tamina das Kleidungsstück entgegen, hielt es vor sich und betrachtete es.

»Und wieso kriege ich ein grünes?«

»Alle Frauen tragen ein grünes Gewand.«

»Dann gibts hier also noch mehr Frauen?«

»So ist es.«

Tamina gab sich zufrieden. Sie wandte sich um und verschwand nach nebenan. Darian streifte die Kleider ab, die an seinem Körper klebten. Jetzt fror er noch mehr. Angus reichte ihm ein Handtuch. Darian trocknete sich ab und legte das Gewand an, das ihn fast an eine Tunika erinnerte. »Und ihr friert mit den Dingern nicht?«

»Der Zauber von Bokai hält uns warm.«

»Dann spüre ich von diesem Zauber noch wenig.« Als er das Seil um seinen Bauch geknotet hatte, kam Tamina wieder herein. Abgesehen von der Farbe unterschied sich ihr Gewand wenig von seinem. Angus begutachtete sie zufrieden. Dann sagte er: »Fein, jetzt braucht ihr noch eure Masken.«

»Angus!«, zischte Tamina. »Hör auf damit! Wir sind unter uns, du brauchst uns nichts vorzuspielen.«

»Ich weiß nicht, wovon du redest.«

»Zieh deine elendige Maske ab und sag uns, was hier los ist!«

»Nein, das werde ich nicht tun.«

»Na schön. Dann versteck dich eben vor uns.«

»Angus«, versuchte es Darian. »Wir brauchen deine Hilfe. Wir müssen zu Bokai.«

»Es steht uns nicht zu, den großen Meister …«

»Ja, den Satz haben wir schon gehört. Jetzt verrate uns, wie wir das schaffen können.«

»Weshalb seid ihr hier?«, fragte Angus schroff zurück.

»Um Leute wie dich zur Vernunft zu bringen«, antwortete Tamina.

»Ihr hättet nicht kommen sollen. Ich bin am richtigen Ort.«

»Ach ja? Toller Ort. Lauter wandelnde Leichen ohne eigenen Namen und nur einer Handvoll Sätzen im Mund. Und kalt ist es auch.«

»Es ist alles zum Ruhm von Bokai. Das Land muss vor seinen Feinden verteidigt werden. Deshalb sind wir hier.«

»Angus! Du bist gewaltsam hergebracht worden!«

»Daran erinnere ich mich nicht. Aber ich weiß, dass ich am richtigen Ort bin. Und eines Tages werde ich in Sahaks Armee gegen die Feinde Enruahs kämpfen.«

»Deine Armee ist gerade dabei, da draußen zerbröselt zu werden. Und wenn du uns nicht hilfst, werden noch viele deiner Kameraden sterben.«

Angus zeigte bei alledem keine Rührung. Sein Körper blieb steif, seine Hände machten keine Gesten. »Dieser Kampf ist nötig, um Enruah eine Zukunft zu geben.«

»Enruah. Kennst du dieses Land überhaupt noch? Erinnerst du dich an die Weinberge von Wonntau und an die Seentreppe?«

»Hör auf damit. Ich habe eine neue Heimat.«

»Erinnerst du dich an die Feste und die Sonnenuntergänge?«

»Es ist genug! Das alles liegt weit zurück.«

»Und der Schmorbraten deiner Tante? Du hast immer schon einen Tag vorher davon geredet.«

»Es ist genug!«

»Und …« Tamina näherte sich ihm und legte ihre Hände auf seine Schultern. Angus blieb hilflos stehen, während Tamina ihm tief in die Augen sah. »… was ist mit Mara? Erinnerst du dich noch an sie?«

Angus schwieg. Tamina sah ihn an. Endlich war ein schweres Atmen unter seiner Maske zu hören. Ganz flüchtig flüsterte er: »Mara.«

»Ja. Sie hat dich geheiratet, um ein Leben lang mit dir glücklich zu werden. Ihr habt ein Gasthaus, in dem nie ein Gast übernachtet hat. Angus, erinnerst du dich?« Sie packte seine Schultern noch fester.

Ganz langsam sickerten die Worte aus ihm heraus: »Ja, ich erinnere mich.«

Taminas Hände glitten von den Schultern hinter seinen Kopf. Sie lösten die Schnalle und zogen die Maske ab. Angus wehrte sich nicht. Abwesende, glasige Augen starrten auf Tamina. Der Mund zwischen dem ungepflegten Bart war leicht geöffnet.

»Angus, wir brauchen dich. Und Mara braucht dich noch mehr.«

Es war, als schälte sich Bokais Zauber Schicht für Schicht von Angus, je länger sie sich unterhielten. Immer wieder verfiel er zurück in hohle Phrasen, bei denen seine Augen ausdruckslos in den Raum starrten. Dann mussten sie wieder die Erinnerungen in ihm wecken, die ihn ins Erzählen brachten. Bald wurden die Momente seltener, in denen das fremde Wesen in ihm sich gegen seine Vertreibung wehrte. Es merkte, dass es machtlos war, sobald die Erinnerungen befreit waren. Irgendwann trollte es sich und hinterließ den Angus, der vor nicht allzu langer Zeit aus Wonntau verschleppt worden war.

»Glaubt mir, anfangs habe ich mich gewehrt. Aber all die Wochen hier unten machen dich mürbe. Und irgendwann kommt der Tag, an dem du beschließt, die Dinge zu glauben, die hier gesagt werden. Und dann beginnst du das Alte zu vergessen. Bokai hat viel Macht.«

»Hast du ihn schon einmal gesehen?«

»Nur seinen Schatten. Ich werde euch alles zeigen.« Er sah die beiden an. »Ich bin so froh, dass ihr gekommen seid.«

»Es war ein langer Weg«, sagte Darian

»Ihr seid ihn zusammen gegangen, oder?«

»Größtenteils.«

»Ihr beiden liebt euch, nicht wahr?«

Verschämt blickten beide nach unten.

»Nun …«, stammelte Tamina, »du wolltest uns etwas zeigen.«

»Ja. Dafür müsst ihr die Masken aufsetzen. Ihr müsst eine Sache verstehen: Jeder, der hier unten ist, gehört automatisch dazu. Die meisten Leute, die neu ankommen, sind noch widerspenstig. Sie werden in einem der Blockhäuser eingesperrt, bis diese Phase vorbei ist. Genau das hat man wohl mit euch vor. Ich kann mir nicht vorstellen, dass die Versammlung etwas anderes entscheiden wird.«

»Dann müssen wir uns etwas einfallen lassen, wie wir die Versammlung überzeugen können«, sagte Darian.

»Ich verstehe das nicht. Jeder hier müsste sich doch vor Sehnsucht nach seinem Zuhause verzehren«, sagte Tamina.

»Am Anfang, ja. Aber wenn man einmal eingesehen hat, dass man für immer hierbleibt, kommen neue Gedanken. Dann sieht man die Belohnungen.«

»Die Belohnungen?«

»Wer durchgehalten und sich bewährt hat, kommt eines Tages nach oben in die Armee oder zu den Turmbauern. Man bekommt ein eigenes Haus in Kattaman.«

»Einsam und ohne Familie?«

»Zur Belohnung gehört auch eine Frau.«

»Was?!«

»Bokai weiß, dass Männer es nicht lange ohne ein weibliches Wesen aushalten. Er hat auch einige Frauen nach Kattaman verschleppt. Das sind die in den grünen Gewändern. Wenn die Männer soweit sind, suchen sie sich eine Frau aus, mit der sie oben leben dürfen.«

»Das ist ekelhaft!«

»Aber hier unten …?«, fragte Darian.

»… herrscht strenge Disziplin. Wir Männer sehen nur die Frauen in ihren grünen Gewändern. Das Verlangen, sich eines Tages eine wählen zu dürfen, wächst jeden Tag. Und damit auch der Eifer zu kämpfen.«

»Dann weißt du ja, was dir blüht, falls wir es nicht schaffen«, sagte Darian zu Tamina.

Sie konnte über den Scherz nicht lachen. Mit finsterem Blick erwiderte sie nur: »Lass uns endlich losgehen.«

Die ersten Anzeichen der Morgendämmerung erschienen bereits oben am Wassergewölbe. Je mehr man sich an die Dunkelheit gewöhnt hatte, umso stärker wirkten auch die kleinen Schimmer des Tageslichts. Angus führte die beiden hinaus auf die Straße in Richtung des Turms.

»Sag mal, was tut ihr eigentlich den ganzen Tag?«, fragte Darian.

»Unsere Muskeln stählen und kämpfen.«

»Kämpfen?«

»Drüben ist ein Kampfplatz. Es gibt Ringkämpfe, an denen jeder teilnimmt. Je länger man hier ist, umso besser wird man. Und je besser man wird, umso früher gelangt man in die Armee. Primus ist übrigens immer der, der unbesiegt ist.«

»Man kann sich den Posten erkämpfen?«

»Ja. Im Normalfall ist es einer von denen, die am längsten hier sind. Meistens wird ein Primus nach zwei Wochen abgelöst, weil er in die Armee wechselt oder ein Besserer nachgewachsen ist.«

»Ziemlich krank, das Ganze«, stellte Tamina fest.

»Auf diese Weise schürt Bokai den Wettbewerb und erhält die besten Männer.«

»Das haben wir zu spüren bekommen. Da frage ich mich ernsthaft, ob wir überhaupt das Richtige tun.«

Darian sah sie verwundert an, konnte aber wegen ihrer Maske nichts erkennen.

»Diesem Bokai mag Unrecht geschehen sein. Aber was er hier tut, ist abscheulich. Er verdient den Tod mehr als alle anderen.«

Darian erwiderte nichts. Wahrscheinlich deshalb, weil sie aussprach, was er selbst gedacht hatte. Aber die Rolle an seinem Gürtel und mit ihr der Fluch – er würde sie nie loswerden, wenn sie es nicht schafften.

»Seht ihr das da oben?«, unterbrach Angus seine Gedanken und zeigte auf ein breites Fenster im Turmgemäuer. Es war so weit oben, das an Hochklettern nicht zu denken war. »Dort steht Bokai häufig und blickt ins Dorf herab. Er sendet seinen Zauber aus. Aber er steht im Schatten, man erkennt sein Gesicht nicht.« Sie gingen einige Schritte näher zum Turm. Nun konnten sie sehen, dass überall im Gemäuer kleine Öffnungen gleichmäßig verteilt waren, fast wie ein Gitter. »Durch diese Öffnungen gelangt die Luft ins Dorf, die wir zum Leben benötigen. Und hier ...« Er deutete auf eine breite Treppe am Fuß des Turms, die zu einer Eisentür führte. »... hier geht es in den Turm. Aber die Tür ist fast immer verschlossen. Hin und wieder kommen Bokais Soldaten herein und bringen Neuankömmlinge. Manchmal auch Vorräte.«

»Bis das wieder geschieht, haben die Rebellen den Turm längst zerstört«, sagte Darian und betrachtete die Tür genau. »Man müsste nur ...«

»... mit vereinten Kräften«, ergänzte Tamina und sah ihn an.

»Wir sollten losgehen«, sagte Angus mit Blick in die dämmrige Höhe. »Die Versammlung wird gleich beginnen. Ab sofort müssen wir so tun, als würden wir uns nicht kennen.«

»Warte.« Tamina hielt ihn zurück. Dann kratzte sie mit ihrem Fingernagel eine lange Kerbe rechts unten in das Leder seiner Maske. »Damit erkennen wir dich.«

»Kluge Frau«, sagte Angus. »Und jetzt lass uns gehen.«

Zwei Straßen weiter war das Versammlungshaus, ein einfallsloser Holzbau mit kompliziertem Dachgebälk. Aber etwas anderes fiel auf: Es gab Licht! Ganz hinten, hinter dem Stuhl des Primus, hing rechts und links je eine Fackel an der Wand. Es waren einfache Fackeln, aber in Anbetracht all der Düsternis in diesem Unterwasserdorf wirkten sie auf Darian wie das Strahlen der Herrlichkeit.

Der Raum füllte sich mit weiß Gekleideten und Maskierten. Grüne Gewänder suchte Darian vergeblich. Es wurde wenig geredet. Die Masken verbargen weitgehend die Augen, die ihn anstarrten, aber er spürte sie. Und er spürte die Nervosität Taminas, die neben ihm stand. Ihre Schultern berührten sich und so merkte er, dass sie zitterte. Mit ruhigem, gleichmäßigem Atmen versuchte er, ihrer Aufregung entgegenzuwirken.

Der Primus begann. Man musste genau hinsehen, um zu erkennen, wer überhaupt redete. »Unsere Nachtwache hat mir von eurer Ankunft berichtet. Die Versammlung wurde einberufen, um darüber zu beraten, wie mit euch verfahren wird. Ihr seid ja nicht auf natürlichem Weg hergekommen.«

»Ihr auch nicht«, fuhr Tamina dazwischen.

»Ihr redet dann, wenn es euch gestattet ist!«

»Ich rede dann, wenn es mir gefällt!«

Der Primus machte eine wirkungsvolle Pause. »Mir scheint, ihr seid noch rebellischer als die meisten Neuankömmlinge.«

Einer der Männer, die neben ihm standen, fügte hinzu: »Sie waren schon bei ihrer Ankunft sehr eigentümlich.«

»Ja, das habe ich gehört«, sagte der Primus. »Zum Meister wollten sie. So etwas habe ich von Neuankömmlingen nie gehört. Weshalb wollt ihr das?«

Tamina hatte für eine Antwort schon Anlauf genommen, Darian sah es, weil sie den Brustkorb hob, wie sie es immer tat, wenn sie eine sehr überzeugte Aussage machen wollte. »Weil wir …«

»… wir bewundern den großen Bokai!«, platzte Darian hinein. »Es war unser großer Wunsch, ihm einmal zu begegnen.«

»Und dafür seid ihr hierhergekommen? Weshalb nicht über die Brücke?«

»Man wollte uns nicht zu ihm lassen. Wir haben gehört, dass es in diesem Dorf einen Zugang gibt.«

»Dann habt ihr etwas Falsches gehört. Keiner von uns wird zum Meister gelangen, solange er hier unten lebt.«

»Gibt es keine Möglichkeit, diese Tür zu öffnen?«

»Der Meister würde das verabscheuen«, sagte einer der Umstehenden.

»Verstehe«, gab Darian mit diplomatischem Unterton zurück.

»Es gibt für euch nur eine Möglichkeit, dem Meister eines Tages zu begegnen«, fuhr der Primus fort. »Seid hier unten so hingebungsvoll, dass ihr in die Armee aufgenommen werdet! Vielleicht werdet ihr dann eines Tages eine Audienz bekommen.«

Aus dem Ton hörte Darian heraus, dass es ihm gelungen war, den Primus zu besänftigen. Ihre Chancen, dem Blockhaus zu entgehen, stiegen.

»Das wäre uns eine große Ehre«, sagte Darian gestenreich.

»Was?!«, flüsterte ihm Tamina zu.

»Mit tiefer Freude werden wir uns dieser Gemeinschaft anschließen und auf den großen Tag warten.«

»Eine lobenswerte Haltung«, gab der Primus zurück. »Sie erspart euch die erste Phase im Blockhaus. Sofern darüber Einigkeit herrscht.« Er sah sich nach Zustimmung um. Einige nickten.

Nur einer erhob die Stimme: »Bei diesem Mann hege ich keine Zweifel an seiner Hingabe an Bokai. Aber die Frau benötigt noch eine gewisse Zeit in der Gefangenschaft.«

»Nun reichts aber!«, fauchte Tamina. »Lasst uns aufhören mit diesem Theater! Wir müssen zu Bokai, und zwar jetzt sofort!«

»Du hast es wohl nicht verstanden, Frau«, gab der Primus zurück.

»Und ob ich es verstanden habe! Es ist nur eine dämliche Tür! Und wenn wir mit vereinten Kräften arbeiten, können wir sie aufstoßen. Was ist los mit euch? Sehnt ihr euch nicht auch nach der Freiheit? Nach etwas Tageslicht? Nach Wärme?«

Der Primus schnellte auf und wurde zum ersten Mal lauter: »Alles zu seiner Zeit! Und *du* wirst noch eine sehr lange Zeit brauchen, bis du das Tageslicht wieder siehst! Das verspreche ich dir. Eine Bestie wie dich wird kein Mann zu seiner Frau nehmen.«

Tamina lachte verächtlich. »Von wegen eine lange Zeit! Das alles hier wird höchstens noch einen halben Tag bestehen. Dann werden die Rebellen alles vernichtet haben – auch euer Dorf. Und wahrscheinlich ist es auch das Beste. Ihr habt nichts anderes verdient.« Wutentbrannt riss sie sich die Maske vom Gesicht und warf sie zu Boden. Ein Raunen ging durch den Raum.

»Führt sie ab!«, befahl der Primus.

Einige Umstehende lösten sich sofort und packten Tamina an den Armen. Sie wehrte sich nur wenig. Es kamen mehr Männer hinzu und begannen an ihr zu zerren. Offenbar hatten sie nur auf eine Gelegenheit gewartet, die Frau mit dem entblößten Gesicht endlich zu berühren.

Darian sah nur wenige Sekunden zu, dann konnte er sich nicht mehr halten. »Lasst sie in Ruhe!«, brüllte er und ging auf die Männer los. Mit Wut im Bauch riss er zwei Kerle von Tamina los und warf sie zu Boden. Doch es wurden immer mehr. Schon bald sah er sich von unzähligen Maskierten umgeben, die nun nicht mehr an Tamina zerrten, sondern an ihm. Er wehrte sich mit Schlägen und Tritten.

Ein Knie stieß ihm ihn den Magen, er krümmte sich. Dann traf ihn eine Faust im Gesicht, kurz darauf eine weitere. Es waren Schläge von ungewohnter Härte. Sie kamen von kampferprobten Armen. Seine eigenen Schläge hingegen blieben wirkungslos, und schließlich sah er sich von allen Seiten umklammert.

Der Primus rief zur Disziplin und sorgte dafür, dass sie nur noch von je zwei Männern festgehalten wurden. Dann wurden sie hinausgeführt. Es ging ein Stück die Straße hinab und in eine andere Straße. Darian nahm es nur noch zur Hälfte wahr. In seinem Gesicht brannte es und er fühlte sich schwindelig. Schließlich wurden sie in ein Blockhaus geführt, man stieß sie zu Boden und kurz darauf schloss sich hinter ihnen die Tür.

Zunächst blieben sie beide am Boden liegen, schweigend. Es dauerte eine Weile, bis Darians Augen sich an die Dunkelheit gewöhnt hatten und er etwas erkennen konnte. Der Raum war groß, aber fast leer. Nur ein Tisch und zwei Bänke. Darian lag an einer Stelle, wo ein wenig Tageslicht durchs vergitterte Fenster fiel. Der neue Tag brach an.

Darian hörte ein leises Schluchzen von der anderen Seite. Er biss die

Zähne aufeinander. Ihm fehlte die Kraft, etwas zu sagen, zu ihr zu gehen. Was sollte er ihr auch sagen?

Das Schluchzen steigerte sich, eine Faust knallte auf den Boden. Und dann wurde es leise, nur ihr lautes Atmen hörte er noch.

»Alles in Ordnung bei dir?«, fragte Darian mit erstickter Stimme.

»Was glaubst du wohl?«, kam die Antwort.

Darian konnte die Resignation in ihrer Stimme nicht überhören. Was dachte sie wohl? Vermutlich wurde ihr in dieser Stille klar, wie sehr es sie ärgerte, Darian gefolgt zu sein. Sie hätte jetzt bei ihren Rebellenkameraden sein und auf einen großen Sieg hoffen können. Aber er, Darian, hatte ihr diesen Sieg geraubt. Er hatte so ziemlich alles vermasselt. Und es war ihm noch nicht einmal gelungen, Tamina durch etwas zu entschädigen, was wenigstens annähernd einer Heldentat glich.

Er hob den Kopf, um ihr etwas Ermutigendes zuzusprechen, doch ihm fiel nichts ein.

Tamina richtete sich langsam auf, bis sie auf allen vieren stand, und blickte sich um. »Das wars dann wohl.« Endlich schaute sie zu Darian hinüber. Als sie sein Gesicht sah, zuckte sie zusammen. »Du bist ja verletzt.«

»Ja?« Darian fasste sich an die Wange.

Tamina krabbelte zu ihm herüber. Sie führte seine Hand von der Wunde weg und hielt sein Gesicht ins Licht. »Das sieht übel aus.« Ihre Stimme klang ehrlich betroffen, ganz anders als eben noch.

Sie stand auf, ging zum Tisch und holte den Eimer Wasser, der danebenstand. Dann kniete sie sich neben ihn auf den Boden. Ihre Hände legten seinen Kopf in ihren Schoß. Sie riss einen Fetzen von ihrem Gewand, tauchte ihn in den Eimer und tupfte Darians Gesicht ab. An der rötlichen Färbung des Tuches erkannte er, dass es nicht nur Schrammen waren. So sanft Taminas Druck auch war, er musste sich beherrschen, um vor Schmerz nicht aufzustöhnen.

Er blinzelte. Sie schaute ernst drein, etwas nachdenklich. Er nahm seinen Mut zusammen und presste ein gequältes »Es tut mir leid.« hervor.

Tamina tupfte weiter. Lange sagte sie nichts. Dann runzelte sie die Stirn. »Wieso?«

»Ich habe dich hierher geführt. Ins Nichts.«

Sie hielt inne und ließ das Tuch an seiner Wange liegen. Die Kühle des Wassers tat ihm gut. »Was redest du da?«

»Das ist der schlimmste Ort, an dem wir hätten landen können. Alles wegen mir.«

»Nein. Ich habe mich vorhin nicht beherrscht. Deshalb sitzen wir hier.«

»Du warst mutig. Hast wenigstens noch versucht, sie zu überzeugen.«

»Und du hattest einen Plan, stimmts?«

Er nickte halbherzig. Ja, er hatte einen Plan gehabt, aber er war nicht sehr vielversprechend gewesen. Ihm war die Idee gekommen, die Versammlung für sich zu gewinnen, um den Primus anschließend im Kampf herauszufordern. Hätte Darian triumphiert, wäre er selbst Primus geworden und hätte dafür sorgen können, dass sie gemeinsam die Tür stürmten. Aber letztlich waren es nichts als Heldenfantasien gewesen. Im Kampfgemenge war ihm klar geworden, wie gering seine Chancen gegen den Primus gewesen wären.

»Trotzdem tut es mir leid, dass ich dich enttäuscht habe.«

»Nein, Darian!« Tamina nahm das Tuch von seinem Gesicht. »Du hast mich nicht enttäuscht. Du hast mich … berührt.«

»Weshalb?«

»Weil du an etwas geglaubt hast. Du hast nicht gewusst, ob die Schriftrolle wirklich zum Ziel führt. Aber du warst bereit, alles dafür zu riskieren. Weil du in deinem Herzen daran geglaubt hast.« Sie legte ihre Hand auf sein Herz. Jetzt merkte er, dass es schneller schlug – vermutlich schon seit ihrer ersten Berührung.

Sie fuhr fort: »Ich habe nicht daran geglaubt, obwohl ich mir gewünscht habe, dass es wahr ist. Ich habe mir gewünscht, dass es einen anderen Weg gibt als den des gewaltsamen Umsturzes. Aber wenn du nicht so entschlossen diesen Weg gegangen wärst, wäre ich nicht mitgegangen.«

»Aber wir sind gescheitert.«

»Vielleicht. Aber du hast gewonnen. Du hast das getan, wovon du selbst überzeugt warst, nicht das, was andere von dir wollten.«

»Glaubst du das wirklich?«

Tamina nickte.

Darian wurde es wärmer, er spürte, wie ihm das Blut ins Gesicht stieg. Und die Hitze verstärkte sich, als Taminas Gesicht sich ganz langsam seinem näherte, und sie flüsterte: »Ich möchte in diesem Moment an keinem anderen Ort der Welt sein, Darian.« Ihre Lippen bewegten sich auf ihn zu, doch nicht zu seinem Mund hin, sondern seitlich zu seiner Wange, wo die Wunde klaffte. Vorsichtig wanderten sie die Wunde hinab. Es schmerzte, doch es war ein belebender Schmerz, begleitet von einer angenehmen Wärme und einem Kribbeln.

Damals, im vermeintlichen Eden, hatte sie ihn auch geküsst, aber es war bloß ein Kuss gewesen, wie er schon unzählige vorher in Filmen gesehen hatte. So, als hätte nicht er, sondern sein Held ihn bekommen. Wie oft hatte er etwas erlebt, bei dem er sich nur als Zuschauer seines eigenen Lebens gefühlt hatte! Jetzt aber konnte er sich die Szene beim besten Willen nicht von außen vorstellen. Er war so sehr in sich selbst, wie er es nie gewesen war.

Tamina küsste ihn schließlich auf die Lippen, und Darian erwiderte den Kuss, ohne sich darüber bewusst zu werden, was geschah. Zu sehr nahmen ihn der Geschmack ihres Mundes und der Geruch ihrer Haut ein. Er nahm *sie* wahr, die Frau, die über ihn gebeugt war und tatsächlich *ihn* meinte.

Er legte seine Hand an ihre Wange. Sie glühte. Darian schloss die Augen und stellte sich vor, dass sie nicht hier waren, sondern an einem großen Feuer saßen. Ein Feuer, das neben ihnen tanzte und ununterbrochen neue Flammengebilde aufschießen ließ. Vielleicht stellte er sich das vor, weil sein Inneres sich so anfühlte. Vielleicht deshalb, weil es an diesem Ort etwas so Fernes, Unwahrscheinliches war. Er hörte beinahe das Knistern und roch die Rauchschwaden.

Es war … echt! So echt, dass er die Augen wieder öffnen musste.

Und als er in ihre vom Glück überraschten Augen sah, wurde ihm klar, dass ihm soeben eine Idee gekommen war.

6

Sie hatten gewusst, dass man sie bald trennen würde. Darian hatte aber nicht erwartet, dass es so schnell gehen würde. Nur eine halbe Stunde hatten sie zusammen gehabt. Dann waren ein paar Männer aufgetaucht und hatten Tamina in eines der anderen Blockhäuser fortgeschleppt.

Tamina hatte sich an ihn geklammert, als sich die Tür bewegte, und während man sie hinauszerrte, hatte sie ihre Arme so flehentlich nach ihm ausgestreckt und mehrmals seinen Namen gerufen, dass er eine Gänsehaut bekam.

Jetzt war er allein in dem Raum und tigerte nervös auf und ab. Ähnlich wie damals in Falbensee auf dem Boot, in dem Lex ihn gefangen gehalten hatte. Auch da hatte er sich Sorgen um Tamina gemacht. Doch heute war es noch schwerer. Er spürte die Last der Verantwortung für sie, eine Last, die sie früher allein getragen hatte.

Dazu kam das schlechte Gewissen.

Wenn sein Plan aufging, würde er sie noch viel schlimmer enttäuschen müssen, als er je befürchtet hatte. Ja, vielleicht würde diese Enttäuschung größer sein, als wenn sie für immer getrennt in den Blockhäusern bleiben müssten.

Als er Tamina von seiner Idee erzählt hatte, da war Hoffnung auf ihrem Gesicht erwacht. Nicht nur die Hoffnung, dass sie doch noch Erfolg hätten. Es war die Hoffnung, dass dies alles in eine wunderschöne gemeinsame Zukunft münden würde. Genau diese Hoffnung würde er zerstören müssen. Ihm hatte die Kraft gefehlt, ihr das zu sagen. Wie hätte er ihr auch erklären sollen, dass er sich einfach auflösen und in einer anderen Realität verschwinden würde? Immer, wenn er seinen Mut zusammennahm und zu einer Erklärung ansetzte, küsste sie ihm diesen Mut von den Lippen. Und er beschloss, dass er wenigstens diese halbe Stunde der ungestörten Glückseligkeit nicht ruinieren wollte.

Eine ganze Stunde ging er nun auf und ab. Mittlerweile hatten die beiden Heere vielleicht schon wieder den Kampf aufgenommen. Es wurde allmählich Zeit, dass etwas passierte.

Wieso brauchte Angus so lange? Er hatte ihm doch alles auf das Stoffstück geschrieben. Und Tamina hatte es ihm hoffentlich zugesteckt, als sie von den Männern abgeführt wurde. Sie hatten geahnt, dass Angus dabei sein würde. Und als sie dann tatsächlich die eingekerbte Maske erkannten, nickten sich Darian und Tamina erleichtert zu.

War Angus mit der Aufgabe überfordert? Oder war er womöglich wieder unter Bokais Zauber geraten? Als Darian begann, sich diesen schlimmstmöglichen Fall im Detail auszumalen, roch er den Rauch. Er eilte zum Fenster und schnüffelte. Eindeutig. Und es war nicht bloß seine Vorstellung. Angus hatte es getan.

Bald darauf hörte er panische Stimmen und ein Gewimmel auf den Straßen.

Weitere Minuten musste er ungeduldig warten. Er konnte sich nur vorstellen, wie über dem Versammlungsgebäude die Flammen hochschlugen und der Rauch sich unter dem Gewölbe sammelte. Sehen konnte er nichts, weil das Fenster von der Straße wegführte.

Der Geruch wurde stärker. Darian hoffte, dass das Feuer nicht auf die anderen Häuser übersprang. Das Versammlungshaus stand zwar isoliert, aber hier war alles aus Holz gebaut. Es brauchte vermutlich nicht viel, um …

Wo blieb Angus! Er sollte kommen und ihn befreien, sobald der Tumult ausgebrochen war. Darian trat ans Fenster. Vermutlich hatte Bokai bereits seine Soldaten losgeschickt, um bei dem Brand zu helfen. Die Tür zum Turm war offen, er musste los!

Verzweifelt eilte er zur Tür und rüttelte daran. Viel bewegte sie sich nicht. Aber er merkte, dass sie nur durch einen Riegel in der Mitte festgehalten wurde. Entschlossen trat er mit dem Fuß gegen die untere Hälfte. Die Tür polterte und erzitterte ein wenig. Ermutigt wiederholte er seinen Tritt und dann wieder und wieder. Jedes Mal dasselbe Poltern. Sein Fuß begann zu schmerzen, doch die Tür bewegte sich nicht mehr als beim ersten Mal. Noch ein paar Mal trat er dagegen, dann machte er Pause.

Er atmete durch. Nein, er durfte nicht aufgeben. Tamina brauchte ihn. Er hatte einen Auftrag. Wieder begann er die Tür mit Tritten zu traktieren. Nach einer Weile glaubte er einen Fortschritt zu bemerken. Schließlich, sein ganzes Bein tat bereits weh, stieß er gegen die Tür und trat ins Leere. Die Tür gab einfach nach, er verlor den Halt und stürzte nach draußen.

Am Boden liegend hustete er. Doch zugleich befriedigte ihn sein Erfolg. Er richtete sich auf, wischte sich den Dreck ab und sah sich um.

»Warum muss es bei euch Männern immer mit Getöse sein?«

Überrascht blickte er zu der Gestalt, die neben dem Eingang stand und seinen Ausbruch offenbar beobachtet hatte. Sie trug ein grünes Gewand.

Darian überkam ein warmer Schauder. »Tamina!« Er eilte zu ihr und umarmte sie.

Sie drückte ihn fest. Dann sagte sie: »Tut mir leid, dass ich den Riegel aufgeschoben habe, ohne dir was zu sagen.«

Darian sah sie böse an. »Ich hätte mir was brechen können!«

»Deinen Stolz zum Beispiel …« Sie gab ihm einen Kuss, dann nahm sie seine Hand und führte ihn ein Stück die Straße hinunter. Sie huschten hinter eine Hausecke. Überall hing dünner Rauch in der Luft. Ein paar Maskierte rannten mit leeren Eimern vorbei in Richtung Brunnen.

»Wic bist du rausgekommen?«, fragte Darian.

»Ich hatte Besuch von einem der Männer.«

»Angus?«

»Nein. Es war der Kerl, der uns am Bannschirm begrüßt hat. Als das ganze Durcheinander losbrach, dachte er, das wäre seine Gelegenheit. Er kam rein und wollte gleich zur Sache kommen. Er packte meine Handgelenke und drängte mich in eine Ecke.«

»Was?!«

»Ich habe ihm einen Tritt verpasst. Du weißt schon, wohin. Er hat geschrien und sich auf dem Boden gekrümmt.«

»Tamina!« Darian machte große Augen. In diesem Moment wurde ihm klar, dass er nie ihren Zorn auf sich ziehen wollte.

»Ich hab mich schnell davongemacht und bin zu dir gelaufen.«

»Und du hast Angus nicht gesehen?«

»Nein.«

»Mist! Ich hoffe, ihm ist nichts passiert.« Sie beobachteten die Straße. Immer wieder lief ein Dorfbewohner aufgeregt vorbei. Das Versammlungshaus lag einige Straßen weiter, aber die Flammen züngelten deutlich sichtbar empor.

Sie setzten beide wieder ihre Masken auf. Als ein günstiger Moment gekommen war, sprangen sie aus der Deckung hervor und rannten die Straße hinunter. Wieder versteckten sie sich zwischen zwei Häusern, als ihnen jemand entgegenkam. Es war ein Soldat. Bokai hatte also tatsächlich seine Männer losgeschickt. Der Mann trug einen leeren Behälter, sein Schwert hatte er eingesteckt.

Darian und Tamina hatten sich schnell abgesprochen. Tamina trat dem Soldaten in den Weg und verwickelte ihn in ein Gespräch. Darian schlug ihn von hinten mit einem Holzbalken bewusstlos. Sie zerrten ihn zwischen die Häuser und nahmen ihm das Schwert ab. »Damit fühle ich mich irgendwie wohler«, sagte Darian und besah sich die Klinge.

Sie zogen weiter, bogen zweimal um die Ecke, bis sie die Straße erreichten, die zum Turm führte. Von Haus zu Haus huschten sie näher. Schließlich erreichten sie eine der Säulen am Ende der Treppe und verschanzten sich dort.

Aus dieser Nähe konnten sie endlich erkennen, dass die Tür offen stand. Nur wenige Stufen waren es noch bis zum Turm. Doch Darians Herz setzte einen Schlag lang aus, als er entdeckte, wer vor der Tür stand. Miredala blickte mit Adleraugen ins Dorf hinab, neben sich zwei Soldaten, die ihre Schwerter gezogen hatten.

Darian und Tamina warfen sich einen Blick zu. Dann spähten sie gebannt hinter der Säule hervor und lauschten den Stimmen.

»Früher oder später wird er sich verraten«, sagte Miredala. »Er wird versuchen in den Turm zu gelangen.«

»Bist du dir sicher, dass er es ist?«

»Ich spüre es. Er hat das Feuer gelegt. Ich bin ihm schon einmal inmitten eines Feuers begegnet. Da wurde ich unsanft unterbrochen. Diesmal werde ich die Sache abschließen.«

Darian schluckte. Miredalas Gesichtsausdruck war der gleiche wie damals, an dem Tag, als sie Gowanna ermordet hatte. In ihm begann es zu brodeln. Die Hand, die sein Schwert hielt, wurde unruhig.

Miredala setzte plötzlich eine ungläubige Miene auf, als sie von der Straße her eine Menschengruppe anrücken sah. Es waren Soldaten, die einen maskierten Mann in weißem Gewand festhielten. Erwartungsvoll eilte sie die Stufen herab. Darian und Tamina drückten sich noch fester an die Säule und drehten sich so, dass sie für Miredala verdeckt blieben.

Miredala erreichte das Ende der Treppe und ging der Gruppe entgegen. Nach einigen Schritten blieb sie stehen. »Ist er das?«

»Das ist der Übeltäter«, sagte einer der Soldaten. »Er wurde erwischt, nachdem er mit einer Fackel das Versammlungshaus in Brand gesteckt hat. Man hat ihn festgehalten, bis wir gekommen sind.«

Auf Miredalas Gesicht breitete sich ein Grinsen aus. »Ich freue mich, dich zu sehen«, sagte sie zu dem Gefangenen. Sie trat näher. »Dachtest wohl, ich würde dich nicht finden.« Entschlossen packte sie seine Maske und riss sie ihm vom Kopf.

»O nein, Angus!«, flüsterte Tamina und klammerte sich an Darian.

Die dunklen Haare von Angus waren zerwühlt, er blickte nach unten. Miredala griff ihm in die Haare und riss seinen Kopf hoch. Mit enttäuschter Miene blickte sie ihm ins Gesicht. Dann ließ sie ihn los und sagte: »Seid ihr euch sicher, dass er es war?«

»Ganz sicher, Wächterin. Er ist gesehen worden, als er es tat.«

Miredala hob den Blick und ließ ihn in die Ferne schweifen. »Na schön. Führt ihn ab und bringt ihn zu Bokai!«

Die Soldaten gehorchten sofort. Sie packten Angus, führten ihn die Treppe hinauf und verschwanden hinter der Tür.

Darian hielt Tamina fest, die sich kaum mehr beherrschen konnte. Sie bebte am ganzen Körper. »Wir müssen ihm helfen!«

»Es geht noch nicht!«, entgegnete er mit einem Blick auf die beiden Soldaten oben vor der Tür.

»Aber …«

Er sah ihr fest in die Augen.

Tamina schien sich zu beruhigen. »Und nun?«

»Er ist noch da«, sagte Miredala plötzlich. »Und er wird kommen. Ich weiß es.«

Darian kribbelte es in den Fingern. Miredala stand halb mit dem Rücken zu ihnen. Es waren höchstens zehn Meter. Sein Schwert würde sie unerwartet treffen. Doch sobald er aus der Deckung stürmte, würden ihn die beiden Soldaten sehen und aufschreien. Miredala würde sich umdrehen und verteidigen. Sein Gefühl drängte ihn, es zu versuchen, doch sein Verstand hielt ihn zurück.

Er sollte recht behalten. Nur wenige Augenblicke später erschien ein weiterer Soldat von der Seite des Dorfes. Sein Gesicht war rußgeschwärzt. »Wächterin«, sagte er außer Atem. »Ich habe eben von einem Bewohner gehört, dass heute Nacht zwei Leute vom See in das Dorf eingedrungen sind.«

»Was sagst du da?«

»Die Versammlung hat entschieden, sie in den Blockhäusern festzuhalten.«

»Ich wusste es!« Miredala ballte eine Faust. »Wo sind die Blockhäuser?«

»In diese Richtung.«

Miredala drehte sich zu den beiden Männern an der Tür um und rief: »Na los, ihr wisst, was ihr zu tun habt!«

Die beiden Soldaten beeilten sich. Kurz vor Miredala blieben sie stehen.

»Geht schon!«, befahl sie. »Ich habe hier alles im Blick. Bringt ihn mir, na los!«

»Jawohl, Wächterin.« Der Trupp setzte sich in Bewegung und verschwand zwischen den Häusern. Miredala schaute ihnen nach.

Darian konnte von seiner Position aus nicht ihr Gesicht erkennen, aber er war sich sicher, dass ihre Augen leuchteten. Er wusste nur nicht, ob es die bloße Gier nach der Schriftrolle war oder die Gier, sich für ihre Niederlage in Wonntau zu rächen.

Tamina unterbrach seine Gedanken, indem sie zur Tür deutete. Der Weg war frei. Wenn sie leise gingen, würde Miredala sie nicht bemerken. Denn noch immer stand sie unbeirrt einige Meter vor der Treppe und ließ den Blick durchs Dorf wandern.

Es wäre nur ein Stoß, dachte Darian. Sie hätte keine Chance. Er musste das Schwert nur in ihre Seite bohren, dann würde ihr kein Zauber der Welt mehr helfen können. Vor seinem inneren Auge sah er Miredalas Messer, das sich in Gowanna hineinbohrte. In ihm rumorte es. Er packte das Schwert fester. Seine Augen visierten eine Stelle ihres Kettenhemds an.

Tamina stieß ihn leicht in die Seite und flüsterte: »Na los!«

Darian erhob sich langsam. Noch immer fixierten seine Augen Miredalas Kettenhemd. In seinen Gedanken ging er die Bewegungen durch: zwei Schritte näher schleichen, dann drei große, schnelle Sätze, währenddessen ausholen und im Sprung die Spitze hineinbohren.

Jetzt fasste Tamina ihn am Oberarm und nahm die ersten Stufen in gebückter Haltung. Darian folgte ihr gedankenverloren, während die Szene sich erneut in seinem Inneren abspielte.

Es waren noch fünf Stufen. Tamina huschte entschlossen voran und sah sich immer wieder zu Darian um. Sie suchte seine Augen, doch auch er drehte sich immer wieder um. Miredalas ungeschützter Rücken zog ihn an wie ein Magnet. Tamina zog ihn am Oberarm. Noch zwei Stufen. Darian folgte ihr. Vor ihnen befand sich die offene Tür.

Ein letztes Mal drehte er sich zu Miredala um. Sie hatte sich noch immer nicht gerührt. Zum Donnerwetter, war er es Gowanna nicht schuldig – und all den anderen Wonntauern, die sie auf dem Gewissen hatte? War er nicht auch deshalb hier? Gehörte das nicht zur Gerechtigkeit, für die sie kämpften? Darians Gedanken begannen zu kreisen.

Tamina zog noch fester, als sie merkte, dass er langsamer wurde.

Seine Füße nahmen die letzte Stufe. Er wandte sich wieder nach vorn. In diesem Moment blieb sein Stiefel an der Stufe hängen. Er stolperte und fiel vor der Eisentür zu Boden.

Blitzartig drehte er sich zu Miredala um. Sie schaute bereits mit großen, glühenden Augen zu ihnen hinauf.

Tamina reichte ihm die Hand. »Los, komm! Wir müssen weg!«

Darian griff unwillkürlich nach Taminas Hand, doch zugleich fesselte ihn Miredalas Blick.

»Ich wusste es, dass du kommen würdest. Du bist sehr vorhersehbar.«

Darian sah sie gebannt an. Miredala blieb an ihrem Platz stehen und fixierte ihn nur.

»Darian!«, brüllte Tamina. »Lass uns verschwinden! Vergiss sie einfach!«

»Ziemlich schwach«, sagte Miredala. »Schleicht sich hintenrum, anstatt sich einem Kampf zu stellen.« Sie schüttelte verächtlich den Kopf.

»Hör nicht auf sie, wir müssen weiter! Du hast einen Auftrag, Darian!«

Darian erhob sich und gab Taminas Ziehen sachte nach.

»Ja, verzieh dich wie ein Feigling! Das ist typisch für dich.«

Darian stockte.

»Einen eigenen Willen hast du auch nicht. Lässt dich von einer Frau bestimmen.«

»Du weißt, dass sie lügt. Jetzt komm!«, fauchte Tamina.

»Willst du dich nicht stellen?« Miredala breitete demonstrativ die Arme aus. Sie war nicht bewaffnet.

Darian knurrte. Er hob das Schwert. Mit jeder Faser ihres Körpers war Miredala der personifizierte Hohn, der nichts anderes verdient hatte, als von ihm zertrümmert zu werden. Wann, wenn nicht jetzt?

»Du bist ein Volltrottel, Darian!«, schimpfte Tamina.

Er blieb stehen.

»Was ist? Hat dich dieses Weib so fest im Griff?«, rief Miredala.

Darian trat langsam einen Schritt nach hinten. Dann einen weiteren. Noch immer konnte er den Blick nicht von ihr abwenden. Doch er spürte Taminas Hand auf seiner Schulter, die ihn sanft zu sich zog – fürsorglich, aber respektvoll. Er ging weiter rückwärts und glaubte, eine zunehmende Wärme zu spüren.

Auf einmal verwandelte sich Miredalas Blick. Ihre Mundwinkel verzogen sich nur minimal. Doch dies genügte, um das hämische Grinsen auszulöschen und eine Panik anzudeuten, die mitleiderregend war. »Du wirst doch nicht wirklich gehen, oder?« Ihre Stimme. Was war mit ihr geschehen? Ein weinerlicher Ton hatte sich eingeschlichen, als wäre er von einer anderen Frau geliehen, die noch zu Menschlichem fähig war.

Immer noch musste Darian sie anstarren. Doch nun aus Verwunderung. Er hätte wohl noch länger die Augen auf sie gerichtet, wenn er nicht die Schwelle passiert und Tamina nicht voller Inbrunst die Tür zugeworfen hätte.

»Los, hilf mir!«, befahl sie und griff nach der Eisenlatte, die neben der Tür lehnte. Darian fasste mit an und sie legten sie in die Halterung, sodass die Tür verriegelt war.

Tamina ließ sich mit dem Rücken gegen die Tür fallen, schloss die Augen und atmete durch. Erst jetzt wurde Darian bewusst, wie schnell alles vor sich gegangen war und welche Hektik Tamina an den Tag gelegt hatte.

Er stützte sich an den Riegel und sagte nur: »Danke, Tamina. Danke.«

»Lass uns einfach weitergehen, ja?« Sie öffnete die Augen und nahm die fackelbeleuchtete Wendeltreppe in den Blick, die sich vor ihnen in die Höhe schraubte.

7

Das Innere des Turms enttäuschte Darian ein wenig. Er hatte sich die Einrichtung prunkvoller vorgestellt. Die Wände und Treppen aus Stein machten einen zweckmäßigen Eindruck, keine Verzierungen, kein Gold, kein Marmor, nicht einmal ein Anstrich waren zu sehen. Die Treppe war breit und führte in der Mitte des Gebäudes spiralförmig nach oben. Rechts ging immer wieder ein Gang ab, der vermutlich zu den Gemächern in den jeweiligen Stockwerken führte.

Während sie hinaufstiegen, versuchte Darian seine Gedanken von den jüngsten Erlebnissen zu lösen und nach vorne zu lenken auf das, was sie erwartete. Er stellte sich vor, wie Bokai aussah und lebte. Er konnte nicht umhin, sich einen Bösewicht wie in den James-Bond-Filmen auszumalen, der dem Helden immer bis zum Schluss verborgen bleibt. Ein Geisteskranker, der sein eigenes kleines Reich errichtet hat und den ganzen Tag die Piranhas in seinem Teich füttert, während er die Weltherrschaft plant. Wobei Darian keine Piranhas vor Augen hatte, sondern kleine Biester, die wie Eichhörnchen aussahen, sich wie Ratten bewegten und ein Maul wie Krokodile hatten. Er wusste nicht mehr genau, in welchem Spiel er so ähnliche Untiere bekämpft hatte.

Er stellte sich all das vor und wusste doch zugleich, dass die Realität ihn in wenigen Augenblicken mit etwas ganz anderem überraschen würde. Und das erfüllte ihn mit einer Anspannung, die ihn zu größerer Eile antrieb.

Sie hatten inzwischen ein halbes Dutzend Stockwerke passiert. Die Fackeln hingen im immer gleichen Abstand an der Wand. Da stieg Darian erneut Rauch in die Nase. Er drang nicht von unten zu ihnen, sondern sie bewegten sich darauf zu. Mit jeder Stufe verstärkte sich der Geruch.

Instinktiv verlangsamte er die Schritte. »Riechst du das auch?«

Tamina nickte. Darian blickte nach oben, wo er in wenigen Momenten das Ende der Treppe vermutete. Und sie erreichten es tatsächlich nicht viel später. Als der Blick sich schon leicht zu trüben begann, entdeckte Darian die Öffnung, durch die man die Treppe verließ. Er blieb kurz davor stehen und sah hinauf. Zumindest das, was er im Dämmerlicht erkennen konnte, schockierte ihn. Sie hatten alles Mögliche erwartet: einen Saal mit Säulen und Bögen oder eine gigantische Treppenspirale oder prunkvolle Räume wie in einem Schloss. Was sie aber vor sich hatten, war gänzlich enttäuschend und beeindruckend zugleich: Der gesamte Turm war hohl.

Über ihnen erstreckte sich nichts als das nackte Gemäuer, und in dem breiten runden Kegel klaffte nur eine ewige, düstere Leere, in die der Rauch hinaufstieg.

Darian glaubte ein paar kleine Bewegungen wahrzunehmen. Vermutlich hatten sich Vögel ein Nest gebaut – die einzigen Lebewesen dort oben.

»Nicht zu glauben«, sagte Tamina mit offenem Mund. »Und von außen hat er die schönste Fassade.«

»Eine leere Hülle«, ergänzte Darian. Er wollte darüber nachdenken, was dies über Bokai aussagte, da besann er sich, weshalb sie hier waren.

Mit leisen Schritten erklommen sie die letzten Stufen. Am Ende der Treppe blieben sie stehen und blickten um sich. Sie befanden sich in der Mitte einer runden Steinfläche. Sie entsprach der Grundfläche des Turms, der sich nach oben hin ein wenig verjüngte. Auf diese Weise hatten sie zumindest das Gefühl, sich in einer Halle zu befinden. In etwa zehn Metern Höhe an der Wand befand sich das geschlossene Portal, das nach draußen zur Brücke führte. Von ihm gingen zwei symmetrische Treppen aus, die entlang der runden Wände in die Halle führten und sich auf der anderen Seite am Boden fast wieder trafen. An dieser Stelle war das breite Fenster in die Wand eingelassen, das sie vom Dorf unten gesehen hatten. Wie aus einem Ofen drangen durch das Fenster Rauchschwaden in die Halle herein. Sie machten den Raum noch trüber, als er ohnehin war.

Deshalb entdeckte Darian erst auf den zweiten Blick die Gestalten auf der anderen Seite. Tamina deutete mit dem Kinn in ihre Richtung. Unterhalb des Portals, vor einem riesigen Gong, befand sich Angus.

Die beiden Soldaten hielten ihn an den Armen fest. Sein Gesicht war zu Boden gewandt.

Vor ihm stand ein schmächtiger Mann, den Darian nur von hinten sehen konnte. Das Auffälligste an ihm waren seine hängenden Schultern unter dem Umhang. Dünne, graue Haarsträhnen bedeckten seinen Kopf. Man hätte ihn für einen entlaufenen Gefängnisinsassen halten können, so gekrümmt war sein Rücken und so ungepflegt seine Erscheinung.

Schnell duckten sich Darian und Tamina hinter den Treppenabsatz und beobachteten die Szene.

»Warum?!« Das Wort quälte sich ächzend aus dem Mund der kleinen Gestalt, entfaltete aber dann seine Wirkung und stieg hallend in das Dunkel.

Angus hielt den Kopf weiterhin gesenkt. Er verzichtete auf eine Antwort.

»Sieh mich an, wenn ich mit dir rede!«

Was für eine merkwürdig vertraute Stimme, dachte Darian. Der boshafte Unterton wollte so ganz und gar nicht zu dem milden Klang passen.

Angus hob leicht den Kopf. Seine Augen bewegten sich widerwillig nach oben.

Der Mann sah ihn lange an, sein Atem drang als kratziges Geräusch zu ihnen. Noch einmal hauchte er: »Warum hast du das getan?«

Nichts.

Der Mann trat näher und betrachtete Angus von oben bis unten. »Willst du wissen, was ich mir gerade vorstelle? Nein, vermutlich willst du es nicht wissen. Aber ich sage es dir trotzdem. Ich stelle mir vor, wie ich dich aufschlitze, deine Eingeweide mit den Händen zerquetsche und dabei in dein gequältes Gesicht sehe. Ich stelle mir vor, wie du gerade noch atmest und darum flehst, sterben zu dürfen. Und ich würde dir sagen: Jemand wie du verdient es nicht, so schnell zu sterben. Und ich würde alles dafür tun, dein Sterben hinauszuzögern, um noch möglichst lange deinen gequälten Blick ansehen zu können. Jetzt weißt du, was ich mir vorstelle.« Der Mann hatte jeden Satz mit Handbewegungen vor Angus' Brust nachgezeichnet, ohne ihn dabei zu berühren.

Jetzt trat er einen Schritt zurück und schüttelte den Kopf. »Um ein Haar wäre es geschehen. Deinetwegen wäre das ganze Dorf abgebrannt. Das ganze Dorf.« Seine Stimme brach und nahm einen fast weinerlichen Ton an. »*Mein* Dorf. Das ich so sehr liebe. Du wolltest es mir einfach wegnehmen. Auf schändliche Weise. Wie konntest du so etwas tun, der du unter meinem Zauber stehst? Sage es mir. Wie konntest du mir das antun?«

»Dein Zauber ist nichts wert«, entgegnete Angus trocken.

Der Mann hustete von dem Rauch. Es war ein beschwerliches, fast gequältes Husten, mitleiderregend.

Darian rang um Fassung. Er betrachtete die Gestalt noch einmal und versuchte das Bild mit dem zusammenzubringen, was er eben gehört hatte.

Das sollte Bokai sein? Diese schmächtige, armselige Kreatur, die man kaum mehr als Mann bezeichnen konnte? Sicher, die Krankheit hatte ihn wahrscheinlich schwer verändert, und der Umhang mochte einmal prächtig ausgesehen haben. Doch wie um alles in der Welt war es möglich, dass eine solche Erscheinung fähig war, ein ganzes Land unter Kontrolle zu halten?

»Mein Zauber nichts wert?!«, sagte Bokai etwas lauter. »Mein Zauber nichts wert?!« Er trat noch weiter zurück und gab den Soldaten ein Handzeichen.

Sie zerrten Angus zu einer Stelle, an der eine Grube in den Boden gelassen war. Darian konnte nicht erkennen, was sich in ihrem Innern befand. Doch Angus' entsetztes Gesicht verriet, dass es nichts Schönes war.

»Mein Zauber nichts wert?!« Bokai stand noch immer an seinem Platz. »Das werden wir sehen! Werft ihn rein!«

Die Soldaten gehorchten sofort und stießen Angus kraftvoll nach vorne.

Darian wollte schon aufschreien, da zuckte Bokais Hand in Angus' Richtung. Der wurde, noch während er fiel, kurz durchgeschüttelt und blieb dann mitten in der Luft, über der Grube hängen. Seine Augen waren aufgerissen und sahen wie gebannt nach unten.

»Mein Zauber ist es, von dem du lebst!«

Angus stöhnte leise und stieß ein Wimmern aus.

»Und nur *ich* bestimme, wann du lebst und wann du stirbst. Nur ich.«

Eine gewaltige Rauchschwade war eben durchs Fenster gezogen und verhüllte Darians Blick auf die Szene. Seine Hände begannen zu kribbeln. Er wusste, dass sein Moment gekommen war, und er hatte nicht den ganzen schweren Weg zurückgelegt, um diesen Moment verstreichen zu lassen. Kurzerhand erhob er sich. Mit festen Schritten ging er auf Bokai zu. In das Grau hinein rief er seinen Namen so entschlossen er es vermochte.

Hinter dem Rauch sah er eine Bewegung. Die Gestalt Bokais drehte sich zu ihm. »Wer ist da?«

»Ich bin Quentins Bote. Lass den Mann in Frieden!«

Augenblicklich machte Bokai eine Handbewegung, Angus wurde zurückgezogen und auf den sicheren Boden geschleudert. Panisch krabbelte er vom Rand der Grube weg.

Der Rauch wurde dünner. Darian sah jetzt die Umrisse eines Gesichts. Ein nervöses Atmen ging von Bokai aus. »Quentin …«

Die Soldaten setzten sich in Bewegung und zogen die Schwerter.

»Nein! Lasst ihn!«

Darian war stehen geblieben, etwa fünf Schritte von Bokai entfernt. Er fixierte Bokais Gesicht und wartete, bis die Rauchwolke vorübergezogen war.

Es gab nur das schwache Licht der Fackeln. Aber es offenbarte alles, was nötig war, um Darian sekundenlang den Atem zu rauben – denn er blickte in Jakobs Gesicht.

Ein Wirbelsturm aberwitziger Gedanken und Bilder tobte um ihn. Darian vergaß, wo er war, was er hier tat und in welchem Körper er steckte. Er beachtete nicht die Furchen in Bokais Gesicht, nicht die Haut, die spröde war wie aufgeplatzte Erde, auch nicht die braunen Geschwüre, groß wie Inseln auf einer Landkarte. Es waren die Augen.

Darian sah sie an, als würde er in einen Spiegel schauen. Und wenn er Mund und Nase dazunahm, gab es nichts anderes als die Gewissheit, dass dieses Gesicht ihm selbst gehörte – seinem Selbst in einer fernen Welt.

»Du hast es also zu mir geschafft, Bote«, sagten die Lippen, und die Art, wie sie sich bewegten, bestätigten abermals, dass Darian den gealterten, geschundenen Körper von Jakob vor sich hatte.

»Ja«, antwortete er, »es war ein schwieriger Weg zu dir.«

Im Herzen Enruahs erlosch das Feuer, das für einen kurzen Moment gelodert hatte. Das Versammlungshaus war abgebrannt, doch ansonsten hatte man die Flammen in den Griff bekommen. Durchs Fenster konnten Darian und Bokai zusehen.

Diese äußeren Ereignisse wirkten auf Darian jedoch unbedeutend im Vergleich zu dem, was sich in seinem Inneren abspielte. Dabei konnte er gar nicht mehr unterscheiden, was er als Innen- und was er als Außenwelt empfand. Denn in dem Moment, als er Bokai ins Gesicht geschaut hatte, hatte sich ihm das Geheimnis Enruahs aufgeschlossen: Dieses Land, durch das er seit Monaten streifte, lag nicht in einer fernen Wirklichkeit, sondern in ihm selbst. Darian erlebte nichts anderes als die Simulation einer Seele, Jakobs Seele.

Erst jetzt setzte sich alles logisch zusammen. Enruah bestand aus all jenen Elementen, die in Jakobs Bewusstsein wohnten. Vieles davon hatte er sich selbst ausgedacht und vorgestellt, vieles stammte aus Jakobs Wirklichkeit und vieles aus den Fantasiewelten von Spielen und Filmen, in die er so gerne abgetaucht war. Sogar die Figuren in Enruah bildeten Menschen ab, die in irgendeiner Weise in Jakobs Seele einen wichtigen Platz einnahmen. Und im Zentrum, da stand er selbst.

Doch was hatte Quentin gesagt? Er hatte gesagt, Enruah sei die Welt, wie Jakob sie sich wünschte. Wenn das stimmte, weshalb war dann alles so furchtbar hier? Weshalb richtete Bokai sein Land zugrunde, anstatt es erblühen zu lassen?

Dieses Rätsel schrie nach einer Lösung, während sie in der Nähe des Fensters standen und Darian Bokais Gesicht ununterbrochen studierte. Inzwischen hatte Bokai die Soldaten an den Rand der Halle geschickt. Tamina war zu Angus hinübergeeilt, um ihm aufzuhelfen.

Bokai hatte einen überraschend nüchternen Ton angeschlagen. Er begrüßte Darian freundlich, fast, als wäre das Ganze eine Audienz. »Wie sehr ich dich ersehnt habe«, sagte er schließlich und blickte strahlend in die Ferne, »und wie sehr ich zugleich gehofft habe, du würdest nie ankommen.« Dann trat er zum Fenster und sah hinunter auf das Unterwasserdorf, schüttelte den Kopf und sagte: »Ein Haus habe ich verloren. Es sind noch viele übrig. Aber ich spüre, dass die Dinge zerfallen. So oder so. Riechst du den Duft des Todes? Schon lange ahne ich diesen Duft. Aber jetzt rieche ich ihn leibhaftig. Altes Holz, das verbrennt. So riecht der Tod. Das hatte ich nicht gewusst.«

Bokai drehte sich wieder zu Darian um. Zum ersten Mal fiel Darian das tropfenförmige Muttermal an Bokais Ohr auf. »Du hast mir den Duft des Todes gebracht.«

Darian gab keine Antwort. Er wartete ab. Wartete, was dieser wirre Mensch – der er ja eigentlich selbst war – noch von sich geben würde. Folgte er einem Plan oder war sein Geist so umnachtet, dass er selbst nicht wusste, was er tat?

»Weißt du, was das ist?« Er strich mit der Hand über ein Geschwür in seinem Gesicht.

»Nein.«

»Ich weiß es auch nicht. Ich weiß nur, dass es ungemein lebendig ist. Seit Jahren wächst es immer ein Stückchen weiter. Und es ist nicht freundlich zu mir. Eigentlich sollte ich selbst über meinen Körper bestimmen können. Aber es klebt an mir und quält mich, ganz gegen meinen Willen.«

»Das geschieht dir ganz recht!«, kam es von Tamina, die, begleitet von Angus, hinter Darian getreten war.

»Ist es der Fluch?«, fragte Darian.

Bokai nickte. »Der Fluch, ja, ja, der Fluch.« Er nickte lange, und währenddessen begann sich sein Gesicht zu verändern. Ein unterwürfiger, ja kindlich gespannter Blick fiel lächelnd auf Darian. »Sag: Hast du sie dabei?«

»Wen?«

»Du weißt schon.« Seine Hände deuteten die Form der Schriftrolle an.

»Wäre ich sonst hergekommen?«

»Darf ich … darf ich sie sehen?«

»Noch nicht«, antwortete Darian und spürte dabei den Druck der Schatulle an seinem Fuß. »Wie ist es mit deinen Schriftrollen? Soll es nicht ein Tausch werden?«

»Ja ja, sicher. Ein Tausch. Ich werde sie dir geben … Zeigst du sie mir nun endlich?«

»Später. Erst möchte ich wissen, was das alles zu bedeuten hat.«

Bokai lächelte wieder und zeigte dabei seine grauen Zähne. Seine Hand lag auf dem Fenstersims. »Eine lange, eine lange Geschichte … Aber du hast sie dabei, oder?«

»Sie ist bei mir.«

»Gut, gut. Sie ist – sehr wichtig für mich. Quentin, dieser Schurke. Er hat damals schon gewusst, dass alles so kommen würde. Er ist ein Alleswisser. Unerträglich sein Anblick, man hat immer das Gefühl bei ihm, dass er sich seiner Sache allzu sicher ist.«

»Wann hast du ihn getroffen?«

»Das ist lange her, lange her. Diese Schriftrolle – du hast sie doch dabei, oder? – diese Schriftrolle hat er damals bekommen. Ach, ich hätte es nicht zulassen dürfen. Aber sonst … nein, nein, ich hatte keine andere Wahl.«

»Wo hast du ihn getroffen?«, hakte Darian nach.

»Im Wald. Pa hat ihn herbeigerufen.«

»Pa?«

»Ja, ja. Sie sagte mir, dass sie mir ihren Wunsch nur erfüllen kann, wenn Quentin dabei ist. Wegen des Gleichgewichts der Dinge, du weißt schon.«

»Nein, das weiß ich nicht.«

Bokai machte eine ungeduldige Geste und formte mit den Händen eine Waage. »Nun ja, Schuld und Schuld. Pa sagte zu mir: ›Ich kann dir alles, was dir Sahak, Lex und Miredala angetan haben, aufschreiben. Und wenn ich das versiegle, wirst du mit übersinnlichen Kräften ausgestattet sein. Du wirst Macht über die drei bekommen. Sie werden dir auf den Tod gehorchen müssen, denn sie stehen in deiner Schuld.‹ Das hat mir Pa versprochen und sie hat es gehalten.«

»Sind das die drei Rollen?«

»Ja, ja, so ist es. Sie hat aber noch etwas gesagt: ›Du kannst die Anklage nur in Quentins Anwesenheit erheben. Denn er vertritt den Herrn, der über Enruah steht. Und Quentin akzeptiert eine Anklage nur, wenn die Schuld des Klägers ebenfalls niedergeschrieben wird.‹ Ich akzeptierte. Quentin kam und schrieb einige Dinge auf die Rolle. Ich dachte: Das ist nicht allzu schwerwiegend im Vergleich zu dem, was auf den drei anderen Rollen steht. Quentin sagte mir, er werde die Rolle bei sich aufbewahren, und jedes Mal, wenn ich eine weitere Schuld auf mich lade, würde sie sich verlängern. Und je länger sie würde, umso größer würde das Ungleichgewicht der Dinge. Krankheit würde mich treffen und quälen.

Ich sagte mir, dass das nie geschehen würde. Denn ich glaubte, mir sei so viel Unrecht widerfahren, dass ich das nie durch eigene Schuld ausgleichen könnte. Deshalb ging ich auf den Handel ein. Pa versiegelte die vier Rollen. Drei bekam ich und eine bekam Quentin. Er war nicht sehr glücklich, als er mit ihr davonzog. Aber Pa sah zufrieden aus. Ja, bis heute ist sie zufrieden, denn letztlich ist es ihre Macht, die über Enruah herrscht. Sie brachte mich sogar noch auf die Idee mit dem Dornenturm.«

»Dann bist du nach Kattaman zurückgekehrt und hast den Turm errichten lassen?«

»Ja, das war nicht viel später.«

Sie wurden unterbrochen von lauten Schritten, die von der Wendeltreppe ertönten. Sie drehten sich um. Miredala tauchte auf, entdeckte die Gruppe und blieb mit offenem Mund stehen.

»Deine Männer haben den Brand gelöscht«, sagte Bokai. »Ihr seid fertig?«

»Ja, Meister.« Miredala senkte demütig den Kopf, wie Darian es bei ihr noch nie gesehen hatte. Doch die Anwesenheit von Darian und

Tamina war ihr sichtlich unbehaglich. »Alles ist wieder in Ordnung. Die Tür ist verriegelt und die Bewohner des Dorfes kehren in ihre Häuser zurück.«

»Quentins Bote ist eingetroffen. Wir haben lange auf ihn gewartet. Hast du ihm die Tür geöffnet?«

»Ja, Meister.«

Tamina wollte Einspruch erheben, aber Darian gab ihr ein Zeichen, sich zurückzuhalten.

»Dann erweise unseren Gästen die Ehre und verneige dich vor ihnen«, wünschte Bokai und schien Gefallen daran zu finden.

Miredala zögerte. Ihre Augen glühten vor Wut. Doch ihre Beine gehorchten, ihr Körper senkte sich. Sie ging auf die Knie, nickte und erhob sich rasch wieder.

»Gut«, fuhr Bokai fort. »Und nun ruf die beiden anderen Wächter.«

Darian wurde unruhig, als er sah, wie Miredala durch die Halle schritt. Die Anwesenheit der drei Wächter würde die Sache nicht gerade leichter machen. Es schien so einfach, ein paar Schriftrollen auszutauschen. Doch er hatte das Gefühl, dass die Sache kompliziert werden könnte.

Miredala schlug auf den Gong, einmal, und dann zweimal. Der Ton füllte die Halle und den Turm.

Sie mussten nur wenige Minuten warten. Die Torflügel am Portal öffneten sich, zwei Männer traten ein, begleitet von einem Trupp Soldaten. Sie blickten hinunter in die Halle, schwer atmend. »Du hast uns gerufen«, sagte der Bullige im Panzer. Der andere von den beiden war Lex.

»Ja. Gesellt euch zu uns. Wir haben Gäste«, sagte Bokai.

Die Gruppe marschierte die beiden Treppen hinunter und schloss hinter sich das Tor.

Darian fühlte sich unwohl bei den vielen bewaffneten Männern um sich herum. Doch Bokai veranlasste, dass sie sich alle im hinteren Teil der Halle aufstellten. Nur Lex und den Bulligen – offenbar war es Sahak – ließ er zu sich kommen.

»So, nun sind wir vollständig«, sagte Bokai und blickte über die

Gesichter. Die drei Wächter wirkten angespannt. »Ist dir etwas aufgefallen?«, fragte er Darian.

Nicht ohne ein gewisses Erstaunen antwortete er: »Sie gehorchen dir aufs Wort.«

»Aufs Wort. In meiner Gegenwart sind sie völlig willenlos. Tun sie auch nur einen Schritt gegen meinen Willen, bricht der Schmerz in ihrem Kopf los. Erst ist es ein schweres Hämmern, dann ein Drücken und Dröhnen und nach wenigen Sekunden glauben sie ihre letzten Atemzüge zu tun. Das ist die Macht der Schuld. Und sie werden sie nie rückgängig machen können. Was geschehen ist, ist geschehen. Für immer sind sie an mich gebunden.«

Er ging an den Wächtern vorüber und sah sie voller Verachtung an. Die drei rührten sich nicht.

»Und das Größte dabei ist: Sie müssen nun das Reich für mich bauen, das sie mir einst weggenommen haben. Sie schaffen mir den Ruhm, den sie einst in Schmach verwandelt haben. Und wenn sie sich meinem Willen widersetzen – …« Bokai machte eine Geste in Miredalas Richtung, sie stöhnte auf, zuckte zurück und hielt sich den Bauch. Nur eine Sekunde, dann war es vorbei.

Darians Magen zog sich zusammen. Immer stärker wurden die Erinnerungen an sein früheres Leben. An das Spiegelbild, in das er häufig geblickt hatte. Was ihn dabei schockierte: Die Augen waren dieselben. Sie hatten dieselbe Leere, dieselbe Enttäuschung. Alle sonstigen Verfallserscheinungen an Bokai, seine kaputte Haltung, seine Haut, seine Verwirrung, sie waren die Auswirkung vieler Jahre in Bitterkeit. Sie waren die Merkmale eines Menschen, der lange Zeit im Dunkeln gefangen ist, abgeschnitten von der Welt. Bokai glaubte, dass er die Wächter beherrschte. Doch zugleich wurde er von ihnen beherrscht. In dem Maße, wie er sie durch ihre Schuld an sich band, band er sich selbst.

Und je mehr Darian diese Dinge verstand, umso mehr wurde ihm klar, was im Innern Jakobs eigentlich vor sich ging. Vielleicht musste er erst diese Perspektive von außen bekommen, um es zu verstehen. In der Tat war Enruah eine Welt, wie Jakob sie in seinem Herzen ersehnt hatte. Es war eine Welt, in der die Menschen, die ihm Unrecht getan hatten, ihr Leben lang dafür büßen mussten. Es war eine Welt, in der alle Menschen *ihn* sahen, in der er nicht mehr ignoriert und übergangen werden konnte, in der seine Größe nicht mehr verkannt wurde – auch wenn sich diese Sichtbarkeit nur in Form eines Turms ausdrückte.

Darian blickte Miredala an, in deren Gesicht noch immer der Schmerz des Stoßes lag. Und er dachte an Valerie, die er sich oft mit einem solch schmerzverzerrten Gesicht vorgestellt hatte.

Er sah zu Lex, der sich in Bokais Gegenwart alles andere als selbstsicher fühlte. Seine Überheblichkeit war gebrochen, so wie Jakob sich das wenigstens ein einziges Mal bei Kon gewünscht hätte.

Und er sah zu Sahak. Er schien sich in seiner Rolle als Bokais Untergebener wohlzufühlen. Sein volles, bärtiges Gesicht kaschierte die Enttäuschung, die sich seit dem Verlust seiner Macht in ihn hineingefressen haben musste. O ja, wie gerne hätte es Jakob erlebt, seinen Vater einmal machtlos zu sehen, überwältigt von der Stärke seines Sohnes.

Das also war Enruah. Aus Jakobs Sicht eine vollkommene Welt. Aus fremder Sicht ein krankes Land, das dem Untergang geweiht war.

Quentin hatte von ihm verlangt, Bokai den Schuldschein zurückzugeben. Und dafür sollte Bokai ihm die drei Schuldscheine der Wächter geben. Es war nun völlig klar, was er damit bezweckte: Quentin wollte Enruah von seinem kranken Herrscher befreien. Doch zugleich wollte er den Herrscher selbst aus seinem Gefängnis erlösen. Darian war hier, um Bokai zu retten. Und mit ihm Enruah. Und mit Enruah Jakobs Seele.

»Mein Wille geschieht in Enruah«, sagte Bokai feierlich. Er deutete auf Darian. »Das gilt auch für dich. Gib sie mir!«

»Wen?«

»Die Rolle.«

»Mit Vergnügen. Wo sind die drei Rollen, die du bei dir hast?«

»Dort, wo du nicht an sie herankommst.« Er tat einen Schritt auf Darian zu. »Niemals.«

»Wir haben einen Deal, oder nicht?«

»Ja, so hat es Quentins Bote auch genannt. Mir gefiel seine Idee. Aber mir war nicht bewusst, was er da von mir verlangte.«

»Was verlangt er denn?«

»Alles.«

»Wenn du es nicht tust, wirst du sterben, hab ich recht? Die Krankheit wird dich bald vernichten. Der Fluch.«

Bokai gab keine Antwort. »Gib mir die Rolle einfach!«

Darian blickte sich um. Die Wächter sahen ihn drohend an. Mit dieser Wendung hatte er nicht gerechnet.

»Du glaubst nicht im Ernst, dass hier jeder nur das tut, was du von ihm willst.«

»Es ist aber so.«

»War es denn dein Wille, dass ich mit der Rolle zu dir gelange?«

»Natürlich war es das. Nur du hast dich lange widersetzt.«

»Haben dir das deine Wächter berichtet?« Darian spürte, wie seine Stimme an Kühnheit gewann.

»Das haben sie.«

»Dann haben sie dir nur die halbe Wahrheit erzählt. Lex, war es nicht so, dass du mich in eine Falle gelockt hast, damit ich umkomme? Miredala, hast du mich in Wonntau nicht in einen Kampf verwickelt und beinahe getötet? Und Sahak: Wir sind uns nie begegnet. Aber hast du mich nicht an der Brücke erwartet, um mich aufzuhalten? War es nicht so?«

»Das ist nicht möglich!«, schimpfte Bokai. »Ich habe meinen Wächtern den klaren Befehl gegeben, dich zu mir zu bringen. Sie können sich nicht verweigern.«

Darian sah ihn nicht an, sondern ließ seinen Blick von einem Wächter zum anderen schweifen. »Lasst mich raten: Ihr habt geahnt, dass Bokai seinen Teil der Abmachung nicht einhalten würde. Deshalb wolltet ihr verhindern, dass ich ihm Quentins Rolle bringe. Ihr habt nur gewartet, dass ihn die Krankheit umbringt und ihr wieder frei seid.«

»Das können sie nicht!«, fauchte Bokai, stieß Darian beiseite und nahm die drei Wächter ins Visier. »Ihr hattet den Befehl, den Boten zu mir zu bringen. Ich habe euch ausdrücklich verboten, die Rolle an euch zu nehmen. Und ich habe euch verboten, den Boten zu töten.«

Ganz leise wandte Miredala ein: »Außer in Notwehr.«

Einen Augenblick musste Bokai nachdenken. »Jetzt verstehe ich. Ihr habt meinen Befehl umgangen. Ihr habt ihn ausgeführt und zugleich das Gegenteil getan. Wie konntet ihr es wagen!« Im selben Augenblick schleuderte er Miredala mit einer Handbewegung zurück, ohne sie zu berühren. »Ihr wolltet mein Unglück!« Nacheinander ließ er Lex und Sahak zu Boden gehen. »Lug und Trug, wohin man sieht! Was ist das für eine Welt?!« Mit einem Hauch aus seinem Mund ließ er Lex am Boden entlanggleiten, bis dieser am Rand der Grube lag.

Darian sah zum ersten Mal hinein: Am Boden tummelten sich Unmengen von Schlangen. Einige hatten sich aufgerichtet und starrten gierig nach dem Fuß, der bereits über den Rand ragte. Lex zog ihn panisch ein.

Bokai stand vor ihm. Mit rauer Stimme sagte er: »Dass ihr mich hasst, wusste ich immer. Und dass ihr es hasst, mir gehorchen zu müssen, auch. Genau deshalb ist es mir ein solches Vergnügen, dich hier liegen zu sehen, wimmernd wie ein Kind. Genau dafür lohnt es sich zu leben.« Bokai begann schwer zu atmen. »Genau dafür.« Er machte einen Schritt zurück. Sein Atem ging schwerer. Sein Gesicht verkrampfte sich.

Darian trat zu ihm und legte ihm die Hand auf die Schulter.

Blitzartig drehte sich Bokai um und riss die Augen auf. »Was?!«

Darian hob zitternd die Hand – sie war um die Schriftrolle gelegt. »Niemand ist mehr auf deiner Seite. Es ist Zeit für einen Tausch.«

Bokais Augen fixierten das Papierstück, das Darian fest umklammert hielt. Noch immer atmete er laut hörbar.

»Tu es und du wirst frei sein.«

Verzweiflung legte sich auf Bokais Gesicht. Trotz und Einsicht rangen miteinander. Er konnte nicht von der Schriftrolle wegsehen. Und ganz allmählich verriet sein Blick, dass die Einsicht, den Sieg davonzutragen, begann. Es dauerte dennoch lange, bis er nickte und seinen Umhang beiseiteschob: Ein lederner Gürtel presste drei Schriftrollen an seine Hüfte. »Ein Tausch. Ganz wie es abgemacht war«, sagte er mit wehrlos klingender Stimme.

»Wie es abgemacht war.« Darian streckte ihm die Rolle entgegen.

Vorsichtig, von allen Augen beobachtet, zog Bokai die drei Rollen aus seinem Gürtel. Seine Hand bewegte sich in Darians Richtung. Mit der anderen griff er nach der Rolle, die Darian ihm anbot. Er zitterte. Auch Darians Hand näherte sich den drei Rollen, die Bokai ihm entgegenstreckte.

Kurz bevor sie sich berührten, schnellte Bokai zurück. »Nein! Ich gebe sie nicht her! Sie sind alles, was ich habe!«

»Du wirst sterben!«, beharrte Darian.

»Sie sind alles, was ich habe. Alles, was ich habe.«

»Du kannst neu anfangen!«

»Ich gebe sie nicht her!« Bokai bleckte die Zähne.

In diesem Augenblick krachte es. Die Türflügel wurden aufgestoßen und oben am Portal erschien keuchend und blutend Robbas, der Rebellenführer.

8

Sie hatten schnell die Treppen besetzt. Die Halle wurde von mehreren Dutzend Rebellen umringt, gespannte Bogen zeigten auf die Menschengruppe um Bokai. Die Soldaten hatten sich sofort in Bewegung gesetzt und einen Schutzring um die Gruppe errichtet.

»Sieh an, wen haben wir denn da!«, rief Robbas in Darians Richtung. Er stand noch immer vor dem Eingang, von wo aus er die Halle überblicken konnte. Die Rebellen mussten die Brücke erobert haben, sonst hätte Robbas nicht so sorglos vor dem Tor gestanden.

Bokai wich von Darian zurück. »Du gehörst zu den Rebellen? Du hast mich hier zum Narren gehalten, damit ich die Wächter rufe und die Rebellen durchbrechen konnten?«

»Das ist Unsinn.«

»Auch du bist also gegen mich! So wie jeder andere!«

»Du hast *eine* Chance, Bokai«, rief Robbas ihm zu. »Übergib uns die Wächter und räume freiwillig deinen Platz! Dann kommst du vielleicht mit dem Leben davon.«

»Mit dem Leben!« Bokai begann schallend zu lachen. »Mit dem Leben! Ihr lächerlichen Hohlköpfe! Was für eine Verachtung eurem Herrscher gegenüber! Dafür werdet ihr büßen!« Er wandte sich an die Wächter: »Tötet sie alle!«

Die Soldaten eröffneten das Gefecht. Robbas senkte die Hand, woraufhin ein Dutzend Pfeile von verschiedenen Seiten auf die Wächter zuschnellten. Souverän ließen sie die Geschosse in der Luft abprallen.

»Nein, hört auf!«, brüllte Tamina. Darian stellte sich vor sie und streckte sein Schwert aus. Bokai hetzte einen Trupp Soldaten auf ihn. Er selbst musste sich ebenfalls gegen heranfliegende Pfeile wehren.

Binnen Sekunden verwandelte sich die Halle in ein wildes Schlachtfeld. Die Wände vervielfältigten das Klirren der Schwerter. Tote Rebellen fielen von der Treppe in die Halle hinunter, Soldaten gingen von Pfeilen und Speeren getroffen zu Boden. Lex wich den Angriffen wie ein Luchs aus. Er tauchte an allen möglichen Orten plötzlich auf, stieß einen Feind hinterrücks in die Schlangengrube und verschwand sogleich wieder. Miredala entwaffnete ihre Gegner mit konzentrierten Blicken und griff sie dann mit ihren eigenen Waffen an. Nur Sahak beschränkte sich auf den konventionellen Kampf. Sein Schwert tobte wie kein zweites. Dabei behielt er stets die Übersicht und brüllte seinen Männern Befehle zu. Derweil strömten über die Wendeltreppe weitere Soldaten in die Halle.

Darian konnte sich nur verteidigen. Weil Tamina und Angus unbewaffnet waren, wagte er sich nicht von der Stelle. Ein Kämpfer nach dem anderen fiel durch sein Schwert, doch er hatte das Gefühl, dass sich nichts veränderte.

»Was sollen wir tun?«, fragte Tamina. »Wenn es so weitergeht, werden sie uns bald alle abschlachten.«

»Durchhalten.«

»Wir müssen Bokai die Rollen abnehmen. Er muss die Kontrolle über die Wächter verlieren!«

»Das geht nicht, er ist zu stark!«

Darian machte einen Satz nach links, packte einen Speer, der auf Angus gerichtet war, und schleuderte den Soldaten zurück.

Er atmete kurz durch und blickte sich in der tobenden Halle um. Es war kaum möglich, den Überblick zu bewahren. Aber es war eindeutig, dass die Rebellen unterlegen waren.

Da entdeckte er Eli. Mein Gott, er lebte noch! Er kämpfte mutig in den Reihen der Rebellen. Darian überkam ein warmer Schauder. Doch der verflog in dem Augenblick, als er sah, wie Eli sich in einen Zweikampf mit Sahak stürzte.

Dieser Narr!

Darian drängte es, ihm zu Hilfe zu eilen. Doch er wollte nicht von Tamina und Angus weichen.

Eli kannte keine Furcht. Mutig schlug er auf Sahak ein. Doch der Wächter hatte keine Mühe, die Angriffe zu parieren. Zwei Hiebe führte er aus, dann lag Eli am Boden.

Darian sah Tamina an.

»Na los!«, sagte sie. »Ich kann schon auf mich aufpassen.«

Sahak erhob sein Schwert, um es über Eli niedersausen zu lassen.

»Nein!«, brüllte Darian und stürmte los. In wenigen Schritten war er bei Sahak und ließ sein Schwert fliegen. Sahak wandte sich um und blockte den Schlag ab.

»Na sieh einer an. Endlich mache ich deine Bekanntschaft«, sagte die bärige Stimme, und er ließ zwei kraftvolle Hiebe folgen. Darian hatte große Mühe, ihnen standzuhalten. Sahak bewegte sich nicht besonders geschickt, aber dafür umso gezielter und kraftvoller.

Darian musste häufig ausweichen. Er versuchte mit schnellen Bewegungen eine offene Flanke bei Sahak zu erwischen. Doch stets stellte sich ihm das Schwert in den Weg wie eine eiserne Wand.

Seine Kraft begann nachzulassen. Er konnte bald nur noch Sahaks Streiche abwehren. Eli war wieder aufgestanden und ging abermals zum Angriff über. Sahak brauchte nur wenige Hiebe, um ihm das Schwert aus der Hand zu schlagen. Wehrlos stand Eli vor ihm.

Darian startete erneut einen wilden Angriff. Doch Sahak überraschte ihn mit einem ausgestreckten Bein. Die harte Sohle des Stiefels knallte gegen Darians Brustkorb und ließ ihn hinterrücks auf den Boden fallen.

Dann konnte er nur noch zusehen.

»Du bist kein besonders guter Beschützer«, sagte Sahak. Im selben Moment stieß er sein Schwert in Elis Brust. Der Rothaarige sah mit offenem Mund zu Darian, sank auf die Knie und fiel zur Seite.

Sahak zog sein Schwert und wandte sich sogleich um, weil ihn von der anderen Seite zwei Rebellen angingen.

Zuerst war Darian wie gelähmt. Hilflos hatte er zugesehen, wie Eli zu Boden ging. Jetzt kochte er. Und es machte ihn noch wilder, dass Sahak ihm nun den Rücken zuwandte. Entschlossen packte er sein Schwert.

Er glaubte seinen Namen zu hören. Doch er musste sich täuschen. Er rappelte sich auf. Eli lag am Boden in einer Blutlache. Der breite Rücken von Sahak war vor seinen Augen.

»Darian!«

Wieder sein Name. Diesmal hörte er es deutlich. Er sah sich um.

»Darian!«

Eine weibliche Stimme. Sofort fuhr er herum. Tamina war nicht mehr an ihrem Platz. Er eilte zurück und blickte hektisch um sich. Angus kam zu ihm gerannt und zeigte zum Fenster. Tamina hing rücklings über der Brüstung, ihr Gesicht furchtverzerrt. Wenige Meter vor ihr stand Bokai mit ausgestreckter Hand, offenbar fest entschlossen, sie vollends hinabzustoßen. Sicher hatte sie versucht, ihm die Rollen abzunehmen.

Wieder rief Tamina seinen Namen. Sie rutschte immer weiter über die Brüstung. Bokai sagte ihr irgendwelche Dinge, die Darian aus der Entfernung nicht verstehen konnte.

Verzweiflung packte Darian, weil er wusste, dass die Entfernung zu groß war, um Bokai aufzuhalten. Das Einzige, was er noch zustande brachte, war ein hoffnungsloser Schrei: »Lass sie los, Bokai!«

Die Worte waren laut, sie übertönten alles in der Nähe. Sie drangen zu Bokai und – im selben Augenblick senkte der die Hand. Die Kraft, die er auf Tamina ausgeübt hatte, schien zu schwinden. Tamina löste sich vom Fenster und flüchtete sich an die sichere Wand.

Atemlos betrachtete Darian das Geschehen. Er legte seine Hand auf die Schriftrolle, die in seinem Gürtel steckte. Eine Ahnung stieg in ihm auf.

Mit langsamen Schritten ging er auf Bokai zu. Der rührte sich nicht vom Fleck.

»Knie nieder!«, brüllte Darian noch entschlossener.

Bokai gehorchte, wenngleich sich alles in ihm zu sträuben schien.

Darian trat näher, seine Kühnheit wuchs. Bald stand er vor Bokai. »Und jetzt: Befiehl deinen Leuten, sich zu ergeben!«

»Nein«, stieß Bokai aus wie ein Schuljunge, der aufgefordert wird, die verbotenen Heftchen herzugeben. Doch sogleich verkrampfte sich sein Gesicht, als litte er Todesqualen. Er atmete durch und rief Befehle durch die Halle – sie sollten sich alle ergeben und ihre Waffen niederlegen.

Kurz darauf kamen die Kämpfe zum Erliegen. Klirrend fielen die

Schwerter zu Boden. Verblüffte Rebellen standen vor wehrlosen Soldaten.

Darian sah den Herrscher Enruahs, der vor ihm kniete, lange an. Er hatte den Kopf gesenkt.

»Ich glaube, du hast mir eine Kleinigkeit verschwiegen.« Er hielt die Schriftrolle hoch und betrachtete sie demonstrativ. »Oder hast du nicht gewusst, dass die Rolle mir Macht über dich gibt?«

Bokai sagte nichts.

»Antworte!«

Alle Augen im Raum waren auf sie gerichtet.

Ganz leise kamen die Worte aus Bokais Mund: »Ich habe es gewusst.«

»Aber du hast nicht gewollt, dass ich es weiß. Weil du Angst hattest vor mir.«

Bokai nickte nicht, aber er widersprach auch nicht.

»Steh auf!«

Bokai gehorchte.

»Du ahnst nicht, wie lang diese Papierrolle geworden ist. Wie viele Menschen deinetwegen gelitten haben. Wegen deiner Selbstgerechtigkeit.« Darian war erstaunt, wie leicht ihm die Worte über die Lippen gingen – so als sagte er sie einem Fremden. Er spürte eine ungewohnte Macht in sich aufsteigen.

Mit den Augen fixierte er Bokai. Er streckte eine Hand aus und richtete sie auf ihn. In Gedanken bereitete er vor, was im Folgenden geschah: Die Kraft schoss aus seiner Hand, traf Bokai am Oberkörper und ließ ihn zurückfallen. Nicht weit vom Fenster blieb er liegen.

Noch mehr Kühnheit erfüllte Darian. Er hielt den Arm ausgestreckt, ließ die unsichtbare Kraft Bokai am Hals packen und hochziehen, sodass die Füße knapp über dem Boden baumelten. So intensiv sich der Moment anfühlte: Darian konnte sich der Erinnerung an Darth Vader und den Imperator nicht erwehren.

»Deine Macht ist zu Ende, Bokai.«

Bokai brachte kein verständliches Wort heraus, obwohl er es versuchte.

Darian ließ ihn noch näher ans Fenster schweben, die Beine berührten schon die Brüstung. Bokai stand die Panik ins Gesicht geschrieben. Nun trat Darian an ihn heran und hauchte: »Jetzt wirst du für alles büßen. Und jeder wird es sehen.«

Bokai hing vor ihm in der Luft wie ein abgenutztes Stück Stoff. Nicht einmal im Anblick des Todes war Leben auf seinem Gesicht. Es war die nackte Angst, die in seinen Augen stand.

Darian drückte ihn ein Stück weiter, er wollte sehen, ob sich noch etwas regen würde. Und je länger er darauf warten musste, umso mehr geriet er in Wallung. Seine Verachtung für dieses jämmerliche Wesen wuchs.

Wie aus dem Nichts trat Tamina zu ihm. Mit irritiertem Unterton fragte sie: »Darian, was tust du da?«

Die Worte wirkten wie eine kalte Dusche. Doch das Gefühl der Überlegenheit durchfloss ihn sogleich wieder. »Er hat versucht, dich zu töten. Dafür wird er bezahlen.«

Mit bebender Hand schob er Bokai ein Stück weiter über die Brüstung. Jetzt hätte er ihn nur noch fallen lassen müssen. Bokai wand sich wie ein Verbrecher am Galgen.

»Aber er hat mich nicht getötet.«

»Geh aus dem Weg, Tamina!« Darian schickte einen Schmerzstoß, der Bokai aufstöhnen ließ. »Wie konntest du nur ein solches Scheusal werden? Hättest du nichts Besseres aus deinem Leben machen können?! Ausgerechnet *du* musstest die mieseste Figur von allen werden!« Wieder musste Darian an den Imperator aus *Star Wars* denken, diesen durch und durch hässlichen und bösen Charakter. Er musste daran denken, wie Darth Vader ihn am Ende packte und in den Abgrund warf.

Dann aber wurde ihm klar, dass Bokai eigentlich viel mehr Nähe zu Darth Vader besaß. War der nicht erst durch seine Bitterkeit zu dem geworden, was er war? Und stand er, Darian, in diesem Moment nicht in derselben Gefahr?

Als er das erkannte, sah er die Gestalt, die hilflos vor ihm hing, mit anderen Augen. Ihn erfüllten Abscheu und Mitleid. Und je mehr er seine eigenen Augen in Bokai erkannte, umso fester wurde sein Entschluss, nie an die Stelle dieses Menschen treten zu wollen.

Auf einmal begann ihm die Kraft, mit der er hantierte, unheimlich zu werden. Zitternd zog er die Hand zurück. Der Griff um Bokai lockerte sich. Dann ließ Darian ab und senkte die Hand. Bokai sackte zu Boden und blieb unterhalb des Fensters, halb an die Wand gelehnt, liegen. Er winselte wie ein Hund.

Darian schaute entsetzt auf seine Hand. Dann zu Tamina, die ihn mild, aber ernst anblickte.

Er griff an seinen Gürtel und zog die Schriftrolle heraus. Es war höchste Zeit, dieses Fremde zu entfernen, was eben Besitz von ihm ergriffen hatte. Langsam trat er auf Bokai zu und streckte ihm die Rolle entgegen.

Bokais Augen öffneten sich ein wenig. Er richtete sich auf. Gebannt sah er zu, wie die Rolle sich näherte. Bald schwebte sie direkt vor seinem Gesicht.

Bokais Hände rührten sich.

Da zog Darian die Rolle zurück. »Wir haben ein Abkommen. Du erhältst deine Rolle, wenn du mir die drei anderen gibst.«

»Nein«, antwortete Bokai sofort. »Nein, nein, ich will sie nicht. Behalte die Rolle. Und lass mir meine.«

»Du wirst sterben, wenn du sie nicht nimmst.«

Bokai machte auch keine Anstalten, nach der Rolle zu greifen. Er schluchzte nur. »Lass mir meine Rollen! Sie sind alles, was ich habe. Meine Wächter, mein Turm, mein Dorf …«

»Es ist nur ein Schuldschein.«

»Du weißt nicht, was sie mir angetan haben.«

»Glaubst du?«

Darian bückte sich zu ihm herunter, sodass er ganz nahe an seinem Gesicht war. »Na los, du Dummkopf! Es ist deine einzige Chance zu leben.«

»Nein«, jaulte Bokai abermals. »Ich will nicht!«

»Dann muss ich dir befehlen, sie mir zu geben.«

Bokais Augen weiteten sich. Er schüttelte den Kopf, als wäre er eben aus kaltem Wasser gestiegen. Die Haarsträhnen wackelten. »Tu das nicht, bitte!«

»Ich muss es tun. Gib mir die drei Rollen!«

Aus dem Kopfschütteln wurde ein Zittern. Und es verstärkte sich. »Nein, nein! Das geht nicht! Ich gebe sie nicht her!« Er kauerte sich an die Wand, hielt eine Hand schützend vor sich.

Darian sah ihn erwartungsvoll an und hielt ihm beständig die Rolle hin.

Bokais Hand zuckte, bewegte sich dann langsam zu den drei Rollen an seinem Gürtel. Sie griff nach ihnen, während der Rest des Körpers sich noch fester gegen die Wand drückte. »Ich kann nicht!« Er packte die Rollen und presste sie gegen seine Brust. »Sie gehören mir! Niemand nimmt sie mir weg!«

»Gib sie mir!«, forderte Darian.

Bokai schüttelte entschieden den Kopf. Er atmete schneller. Seine Augen waren noch immer aufgerissen, ein zunehmender Schmerz schien ihn zu quälen. Er fasste sich an den Hals. Schweiß glitzerte auf seiner Stirn.

»Gib mir die Rollen, Bokai! Das ist ein Befehl!« Darians Ton war nervöser geworden.

»Nein.« Sein Atem wurde schneller und knapper. Er schluckte schwer. Dann begann er zu röcheln.

Darian griff nach den Rollen an Bokais Brust. Doch der wich zurück und fauchte ihn an.

Es war sein letzter Kraftakt. Er stöhnte auf, wie von einem unsichtbaren Speer durchbohrt. Kraftlos sackte er in sich zusammen und blieb röchelnd auf dem Rücken liegen. Nur die Hand, die die drei Rollen festhielt, schien noch Kraft zu besitzen. Ein letztes Mal bewegte sich sein Mund und wimmerte: »Ich gebe sie nicht her.«

Dann wurde er ruhig und hörte auf zu atmen.

Jedes Schlucken war zu hören. Der tote Herrscher fesselte die Blicke aller Anwesenden, die wie Puppen dastanden.

Eine ganze Weile dauerte es, dann kniete Darian neben Bokai nieder und schloss ihm die Augen. Jetzt glaubte er endgültig, einen fremden Körper vor sich zu haben. Trotzdem konnte er die Beklemmung nicht vertreiben, die er auf seinem Brustkorb spürte. Er hatte versagt. Er war gekommen, um Bokai zu retten, und nun lag er tot vor ihm.

Bokais Hand umgriff noch immer die Schriftrollen. Darian hob die Finger an und nahm die Rollen an sich. Dann legte er ihm Bokais Rolle in die Hand. Es war nicht mehr wichtig, aber es fühlte sich richtig an.

Die drei Rollen von Bokai ergriff er mit Ehrfurcht. Zum ersten Mal sah er sie genauer. Sie unterschieden sich äußerlich kaum von der anderen. Wieder hatte er die Macht über ein ganzes Land in Händen, eingerollt in Papier.

Ein Ächzen ertönte. Es kam von den Wänden und wanderte durch das Innere des Turms.

Darian nahm es nur halb wahr. Er dachte an all die Augen, die auf ihn gerichtet waren und abwarteten, was er tat. Langsam stand er auf. Die Rollen fest umklammert, hob er den Kopf und rief: »Lex! Miredala! Sahak!«

Erst als er die Schritte hörte, drehte er sich um. Die Wächter kamen herbei und stellten sich nicht weit von ihm in einer Reihe auf. Ihre Gesichter verrieten ihren Widerwillen. An Miredalas schwerem Atem glaubte er sogar zu erkennen, dass sie innerlich kochte. Wieder überkam ihn dieses fremde rauschartige Gefühl der Überlegenheit.

Eine tiefe Stimme drang von der Seite zu Darian: »Heute ist der Tag der Gerechtigkeit.« Robbas schritt mit feierlicher Miene auf ihn zu. In gebührlichem Abstand blieb er vor Darian stehen. »Bokai hat seine gerechte Strafe erhalten. Und seine Macht ist nun in deinen Händen. Es ist nur noch eine Sache zu tun.«

»Und die wäre?«

»Du weißt es. Ich kenne dein Herz, Darian.«

»Tust du das?«

»Du hast es mir offenbart.« Robbas reichte ihm ein Schwert.

Darian nahm es nicht entgegen.

»Ich hätte dich liebend gern getötet, damals, als du davongelaufen bist. Und bis vor Kurzem hätte ich es auch getan. Aber jetzt weiß ich, dass du immer noch für unsere Sache gekämpft hast. Nur auf eine andere Weise. Beweise, dass du die gute Sache nicht verraten hast!« Er hielt ihm das Schwert noch näher.

Darian umfasste den Knauf, ohne es anzusehen. »Und dann?«

»Dann wird dieses Land gereinigt. Du und ich, wir werden Enruah das Gute zurückbringen. Die Gerechtigkeit. Den Frieden. Die Freiheit.«

Darian wollte etwas erwidern, da ächzte es wieder von den Wänden, nur lauter. Es klang, als grollte ein Seeungeheuer von der Spitze des Turms zu ihnen herab. Die Blicke der Anwesenden gingen irritiert nach oben.

»Beweise, dass ein Herz in dir schlägt«, fuhr Robbas fort, »und dass du Verantwortung tragen kannst.«

In der rechten Hand hielt Darian das Schwert, in der linken die drei Rollen. Er wandte sich zu Tamina um, deren Blick ihm nichts sagte. Aber sicher gingen ihr dieselben Bilder durch den Kopf: sie beide, Seite an Seite, als Herrscher über das Land. Man schätzte, liebte sie, weil sie für das Gute einstanden. Sie würden Fenster in diesen Turm schlagen und ihn zu einem schönen Ort machen.

Er drehte sich zu den drei Wächtern um. Ihnen gelang es nur mit Mühe, ihre Angst zu verbergen. Lex' Augen folgten dem Schwert in Darians Hand.

Er redete nicht. Er sah ihnen nur in die Augen. Und dabei konnte er die Erinnerungen nicht verdrängen. Die Augenblicke nackter Niedertracht und Kaltblütigkeit. Sie hatten sich tief in ihn eingegraben. Einem Wächter nach dem anderen wandte er sich zu und mit seinem Blick entlud er alle Anklage, die er in sich trug.

»Du erinnerst dich«, sagte Robbas hinter ihm. »Damals stand ich mit dem Schwert vor Eli. Er bekam von mir das, was er verdiente – eine milde Strafe. Und nun stehst du mit dem Schwert vor dem Mann, der Eli getötet hat. Ohne Gnade.«

Die Worte ließen ihn nicht unberührt. Doch allein der Gedanke, nun sein Schwert zu erheben und die Wehrlosen der Reihe nach niederzustrecken, war ihm kaum möglich. So lange hatte er damit gehadert, dass es ihm nicht möglich war, sie zu besiegen. Nun waren sie vor ihm versammelt und er konnte es wieder nicht. »Hat nicht jeder von uns getötet? Unschuldige?«

»Wir stehen auf der richtigen Seite. Das ist der Unterschied«, gab Robbas zurück.

»Und wer hat uns den Auftrag dazu erteilt?«

»Königin Gerechtigkeit.«

»Du scheinst sie gut zu kennen. Mir ist sie nie begegnet.« Er sah Robbas ins Gesicht. Die harten Züge des Rebellenführers traten jetzt deutlich zutage. Die vor Hass glühenden Augen lagen tief in seinem Gesicht. »Niemand hat mir den Auftrag erteilt, andere zu richten.«

»Wer soll es sonst tun?!«, schrie Robbas.

»Vielleicht gibt es eine höhere Instanz, die für Gerechtigkeit sorgt.«

»Du redest dich heraus, weil du feige bist.«

»Nein. Auch ich habe einen Auftrag. Und ich werde ihn zu Ende bringen.« Darian warf einen Blick zu Tamina, wehmütig. Er konnte sie nicht lange ansehen, sonst hätte er womöglich gezögert. Es war richtig, was er tat, und sie würde das auch so sehen.

Er näherte sich der Schlangengrube. Am besten war es, wenn er keine große Geste daraus machte. Er musste es einfach tun. Jetzt stand er vor der Grube. Unten räkelten sich Dutzende von Schlangen, als würden sie einen Teppich weben.

Er versuchte nicht lange darüber nachzudenken, was er tat. Seine Hand streckte sich aus, er öffnete sie, die Rollen glitten heraus und fielen hinunter zwischen die Schlangenbäuche. Die Tiere vermuteten eine Fütterung. Sie stürzten sich auf die Rollen, umschlängelten sie, begruben sie unter sich. Bald waren sie nicht mehr zu sehen, nur ein knitterndes Geräusch war zu hören.

Robbas kam herbeigeeilt. Am Rand der Grube bremste er und blickte hinab. »Du elender Narr!«, brüllte er Darian an. Und ehe er reagieren konnte, hatte Robbas ihm das Schwert aus der Hand gerissen. »Wenn du unsere Sache verrätst, dann muss ich es eben erledigen!«

Entschlossen wandte er sich zu den Wächtern um, das Schwert erhoben.

Es grollte wieder. Diesmal erzitterte auch der Boden. Zwei Steinbröckchen landeten vor Robbas auf dem Boden und zersplitterten. Er blieb stehen und richtete einen erschrockenen Blick nach oben. Alle anderen sahen ebenfalls hinauf, sahen Steinchen herunterregnen und hörten das Grollen, das sich ständig verstärkte.

»Grundgütiger«, murmelte Sahak mit wissender Miene.

»Was ist das?«, fragte ihn Darian.

»Bokais Zauber ist erloschen. Die Bannschirme lösen sich auf. Der Turm wird nicht mehr gestützt.«

»Was?!«

Das Grollen wurde lauter und bedrohlicher. Vom Fenster her erklang ein Rauschen. Darian rannte hin. Vom Dach der Kuppel begann es ins Dorf zu regnen. Unten am Turm sammelten sich Massen von Dorfbewohnern und trommelten gegen die Tür.

Für ein paar Sekunden war er ratlos. Dann erfasste ihn die Hektik. »Öffnet sofort die Tür für die Dorfbewohner!«

Ein paar Soldaten blickten sich verunsichert an. Schließlich ergriff einer die Initiative und eilte die Treppe hinunter.

Inzwischen brüllte Darian durch die Halle, dass sich alle so schnell wie möglich nach draußen retten sollten. Kurz darauf brach das Chaos los. Begleitet von einem anschwellenden Dröhnen, von prasselnden Staub- und Steinwolken drängten alle, Soldaten wie Rebellen, die Treppen zum Portal hinauf.

Kurz darauf tauchten die ersten Dorfbewohner an der Wendeltreppe auf, eine nicht enden wollende Reihe Weiß- und Grüngekleideter.

»Alles nach draußen!«, schrie Darian wie übermannt von seiner Rolle, die er nun einnehmen musste. »Alles nach draußen! Raus in Sicherheit!«

9

Trotz des Gedränges gelangten alle hinaus. Darian, Tamina und die Wächter gehörten zu den Letzten. Sie sahen noch, wie der Bannschirm vollends verschwand und das Wasser über dem Dorf im See hereinbrach. Als stürzte der Himmel ein, ließ die Wasserflut in einem Augenblick die Häuser verschwinden. Der See faltete sich in das geöffnete Nichts, um es in kürzester Zeit auszufüllen. Schließlich erreichte das Wasser das Turmfenster und ergoss sich in die Halle, durchspülte die Schlangengrube und bedeckte den Boden.

Zu diesem Zeitpunkt hatten Darian und Tamina bereits die Treppe zum Ausgang erreicht. Sie folgten der Menge nach draußen, hinaus auf die Brücke, die zusammen mit dem Turm erzitterte. Die dreihundert Meter schienen unendlich lange, obwohl sie um ihr Leben rannten.

Als sie sich etwa auf der Hälfte der Brücke befanden, stürzte der Turm ein. Sie sahen nicht zurück, aber sie konnten sich denken, was geschah.

Der Dornenturm von Kattaman bog sich wie ein Getreidehalm im Wind. Doch er schwankte nicht wieder zurück, sondern wurde von seinem eigenen Gewicht weiter Richtung Staudamm gedrückt. Er gab einen tiefen Seufzer von sich, die Erde erzitterte. Der Körper brach zuerst an einer Stelle, dann an mehreren. In Einzelteilen stürzte der Turm der Länge nach in den Kattamansee. Eine Flutwelle breitete sich aus.

Darian wandte nur kurz den Blick, da sah er die Welle aus den Augenwinkeln auf sich zukommen. Er erschrak und blieb stehen, als er erkannte, wie groß die herbeistürzende Wasserwand war. Er hielt Tamina an der Schulter, riss sie mit sich herunter und gemeinsam hielten sie sich an den Säulen des Geländers fest.

Ein Schatten ging der Welle voraus, dann brach das Wasser über ihnen herein, plötzlich und heftig, als würde ein Heer von tausend Reitern an ihnen vorüberziehen. Von allen Seiten rissen die Kräfte an ihnen. Ihre Hände krallten sich an die Säulen, drohten der Wucht der Wassermassen nachzugeben.

Doch sie konnten sich halten, denn eine andere Kraft drückte von hinten gegen sie. So zog die Wand an ihnen vorüber, senkte sich und schlug auf dem Ufer von Kattaman auf.

Kraftlos lag Darian auf dem Bauch, die Hände immer noch an den Säulen des Geländers. Er drehte den Kopf zu Tamina, sie blickte ihn an. Haare klebten ihr im Gesicht.

Und dann, als sie merkten, dass jemand ihren Rücken berührte, wandten sich beide um: Hinter ihnen hockte Sahak, seine mächtigen Pranken auf Darians und Taminas Rücken.

Er keuchte schwer. Darian versuchte ein Dankeschön zu formulieren. Sahak antwortete: »Ich bin es, der dir zu danken hat. Ich stehe für immer in deiner Schuld.«

»Nein«, gab Darian zurück. Ihm fiel auf, wie weich Sahaks Züge geworden waren. Seine Augen waren feucht, was sicher vom Wasser kam. »Nein, Sahak, du stehst nicht in meiner Schuld.«

Im Nachhinein gehörte es zu den merkwürdigsten Erfahrungen seiner Quest, dass Darian die Wächter kein einziges Mal wiedersah. Als sie das Ende der nun lose im See stehenden Brücke erreichten, lieferte sich Sahak freiwillig den Soldaten aus. Er wurde abgeführt, und Darian blickte ihm nach, seinen langsamen Schritten, die jede Festigkeit verloren hatten. Die Reue schien schwer auf ihm zu liegen. Doch Sahak wirkte nicht, als wäre er am Ende. Eher, als bereite er sich auf einen weiten Weg vor; einen Weg, der eines Tages wieder leichter werden würde.

Lex und Miredala waren verschwunden.

Später standen Darian und Tamina auf dem Platz mit Idom beisammen. Sie wärmten sich am Feuer, so wie viele andere Rebellen und Soldaten, Weiß- und Grüngekleidete. Verwundete wurden verarztet, Tote beklagt. Alles geschah in einer seltsamen Mischung aus unterdrückter Freude und gespenstischem Erwachen. Bokais Zauber hatte sich von den Kattamanern gelöst. Es war, als wären sie aus einer fremden Haut geschlüpft und tasteten sich jetzt in ihr neues altes Leben hinein, das sie noch überforderte.

»Es macht mich froh, euch wiederzusehen«, sagte Idom und strich dem Bowork neben sich über den Rücken. Darian hatte den Grauen sofort wiedererkannt und begrüßt. »Er hört jetzt auf den Namen Eliot«, hatte Idom erklärt. »Ich habe ihn verletzt aufgefunden, und er hat sich von mir helfen lassen.« Darian waren die Wunden auf Eliots Brust sofort ins Auge gesprungen. Es tat ihm leid. Zugleich aber machte ihn der Anblick zufrieden: Idom und Eliot. Sein Bowork war in guten Händen.

»Gab es noch viele Tote?«, fragte ihn Tamina, obwohl sie das Ausmaß der Kämpfe eigentlich vor Augen hatte.

»Niemand kann sie zählen«, antwortete Idom resigniert. »Es ist eine Tragödie. Und wenn wir die Brücke nicht aufgegeben hätten, wäre es sogar noch weit schlimmer gekommen.«

»Ihr habt die Brücke aufgegeben?«, fragte Darian.

»Ja. Als Bokai nach Lex und Miredala rief, hatte ich den Befehl über das Heer. Ich ließ einen Waffenstillstand ausrufen, dann traf ich mich mit Robbas. Ich erklärte ihm, dass ich euch geholfen habe, in den Turm zu gelangen. Wir vereinbarten, dass wir ihm und seinen Leuten Zugang zum Turm gewähren, damit er dort die Wächter in Schach halten kann. Dafür versprach er mir, dass er dich verschonen würde.«

»Eine ziemlich dumme Entscheidung«, grummelte es hinter ihnen. Robbas trat herbei, seine Miene düsterer denn je. »Ich hätte dich als Allerersten erschießen lassen sollen. Du hast uns diesen ganzen Ärger eingebrockt.«

»Wovon sprichst du, Robbas?«, fragte ihn Idom. »Bokai ist besiegt.«

»Ja. Aber die Wächter leben noch. Sie haben das ganze Unheil im Land verbreitet. Und *du* hast sie verschont!« Er zeigte auf Darian. »Damit stehst du in der Schuld des ganzen Landes.« Er wandte sich an Idom. »Und *du* hast Sahak in Gewahrsam nehmen lassen, anstatt ihn zu töten. Wo ist er?«

»Dort, wo du nicht an ihn herankommst.«

»Er hat nichts anderes als den Tod verdient. Wenn du es als sein

Sohn nicht über dich bringst, ihn hinzurichten, dann übergib ihn mir.«

»Er wird niemandem übergeben, bis in diesem Land wieder Ordnungen errichtet worden sind.«

Darian fügte hinzu: »Gerechte Ordnungen.«

Robbas kniff die Augen zusammen und sah vom einen zum anderen. »Verstehe. Hier werden bereits neue Intrigen gesponnen. Natürlich. Jetzt, wo die Gelegenheit günstig ist. Aber das werde ich nicht zulassen. Wir haben nicht Jahre gekämpft, damit die Gerechtigkeit nun mit Füßen getreten wird.«

»Du verstehst die Dinge falsch. Keiner hier will Bokais Nachfolger werden«, sagte Darian.

»Das sagen alle. Am Anfang. Beweist es mir! Liefert uns die drei Wächter aus!«

»Wir haben nur Sahak«, entgegnete Idom trocken.

»Und die anderen beiden?«

»Sind in den Süden geflohen.«

»Ihr habt sie entkommen lassen?!«

»Es gibt Wichtigeres im Moment.«

Robbas schüttelte den Kopf. »Ich hätte euch alle töten sollen, als ich die Gelegenheit dazu hatte!« Darian beobachtete, wie der blaue Beutel an Robbas' Gürtel baumelte. »Es wird keine Ruhe geben. Ich werde kämpfen, bis die Gerechtigkeit gesiegt hat, das schwöre ich!« Er wandte sich ab und ging davon.

»Was hast du vor?«, fragte ihm Darian hinterher.

Robbas blieb stehen, ohne sich umzudrehen. »Ich fange mit den Wächtern an. Und wenn ich mit ihnen fertig bin …«, jetzt wandte er sich doch um und blickte in die Gesichter. »… es wird neues Unrecht geben in Enruah, ich sehe es bereits aufsteigen. Aber es wird auch eine Rebellion geben. Eine starke, entschlossene Rebellion. Verlasst euch darauf!« Damit marschierte er endgültig davon. Bei den Pferden rief er einige seiner Leute zu sich. Auch Mortan war dabei. Sie stiegen auf und ritten los.

»Meinst du, er ist gefährlich?«, fragte Tamina.

»Mal sehen«, gab Idom zurück. »Jetzt ist er erst mal eine Weile mit Lex und Miredala beschäftigt. Vielleicht für den Rest seines Lebens. Im Süden wird er sie jedenfalls nicht finden.«

»Wieso nicht?«

»Weil sie in Wirklichkeit nach Norden geflohen sind. Einer meiner Männer hat sie in der Nähe des Staudamms gesehen. Mögen sie dort zu besseren Menschen werden.«

Darian schwieg. Er dachte immerzu an die Augen von Robbas, die wie Kohlen geglüht hatten. Im Unterschied zu echter Kohle schienen sie aber nie abzukühlen. Und er dachte an den Beutel mit den Schachfiguren. Er hielt es für immer unwahrscheinlicher, dass sie jemals fertig geschnitzt würden.

»Das Nordheer der Rebellen ist gerade damit beschäftigt, den Staudamm vollends niederzureißen«, fuhr Idom fort. »Meine Männer helfen ihnen dabei. Es wird sich einiges verändern. Der Kattamansee wird verschwinden.«

»Was wird aus der Stadt?«

»Eine Stadt ohne Einwohner ist nichts wert. Ich glaube kaum, dass viele hierbleiben werden. Ein paar Eingesessene vielleicht, meine Tante Bersenka zum Beispiel. Aber alle anderen werden spätestens morgen ihre Sachen packen.«

»Du auch?«

»Ich wünschte, ich könnte es. Aber hier wird es noch eine Menge zu tun geben. Ich werde mich mit den Führern der Rebellen und der großen Städte zusammenfinden und beraten. Enruah muss in eine neue Zeit begleitet werden. Aber ich hoffe, dass ich bald nach Wonntau kommen kann.«

»Wonntau.« Tamina strahlte. »Ich freue mich so auf Maras Gesicht!«

»Ich nehme an, ihr werdet den Zug begleiten?«, fragte Idom.

Darian spürte die Blicke der beiden auf sich. Verlegen schaute er in die Ferne. Was sollte er antworten? Er wusste es ja nicht. Er beobachtete eine Schaluppe, die über den See trieb. Das Segel war kaum aufgebläht, doch die Strömung war stark. Darian fragte sich, was das

Schiff da draußen wollte, jetzt, nach allem, was geschehen war. Er blinzelte. Dann blinzelte er noch einmal, bewusster. Sah er richtig? Das bunte Gewand kannte er doch. Es war nicht zu verwechseln. Der Mann, der am Segel saß, war eindeutig Quentin.

»Was ist?«, fragte Tamina.

»Nichts, ich … ich denke, Lohan sollte den Zug anführen.«

»Ja, ja, er ist der Dorfvorsteher«, sagte Idom. »Das ist Ehrensache. Aber du? Wirst du mitgehen oder bleibst du hier? Du wärst herzlich willkommen bei unseren Beratungen.«

Darian blinzelte noch einmal, um sicherzugehen. Kein Zweifel. Quentin war hier. Und das konnte nur eines bedeuten: Seine Quest ging zu Ende.

»Nein, ich werde nicht hierbleiben. Ich … muss woanders hin.«

Auch wenn Tamina bestürzt reagierte – sie hatte es nicht anders geahnt. Seit der Begegnung mit Bokai im Turm hatte sie Darian mit einem seltsamen Befremden angesehen. Nicht, dass sie ihn nicht mehr liebte; ihre Zuneigung blieb. Doch sie galt einem Mann, der nie Teil ihrer Welt sein würde, so sehr sie sich das auch wünschte. Und damit hatte sie die Wahrheit – ohne sie wirklich zu kennen – bereitwilliger angenommen als Darian selbst.

Immerzu hatte er noch gehofft, dass es eine versteckte Alternative gab, eine Möglichkeit, an die er nicht gedacht hatte. Doch welche sollte das sein? Bleiben? Dann würde er vermutlich bald im Nichts verschwinden und eine entsetzte Tamina zurücklassen. Nein, Quentin war zweifellos gekommen, um ihm einen Abgang mit Würde und Stil zu ermöglichen. Für die Enruahner war es allemal besser zu verkraften, wenn ihr Held, anstatt entrückt zu werden, in ein fernes Land zurückkehrte.

So waren sie wortlos auf die Brücke hinausspaziert, Darian hatte sich dabei eine Geschichte überlegt. Doch so recht überzeugend fand er sie nicht. Als sie am abgebrochenen Ende der Brücke ankamen, nicht weit vom Stummel des Dornenturms, sagte er: »Es ist schwer zu erklären.«

»Dann lass es bleiben«, sagte Tamina, nicht sanft und nicht streng. »Wahrscheinlich könnte ich dir die Wahrheit ohnehin nicht glauben.«

»Du weißt, dass ich nicht von mir aus gehen will, oder?«

Sie nickte und presste die Lippen aufeinander.

»Und du willst nicht wissen, wohin ich gehe?«

»Ich würde alles darum geben, es zu wissen. Aber es muss ein Ort sein, der für mich nicht zu verstehen ist.«

»Warum?«

»Weil du mich sonst gefragt hättest, ob ich mitkomme.«

Darian schwieg und sah ihr tief in die Augen. Natürlich, sie sahen traurig aus. Aber auch gefasst, als hätte sie sich längst auf den Moment vorbereitet. Er nahm ihre beiden Hände. Aus den Augenwinkeln sah er das Boot, das auf dem See trieb.

»Ich verspreche dir, dass …«

»Nein …« Sie lächelte. »Du musst mir nicht versprechen, dass du mich nicht vergessen wirst. Ich weiß es auch so. Und ich werde dich auch nicht vergessen.« Sie näherte sich ihm. Ihre Lippen öffneten sich wie eine Blüte und trauten sich dieses letzte, unsinnig scheinende Mal, und berührten die seinen. Der Kuss quälte ihn, so schön er auch war. Dann sagte sie: »Den hatte ich dir schon damals in der Höhle geben wollen. Aber da konnte ich dir noch nicht vertrauen.«

»Recht hattest du.«

»Du bist ein großer Krieger, Darian.« Ihre Hand legte sich auf seine Schulter. »Du solltest gehen.«

»Ja.« Er war versucht, einen Schritt zurückzutreten, doch das schien ihm falsch. War die Verabschiedung schon vorbei? Oder musste er ihr irgendwie noch zeigen, was er fühlte?

Er näherte sich ihr und umarmte sie. Erst unsicher, dann fest. Tamina gab sich ganz hinein und seufzte. Sie lösten sich und sahen sich noch einmal so an, wie sie sich oft angesehen hatten: neugierig und wissend zugleich. »Du solltest wohl gehen.«

»Ja.« Jetzt bewegte er sich rückwärts. Er sah auf den Boden, um nicht zu fallen. Ehe er sich dem See zuwandte, sagte er: »Ich werde dich nicht vergessen.«

Sie nickte und kämpfte gegen das Beben ihrer Lippen an.
Er drehte sich um, holte Luft und sprang kopfüber ins Wasser.

Teil V

Realität

1

»Habe ich versagt?«

»Ich wüsste nicht, weshalb.«

»Er ist tot.«

»Er hat die Rolle.«

»Nicht freiwillig.«

»Und er hat dir die drei anderen gegeben.«

»Auch nicht freiwillig.«

»Davon war nie die Rede.«

»Aber so hat es doch keinen Sinn!«

»Wir fahren hier über einen See, aus dem heute Morgen noch ein riesiger Turm geragt hat, und du sagst, es hatte keinen Sinn?«

»Na schön. Enruah verändert sich. Aber ich werde es nicht miterleben.« Darian stand im hinteren Teil der Schaluppe und blickte wehmütig der Gestalt nach, die am Ende der Brücke stand.

»Du brauchst nur etwas Fantasie.«

»Die habe ich.«

»Na dann: Du hast noch eine schöne Fahrt vor dir. Mit ein bisschen Vorstellungsvermögen kannst du sehen, was du diesem Land Gutes getan hast.«

»Es gibt keine Möglichkeit hierzubleiben, oder?«

»Das waren die Regeln.«

»Na schön.« Darian setzte sich.

Quentin blieb am Mast stehen und stützte sich mit dem Arm daran ab. »Ich wüsste ohnehin nicht, was du hier noch willst. Die Quest ist vollständig erfüllt. Bonuslevel gibt es keine.«

»Hör auf mit diesen Begriffen!«

»Es ist immer noch ein Spiel.«

»Du weißt, dass ich mich hier zu Hause fühle wie noch nie«, sagte Darian mit leicht anklagendem Unterton.

»Dann tut es mir leid, dass ich dir das wieder wegnehmen muss.«

»Tut es dir nicht!«

»Glaube mir, es tut mir leid. Wenn ich daran denke, was für eine armselige Existenz du in der richtigen Welt führst …«

»Wie bitte?!«

Quentin zuckte die Schultern. »Na ja, du hast jeden Tag gehasst, noch bevor du aufgestanden bist. Dabei warst du gerade erst ins Bett gegangen. So richtig viel Schlaf hast du dir nie gegönnt. Vielleicht warst du deshalb immer so depressiv.«

Darian runzelte die Stirn. Der Zustand, von dem Quentin sprach, war so weit von ihm entfernt, dass es ihm vorkam wie die tragische Geschichte eines Freundes, die man ihm erzählte. »Woher weißt du das alles?«

»Ich habe mich natürlich erkundigt, bevor ich dich mit einer solchen Aufgabe betraut habe. Es war sehr frustrierend, dich und dein Leben zu sehen.«

»Jetzt hör aber auf! So schlecht kann es nicht gewesen sein. Sonst hättest du mich nicht genommen.«

»Das kannst du wenden, wie du willst.«

Darian hielt inne. Es stimmte schon. Er war in einem ziemlich desolaten Zustand in diesem Land angekommen. Alles andere als ein Held. Er schämte sich fast ein bisschen bei dieser Erinnerung. Ganz leise sagte er: »Ich habe herausgefunden, was Enruah ist.«

»Das freut mich für dich.«

»Es war gut, dass du mich hergeschickt hast.« Die Aussage kostete ihn ein wenig Überwindung. Sein Stolz beschwerte sich. »Ich habe einiges gelernt.«

»Dann solltest du jetzt das eine auch noch begreifen.«

»Was meinst du?«

»Wenn du dich hier zu Hause fühlst, dann wirst du dich immer zu Hause fühlen, egal, wo du bist. Denn Enruah bist du selbst.«

Darian nickte nachdenklich.

Es war ein ungewöhnlicher Gedanke, in sich selbst zu Hause zu sein. Aber ein schöner. »Trotzdem«, bohrte er weiter, »Bokai ist tot. Was bedeutet das für mich?«

»Tja, was bedeutet es für dich?«, wiederholte Quentin. »Eigentlich nicht viel.«

Darian sah ihn fragend an. »Der Mann hatte mein Gesicht!«

»Nicht nur dein Gesicht. Er hatte auch deinen Körper. Und natürlich hatte er auch einen Teil deiner Seele.«

»Jetzt wirds gruselig.«

»Du erinnerst dich an den schwarzen Magier im Hafendorf?«

»Den ich mit dem Schiff verfolgt habe? Ich dachte, den hätte ich mir eingebildet.«

Quentin lachte. »Und hast du es dir vielleicht auch nur eingebildet, dass deine Mitmenschen dich in der Realität nicht mehr sehen konnten?«

Darian wurde bleich. In der Tat, auch das hatte er als Hirngespinst abgetan.

»Das Ganze hier ergab doch nur Sinn«, fuhr Quentin fort, »wenn du die Rolle eines anderen spielst und dich selbst von außen siehst. Nachdem ich dir den Auftrag erteilt hatte, musste ich also einen Moment abwarten, in dem du dich so sehr aus deiner eigenen Haut herauswünschst, dass sich dein Körper von deiner Seele trennen ließ. Bei der Hafenschlacht in Mamron war der Augenblick gekommen. Du bist eins geworden mit Darian und ich konnte Jakobs Körper in die Spielwelt holen.«

»Das meinst du nicht ernst, oder?«

»Ich habe nur deinen Wunsch erfüllt: die furchtbare Welt hinter dir lassen, alles so haben, wie du es dir vorstellst.«

»Du hast mich verdoppelt.«

»Nun ja, wie man es nimmt. Es stimmt: Bokai hat einen Teil deiner Seele in sich getragen. Aber er hatte nicht dein Bewusstsein. Als er mit dem Schiff in Enruah landete, da ist die ganze Welt erst entstanden. Auch seine Erinnerungen, alles, was er erlebte, entstand in diesem Moment.«

»Das ist verwirrend. Du hattest mir die Schriftrolle doch schon vorher gegeben.«

»Du vergisst, dass das alles eine Simulation ist. Durchkonstruiert mit dem Material, das vorhanden ist. Man ist also den Zeitabläufen nicht unterworfen – zumindest nicht als Designer.«

Darian wurde nachdenklich, seine Miene verdüsterte sich. »Aber … wenn du Jakob – also mich – in die Welt hineingezogen hast, dann heißt das doch, dass er jetzt nicht mehr am Leben ist. Ich bin tot.«

»Siehst du, das ist das Schöne an einer Simulation. Sie sieht aus wie die Realität, sie fühlt sich so an, du kannst alles erleben, was du in der Realität erleben kannst – aber es *ist* nicht die Realität. Wenn die Simulation beendet ist, läuft alles wieder normal.«

»Dann hat das alles hier keine Bedeutung für mein richtiges Leben?«

»Es kommt darauf an, was du daraus machst. Wenn ein Pilot im Simulator eine Bruchlandung hinlegt, dann doch nur, um sie im echten Flugzeug nicht zu wiederholen.«

»Ein toller Vergleich!« Darian sah aufs Wasser und stellte fest, dass sie deutlich schneller geworden waren. Rasch blickte er zurück zur Brücke: Tamina war nur noch als Fleck zu erkennen. Er schluckte. »Ich glaube das nicht. Es war so echt. Ihre Lippen, ihr Lächeln …«

»Sie ist ein Teil von Enruah. Das solltest du akzeptieren.«

Darian atmete heftig. Sie näherten sich immer schneller dem Staudamm. »Wieso muss ich das akzeptieren? So lange es sich echt anfühlt, ist es doch echt!«

»Ja und nein.« Quentin lächelte und hob seine Hand. Dann schlug er sie gegen den Mast – doch anstatt dagegenzustoßen, ging sie mittendurch.

Darians Augen weiteten sich.

»Akzeptiere, dass die Dinge sind, wie sie sind. Akzeptiere und lerne. Dann wirst du zum wahren Leben durchdringen.«

»Das ist wieder einer deiner Tricks. Du warst schon immer ein Täuscher. Aber das heißt nicht, dass …«

»Versuch es selbst«, forderte Quentin ihn auf.

Darian nickte und stand auf. Er sah auf seine Hand, dann führte er sie gegen den Mast – sie ging hindurch! Er versuchte es wieder und wieder.

»Cool, oder?«

»Das ist ...« Entgeistert blickte Darian seine Hände an.

»Vielleicht ist es nur ein Programmfehler.«

Darian wollte etwas erwidern, doch ihm fiel nichts ein.

Plötzlich hörten sie ein Krachen in der Nähe, das Grollen einer einstürzenden Steinmauer.

»Oh, jetzt wird es etwas wilder. Das ist nichts mehr für mich.«

Das Boot wurde schneller.

»Was passiert da?«

»Genieße es einfach, Darian. Es hat mich gefreut, dich kennenzulernen. Und vergiss nicht: Akzeptiere und lerne!« Ein vollkommenes Lächeln überzog sein Gesicht. Währenddessen begann er zu verblassen, das bunte Gewand wurde grau und schließlich verschwand es und hinterließ nur noch ein Gitternetz. Die grünen Linien formten seine Gestalt, doch auch sie verschwanden nach wenigen Sekunden. Darian war allein.

Und dann bog sich vor ihm der See in die Tiefe. Er klammerte sich an den Mast, den er nun seltsamerweise wieder spüren konnte. Das Boot schoss schräg hinunter, Wasser spritzte zu ihm herein. Er passierte den soeben aufgebrochenen Staudamm, rechts und links standen noch die Überreste. Am Ufer erkannte er Menschenmassen.

Doch er war so schnell, dass er schon nach wenigen Augenblicken ganz woanders war. Die Flutwelle trug ihn das Kardolonbett hinauf und wo sie hinkam, füllte sie es bis zu den Ufern. Er kam an trockenen Wäldern vorbei, kargen Landschaften, verlassenen Ortschaften. Zuerst wollte ihn diese Ödnis des Nordlandes deprimieren. Doch dann stellte er sich vor, wie das Flusswasser die Ufer tränkte, wie die Felder wieder sprossen und Familien in die Dörfer zogen. Er sah neue Städte emporwachsen mit Pfahlhäusern, ähnlich denen in Falbensee.

Irgendwann erreichte er Bankada, die größte Stadt im Norden. Brüchige Steinhäuser säumten das Flussbett. Vereinzelt sah er Menschen, die vor der Flutwelle flohen. Die meisten aber hatten sich wohl schon längst in Sicherheit gebracht. Bald würden sie zurückkehren und aus Bankada eine große Hafenstadt machen.

Dann folgte das Wüstengebiet Enruahs. In allen Richtungen sah er karge Hügel und verdorrte Bäume. Es war schwer, sich hier neues Leben vorzustellen. Doch in seiner Vorstellung legte Darian einen Grasteppich auf den Sandboden, stellte volle, von Vögeln behauste Bäume auf und schickte vom Kardolon ein Netz von dünnen Bächen ins Land, an deren Rändern Schilf wuchs.

Das alles sah er, wenn er sich etwas Mühe gab. Er genoss das Bild, auch wenn er sich nicht lange darin versenken konnte. Denn bald wurde der Fluss breiter, die Wüste flacher. Er erreichte das Delta des Kardolon und kurz darauf spuckte ihn der Fluss ins Meer hinaus. Die Flutwelle verlor sich, und die Schaluppe glitt ruhig dahin.

Darian sah Enruah nach, solange er das Ufer noch erkennen konnte. Bald aber verlor sich das flimmernde Band im Horizont und er war nur noch von Wasser umgeben.

In keinem Moment machte er sich Sorgen. Irgendwie war er sich sicher, dass alles seine Richtigkeit hatte. Das Segel begann sich aufzublähen, weil der Wind auffrischte. Es wurde kühler. Seine Haare fingen an, ihm ins Gesicht zu wehen.

Bald wurden die Wellen stärker und das Boot schaukelte über sie hinweg. Darian saß da, hielt sich fest und wartete. Aus dem Wind wurde ein Sturm, aus den Wellen ein Gebirge. Doch irgendwann merkte er, dass das Schiff nicht mehr getrieben, sondern gezogen wurde.

Es rauschte und er erblickte eine graue, tanzende Säule über dem Wasser, die weit oben an den Himmel angeschlossen war. Die Säule wurde größer, sie näherte sich ihm, ebenso wie sein Boot sich ihr näherte. Er begann eine Kurve zu fahren, einen Kreis und dann noch einen, und schließlich fuhr er den Kreis, ohne das Wasser zu berühren. Das Boot verlor den Kontakt mit dem Meer, wurde von der Säule in ewig kreisenden Bewegungen hinaufgetragen, begleitet von einem ohrenbetäubenden Rauschen.

Wasserspritzer peitschten ihm ins Gesicht, er drohte zu kippen, immer höher und höher stieg er. Für einen kurzen Moment sah er noch den Meeresteppich ganz weit unter sich, dann wurde es dunkel.

Doch er verlor nicht das Bewusstsein, sondern nahm jede Bewegung wahr, auch wenn sie sich immer schwächer anfühlte. Bald vergaß er, dass er kreiste, spürte die Spritzer nicht mehr, der Wind verschwand.

Schließlich fühlte er gar nichts mehr. Er hörte nur noch, was geschah und bald sah er wieder etwas. Er sah den Wirbel um sich herum, das Boot, den kreisenden Himmel. Die Kreise wurden weiter, er wurde langsamer. Und dann wurde ihm klar, dass er eben dabei war, aus dem Meer aufzusteigen. Ein anderes Meer. Ein anderer Himmel über ihm.

Bald verschwand der Strudel und Darian trieb wieder auf offenem Wasser. In der Ferne sah er Inselberge. Er hielt sich noch immer am Mast fest. Wirklich? Tat er das? War das der Mast, den er in Händen hielt?

Er sah an sich herab und stellte fest: Seine rechte Hand lag auf einer Maus und seine linke auf einer Tastatur.

2

Ganz oben stand »Weiterspielen«, darunter »Optionen«, darunter »Hauptmenü« und ganz unten »Beenden«. Die flachen Buchstaben hatten sich wie ein Vorhang zwischen ihn und die Welt geschoben. Jakob saß sehr lange nur schweigend da und betrachtete sie. Im Hintergrund waren als eingefrorenes Bild noch immer das Meer und das Boot zu sehen. Jetzt fielen ihm die Pixel auf. Überhaupt, es war nur ein flaches Viereck, in das er schaute. Mehr war da nicht.

Er lehnte sich zurück und rieb sich die Augen. Seine Haut fühlte sich ungewohnt an, zarter. Er fuhr sich über die Arme und vermisste dabei einige Haare, Sehnen und Muskeln. Seine Hände berührten das Gesicht. Es war nass. Natürlich, das Meer. Aber dann führte er seinen Finger an die Zunge und stellte fest, dass er jenen Salzgeschmack hatte, den man beim Schwitzen zuweilen in den Mund bekam.

Ja, er schwitzte, und das nicht wenig. Seine Haare waren ganz feucht – überhaupt: Seine Haare waren lockiger und kürzer.

Das Bild begann vor Jakobs Augen zu verschwimmen. Und zugleich zerfloss alle Kraft und Sicherheit, die ihn in letzter Zeit vorangebracht hatten. Er war zurück in einem unvollkommenen und momentan äußerst schwachen Körper. So schwach war er, dass er sich kaum auf dem Stuhl halten konnte. Jedes seiner Glieder bettelte um Ruhe.

Mit Mühe bewegte er die Maus und klickte auf »Beenden«. Der Bildschirm fragte ihn, ob er den Spielstand vor dem Beenden speichern wolle. Jakob klickte auf »Ja«, dann sah er zu, wie das Spiel ausgeblendet wurde und der blaue Desktop seinen Platz einnahm. Kurzerhand schaltete er den Monitor aus.

Eine überwältigende Ruhe breitete sich aus. Jakob stellte fest, dass es beinahe stockdunkel war. Durch die Vorhänge sah er nur den Schimmer einer Straßenlaterne. Und neben dem Bett leuchteten die orangefarbenen Digitalzahlen. Es war 4:11 Uhr.

Er hatte keine Gelegenheit, darüber nachzudenken, wie lange er gespielt hatte. Alles begann sich zu drehen. Er stützte sich am Schreibtisch auf und tastete sich bis zum Bett, ein wildes Hämmern in seinem Kopf. Mit unbeholfenen Bewegungen zog er sich aus, hob die Decke und legte sich darunter.

Später erfuhr er, dass er fünfzehn Stunden am Stück geschlafen hatte. Dann war er kurz ins Bad gegangen, um anschließend noch einmal zwölf Stunden zu schlafen.

Als er morgens um sieben aufstand, fühlte er sich wieder gesund. Das Zimmer müffelte wie ein Ziegenstall, die Luft war zäh.

Jakob riss das Fenster auf, dann ging er ins Bad und duschte sich. Vor dem Spiegel betrachtete er seinen alten neuen Körper. Er war gewöhnungsbedürftig, aber nicht übel. In dieser Welt kam es nicht so sehr aufs Kämpfen an, er brauchte die Muskeln nicht unbedingt. Und sein Muttermal am Ohr war nun einmal da. Hässlich, aber einzigartig.

Jeans waren eine tolle Erfindung, dachte er, als er in die Hose schlüpfte, und es dabei nirgends kratzte. Die Socken waren schön weich. Reflexartig erschrak er, dass die Schatulle nicht mehr an seinem Fuß war. Dann aber genoss er das Gefühl der Freiheit.

»Er lebt noch!«, scholl es ihm theatralisch entgegen, als er mit dem Handtuch über der Schulter durch die Wohnküche marschierte. Kon stand mit der *Financial Times* und einem *Starbucks*-Becher am Tisch, ein Fuß auf dem Stuhl. »Unglaublich, wie kann man so lange schlafen?«

»Ich schätze, ich habs gebraucht.« Jakobs Stimme war noch nicht ganz frisch.

»Du lagst wie ’ne Leiche im Bett. Wollte schon fast deine Mama anrufen.«

»Das ist aber rührend.«

Kon nahm einen Schluck, damit sein verlegenes Lächeln nicht zu sehen war. »Gehört zum Service.«

Jetzt musste Jakob an die Miete denken. Er hatte sie nicht vergessen, diese Rechnung, die in seiner Schublade lag und bewies, dass Kon sie übers Ohr haute. »Ist Pierre schon wach?«

»Keine Ahnung.«

»Also ist er noch nicht rausgekommen.«

»Ist seit gestern bei Roman. Ich habs ja schon immer geahnt, dass er schwul ist.«

Jakob wusste, dass das nicht stimmte. Pierre hatte eine Freundin irgendwo in der Ferne. Er hatte es ihm erzählt. »Unsinn. Was ist vorgefallen?«, fragte Jakob.

Kon sah überrascht auf. »Was soll vorgefallen sein?«

»Weiß nicht. Ich habe geschlafen.«

»So wie immer«, spöttelte Kon. »Den Tag und das Leben verschlafen.«

Jakob wusste nicht, was er antworten sollte. Ein altbekanntes Gefühl begann sich um ihn zu wickeln, ein Mantel der Erniedrigung, den er merkwürdigerweise nie abgelehnt hatte. Er hatte ihn geradezu dankbar angenommen, als fühlte er sich sonst unbekleidet. Absurd war das, wenn er sich daran erinnerte.

Jakob zog sich in sein Zimmer zurück. Kon hatte sich kein bisschen verändert. Er war der alte, arrogante Schnösel, der er immer war. Und das konnte Jakob aufregen.

Was war vorgefallen? Hatte es Pierre ihm endlich gezeigt? Jakob dachte wieder an die Abrechnung in seiner Schublade. Wenn Kon wüsste, was er gegen ihn in der Hand hatte! Vermutlich würde er das mit den Sprüchen bleiben lassen.

Er ging zur Schublade und öffnete sie. Da lag das Papier. Kons Betrug schwarz auf weiß. Er fuhr mit dem Finger über die Zahlen. Plötzlich bekam er eine Gänsehaut. Das Papier in seiner Schublade war nicht zusammengerollt. Es hatte auch kein Siegel. Aber es ließ ihn unweigerlich an die Schriftrollen in Enruah denken.

Himmel, was hatte er mit dieser Rechnung eigentlich vor?! Wollte er sie für den Rest seines Lebens in dieser Schublade liegen lassen, nur um seinen Unmut über Kon zu rechtfertigen? Freilich, diese Zahlen standen nicht nur für die paar Euro, um die Kon ihn betrog. Sie standen für jeden Moment, in dem Jakob sich in Kons Gegenwart zurückgesetzt gefühlt hatte, verkleinert, unmännlich und hilflos. Ja, es war eine lange Rechnung. Und sie würde immer länger werden. Jakob würde immer wieder gekränkt in sein Zimmer zurückkehren, die Rechnung ansehen und sich an dem Gefühl berauschen, dass er es Kon gnadenlos reinwürgen könnte, wenn er nur wollte. Jakob würde krank davon werden.

Schluss damit! Er griff in die Schublade, zog das Papier heraus und marschierte in die Küche.

Kon drehte sich um, aufgeschreckt von der Wucht, mit der Jakob die Tür geöffnet hatte.

Jakob klatschte das Papier vor Kon auf den Tisch. »Hier, das gehört mir nicht.«

Kon sah sich das Blatt stirnrunzelnd an, ohne sich vorzubeugen. Seine Augen wanderten zu Jakob. »Und?«

»Dass Pierre weg ist, hat zufällig etwas damit zu tun?«

Kons Gesichtszüge fielen in sich zusammen. »Wie … wie kommst du darauf?«

»Nur so 'ne Ahnung.«

»Und woher hast du das da?«

»Nebensache.«

Endlich nahm Kon seinen Fuß vom Stuhl. »Wie lange weißt du das schon?«

»Ein paar Tage.«

»Also gut. Es stimmt. Pierre hat es herausgefunden.«

»Wie das?«

»Er hat beim Vermieter angerufen und gefragt, dieser Mistkerl. Er hat nur irgendwas gesucht, womit er mich drankriegen kann.«

»Verstehe.« Jakob erschrak darüber, wie wenig Mühe sich Kon gab, die Resignation aus seinem Ton herauszuhalten. Es war offensichtlich, dass er sich wie ein Geschlagener fühlte. »Warum hast du es getan?«

»Ich bin der Hauptmieter. Ich kann die Preise festlegen. Verwaltungsaufwand, du weißt schon.«

»Ja, sicher. Und man muss das alles unbedingt geheim halten.«

»Du hast mich nie gefragt.«

»Hör auf mit diesem Mist! Du hast Mist gebaut, und das weißt du.«

»Und jetzt?«, fragte ausgerechnet Kon.

»Deine Sache. Du bist der Hauptmieter. Aber wenn du mir keine vernünftige Lösung anbietest, bin ich auch weg.«

Kon stellte seinen Kaffeebecher auf den Tisch und setzte sich. Zum ersten Mal musste Jakob sich hinsetzen, um auf Augenhöhe mit ihm zu sein.

Die Lösung bestand darin, dass Kon von nun an mehr bezahlte, bis die Rechnung ausgeglichen war. Jakob suchte Pierre auf und teilte ihm mit, dass sie sich darauf geeinigt hätten. Pierre sah ihn finster an und fragte: »Wie lange weißt du schon davon?«

»Nicht lange. Ein paar Tage.«

»Und du hast mir nichts gesagt! Stattdessen heckst du mit Kon irgendwelche Sachen aus.«

»Es ist die beste Lösung für alle.«

»Er hat uns ein Jahr lang betrogen und dafür soll er nicht mal ein bisschen bestraft werden?«

»Was willst du tun?«

»Ich werde dafür sorgen, dass ihm kein Mensch mehr traut. Wenn die Geschichte sich verbreitet, ist es aus mit seiner Selbstherrlichkeit. Was ist mit dir? Bist du dabei?«

Jakob schüttelte den Kopf. »Lass es gut sein, Pierre.«

»Gut sein?! Du naiver, unterwürfiger Schwachkopf! Geh zurück zu ihm und lass dich von ihm weiter ausbeuten! Du verdienst es nicht besser.«

Auch wenn Jakob traurig war, als er von Pierre nach Hause ging, so war er doch keineswegs von der Entwicklung überrascht. Erstaunlich war nur, wie sehr bei ihrem Abschied die Augen hinter Pierres Brille denen von Robbas geglichen hatten.

3

Es waren noch einige Tage nötig, bis Jakob die Erlebnisse in Enruah einordnen konnte. Der Abstand half ihm, alles zu sortieren. Sein Abenteuer war offensichtlich eine Mischung aus Spiel, Wahn und Traum gewesen. Dass er diesem Quentin in *Evertale* begegnet war und der einiges über Jakob wusste, konnte man nicht leugnen. Vermutlich waren die Entwickler an irgendwelche Daten von ihm gelangt und hatten daraus die Quest gebastelt. Dann hatte er eine Nacht durchgespielt und Fieber bekommen. Von da an vermischten sich Realität und Wahnvorstellungen.

Er hatte an jenem Abend tatsächlich zu spielen begonnen, vermutlich war auch die Fahrt mit dem Wikingerschiff noch im Spiel geschehen. Dann aber musste er vor dem Computer eingeschlafen sein und geträumt haben. Nein, für einen Traum war das alles zu schlüssig. Es war wohl eher eine Art Vision im Dämmerzustand. Sie dauerte einige Stunden, enthielt aber einen Zeitraum von vielen Wochen. Dass er dabei auf einige Elemente gestoßen war, die in seiner Psyche wohnten, war nur logisch.

Mit dieser Erklärung war er einigermaßen zufrieden. Letztendlich spielte es keine große Rolle für ihn. Seine Erinnerung an Enruah war so stark, dass er es als ein wirkliches Erlebnis verbuchte.

Manchmal bekam er Sehnsucht nach dem Land. Er dachte an Tamina, und dann quälte ihn die Tatsache, dass sie unerreichbar für ihn war. Ein paarmal spielte er noch *Evertale* und – auch wenn er es nicht zugeben wollte – er suchte nach einem Zugang nach Enruah. Doch das Spiel war fade geworden. Die Landschaft wirkte unecht, die Figuren hölzern. Nach kurzer Zeit hörte er mit dem Spielen auf.

Eines Tages holte er die Briefe aus der Schublade, die sein Vater ihm im letzten Jahr geschrieben hatte. Jakob schämte sich, dass er nicht darauf reagiert hatte. Sie hatten sich bei ihm angesammelt und waren wie eine Last geworden. Mit seinem ersten Antwortbrief warf er die

Last von sich: Er teilte seinem Vater mit, dass es ihm gut gehe und er sich an das eigenständige Leben gewöhnt habe. Es täte ihm leid, dass er geschwiegen habe. Vielleicht eine Art verspäteter Pubertät? Jedenfalls habe er es registriert, dass sein Vater sich in den Briefen für einige Missgriffe entschuldigt habe. Alles im Reinen jetzt.

Das Schwierigste hob Jakob sich fürs Ende auf: »BWL hat mich furchtbar gelangweilt. Ich habe es versucht, aber man kann sich ja mal irren. Ab nächstem Semester will ich Grafikdesign studieren. Du hast doch nichts dagegen?«

Als Jakob den Brief einwarf, fühlte er sich gleichsam erleichtert und verpflichtet. Denn nun musste er in die Tat umsetzen, was er angekündigt hatte.

Wenige Tage später fand Valeries Party statt. Jakob hatte auf ihre E-Mail-Einladung mit einer Zusage reagiert. Leider konnte er ihr Gesicht nicht sehen, als sie die Mail sah.

Valeries Penthouse-Wohnung war im sechsten Stock. Man konnte in mehrere Richtungen über die Dächer blicken. Oben auf dem Kiesdach standen Liegestühle. Trotz der Kälte legten sich einige Gäste mit Cocktails hinein und taten, als gäbe es einen Sonnenuntergang.

Jakob ging durch den Flur und begrüßte Valerie. Ihre Augen waren vor lauter Schminke kaum zu erkennen.

»Hey, noch ein alter Schulfreund! Das wird langsam zur Klassenparty.«

»Schickes Outfit«, setzte ein früherer Klassenkamerad von der Seite hinzu. »Und extra beim Frisör gewesen!«

Jakob ignorierte die Bemerkung. Es stimmte, er hatte sich herausgeputzt, ein neues Hemd gekauft. Und vielleicht benahm er sich auch wie ein Schüler, der seine erste Party besucht. Aber er rief sich in Erinnerung, dass er wirklich gut aussah.

»Getränke stehen da hinten«, erklärte Valerie, »auch alkoholfreie.«

Jakob dankte und schlenderte weiter. Hinter ihm kicherte es. Eines Tages würde er vielleicht eine flotte Antwort darauf geben können. Für heute sollte es genügen, wenn er nicht rot anlief.

Er stand eine Weile mit einem Glas Korea an der Küchentheke und sah den paar Leuten zu, die im Wohnzimmer zur Rave-Musik tanzten.

Da hörte er ein Lachen. Natürlich wurde an diesem Abend viel gelacht, doch genau dieses eine Lachen hatte durch die vielen Geräusche hindurch den Weg zu seinem Ohr gefunden. Es war herzlich, ungehemmt und doch nicht überdreht.

Schnell sah er sich im Raum um und versuchte es zu orten. Da, wieder! Es kam aus einem anderen Raum. Jakob stand auf und bewegte sich zur offenen Tür des Schlafzimmers. Hitze stieg in ihm auf, seine Bewegungen wurden unruhiger. Dieses Lachen!

Vom Türrahmen aus blickte er in den Raum. Auf dem Doppelbett und auf dem Boden saßen Studenten und unterhielten sich, die meisten hielten ein Glas in der Hand. Ganz hinten entdeckte er ein knutschendes Paar.

Wieder lachte es kurz auf.

Dann sah er sie.

Neben zwei anderen Frauen lehnte sie am Fensterbrett und schien sich prächtig zu unterhalten. Ihre Frisur war ein wenig anders, sie hatte einen Stufenschnitt; die Kleider waren schick und modern. Aber der Rest … die braunen Augen, die Muttermale – jedes einzelne erkannte er wieder; ihr Gesicht, ihre Figur …

Das Glas in seiner Hand zitterte. Ging es wieder los? Er hatte doch kein Fieber. Viel getrunken hatte er auch nicht. Er blinzelte und sah sie genau an. Auch ihre Gesten und ihre Stimme waren gleich. Tamina. Er spürte, wie sein Gesicht aufleuchtete.

Wo kam sie her? Hatte sie einen Weg aus Enruah hierher gefunden? Dann würde sie sich nicht so locker unterhalten, als würde sie schon immer hier leben. Nein, das war nicht Tamina. Zumindest nicht dieselbe, die er in Enruah getroffen hatte.

Schnell nahm er einen Schluck, als sie einen Blick zu ihm herüberwarf. Sie durfte das Leuchten nicht sehen. Unauffällig lehnte er sich an den Türrahmen. Dabei überlegte er, wie er sie am besten ansprach.

Sie hieß Sonja. Und es stellte sich heraus, dass es sich um jene Klassenkameradin handelte, die Jakob einst mit *Die Sims* vertraut gemacht hatte und dann weggezogen war. Nun sahen sie sich wieder, und den restlichen Abend verbrachten sie damit, sich angeregt zu unterhalten, vielsagende Blicke auszutauschen und sogar zu tanzen.

Als die meisten Gäste schon gegangen waren, musste Sonja los, um die letzte U-Bahn nicht zu verpassen. Jakob begleitete sie. Sie schlenderten durch die Straße, Dunstwölkchen ausstoßend. Jakob erzählte von seinem Studium und seinen Plänen, Grafiker zu werden. Ein bisschen Angst hatte er, dass sie es ihm als Schwäche auslegte. Doch das Gegenteil war der Fall. Sie sah ihn an wie einen Helden, der vor ihren Augen einen Drachen erlegt hatte.

Unten in der U-Bahn-Station mussten sie feststellen, dass die letzte Bahn gerade abgefahren war.

»Mist!«, schimpfte Sonja und blickte in den schwarzen Tunnel. »Und jetzt?«

»Wo musst du hin?«

»Fast auf die andere Seite der Stadt.«

»Dann sollten wir gleich losgehen.«

»Zu Fuß?«

»Hast du noch was vor?«

»Da brauchen wir zwei Stunden.«

»Na, dann komm. Wird sicher ein netter Spaziergang.« Er ging voran.

»Du bist echt verrückt, Jakob.« Sie folgte ihm zur Treppe.

Oben fiel ihm auf, dass sie sich die Arme rieb. Offenbar fror sie. Er wollte sie gerade darauf ansprechen, da überraschte ihn von der Seite eine Stimme: »Sag mal, hast du 'nen Euro?«

Der Penner saß an die Wand der U-Bahn-Station gelehnt, eingehüllt in eine Decke. Es stank nach Urin.

»Ähm …« Jakob vertraute Obdachlosen selten. Doch er hatte Sonja bei sich, was sollte sie denken? Unentschlossen griff er in seine Jackentasche und fischte ein Zwei-Euro-Stück heraus. »Hier.« Er beugte sich hinunter.

Der Penner streckte seine Hand aus und sah Jakob an.

Der erschrak. »Quentin?«

»Nix Quentin. Wie kommst du drauf?«

»Aber ich kenne dich doch.«

Der Kerl lachte dreckig. »Das kann so ziemlich gar nicht sein. Bin nämlich erst seit heute in der Stadt. Gibst du mir jetzt den Euro oder nicht?«

Jakob legte ihm die Münze in die Hand. Er war verwirrt. Diesen Mann hatte er tatsächlich nie zuvor gesehen – außer in *Evertale*. Wenn das so war, dann bedeutete das …

Der Penner griff nach der Münze, umschloss aber zugleich Jakobs Hand und zog ihn zu sich heran. »Hör zu«, flüsterte er mit kratziger Stimme. Zu Jakobs Erstaunen roch er nicht nach Alkohol. »Natürlich kennen wir uns. Ich wollte dir auch nur eine Kleinigkeit sagen, die ich vergessen hatte: Du darfst keinem ein Wort von der ganzen Geschichte erzählen. Gerade jetzt, wo du dir deine Schnecke angelacht hast. Enruah bleibt dein ganz persönliches Geheimnis, in Ordnung? Sonst rennen sie mir alle die Bude ein, weil jeder ein kleines Abenteuer erleben will.«

Jakob nickte rasch. »Okay. Und wieso hast du gerade mich gewählt?«

»Ich habs dir schon hundert Mal gesagt: Ich bin nur der ausführende Diener. Frag meinen Chefdesigner.« Damit entließ er Jakob und betrachtete voller Wonne das Geldstück. Laut sagte er: »Danke, Mann, danke! Ein guter Mensch, ein sehr guter Mensch ist das. Ich erkenne das auf den ersten Blick. Den solltest du im Auge behalten, junge Dame. Danke, Mann!«

Sie verabschiedeten sich und zogen weiter. Sonja wandte sich noch einmal zu dem Penner um. Der hob lächelnd grüßend die Hand.

Wieder und wieder prüfte sich Jakob, ob er nicht fantasierte. Aber nichts wies darauf hin. Sein Verstand war klar, seine Augen funktionierten. Diese Sache würde ihm wohl noch eine ganze Menge zum Nachdenken geben.

Doch jetzt sah er, dass sich Sonja wieder an den Armen rieb.

»Frierst du?«, fragte Jakob.

»Mhm.«

Er zog seine Jacke aus und legt sie Sonja über die Schultern. Sie lächelte ihn mild an. Er lächelte zurück und dachte nur: Was für eine kitschige Szene!

Andererseits – es war schon eine wahnsinnig gut gemachte kitschige Szene.

ich danke …

… Pia: Eigentlich müsstest du als Koautorin genannt werden. Wenn ich nicht mehr weiterwusste, kamen deine rettenden Ideen. Nichts ist für einen Schreiber wichtiger als ein wirklich aufmerksamer erster Zuhörer! Und nichts fordert von einer Frau wohl mehr Verständnis als ein Mann, der meint, neben allem anderen noch ein Buch schreiben zu müssen. Du bist die Beste!

… meinen Testlesern: Florian André, Heiko Braun, Gesina Schneider und Jael Ramsden. Ohne euch würde der Roman heute anders aussehen. Sicherlich schlechter. Danke für eure Anregungen.

… einem brillanten Grafiker: Jan Henkel. Ein so meisterhaftes Cover zu bekommen, ist ein Privileg! Du bringst andere Fantasy-Autoren in die Versuchung, neidisch auf mich zu werden.

… dem tollen Verlagsteam, insbesondere meinem Mut machenden und geduldigen Lektor Lutz Ackermann: Ihr habt euch auf ein ziemlich unorthodoxes Konzept eingelassen. Ich bin sicher: Wer Neuland betritt, wird belohnt.

Euch und allen anderen Beteiligten danke ich, dass dieser Roman ein echtes Teamprojekt geworden ist.

Glossar

1 **NPCs** = »Non-player characters«: Bewohner einer Spielwelt, die nicht von realen Menschen gesteuert werden, sondern durch das Computerprogramm. Einerseits handeln NPCs nach den Regeln einer künstlichen Intelligenz (KI), oft führen sie aber auch Aktionen durch, die von den Designern im Voraus angelegt wurden, um die Dramatik des Spiels zu steuern (Scripted Sequences). Meist kann der Spieler mit den NPCs Gespräche führen, wobei der Dialogverlauf vom Spieler nur sehr eingeschränkt beeinflusst werden kann.

2 **WASD-Tasten:** Wegen ihrer günstigen Lage auf der Tastatur markieren die vier Buchstaben W, A, S und D traditionellerweise die wichtigsten Steuerungstasten bei 3-D-Spielen. In der Regel lenkt der Spieler mit ihnen die Schritte seiner Figur, während er mit der Maus die Blickrichtung bestimmt.

3 **Texturen** sind die »Tapete« einer 3-D-Grafik, die über die Polygonmodelle (s. u.) gelegt wird. Die grafisch gestalteten Flächen verleihen den Objekten Farbe und Muster.

4 **Easteregg:** Gut gelaunte Spieledesigner verstecken in ihrer Spielwelt gerne das eine oder andere »Osterei«, ein augenzwinkernder Bruch mit der Fiktion. Oft handelt es sich um ironische Verweise auf bekannte Filme oder Spiele oder auf das Designerteam selbst. Ein typisches Easteregg kann ein versteckter, für die Handlung unerheblicher Levelabschnitt sein.

5 **Strg+Alt+Entf:** Tastenkombination, mit der man ein Programm verlassen und zum Desktop zurückkehren kann, auch wenn das Programm »abgestürzt« ist.

6 **Quest:** Aufgabe, die zumeist in Rollenspielen an den Helden herangetragen wird, etwa die Vernichtung bestimmter Gegner oder die Entdeckung eines Schatzes. Ist die Quest erledigt, wird der Held mit Erfahrungspunkten, Gold o. Ä. belohnt. Meist wird un-

terschieden zwischen optionalen Nebenquests und obligatorischen Hauptquests, welche die Handlung des Spiels vorantreiben.

7 **Polygone** sind die Grundbausteine einer 3-D-Grafik. Sie bilden geometrische Formen, aus denen die Objekte der Spielwelt modelliert werden. Je höher die Anzahl der Polygone, umso detaillierter und realistischer fällt die 3-D-Welt aus.

8 **Party:** »Gefolgschaft« des Helden in manchen Rollenspielen. Meist bringen die Mitglieder einer Party verschiedene Eigenschaften und Begabungen mit, die der Spieler klug einsetzen muss, um Kämpfe zu bestehen.

9 **Bosskampf:** Am Ende von Levels oder größeren Spielabschnitten steht häufig ein »Endgegner«, ein besonders großer, fieser Gegner, der dem Spieler möglichst alles abverlangt, was er bis dahin gelernt hat.

10 Ein **Leveleditor** ist das Programm, das ein Spieldesigner benutzt, um die Umgebung zu bauen, Figuren zu platzieren und Aufgaben zu setzen. Manche Spiele liefern den Editor gleich mit, sodass Fans auch eigene Spielwelten basteln können.